国家特色专业包头师范学院汉语言文学专业建设丛书

内蒙古社科规划后期资助项目

中国古代草原文学研究

王素敏 温斌 著

南開大學出版社

图书在版编目（CIP）数据

中国古代草原文学研究 / 王素敏，温斌著. —— 天津：
南开大学出版社，2014.5

（国家特色专业包头师范学院汉语言文学专业建设丛书）

ISBN 978－7－310－04444－3

Ⅰ. ①中⋯ Ⅱ. ①王⋯ ②温⋯ Ⅲ. ①少数民族文学
－文学研究－中国－古代 Ⅳ. ①I207.9

中国版本图书馆 CIP 数据核字（2014）第 063204 号

南开大学出版社出版发行
出版人：孙克强
地址：天津市南开区卫津路 94 号　邮政编码：300071
营销部电话：(022) 23508339　(022) 23500755
营销部传真：(022) 23508542　邮购部电话：(022) 23502200

*

北京天正元印务有限公司印刷
全国各地新华书店经销

*

2014 年 5 月第 1 版　2014 年 5 月第 1 次印刷
710×1000 毫米　1/16　13.5 印张　235 千字　2000 册

定价：32.00 元

如有质量问题请与本社营销部联系调换，电话：(022) 23507125

丛书总序

包头师范学院汉语言文学专业始建于1958年，是国家于上世纪在西北地区建立的高等师范专科学校的院系之一；专业建立之初就汇集了来自全国各地的众多名家，如古代文学研究方面的卢兴基先生、现当代文学研究方面的丁尔纲先生、中学语文教学法研究方面的韩雪屏先生等诸多学者，他们从各个方面为汉语言文学专业的建设与发展奠定了坚实的基础。前贤导引，后人进取，历经半个多世纪的上下求索、不懈努力，汉语言文学专业于2007年获批内蒙古自治区高等教育品牌专业，成为包头师范学院第一批品牌专业，又在2010年获批国家高等教育特色专业建设点。凡此，充分表明了汉语言文学专业建设得到了国家和社会的高度认可。然而，获得荣誉的同时，我们又感到极大的压力：究竟怎样在国家特色专业建设中"充分体现学校办学定位，在教育目标、师资队伍、课程体系、教学条件和培养质量等方面，具有较高的办学水平和鲜明的办学特色，获得社会认同并具有较高社会声誉"（教高司函〔2008〕208号《教育部关于加强质量工程本科特色专业建设的指导性意见》）才能办出人才培养质量上乘、特色鲜明的专业呢？为此，我们一方面加大专业课程建设优化与改革的力度，从学生专业课程体系的改革入手，使专业必修课程教学内容向"专而精"、"深而博"发展；同时倾力打造师范特色，设置了"教师教育方向""语文教学方向"和与之直接关联的"语言学及应用语言学方向"三大系列课程，力求打破学科、专业之间的界限，实现人文社科专业的共融、相通，强化学生自主学习、自我发展和个性化、创新能力的培养。另一方面，我们把提升教师业务素质与特色专业建设有机结合，把人才培养与研究基础教育、服务基础教育有机结合，探索、总结特色专业建设的一点一滴，将特色专业建设真正落实于彰显办学实力、服务社会、锻造人才、提高教育教学质量、深化内涵式发展上。

在国家级特色专业的建设过程中，我们严格要求广大教师潜心研究专业教学规律、基础教育规律、教师教育特性，不断提高自身专业素养，多方进行课堂教学、教育实习等方面的改革，强化了师范生语文教学能力培养的改革与研究。在多年不断积淀的基础上，广大教师根据学科特长与社会所需，凝炼了多种研究成果。我们将这些研究成果加以梳理，形成了"提高汉语言文学专业学生专业素养""服务基础教育""教师教育"三个方向的系列成果（总计 15 种）。其中"提高中文专业学生专业素养"系列成果（8 种）：

《中国古代草原文学研究》（王素敏、温斌编著）

《北朝诗校注》（赵建军、孙红梅、赵彩娟等校注）

《中国古代文学作品补选》（赵彩娟、郁慧娟、温斌编著）

《中国文学经典文本细读理论与个案批评》（诗歌、散文部分）（张学凯主编）

《中国文学经典文本细读理论与个案批评》（小说、戏剧部分）（田中元主编）

《现代汉语实用修辞学》（倪素平、丁素红编著）

《申论写作研究》（运丽君编著）

《写作技法研究》（吴素娥、金鹏善编著）

"服务基础教育"系列成果（4 种）：

《中小学汉字教学研究》（刘彩霞编著）

《汉语语言要素的语境研究》（张金梅编著）

《古诗如月》（郁慧娟、李春丽、孙红梅编著）

《初中语文外国文学经典细读与欣赏》（李国德编著）

"教师教育"系列成果（3 种）：

《语文阅读教学文本研究的理论与实践》（张学凯编著）

《义务教育阶段基于新课标的语文学科评价研究》（刘旭、李文星编著）

《新课程·新理念·新视域》（刘丽丽编著）

文章百年事，得失寸心知。我们深知知识、视野有限；真诚希望能得到大家的批评、指正。

付版在即，感谢包头师范学院领导的大力支持。

我们将继续努力，不断续写"中文不老"的历史传奇，为包头师范学院的发展贡献力量。

是为序。

2013. 8. 10

序

方 铭

我的朋友王素敏教授和温斌教授任职于内蒙古包头师范学院。王素敏教授毕业于内蒙古师范大学，主要研究外国文学及中国民族民间文学。温斌教授毕业于东北师范大学，以中国古代文学为研究重点。他们生活在美丽的内蒙古大草原的腹地，自然对草原有着深厚的感情，因此，格外关注中国古代北方草原的文化遗产，就是顺理成章的事情了。现在，他们二人合作完成了《中国古代草原文学研究》一书，填补草原文学研究的空白，这是值得敬佩的事情。

中国古代草原居民，周秦时期以匈奴族群为最有名，《史记·匈奴列传》载，匈奴乃夏后氏之苗裔，居于北蛮，"随畜牧而转移"，"逐水草迁徙"。匈奴族群在汉代以后，或远徙欧美，或归化中原，渐渐淡出了中国历史视野。但是，中国古代辽阔的北方大草原，仍然为游牧民族所占居。在两千多年的历史长河中，包括鲜卑、柔然、敕勒、突厥、回鹘、契丹、蒙古、女真、满族等，都曾经是这片广袤土地的主人，他们生于斯，长于斯，逐水而居，游牧生活，并与中原地区保持着密切的交流，并通过贸易或者战争，给中原文化和文明的发展留下了深深的烙印。

毫无疑问，中华文明的历史，主要是建筑在农耕文明的基础上的。不过，从人类文明的发展轨迹判断，以狩猎为谋生手段的生存方式，当然应该早于以农耕为谋生手段的生存方式，而最好的狩猎场所，当然是在草原。地球上的草原面积虽然巨大，但现今的大部分国家，并没有草原的存在空间。非常幸运的是，中国北方的广袤土地和气候条件，为天然大草原的形成提供了得天独厚的环境，也正因此，自古迄今，草原文明，在中国历史前进的每一个脚印中都可以聆听得到。

如果说中华文明是以中原居民为主体创造的，同时，也是中原居民和草原居民共同创造的。这句话并没有丝毫夸大草原居民贡献的痕迹，而是中国历实践所印证了的。

中原居民和草原居民有着悠久和广泛的血缘联系，可以说，中原居民和草原居民是同宗同种的兄弟。《史记·五帝本纪》说，黄帝娶西陵之女嫘祖为正妃，生玄嚣与昌意。昌意娶蜀山氏女昌仆，生颛顼高阳。黄帝崩，高阳立，为帝颛顼。《史记·秦本纪》说，颛顼之苗裔孙曰女脩，生子大业。大业取少典之子女华，生大费。大费与禹平水土。大费生子大廉与若木，大廉即鸟俗氏，若木即费氏。若木玄孙费昌"子孙或在中国，或在夷狄"。《史记·楚世家》说，楚之先祖出自帝颛顼高阳，高阳生称，称生卷章，卷章生重黎，重黎为帝喾火正，甚有功，能光融天下，帝喾命曰祝融。共工氏作乱，帝喾使重黎诛之而不尽，帝乃以庚寅日诛重黎，而以其弟吴回为重黎后，复居火正，为祝融。吴回生陆终，陆终生子昆吾、参胡、彭祖、会人、曹姓、季连。季连芈姓，为楚先祖。季连生附沮，附沮生穴熊，"其后中微，或在中国，或在蛮夷"。《史记·魏世家》说，魏之先人为毕公高之后，毕公高与周同姓，武王之伐纣，而高封于毕，于是为毕姓。其后绝封，为庶人，"或在中国，或在夷狄"。也就是说，中华民族形成的标杆性人物黄帝及为华夏礼乐文化做出重要贡献的周人后裔，也多有居夷狄、蛮夷者。而古代所谓夷狄，大体来说都指居住在北方草原的游牧民族。

中原居民与草原居民的融合，常常是领导人的积极安排。《史记·五帝本纪》载，"讙兜进言共工，尧曰不可，而试之工师，共工果淫辟。四岳举鲧治鸿水，尧以为不可，岳彊请试之，试之而无功，故百姓不便。三苗在江淮、荆州，数为乱。于是舜归而言于帝，请流共工于幽陵，以变北狄；放讙兜于崇山，以变南蛮；迁三苗于三危，以变西戎；殛鲧于羽山，以变东夷：四罪而天下咸服"。尧流共工，放讙兜，迁三苗，殛鲧，不仅仅是对四凶的惩罚，更重要的要改变北南西东的人文环境，以移风易俗。

《史记·周本纪》载，"后稷卒，子不窋立。不窋末年，夏后氏政衰，去稷不务，不窋以失其官而奔戎狄之间。不窋卒，子鞠立。鞠卒，子公刘立。公刘虽在戎狄之间，复脩后稷之业，务耕种，行地宜，自漆、沮度渭，取材用，行者有资，居者有畜积，民赖其庆。百姓怀之，多徙而保归焉。周道之兴自此始，故诗人歌乐思其德。公刘卒，子庆节立，国于豳"。又载："古公亶父复脩后稷、公刘之业，积德行义，国人皆戴之。薰育戎狄攻之，欲得财物，予之。已复攻，欲得地与民。民皆怒，欲战。古公曰：'有民立君，将以利之。今戎狄所为攻战，以吾地与民。民之在我，与其在彼，何异。民欲以我故战，杀人父子而君之，予不忍为。'乃与私属遂去豳，度漆、沮，逾梁山，止于岐下。豳人举国扶老携弱，尽复归古公于岐下。及他旁国闻古公仁，亦多归之。于是古公乃贬戎狄之俗，而营筑城郭室屋，而邑别居之。"周先祖不窋、公刘、古公亶父居于戎狄之间，不但给戎狄带去农耕技术，还积极传播和平和文明的种子，其气度和境界，即使是在今天，也是应该受到高度崇敬的。

在中国历史上，中原居民和草原居民不但比邻而居，而且，他们之间也有婚姻联系，如中原皇室与草原酋长的和亲，普通居民的婚媾，几乎贯穿于整个古代。同时，中原居民因战争或者生活所迫外迁草原，草原居民因战争和其他原因归顺中原，加之中原地区多次被草原居民入侵，中原居民和草原居民，农耕文明与草原文明，早已水乳交融，浑然一体了。

虽然就血缘和文化而言，中原居民和草原居民，农耕文明与草原文明的联系密不可分，但是，在中国学术发展史上，关于中原文明和农耕文明的研究，学术界的关注要多一些，关于草原文明和畜牧文明的研究，学术界的重视程度还有待提高。幸运的是，这些年，学术研究的普及，以及北方少数民族区域学术的迅速发展，使越来越多的人关注到了中国古代生活在北方地区的草原居民以及他们创造的草原文明。王素敏教授和温斌教授就是较早关注草原文明的学者，他们做了大量的基础工作，受到了同行的尊重。

《中国古代草原文学研究》一书，既有对中国古代文人创作的与草原有关的文学著作的梳理钩沉，又有对产生在草原地区的史诗性巨著如《江格尔传》《蒙古秘史》等的深入剖析。这些梳理已有完整的系统，大体勾勒出了中国古代文人有关草原创作的包括诗歌、戏剧等重要文学样式的一个框架，同时，作者通过对中国古代文人创作的与草原有关的文学著作的深入分析，挖掘出了中国古代不同时期文人的草原创作所包含的共性和个性。这些研究对于我们了解中国古代北方草原文学自然是非常有帮助的，同时，这些研究也对于我们了解中国古代文学的全貌以及中国古代文学的丰富性，同样具有非常重要的学术意义。

值得肯定的是，作者并不满足于对草原文学本文的阐释，还能站在中国文化和世界文化的背景下，在草原文学与中国传统经典的比较中为草原文学寻找在中国主流文化环境中的历史定位，在中国草原文学与西方经典史诗的比较中为中国草原文学寻找在世界文化环境中的历史定位。这就保证了这部著作既有中国古代北方草原文学研究的广度，又有中国古代北方草原文学研究的深度。

中国古代北方草原文学的内容是非常丰富的，这种丰富性，既需要王素敏教授和温斌教授不断地拓展，也需要更多的学者在这个领域投入更多精力和更多的时间。相信通过王素敏教授和温斌教授的努力，一定会带动中国古代北方草原文学及草原文明的研究，中国古代北方草原文学和草原文明对中华文明和世界文明的贡献，也将在他们的工作中得到学术界和全社会的认同。

（作者为北京语言大学教授，中国屈原协会副会长）

前　言

　　长城内外、黄河上下，远至大漠以北、关陇西域，就是我们所讲的中国北方，在这里，是游牧文明和农业文明冲突融合的大战场、大舞台，上演过许多王朝兴亡、民族重组的历史悲剧。在农业民族和游牧民族竞争交往的巨大历史语境中的北方文学，深刻地影响着整个中国文学的存在形态、生命气质和历史命运。

　　可以这样说，中华文明之所以具有世界上一流的原创能力、兼容能力和经历数千年不堕不断的生命力，一方面是由于中原文化在领先进行精深创造的过程中，保持着巨大的吸引力和凝聚力，另一方面是丰富的边缘文化在各自的生存环境中保存着、吸收着、运转着多姿多彩的激情、野性和灵气，这两个方面的综合，使中华文明成为一潭活水，一条奔流不息的江河，一片波澜壮阔的沧海。

　　而中国古代北方的草原文学，就是中原文学与边缘文学碰撞融合的极好范例，是游牧文明与农业文明冲突、互补、重组、升华而得到的审美结晶体。

　　中国的民族分布是大杂居小聚居。这种分布格局，在地缘上使民族之间经常互相接触，彼此往来不断。各民族之间被经济、政治、文化、血缘四条纽带紧密地联系在一起。因此，文学上也形成了互相补充、互相传播、互相吸收、互相借鉴、互相融合的关系。许多少数民族的诗人仿照汉族诗词，创作了大量七律、长律、绝句、曲词，后来还出现了小说、散文和戏剧。汉文学对少数民族文学的借鉴虽然不如少数民族文学对汉文学的借鉴那样广泛，但也有不少显例，尤其是艺术手法上的互相借鉴、创作风格上的互相影响，更为常见。

　　因此，在这部书中所论及的北方草原文学范畴，是指那些描写草原风情、边塞特色，具有草原文化的物质和精神特质的文学作品。它们无论有无作者（民间文学和作家文学）、作者的民族身份（汉族或其他民族）如何，只要作品具备草原文学的品格，就可列入本书研究之列。

　　本书第一章"历代诗人的草原情怀"，即从这一观念出发，选取自先秦时期至清朝末年的部分诗词作品，阐述草原、边塞在不同历史时期和不同环境下带给不同人的感受。这其中，既有战乱时期各族诗人对边塞战祸频仍、民不聊生生活的悲愤控诉，也有和平时期各族诗人对草原风光、民族风情的由衷赞颂。既有草原民族诗人对中原汉族文学语言、创作手法的借鉴、模仿，也有汉族诗人对草原精神特质的主动追求和积极探寻。

第二章"草原民族的生活记录"，选取了几部具有代表意义的英雄史诗来阐述草原民族的民族性格与文化精神。与中原文学注重的"乐而不淫，哀而不伤"的"日神型"风格类型不同，草原文学具有毫不掩饰地宣泄强烈情感的"酒神型"风格特征。大漠荒原、狂风暴雪的自然环境，居无定所、简单粗放的游牧生存方式，血亲复仇、部落征伐不断的动荡历史，当然还有军民合一、征战和生产相伴，频频举兵扩张，以武力解决物资供给不足的现实背景，使历代北方草原民族形成了粗犷、豪爽、坦诚、勇敢的民族性格和英雄、乐观、豁达的文化精神。由远古神话开创的北方草原文学的这种文化精神和美学品格，到了英雄史诗当中，得到了淋漓尽致的发挥。与汉族文学形成对照，少数民族文学的神话史诗传统非常发达。除了最有代表性的"三大史诗"外，在少数民族地区还流传着数百种中小型神话史诗。这种情形为宋元以后中国叙事文学的大器晚成，提供了由边缘而及于主体的深厚基础。这种情形与佛教俗讲的内传、勾栏瓦舍的市场娱乐的需求，以及宋元明以后出版业的兴起等因素共同作用，推动了中国古代包括小说戏曲在内的叙事文学的迅猛崛起和繁荣。即使后来的《蒙古秘史》、《青史演义》等作品中，仍然一脉相承地充满着一种朴野的、粗犷的、壮美的阳刚之气。其间受中原汉族农耕文化的影响，出现过注重精雕细刻，追求深邃意境，具有阴柔之美特点和感伤色彩的文学作品，但这些作品并没有从根本上改变草原文学的原有审美特性，相反，使草原文学的审美情趣渐趋多元化，由过去一味注重表现阳刚之美、在奔放不羁的同时又带有直露浅显缺憾的粗朴型，逐渐转向以阳刚为主、刚柔并济、寓深沉厚重于雄浑苍莽之中的审美情趣，使草原文学具备了近现代的审美品格。

第三章"《蒙古秘史》与草原文学"是论及这部蒙古民族的重要典籍在文学史上的突出贡献的。《蒙古秘史》既是草原英雄文化的集中体现，又通过多种文学手法为后世留下了许多难忘的人物形象。本章即从"文学意义与价值""众英雄形象""成吉思汗与札木合""主要女性形象""草原文化内涵"几个角度进行阐述与探析。

第四章"古戏曲中的草原因素"是研究文化的流变与融合对戏曲的影响。

在南北文学融合的过程中，代言体的叙事文学——杂剧在元朝成为标志性的最有活力的文体，改变了中国戏剧晚熟的局面，使整个文学格局形成了诗歌、散文、小说、戏曲并重，而戏曲占据主流位置的局面。中国戏剧史和文学史上的重大事件——元曲（散曲和杂剧）也是在兼容的文化环境下形成的。元曲的诞生与繁荣，主要得益于蒙元时期北方少数民族伦理道德的影响和文化政策的宽松。后人把元曲、唐诗、宋词并列，视为中国古代文化的瑰宝。元曲是元代文化的精华。大都王实甫的《西厢记》，代表了杂剧的最高水平，而且其人物、结构、故事结局是对唐人元稹的传奇《莺莺传》的根本改造，因缘于金代董解元的《西厢记诸宫调》。诸宫调改变了《莺莺传》始乱终弃、文过饰非的结构，歌颂崔莺莺、张生婚恋的合理性，与北方游牧民族的伦理观念，以及游牧民族主政时期礼俗变得宽松，存在着深刻的关系；杨景贤的《西游记》，则在人物形象、性格塑造等方面体现着与草原文化千丝万缕的联系；而草原音乐文化，又对戏剧的形成有着重要的影响。

第五章"草原文学与时代因素"，阐述草原叙事文学的发展过程中，时代因素对其产生的作用。研究从《木兰诗》、《巴拉根仓的故事》、《沙格德尔的故事》到《青史演义》、《一层楼》、《泣红亭》的文学继承关系及对现实的表现性，论证文化的冲突与融合在文学上的表现。

另外，出于内容的相关性，本书还选取了作者之一的学术论文两篇以及包头师范学院文学院学生的毕业论文三篇附于相关的章节之后，在此一并说明。

总之，中国古代北方草原文学对整个中国文学的功能作用和深刻影响，实质上反映了在游牧文明和农业文明的冲突融合中，中原文学的胡化和边疆文学的华化的过程，在胡化和华化的双向作用中，在新的历史台阶上重建中国文化的总体结构和特质，重新开辟中国文学的轨迹和风气。经过漫长的南北多民族文学的凝聚、吸引、渗透、变迁和融合，你中有我，我中有你，从而在文学的历史性进程和共时性构成上，形成了博大精深、多元一体的中华民族文学的整体性。

目　　录

1

第一章　历代诗人的草原情怀❶

如果将中国古代文学艺术与西方的古代文学艺术进行比较，你会发现两个奇特的现象：一是中国古代文学始终是一个诗歌的黄金国度，从上古歌谣、《诗经》、《楚辞》到唐诗、宋词、元曲、明清时调，诗的传统和价值源远流长，诗的数量浩瀚如海，诗成为中国文学艺术中最有生命力、最有代表性、最具备东方文化色彩特征的文学体式；二是中国古代自文明发生时起，就是一个多民族共存共生的国家，少数民族、边疆区域的诗歌与汉民族的一样历时久远，丰富多彩；他们以诗来抒写人生的情怀，描述民族的历史，表达生活的理想，成为中国文学艺术历史长廊中不可或缺的有机组成部分。由此，来自草原的慷慨雄放、豪壮健伟，又沉婉流畅、自然和谐的天籁之声，就成为中国古代文学艺术百花园中最奇特夺目、芳香四溢的璀璨花朵。

提起草原，不论人们用什么样的诗句去赞美它，描摹它，其广袤博大，一望无际，与天地一体的特征总为人们所津津乐道。在人们的意识世界中，草原总是有其独具的地理状貌。一般地说，人们把杂草丛生、间或有耐旱树木的广阔区域称为草原。以这种意义，以散点透视的目光审视中国，以北方的蒙古高原为中心，向东伸展至大兴安岭，向西绵延到阿尔泰山，西南蜿连至喜马拉雅，其间宽阔苍茫宏伟的大地，就是令人神往的草原，在这片宽广神奇的土地上，无数游牧民族所建立起来的部族王国，或集中，或分散，与天地自然相抗衡，与中原汉民族主体政权相斗争，战争与和平，交融与对峙，侵扰与相安，统一与分裂，演绎着一幕幕感人至深、催人泪下的悲喜剧，其中最早的草原之声的宏钟大吕从先秦《诗经》响起，其后金戈铁马、莺歌燕舞、暴风骤雨绵延未绝，直到消隐在遥远的晚清。

---

❶ 本章所录草原诗篇均选自王叔磐、孙玉溱主编《历代塞外诗选》，内蒙古人民出版社，1986。

第一节　雄壮深沉的先秦草原之音

严格地说，民族赖以生存和延续的基础之一便是民族文化的产生、巩固、深化。在深厚悠远的中华文明发展史上，文明的源头可以追溯到中原农耕文化初具雏形的夏朝。《论语·宪问》云："禹稷躬稼而有天下。"《汉书·食货志》记载说："禹平洪水，定九州，制土田，各因所生，远近赋入贡棐。"也就是说夏朝的建立标志着汉民族文明的正式产生。同样，随着夏朝的建立，与之相对的草原游牧民族的部落政权也相继产生，成为与华夏主体民族文明相别的对峙文明存在体。先秦时期的经、史、子的典籍中，就常将"夏"、"夷"、"华夏"、"夷狄"对举，《礼记·王制》说："中国、夷、蛮、狄皆有安居，知味，宜服，利用，备器。五方之民嗜欲不同"。《礼记·先制》篇也说："凡民之材，必因天地寒暖燥温，广谷大川异制，民生其间异俗，刚柔轻重，迟速异齐，五味异和，器机异制，衣服异宜，修其教不异其俗，齐其政不异其宜。"都意在说明自然环境的不同，就有着不同的风俗习惯、生产方式、生活方式，有着迥异的文化传承和价值观念，而文明的发生就是在自我相因沿习的生产、生活方式的基础上出现的。就如王夫之对华夏文明和夷狄文明作比较时说道："华夏有城墩可守，墟市之可利，田土之可耕，赋税之可纳，婚姻仕进之可荣；"而"夷狄则自安逐水草，习射箭，志君臣，略昏宦，驰突无恒之素"。可见，在遥远的先秦，华夏文明和夷狄文明就对峙并存。而从史料记载来说，最早的夷狄文明是从后世扬名于天下的匈奴开始，对此《史记·匈奴列传》和《汉书·匈奴传》都有所记载，且都充分表达了游牧民族的独特文化，如"匈奴，其先夏后氏之苗裔，曰淳维。唐虞以上有山戎、猃狁、薰粥，居于北边，随草畜牧而转移。其畜之所多则马、牛、羊……逐水草迁徙，无城郭常处耕田之业，然亦有分地。无文书，以言语为约束。儿能骑羊，引弓射鸟鼠，少长则射狐兔，肉食。土力能弯弓，尽为甲骑。其俗，宽则随畜，因射猎禽为生业，急则人习站攻以侵伐，其天性也。其长兵则弓矢，短兵则刀铤。利则进，不利则退，不羞遁走。苟利所在，不知礼义。自君王以下，咸食畜肉，衣其皮革，被旃裘。壮者食肥美，老者饮食其余，贵壮健，贱老弱。父死，妻其后母；兄弟死，皆娶其妻妻之。其俗有名不讳，而无姓字。"❶ 与司马迁和班固的认识一致，后世

---

❶ 司马迁：《史记·匈奴列传》，中华书局，1959，第246页。

的王国维、梁启超也认为商周间的鬼方、混夷、獯粥，宗周时的猃狁，春秋时的戎狄，战国时的胡，都与匈奴同种，实为一族。正是由于生存方式、文明程度的巨大差异，即所谓农耕文化和游牧文化、草原文化的巨大不同，就产生了物质生活资料占有上的天壤之别，由此，北方的游牧文明、草原文明就与中原地区的农耕文明产生了激烈的冲撞和战争，奏响了先秦草原之音的开篇之曲。

《汉书·匈奴列传》说："至穆王之孙懿王时，王室遂衰，戎狄交侵，暴虐中国。中国被其苦，诗人始作，疾而歌之，曰："靡室靡家，猃允之故"；"岂不日戒，猃允孔棘"。至懿王曾孙宣王，兴师命将以征伐之，诗人美大其功，曰：'薄伐猃允，至于太原'"。是说周朝立国之后，饱尝北方部族猃狁侵袭之苦，百姓流离失所，周天子和诸侯王们不得不兴兵抵抗，保家卫国，反映在中国最早的诗歌总集《诗经》中，就成就了一曲曲慷慨激昂、雄壮深沉的草原诗篇。

《尚书·尧典》说："诗言志，歌咏言，律和声，八音克谐，无相夺伦。"刘勰《文心雕龙》说："人禀七情，应物斯感，感物吟志，莫非自然。"都在说明当人受到外界事件或事物的触动引发时，就会自然而然的将自我的情感、意志、思想、精神、心理等内在的感受宣泄、表现出来，这是人体现自身存在的一种社会本能。在先秦列国之诗中，秦地之歌和《小雅》当中的个别诗篇就是表达两种文明冲突，展现游牧部族与汉民族战争历史过程，讴歌爱国主义精神的先秦草原之歌的代表。

先秦列国众多，唯秦地秦国与游牧民族草原民族的渊源最深、最浓，地理区域也最接近，地域文化也最相似。根据《史记·秦本纪》的记载，秦国的祖先可追溯到大费，又叫伯益，此人在舜时代就"佐舜调训鸟兽，鸟兽多驯服"，赐姓嬴氏。后秦国历代祖先都与马畜等草原文明特有的生活、生产工具产生了极为密切的关联，"费昌当夏桀之时，去夏归商，为汤御（驭马驾车）"；"造父以善御幸於周穆王，得骥、温骊、骅绥、騄耳之驷"，驯服了不少千里良驹；"造父为穆王御，长驱归周，一日千里以救乱，"立下了汗马功劳；又"有非子居犬丘，好马及畜，善养息之。犬丘人言之周孝王，孝王召使主马于汧渭之间，马大蕃息。"说明秦国一族自古以来就与游牧文化、草原文明有着与生俱来的联系，而且秦国本身就地处胡地地区。因此《汉书·赵充国辛庆忌传》说："天水、陇西、安定，地处外势迫近羌胡，民俗修习战略，高上男力鞍马骑射，故《秦诗》曰'王于兴师，修我甲兵，与子偕行！'其风声气俗自古而然。今之歌谣慨慨，风流犹存耳。"这首诗说的是《诗经·秦风》中著名的讴歌爱国精神的《无衣》之诗：

岂曰无衣？与子同袍。王于兴师，修我戈矛，与子同仇！岂曰无衣？与子同泽。王于兴师，修我矛戟，与子偕作！岂曰无衣？与子同裳。王于兴师，修我甲兵，与子偕行！

《无衣》是《诗经》当中很少见的正面歌颂战争的抒情诗。春秋时期，立国未久的秦国经常受到西戎的侵略，秦地百姓奋起反击，积极响应秦王的召唤，踊跃参军，同仇敌忾，团结协作，同甘共苦，洋溢着乐观激昂的英雄主义精神。《无衣》诗虽展示的是对游牧草原部族入侵的愤怒之火，但重点不在于倾诉敌人破坏力的巨大，而是充满了上下同心，御敌于外侮的乐观情绪，从外层的"袍"，到贴身穿的内衣"泽"，从上身的"袍"，到下身的"裳"，不分彼此你我，既表明了士兵们浑然一体，融合无迹的兄弟般的"袍泽之义"，也展示了由衣着统一所反映出来的战斗精神的饱满充沛，从而预示了战争的胜利。《无衣》诗采用了《诗经》抒情诗最常见的重章叠句的结构方式，再三咏叹出共赴沙场，勇于献身的战斗情绪，具有着意味深长的艺术效果。

当然，《无衣》之诗也传递出浓厚的地域文化特征，由于秦地处于西北草原游牧文明的包围之下，自然而然地形成了与游牧文化相近的尚力重质的文化流传，反映在文学艺术方面，慷慨雄放、豪壮有力的风格就成为其文学艺术的基本格调，所以朱熹曾在《无衣》题解中说："秦人之俗，大抵尚气魄，先勇力，忘生轻死，故见其于诗如此。……雍州土厚水深，其民厚重质直，无郑卫骄慎浮靡之习。以善导之，则易以兴起而笃于仁义；以猛驱之，则其强毅果敢之资，亦足以强兵力农而成富强之业，非山东诸国所及也。"秦诗《无衣》不将战争的具体状貌作为重心，而侧重展现秦人的精神气度，思想情怀，实际上是秦地文化的一个缩影，即遏强而不显弱，重质而不争文，精神压倒一切，气度决定一切，这种勇于赴死、以己报国的精神内核恐怕才是秦国之所以统一天下的一个内在因素。

《诗经·小雅》中的《采薇》的风尚与《无衣》显然不同，虽然题材相近，侧重点都在草原游牧部族对中原文明的侵略：

采薇采薇，薇亦作止。曰归曰归，岁亦莫止。靡室靡家，猃狁之故。不遑启居，猃狁之故。采薇采薇，薇亦柔止。曰归曰归，心亦忧止。忧心烈烈，载饥载渴。我戍未定，靡使归聘。采薇采薇，薇亦刚止。曰归曰归，岁亦阳止。王事靡盬，不遑启处。忧心孔疚，我行不来！彼尔维何，维常之华。彼路斯何，君子之车。戎车既驾，四牡业业。岂敢定居，一月三捷。驾彼四牡，四牡骙骙。君子所依，小人所腓。四牡翼翼，象弭鱼服。岂不日戒，玁狁孔棘！昔我往矣，杨柳依依。今我来思，雨雪霏霏。
行道迟迟，载渴载饥。我心伤悲，莫知我哀！

通常把这首诗当作我国现存最早的边塞诗之一来看待。然而，《采薇》之诗又何尝不是交织着多种复杂情怀的草原之歌？它也是继《无衣》之后深婉细腻地抒发文明冲突所带来的心灵和感情伤痛的悲愁之歌，它为古代草原诗歌的创作园地引入了更加深入人心、更加透视人的深层感受、更全面地展示了人的自觉与无奈的生存困境的新内容。

与《无衣》相比，《采薇》奋不顾身、以死报国的精神意志淡薄了，豪壮进取、意气风发的战斗情怀稀疏了，代之而来的是文明的冲突、战争所带来的深沉的感伤、叹惋、思考，从而思念和平、渴望边庭的安宁的情感日益浓郁起来，它昭示出文明的和融共生，社会的和谐有序，生活的安定、幸福才是社会发展与文明进步的必由之路这一宏大主题。根据《史记·匈奴列传》的记载，西周之时，游牧部族"犬戎"即玁狁已经强大，"取周之焦获，而居于泾渭之间"，直接威胁到周王朝的统治，致使周宣王分派尹吉甫进攻，南仲筑城，以抵抗游牧部落的进逼。《采薇》就集中表现这一重大文明冲撞折射在普通士兵内心中的复杂情感。《采薇》描述了战争对和平生活巨大破坏的典型场景："靡室靡家"，"不遑启居"，"载饥载渴"，长时期的征战、戍边，使士兵们失去了赖以生存的安宁的家园，处于饥渴冻馁的忧患之中；紧张激烈的战斗使战士们得不到片刻的安宁，致使内心焦虑、烦躁，喷发出仇视战争，希冀和平的呐喊，"忧心孔疚，我行不来！"同时，面对凶狠剽悍的游牧部族，战斗的惨烈、严酷不言而喻，虽然有"岂敢定居，一月三捷"的痛苦中的喜悦，但更浓烈的却是"岂不日戒？玁狁孔棘"的惶恐畏惧。而战争却是由"薇亦作止"一直绵延"维常之华"，从"杨柳依依"推进到"雨雪霏霏"，虽然是景依情迁、情景相合，但依稀显示了战争的连绵不断，无休无止。于是《采薇》唱出了对入侵者的强烈愤怒，唱出了对征战生涯的愁怨哀哭，唱出了催人泪下的思乡念亲，唱出了为国奋战的豪迈激越，而所有的这一切都积淀成对战争与和平的严正思考。也就是说，自《无衣》和《采薇》始，对于战争的描绘和关注就成为草原诗篇永不根绝的主旋律。

从严格意义上说，《诗经》中的《无衣》和《采薇》等诗篇还停留在华夏主体民族对游牧部落、草原文明的仇视和抵御的层次，其创作主体依然是以主体文明自居的汉民族，而且并没有将审美的目光移注在草原文明主体的多彩多姿、奇异独特方面，更缺乏来自草原部族本身的鲜生活力。但无论如何，先秦时期的草原之音终究曲折婉转地吟唱出来，它以与郑卫之乐迥异不同的雄壮深沉的格调品质，亮响于中华历史的浩浩长空。

第二节　汉魏晋南北朝时期草原之歌的奇异风采

春秋以至于战国初中叶，华夏文明与游牧性质的草原文明主要呈现出对抗相争的状态，《诗经》中的表现战争和相思题材的诗作就集中表现了这一点，但历史的发展告诉我们，以汉民族为主体的华夏文明之所以在世界文明发展史上根壮叶繁，源远不断，始终滋养着东方这块古老而又充满着活力的土地，其根本原因之一就在于她本身具备着吐故纳新，自我完善修正的能力。在先秦战国后期，赵国赵武灵王"胡服骑射"的历史就鲜明地说明了这一点。"三国分晋"产生了赵国，赵国在"战国七雄"当中势力较为薄弱，于是赵国国力的加强只能借助于内部制度的改革和外部领土扩张两个方面，而这两个方面的努力都意味着赵国必须和西北地区的东胡、林胡、楼烦等游牧民族进行频繁地接触、联系，由此，中国先秦历史上就诞生了一段民族之间互相交流、学习，共同发展的政治人文佳话。先秦时期，见于史籍生活在北方草原上的游牧民族除匈奴以外先后有氐、羌、白氏、乌孙、鞑靼、东胡、肃慎、夫余等众多民族，基本以逐水草而游牧的畜牧经济为主，在匈奴单于冒顿崛起之前，基本呈"东胡盛，月氏强"的态势发展。这样，处于燕、齐、韩、魏包围中的赵国只有向西北方向发展，才能富国强兵，于是赵武灵王不顾顽固守旧的赵国宗室贵族和大臣们的激烈反对，采用东胡等游牧民族的装束和骑马射箭的技术，改革中原地区上衣下裳的传统服饰，形成利于军事作战的短制服饰，并且大力改革"不可以逾险"的笨重战车，代之以强弩射箭和快马奔袭，使赵国军队的战斗力大增，终于"西至元中、九原"，势力延伸到今天的内蒙古临河市一带。应当说，赵国的短暂兴盛与它大胆地进行文化的交流学习密不可分。

但是，文明的进步总是以文明的冲突为代价的，正如拉铁摩尔所说："在前工业时代，发达的城市——农业文明产生了大量游牧民族所需要的东西，但是游牧民族并未生产那么多定居民族需要的东西。因此，当游牧民族尚未富裕到可以购买他们所需要的所有东西，但却觉得军事上很强大的时候，威胁、掳掠，甚至很深入地侵入定居地区就成为一种巨大的诱惑。"❶ 从历史唯物主义

---

❶　张碧波等：《中国古代北方民族文化史》，黑龙江人民出版社，2001，第230页。

的观点出发，中原文化与草原文明的关系就是在侵略与反侵略的拉锯过程中推进的。到了秦末，诸侯叛秦，中原、南方大战不休，匈奴首领头曼、冒顿父子惨淡经营，几度用兵，终于使匈奴和中国北方结束了草原部族四方分裂、各自为政的混乱局面，从而使文明之间的冲突与和平的进程又进入了一个新的历史发展时期，而此时期的草原之音也更直接地折射了战争给草原人民所带来的无尽创伤。

　　说到草原文明的形态化的出现，不得不提到匈奴的杰出首领冒顿。我们知道，自农业文明出现之后，游牧文明就不断与之碰撞冲突，但这种变流只是历史进程的一个短暂的瞬间，并没有影响或阻滞华夏文明的整体发展，并没有成为一代王朝政治军国大事的心头大患。这当然也是与游牧文明自身的零散、弱小有直接的关系。但进入到秦汉之际，匈奴首领冒顿出现之后，中国古代北方最大的游牧部族匈奴的历史就进入了一个新的时期。冒顿以其超人的智慧和勇气弑父头曼而自立，先后"大破灭东胡主，而虏其人民及畜产"，又"南并楼烦、白羊河南王"，收复秦时蒙恬所夺取的匈奴土地，接着"北服浑庾、屈射、乌孙、呼揭及其旁二十六国，皆以为匈奴"。（《汉书·匈奴传》）使"诸引弓之民，并为一家"，第一次于蒙古高原建立了相对统一的政权，《史记·匈奴列传》所说："自淳维以至头曼千余岁，时大时小，别时分离，尚矣，其世传不可得而次云。然至冒顿而匈奴最强大，尽服从北夷，而南与中国为敌国，其世传国官号乃可得而记云。"（《史记·匈奴列传》）自此，"南有大汉，北有强胡"的游牧文化与农耕文化的时而冲撞、时而交融的状态就世代延续发展下来。而这种"划地而治"的统治格局最初也得到了汉初文帝的认可，汉文帝曾致书单于："长城以北，受命单于，长城以南，冠带之宝，朕亦治之"，（《汉书·文帝记》）这应该是中原农耕文明，华夏政治主体第一次在军事抵御不得力的情势下公开对游牧政权的国书致达，也标志着草原文化形态独立存在的启始。汉朝统治者经汉高祖刘邦白登山被匈奴所围的失败之后，一直小心而谨慎地对待与处理和匈奴的政治外交关系，其中一重要表现和内容便是影响中原文明和草原文明关系的"和亲"事件的出现。

　　"和亲"是汉朝统治者不得已而制定的针对匈奴的特殊的政治外交政策，其产生的背景是匈奴强盛，汉朝疲弱。公元前200年，汉高祖对匈奴作战打败之后，苦谋对策，向曾经出使匈奴的刘敬征询计策。刘敬结合汉匈实际态势，提出了独特的解决汉匈斗争的"和亲"对策："陛下诚能以嫡长公主妻之，厚奉遗之，彼知汉适女送厚，蛮夷必慕以为阏氏，生子必为太子，代单于。何者，贪汉重币。陛下以岁时汉所余彼所鲜数问遗，因使辨士风谕以礼节。冒顿在，因为子婿；死，则外孙为单于。岂尝闻外孙敢于大父抗礼者哉？兵可无战以渐臣也。若陛下不能遣长公主，而令宗室及后宫诈称公主，彼亦知，不肯贵近，无益也。"(《史记·刘敬列传》) 其核心是以汉皇室公主嫁与匈奴为阏氏，辅以财物之馈送、礼义之浸染，达到维系双方和平友好之目的，亦即以血缘的、经济的、文化的联系与影响，产生化敌为友，渐为外臣的政治效应。这一政策不仅成为汉代，以后也成为历代封建王朝统治所用的重要的政治外交政策。但是，政治上的"美人计"的成功必须以真正皇室的公主出嫁塞外大漠为前提，而从高祖刘邦开始，恐怕没有几个真正血统意义上的皇室公主出嫁异域，这也就难怪匈奴铁骑屡次兴兵犯边，掳掠人口，抢夺财物，成为汉代统治者挥之不去的最大忧患。

实际上，"和亲"只是军国大政上的权宜机变之计，战争军事方面主动权的掌握才是最为重要的。自汉高祖开始，以"和亲"之计求得时机，积蓄力量打败匈奴就成为汉朝皇帝的主要谋划。然而，经过楚汉相争的汉朝，国力极为疲惫，尤其是战马的极为缺乏，所以才有"青牛宝马七香车"(语出卢照邻《长安古意》) 的极具嘲讽性的一幕。而与此同时，匈奴军事力量却达到了历史的最强势时期。公元前200年汉高祖白登之围，单于冒顿率四十万骑包围刘邦，而且以十万为一队集于一方，以马匹的颜色来划分，西方尽白马，东方尽青龙马，北方尽乌骊马(黑色)，南方尽骍(赤黄)马。由此可知，如此整齐划一、多达四十多万的马匹用于战争，可见匈奴人在畜牧业方面已经极为强大，马匹成为他们战争取得胜利的决胜法宝。同时，匈奴民族精于骑射，骁勇善战，灵活机动，不守成规，"星散电迈，隐见不测"。(《续后汉书》卷79) 这样，汉武帝之前的汉匈对抗总是以汉朝的失利而终结，如"孝文十四年，匈奴单于十四万骑入朝萧关，杀北地都尉卬，虏人民畜产甚多，遂至彭阳。使骑兵烧回中宫，候骑至雍甘泉"；后"匈奴日以骄，岁入边，杀掠人民甚众，云中、辽东最甚，汉甚患之"。(《汉书·匈奴传》) 就是武帝初立之时，匈奴伊稚斜单于当政，"匈奴数万骑入代郡，杀太守共友，掠千余人。秋，又入雁门，杀掠千余人。其明年，又如代郡、定襄、上郡，各三万骑，杀掠数千人。匈奴右贤王怨汉夺之河南地而筑朔方，数寇盗边，及入河南，侵扰朔方，杀掠吏民甚众"。(《汉书·匈奴传》) 汉代初年，像以上匈奴掠边甚至逼近长安之事不胜枚举，所以汉武帝即位之后，忍辱负重，积蓄力量，以图一雪国耻，彻底解除边患。终于大约在公元前121年，大败匈奴于祁连山、燕支山一带。依《汉书

·匈奴传》记载："明年春，汉使骠骑将军去病将万骑过陇西，过燕支山千余里，得胡首虏八千余级，得修屠王金天祭人。其夏，骠骑将军复与合骑侯数万骑出陇西，北地二千余里，过居延，攻祁连山，得胡首虏三万余级，裨小王以下十余人。"祁连山、燕支山是匈奴民族游牧活动的主要地区，其中燕支山语意就是一个富于水草，森林茂密，土壤疏松，气候凉爽的地区，一直是历代牧人所谓"龙庭"的所在。后来班固曾撰《燕然山铭》，窦宪曾在燕然山石碑上铭刻"恢拓境宇，振大汉之天声"的碑文，以示对这个区域的极端重视。也就是霍去病等此时期大败匈奴，显示了大汉的强大军威，才成就了匈奴文学传世的最早诗篇《匈奴歌》。

关于匈奴本民族有无文字，按《史记·匈奴列传》的说法"无文书，以言语为约束"，匈奴族恐怕没有文字，最起码是没有文字流传下来，其文化和交流主要是口耳代代相传沿习。但是《汉书·匈奴传》记载中却说"教单于左右，疏计以计识众人畜牧"，如果没有一定数量和规模的类似于文字的交流符号，"疏计"恐怕就是无从谈起，无法进行了。《盐铁论·论功》说："匈奴刻骨卷木，百官有以相记，而君臣上下有以相使，"匈奴召开会议，传达各种政令，此时恐怕简单的刻记类符号难以完成，由此，匈奴应该有类似于汉民族象形类的文字，只是没有流传下来。由此，有史记载的匈奴民族最早的诗篇《匈奴歌》也只有汉文字流传下来。《匈奴歌》只有四句：

失我祁连山，使我六畜不蕃息；失我焉支山，使我妇女无颜色。

《匈奴歌》在《史记》中只有歌名，没有正文，是后人在《史记·匈奴列传》的"索引"中引《西河旧事》所录。另外，此歌又见于《西河故事》、《乐府诗集》、《古诗源》等著作中。这首诗显然与《诗经》的"国风"相似，是匈奴民族在被汉朝军队击败，丢失了他们世代繁衍生息的水草丰美的家园之后，无比悲怨哀苦，不由自主地吟唱出这动人心魄的群体心灵之歌。显然，祁连山和焉支山在匈奴人的价值世界里极为重要，是他们赖以生存和发展的草原，是他们获取物质生活资料的"六畜蕃息"之地。由此，丢失了广袤的草原，生存威胁就成为头等大事。匈奴民族能歌善舞，热爱歌唱，用歌唱倾诉他们的情感和愿望。《毛诗序》说："诗者，志之所之也，在心为志，发言为诗。诗歌之不足，不如嗟叹之，嗟叹之不足，不如手之舞之，足之蹈之也。"匈奴人在屡次取得军事上的胜利之后，突遭这骤然降临的失去土地的创伤，悲情深重，无以细说，只得以直抒胸臆之法，用两个对称性极强的句子，将他们的隐忧、焦虑倾泄而吐，显示了强烈的民族主体意识。战争的爆发究竟带来了什么？土地的丧失、妇女的愁怨，亦或是其它。但无论如何，战争终究是对固有生活的破坏。由此，《匈奴歌》站在匈奴人的立场上，以传唱的方式诉求着和平，渴望着安宁。同时，必须注意到，《匈奴歌》体现了极为鲜明的异域风格。它不同于汉民族悲愁的呻吟哀鸣，不专注于一草一木的局部描写，而是起笔直落，境象宏伟，将匈奴民族最为重要的丰美草原直接点出，叙述抒情紧密相联。虽然揭示了战争带来的巨大的伤痛，但并不显得消极落寞，低郁不振；相反，这样一种直截了当、毫不拖泥带水的方式，却流露出游牧民族那种磊落大气、豪壮刚直的特有风采，显示出他们毫不掩饰、雄健自强的内在气质，这是古代诗歌现实主义精神在草原之音中的初次展现。

如果说《匈奴歌》是匈奴人传扬的失地悲歌，哀痛却不低沉，失败却不绝望，是悲怨之中蕴育着力量，哀婉当中积聚着刚强，是纵横驰骋于广阔空间，善于驾驭和征服外部复杂世界的游牧民族充满活力、慷慨豪纵精神气质的曲折显示，那么此时期的"和亲"之歌却翻开了古代草原诗篇的另外一册画卷。

"和亲"之举始于汉高祖刘邦当政其间，确实为解决汉匈冲突发挥了巨大作用，但终归是汉朝国力消弱的无可奈何之举，所以至武帝时，积极寻找机会，以图从武力上彻底击败匈奴，但静如处子、动若脱兔的匈奴军队行动异常敏捷迅速，很难形成合围歼灭的军事态势。于是，汉朝若想完全大败匈奴，必须与其它游牧部族政权建立比较稳固的军事政治联盟，才能有效地打击匈奴。于是张骞出使西域，将西域列国的风土人情向武帝汇报，并趁机提出联络乌孙以"断匈奴右臂"的建议，使武帝产生了极大的兴趣，才在政治外交策略上推出了以"和亲"之法，与西域诸国联盟，进而打击匈奴的政策。才产生了草原之音中别致的汉和亲史上绝无仅有的细君公主之歌。

乌孙国军事地理位置非常重要，"东与匈奴，西北与康居，西与大宛，南与城郭诸国相接；"其俗"不田作种树，随畜逐水草，与匈奴同俗。国多马，富人至四五千匹。民刚恶，贪狼无信，多寇盗，最为强国。"（《汉书·西域传》）更重要的是，乌孙国也受到匈奴的欺凌、侵略，恨之入骨。这样，在汉朝使者频繁来往于西域列国之后，"乌孙于是恐，使使献马，愿得尚汉公主，为昆弟"，主动提出与汉朝联姻结盟的愿望。终于，"汉元封中，遣江都王建女细君为公主，以妻焉。赐乘舆服御物，为备官属宦官侍御数百人，赠送其盛。"（《汉书·西域传》）汉朝为细君公主出嫁乌孙举行了盛大隆重的仪式，派遣了大量随行人员，仪仗之隆、从属之多超过了汉朝任何一个"和亲"之女，其目的就是笼络和威慑乌孙国。然而，细君公主到了乌孙之后，经过一段时间才与乌孙国王昆莫相见，而"昆莫年老，言语不通。"(《汉书·西域传》)年龄的巨大悬殊，此时昆莫儿孙满堂，而细君公主正值妙龄；再加上生活习惯的巨大差异，言语交流的极不方便，身处异地的孤独寂寞，细君公主悲愁不已，自为作歌曰：

> 吾家嫁我兮天一方，远托异国兮乌孙王。穹庐为室兮旃为墙，以肉为食兮酪为浆。常思汉土兮心内伤，安得黄鹄兮归故乡！

这首诗又叫《悲愁歌》，是"和亲"心路历程的真实记载，是汉族文明与游牧文明冲突在个体内心世界的曲折反映。细君公主在风光旖旎、软语莺声的江南长大，受朝廷的指派，不得已下嫁西域乌孙国王为右夫人，来到了荒凉、广漠、"多雨、寒"的西域塞外，风物的巨大悬殊，人情的天壤之别，政治使命的不得违逆，都促使她心生怨恨，从而思乡念亲之情极为浓烈深厚，渴望能像自由的鸿鹄那样离开异邦，飞转家乡。感情真挚、深切，风格惆怅低回，确为"和亲"女子的心灵写照。然而，本诗价值更重要的恐怕在以下几个方面：一是全诗六句，以自述情感或心灵独白的方式，抒发内心的真实感受，先叙后议，情感强烈，其中"兮"字入诗，南国香软缠绵之情跃然纸上，深切显示出滴滴血泪、款款浓情的汉家女子的愁苦神情，和北国的异乡风情形成鲜明对照，隐含着地域文化的巨大差异；二是本诗是中国文学史第一次以汉家人的视野，以江南人的体验揭示了游牧文明和农耕鱼泽文化的激烈冲撞，特别是起居饮食方面的极大不同，住的称作"穹庐"，意即有天窗的圆形的居室。乌孙人和匈奴人一样，用牛皮兽皮或用羊毛编织成的毡子覆盖在木头支起的架子上作为住房，在毡壁上插满了所属部落种族的带有标志样的旗帜，而且几代人住在一起。吃的以肉食奶制品为主，饮用则多为牛奶、羊奶，所谓"以肉为食兮酪为浆，"穿的"即以兽皮及毡布为裘、褐、长袍，裤子口小。"❶ 值得注意的是，细君公主所展示的还只是生活起居方面的不适，更深层次的痛苦恐怕还是她不久就遭逢的生活伦理价值方面的挑战，这就涉及到了民族文化价值观念的根本性问题，特别是家庭伦理。依汉儒家所称道之礼，女子在家从父，出嫁从夫，父死从子，所谓"三从四德"。但与匈奴同俗的乌孙，其婚姻状态更为复杂，父死子可以妻其后母；叔父死，侄子可以妻其叔母；兄弟死，可以妻其嫂，从兄弟亦同；更有甚者，祖父虽未死，但不能延其血脉，孙子可以妻其后祖母。细君公主美貌年少，"昆莫年老，欲使孙岑陬尚公主"，想使他的孙子娶

---

❶ 《历代边塞诗词选析》，军事谊文出版社，1997，第43页。

细君为妻。"公主不听,上书言状,天子报曰:"从其国俗,欲与乌孙共灭胡。"(《汉书·西域传》)在汉朝廷旨意下,刘细君只能再嫁先父之孙,最终死在乌孙。由此,细君公主的《悲愁歌》触及到了文明差异带给个体生命的严正思考,触及到了政治责任与婚姻命运的两难情结,但自己又无法解脱,只能借歌咏表达一种无可企及的心灵渴望。

无独有偶,东汉后期的蔡文姬,也以其特殊的胡地经历和传世名作《胡笳十八拍》,书写了胡地的游牧生活,风土人情,价值观念,表达了与细君公主相似的文化差异所带来的内心感受,所不同的是其中更充满了政权分立,胡汉相隔造成亲人惨别的深重痛苦。因此,反衬着百姓渴望国家统一、文化相融的心灵呐喊,这恐怕才是《胡笳十八拍》的真正价值所在。《胡笳十八拍》是一首中国文学史上动人心肺的千古绝唱,她以159句的长篇诗行浓笔重彩地描写了东汉才女蔡文姬被掳流浪匈奴且生活了12载的痛苦生命旅程,是中国诗史上最早的比较全面展示草原独特地域环境、文化特征和人生悲剧性体验的抒情性极为浓烈的诗篇,是细君公主哀怨深重的《悲愁歌》表现境界和情怀的现实主义升华和拓展。首先,它将异域草地的生活感受置于一个胡虏强盛、哀鸿遍野、战争四起的乱离时代的背景之下,使得她触目惊心的独特体会和深挚感人的情感表达,具有了强大的现实基础,也使她笔下的广袤无边、朔风浩荡的草原,更加动荡不安、摇曳有致,更具有异域胡地的别致意味。其次,它以极为宽阔的艺术视野描绘了草地奇特的地理环境,把读者带入到一个完全新奇的更为旷远无垠的北地世界,"云山万重兮归路遐,疾风千里兮扬尘沙,"朔风浩浩,原野萧条,流水呜咽,沙尘飞扬,突出了胡地自然环境的严酷冷峻。再次,它对草地的生活习俗、杀伐不断作了极为全面真切、细腻的描绘,深刻表达了一个乱世当中的汉族女子身处异地的痛苦感触,"对殊俗兮非我宜,遭恶辱兮当告谁?""毡裘为裳兮骨肉震惊,羯膻为味兮枉遏我情,""殊俗心异兮身难处,嗜欲不同兮谁可与语,""冰霜凛凛兮身苦寒,饥对肉酪兮不能餐,""原野萧条兮峰戍万里,俗贱老弱兮少壮为美。逐有水草兮安家葺垒,牛羊满野兮聚如蜂蚁,草尽水竭兮羊马皆兮。""胡笳本自出胡中,绿琴翻出音律同,""鼙鼓喧兮从夜达明,胡风浩浩兮暗塞营。"从日常生活的一饮一食的难以忍受的切身体会,到耳濡目染的匈奴生活、生产方式的真实再现;从草地天气的奇寒多变,到匈奴人能歌善舞的笳乐不断;从中原的尊老慈幼,到匈奴人的贵壮贱老,笔触所及,画面所至,无不体现了一个乱世之中两度为人妻的汉族女子对异地生活的惊心动魄、恍如隔世之感,无不洋溢着鲜明的现实主义精神。但更重要的是，蔡文姬以其惨痛而奇特的人生经历，以《胡笳十八拍》的铮铮奏响，倾诉了连绵不休、战乱兵变、胡汉相争带给两方百姓灾难的痛苦之情，"城头烽火不曾灭，疆场征战何时歇。杀气朝朝冲塞门，胡风夜夜吹边月，"导致了"苦我怨气兮浩于长空，六合虽广兮受之应不容"的哭天抢地般的控诉，于是，思念亲人、诉求和平、胡汉欢乐相融的呐喊响彻胡汉两地的上空，"羌胡蹈舞兮共讴歌，两国交欢兮罢兵戈。"和平不仅使蔡文姬归汉，也使她渴求与胡地儿子相聚的极尽缠绵、感人肺腑的心愿有了实现的可能。《胡笳十八拍》不仅内涵丰富深刻，将细君公主《悲愁歌》的境界予以扩展，而且艺术品味极高，明朝人陆时雍《诗镜总论》说："东京风格颓下，蔡文姬才气英英。读《胡笳吟》，可令惊蓬坐振，沙砾自飞，真是激烈人怀抱。"之所以能于东汉末叶感伤叹惋之情弥漫天下的风气中独树一格，以深挚新奇惊震于诗坛，恐怕还是根源于《胡笳十八拍》所展示的胡地草原生活的别有奇观、奇情、奇义。

历史的车轮缓缓向前，进入了中国历史上一个政治局势更为动荡，朝代更迭更为频繁，民族文化相融更为密集，草原诗章更为多样精彩的魏晋南北朝时期。

这一比较混乱而漫长的历史时期的草原诗篇大致可以分为三个方面的创作，一是受朝代更换相对快速，政治统治相对紊乱，民族对抗相对集中的时代环境的影响，此时期汉族文士追慕西汉卫青、霍去病时代英勇出塞，杀敌立功的英雄壮举，多从想象出发，创作了诸多以军旅生活角度描写边地奇异风光，抒发英雄主义精神的边塞诗，是盛唐边塞诗风形成的响亮前奏。二是此时期民族政权的建立与覆灭的过程相对短暂集中，但不论是哪个少数民族建立的政权，都与中原的汉族文化有着极为密切的关联，都在一定程度上摆脱了"散居溪谷，自由君长"的政治统治，建立了相似于中原或南朝的政权统治。由此，反映各少数民族政权政治、经济、生活或军事的草原诗篇此时期比较集中，其代表作便是传世名篇《敕勒歌》。三是内容、风格比较集中一致的专写少数民族生活状态、刚健壮伟的北朝民歌。

实际上，魏晋南北朝时期的汉族文士之所以钟情向往汉朝将领浴血奋战、杀敌立功、留名青史的人生壮举，主要原因不在于他们所处时代的和平，安宁，失去了建功立业的土壤，而是此时期的文人受社会品级等级制度的限制，空有英雄壮志、满腹豪情、报国建功之望，而投身无门，只能望史兴叹，徒生嗟时伤己之感，将满腹热忱寄托于历史英杰，借古人之酒杯浇胸中之块垒，在心灵世界中营造出苍茫荒芜的塞外草原和摇曳多姿的英雄风采。如南朝文人虞羲的咏史名篇《咏霍将军北伐》：

> 拥旄为汉将，汗马出长城。长城地势险，万里与云平。凉秋八九月，虏骑入幽并。飞狐白日晚，瀚海愁云生。羽书时断绝，刁斗昼夜惊。乘墉挥宝剑，蔽日引高旍。云屯七萃土，鱼丽六郡兵。胡笳关下思，羌笛陇头鸣。骨都先自詟，日逐次亡精。玉门罢斥候，甲第始修营。位登万庾积，功立百行成。天长地自久，人道有亏盈。未穷激楚乐，已见高台倾。当令麟阁上，千载有雄名！

本诗是一首歌颂汉代名将霍去病北伐匈奴、名垂千古的诗篇，表达了作者渴望为国效力、统一华夏的精神追求。虽然直写草原的笔墨极为精简，只有"胡笳"、"羌笛"、"骨都"、"日逐"之语，但却传递出军旅边塞之歌的铿锵有力、金玉之声，回荡着跌宕起伏、扣人心弦的浑厚之美。后人评价说《咏霍将军北伐》"高壮开唐人之先"，实为确证之论。

此时期还有鲍照的《代出自蓟北门行》：

> 羽檄起边亭，烽火入咸阳。征骑屯广武，分兵救朔方。严秋筋竿劲，虏阵精且强。天子按剑怒，使者遥相望。雁行缘石径，鱼贯度飞梁。箫鼓流汉思，旌甲被胡霜。疾风冲塞起，沙砾自飘扬。马毛缩如猬，角弓不可张。时危见臣节，世乱识忠良。投躯报明主，身死为国殇。

本诗与《咏霍将军北伐》相较，精紧严律，节奏鲜明，更恰切地烘托出边塞草地的跃动不安，变幻莫测；其中"疾风冲塞起，沙砾自飘扬。马毛缩如猬，角弓不可张"四句，传神写照，极为准确而又夸张地描写了边地草原的飞沙走石，寒冷彻骨，成为后世边塞诗绘制奇特壮美草原风光的拓荒开山之句，为后世传诵不已。与鲍照虞羲同时期的还有南朝文学家吴均，他以一首《胡无人行》在边塞诗的发展史上领有一地：

> 剑头利如芒，恒持照眼光。铁骑追骁虏，金羁讨黠羌。高秋八九月，胡地早风霜。男儿不惜死，破胆与君尝。

吴均出身寒微，仕途不振，多以创造雄阔豪壮之美的边塞诗来书写人生志向。本诗笔力雄健，节奏响亮，特别是以"高秋八九月，胡地早风霜"之语来反衬地域环境的迥然有异，渲染边地环境的严酷恶劣，深化战争的肃杀残酷，已深得唐人边塞诗之妙，对唐代以奇美著称的岑参诗极有影响，他的《白雪歌送武判官归京》中的首句"北风卷地白草折，胡天八月即飞雪"就是化用此句而来。

无论如何，南朝文人的神奇想象之笔将草原之音引入到军旅边塞的创作园地，更充满了男性阳刚壮伟之气，有力地拓展了草原诗歌的美学内涵。然而，此时期草原诗篇的真正扛鼎宏大之作当属描绘草原壮美景观和人文精神的千古绝唱《敕勒歌》。

《敕勒歌》产生于北朝的北魏至北齐之间，是敕勒族流传已久的民歌。敕勒是乘高车、逐水草迁徙的游牧民族。《新唐书》卷 217《回鹘传》记叙元魏时属敕勒一支的回纥时说："回纥，……俗多乘高轮车，元魏时亦号高车部，或曰敕勒，讹为铁勒。"实际上，历史上所说的"高车"是对敕勒族的意译而已，意即乘高车、逐水草而居之人。敕勒族种族姓复杂，《北史》和《魏书》的《高车传》记载，敕勒族有狄氏、袁纥氏、斛律氏、解批氏、扩骨氏、骨奇斤氏等部族，其中的斛律氏一支产生过诸如北齐名将斛律金、丞相斛律光、隋代户部尚书斛律孝卿、唐朝吏部员外斛律礼备等一大批历史名人，是南北朝时期北朝民族融合与交流过程中的一支重要组成力量，扮演了极为精彩与重要的角色，而最为后世津津乐道的则是斛律氏所作的《敕勒歌》：

敕勒川，阴山下。天似穹庐，笼盖四野。天苍苍，野茫茫。风吹草低见牛羊。

《敕勒歌》诗行最早见于宋人郭茂倩所编《乐府诗集》卷 86 的《杂歌谣辞》中，而最早提及《敕勒歌》诗名的是唐人李百药所著《北齐书·神武本纪》，并对《敕勒歌》的历史背景作了详细的记载："（武定）四年八月癸巳，神武将西征，自邺会兵于晋阳。……神武有疾，十一月庚子，舆疾班师。庚戌，遣太原公洋镇邺。辛亥，征世子澄至晋阳。时西魏言神武中弩。神武闻之，乃勉坐见诸贵，使斛律金作《敕勒歌》，神武自和之，哀感流涕。……"另据沈健《乐府广题》说是《敕勒歌》是北朝北齐敕勒族斛律部族人斛律金奉高欢之命而"唱"，其目的是"安士众"，且"本鲜卑语，易为齐言，故其句长短不齐。"以上是关于《敕勒歌》见于史传的一些资料，对于《敕勒歌》产生及传唱的历史背景作了比较确实的说明。

根据《北史》卷《神武本纪》的记述，东魏武定四年（546）九月，东魏神武帝高欢奉兵大举进攻西魏玉璧，而此时被北魏太武帝拓拔焘迁徙到大漠以南的数十万户敕勒族人，早已普遍参加了建设北魏政权的过程，有的成为冲锋陷阵的士兵，有的成为反抗北魏统治的造反者，但不管怎样，敕勒族的强健男儿斛律金是其中的著名人物。面对西魏晋州刺史韦孝宽的有力坚守，东魏兵马在折损兵马七万多人之后，只得怏怏退兵。而西魏军中盛传东魏神武帝高欢中箭。为了安定军心，激励士气，全身而退，高欢命令手下将军斛律金唱起《敕勒歌》，而自己和唱不已，遂有了名垂千古的《敕勒歌》，而所产生的情感效应是"哀感流涕"不已，引发了强大的感情共鸣。由此说明《敕勒歌》并非一时斛律金即兴个人创作，也非只有敕勒族人所熟知，鲜卑化汉人高欢等人也很熟悉，否则不能唱和。同时，"其歌本鲜卑语，易为齐言，故其句长短不齐，"说明在沈健看来，《敕勒歌》原用鲜卑语传唱，流播过程中改为齐言（汉语），流传至今。由于《北齐书》只记载了歌名，而无具体歌辞的记录，所以《敕勒歌》既然首次由敕勒族人所唱，那么我们现在见到的《敕勒歌》肯定是敕勒人先创作流传，又被译为鲜卑语流行，最后定型为汉语至今。由此，可以说《敕勒歌》由敕勒族首创，经过了民族融合与交流的润养，成为北方各族人民传唱不绝的佳作。事实上，敕勒族能歌善舞，他们乘高车、逐水草，发展畜牧业生产，为我国古代北方民族地区的物质和精神文明建设做出了巨大贡献。据《北史·魏书·高车传》的记载，"敕勒合聚祭天，众至数万，大会，走马杀牲，游绕歌吟忻忻，其俗称自前世以来无盛于此。"这样规模宏大的群体性民间娱乐，既有祭告天地神灵佑护族人的宗教目的，但更多的是民间狂欢娱乐欢庆的喜悦表达。应当说，这才是《敕勒歌》产生的真正的土壤，是对他们生活乐土敕勒川的喜爱和歌颂。那么，为什么要在军事征战失利的情势下吟唱《敕勒歌》呢？或者说短短二十七字的《敕勒歌》究竟包蕴着怎样深厚丰富的文化和文学价值呢？

首先，它明确了北方游牧民族赖以生存、发展、强盛的地域位置，具有普遍意义上的家乡故园意识，是北方所有游牧民族神驰心往的精神家园。《汉书·匈奴传下》说："北边塞至辽东，外有阴山，东西千余里，草木茂盛，多禽兽，本冒顿单于依阻其中，治作弓矢，来出为寇，是其苑囿也。"这是说我国古代第一个少数民族建立的强大的奴隶制政权的匈奴杰出首领冒顿单于，就是将阴山脚下这块林木茂盛、水草丰美之地当做"苑囿，治作弓矢而发展起来。因此，阴山河套地区又以"匈奴故地"，"单于之地"，"匈奴旧境"见于史籍，成为后代游牧部族发达兴盛的根据地。如匈奴之后的鲜卑杰出首领檀石槐，"尽据匈奴故地"，以此为资本，四处扩张，建立起庞大的军事联盟；而建立起北魏政权的拓拔鲜卑，也历经苦辛，终于迁"居匈奴之故地"，最后竟然完成了我国北方民族自匈奴以来所未能完成的中国北方的统一。而敕勒族人此时期也在东到濡水之源，西至阴山一代游牧、耕种，使这一地区的经济文化得到了前所未有的发展和繁荣。由此，可以说："敕勒川，阴山下"，正是我国古代北方游牧民族共同生存和发展的理想家园，是自然景观与人文景观的有机结合体，既有地域文化特征，更具有人文精神色彩。如此才能引发失意将士深埋已久的家乡情怀，以家园的深沉温暖抚慰战事多艰的创伤，使将士们从失利的阴霾中解脱出来，从而重新投入战斗。但是，作如是思考之时，不由会使我们陷入到一种极为尴尬的自相矛盾的境地，那就是以思乡之情来缓解战争不利所带来的痛苦，安定军心，不正是与楚汉相争中的"四面楚歌"的历史史实背道而驰么？汉军四面包围楚军，楚军本欲在项羽的盖世英武的鼓舞之下，在垓下与汉军决一死战，到底谁能问鼎中原，尽在此举。怎奈刘邦听从谋策的意见，于楚军之外尽唱楚地民歌，以思乡之情瓦解楚人的斗志。结果还未两军对阵，楚人已逃十之七八，不战自败。可见，以思乡之歌来激励斗志恐怕并不能完全说清楚。但历史真实是东魏神武帝高欢确在《敕勒歌》传唱之后，全身而退，回到京师。这恐怕就要从《敕勒歌》更深层次的文化精神价值的剖析才能知晓。

与前面我们所分析的《匈奴歌》、《悲愁歌》、《胡笳十八拍》和南朝文人出塞之歌相比较，《敕勒歌》第一次以多种视角，以宏阔壮伟的角度，展示了草原本身就具有辽阔、壮丽、苍茫、豪健而又生机勃勃、活力四射的本色本质之美，自然之美，而回避和取消了任何限制性的时代、政治、军事矛盾的背景特征，直入草原本身就显示其珍贵和重要的种族、川泽之美，一方面突出了北方游牧民族刚健豪壮、爽直磊落的精神气度，又具有时空的无限纵深博大之感，自古及今，阴山故地，敕勒山川就是我们游牧民族赖以生存的地方。"敕勒川，阴山下"两句，从远眺纵观的角度，绘制草原的独特地理状貌，广阔无边，绵延千里，依山而列，河泽纵横，为后边的牛羊满野，草木茂盛做足铺垫。紧接着视角突转，由远视改为仰望，"天似穹庐，笼盖四野"，表现了北方游牧民族淳朴质直而又别有意味的宇宙意识。"天"，在汉民族的精神世界中往往被做是神圣不可侵犯和亵渎的生命存在，只能远视敬仰，不可亲近比拟，所以才有"以天为宗，以德为本"（《庄子·天下》）的天命伦理观念的产生和发展，对天地只能顶礼膜拜，无限顺从。而在游牧民族的宇宙意识中，天地、日月虽一样得到他们的崇拜敬仰，但和汉民族不同的是，他们把对天地日月的崇敬化作一种实用性极强的意识符号，当作可资利用的自然物对象，可以亲近和以之为工具。《汉书·匈奴传》说：匈奴"五月，大会龙城，祭其先天地鬼神"，又说"单于朝出营拜日之始生，夕拜月。"即使是最高统治者单于也自称"天所立匈奴大单于"、"天地所生、日月所置匈奴大单于。"而天地日月到底是什么样子，是否如汉民族一样逐渐演变成人格化的神，游牧民族不加追究，只是随意自我选取，加以利用。还如《匈奴传》提到的"举事常随月，月盛壮以攻战，月亏则退兵"的古老战法习俗,也为后世的突厥等游牧民族所继承。《隋书·突厥传》就有"候月将满,数为寇钞"的记载。而后来的契丹和蒙古民族均有视日月变化而决定用兵行止的习俗。也就是说,天地日月已被游牧民族无限地与自我拉近,可以触摸体会,成为日常生活的有机组成。这样,"天似穹庐,笼盖四野"也就不足为奇,将宇宙无限的标志物"天",喻作日常生活的用具之一毡房之顶,既亲切无比,又豪壮有力,充分体现了敕勒游牧民族刚健进取的精神品格。

其次,《敕勒歌》既是对草原自然环境的审美观照,也高度概括了北方游牧民族的心理气质,显示了草原文化的基本特质。"天似穹庐,笼盖四野",无边的大地、草原,在渺小如穹庐、博远又无限的上天的笼盖之下,暗示出游牧民族逐水草而居的游牧生活的流动不定的生活本质,在天空阳光覆照之下,凡有水草的地方都是我家,这就将善于驾驭和征服外在的复杂多变世界,充满生气活力、不拘一格、豪迈刚直,能吞吐一切的民族心理揭示出来,显示出无所不容,豪健进取的积极奔放的草原文化品格,这才是《敕勒歌》能激励士气,鼓舞精神的真正原因所在。最后两句的"天苍苍,野茫茫,风吹草低见牛羊",是对上句的进一步的拓展发挥,透示出草原的博大苍茫之境,使草原更显得悠远深厚,也揭示了自然伟力的造化之美,牛羊遍野,喜悦在望。

最后,《敕勒歌》虽为"齐言"汉语,但显然此形式不同于此时期流行的五、七言诗,更类似于早时期的杂言的汉乐府民歌。以三言、四言、七言结合杂糅的形式,形成长短相间,错落有致,激昂有力的韵律之美;语言朴素明快,直接显豁,写景白描之中结合的朴素的想象,传达出浑厚天成的自然之美的风格。无怪乎有着游牧民族文化血统的元好问于《论诗》中无比深情的赞叹道:"慷慨谣歌绝不传,穹庐一曲本天然。中州万古英雄气,也到阴山敕勒川。"

关于南北朝文风之别,《隋书·文学志》的评价最为允当:"暨永明、天监之际,太和、天宝之间,洛阳、江左,文雅尤盛。于时济阳江淹,吴郡沈约,乐安任昉,济阳温子昇,河间邢子才,钜鹿魏伯起等,并学穷书囿,思极人文,缛彩郁于文霞,逸响振于金石。英华秀发,波澜浩荡,笔有余力,词无竭源。方诸张蔡曹王,亦各一时之选也。闻其风者,声驰景慕,然彼此好尚,互有异同。江左宫商发越,贵于清绮;河朔词义贞刚,重乎气质。气质则理胜其词,清绮则文过其意,理胜者便于时用,文华者宜于咏歌。此其南北词人得失之大较也。"明确指出了北朝诗作以内容、风格的朴正、刚健为主,真实地反映了北朝人们的生活状况。北朝民歌不同于南朝诗的委婉细腻、妩媚多情，而是契合了北方民族，特别是游牧民族特殊的性格气质，风俗习惯，多率直显露，斩截利落，脱口而出，凌厉直接，浑朴天成。北朝民歌至今保存约 70 余首，绝大部分保存于郭茂倩《乐府诗集》的"梁鼓角横吹曲"中，所谓"横吹曲"，即北方游牧民族于马上演奏的军乐，鼓角齐鸣，催人上阵，又叫做"鼓角横吹曲"。由于其特殊的产生背景和用途，自是粗犷有力，豪情万丈，有压倒一切之势。《晋书·乐志》也说："横吹有鼓角，又有胡角，即胡乐也。"这就将北朝游牧民族的音乐歌曲置于"军乐"之内，融合一处，自然也就显现出豪壮进取、生机无限的游牧民族的精神气度。

北朝的草原诗篇以展示草原生活风情和民族尚武精神、豪壮个性为主。如"孟春三四月，移铺逐阴凉"。（《琅琊王歌辞》）"放马大泽中，草好马著膘"。（《企喻歌》）"放马两泉泽，忘不着连羁。"（《折杨柳歌辞》），从生活的一个侧面表现游牧民族依天起居，逐水草而居，迁转不定而又悠游自足的生活情调。再如"男儿欲作健，结伴不须多。鹞子经天飞，群雀两向波。"（《企喻歌》）"新买五尺刀，悬著中梁柱。一日三摩挲，剧于十五女。"（《琅琊王歌辞》）"健儿须快马，快马须健儿。䟛跋黄尘下，然后别雄雌。"（《折杨柳歌辞》）则集中反映男子的雄健英武，气壮山河。此外在《魏书·李安世传》中收有《李波小妹歌》："李波小妹字雍容，褰裙逐马如卷蓬，左射右射必叠双，妇女尚如此，男子那可逢。"更可谓花木兰的先声夺人。

至此，汉魏晋南北朝时期的草原之音以其特异而多质的精神风貌回响于草原的上空，飘荡和传扬在那悠远而亘古的草原大地。

第三节　唐诗王国中的草原诗篇

唐朝是中国诗歌的黄金时代，诗人之多，诗作之富，诗风之异，堪称历代之最。李白的雄奇飘逸，杜甫的沉郁顿挫，犹如巨星横空出世，光照天宇。诗坛上繁星闪烁，争奇斗艳，气象万千。然而最能显示唐诗繁盛气象和精神骨脉的还是审美气象、风格景象迥然不一的边塞诗派和山水田园诗派。其气象的豪壮与阔大、意境的浑成与深远都展示了唐诗最富有时代色彩的一面，是真正的属于唐代和唐人的诗。不论是走马边塞，还是徜徉山水，都体现了唐人豪壮而多情的气格。严羽在《沧浪诗话·诗评》和《答吴景仙书》中曾比较唐诗与宋诗的区别，说："唐人与本朝人诗，未论工拙，直是气象不同。""盛唐诸公之诗，如颜鲁公书，既笔力雄健，又气象浑厚。"那苍劲的力道，绝大的胸怀，深沉的思想，多彩的世界，豪壮的精神，都充盈着唐王朝强大的国力和民族自信力。古代文人向往唐朝，梦回唐朝，因为那是一个人格解放、独立、自由的时代，诗人们可以"长安市上酒家眠，天子呼来不上船。"（杜甫《饮中八仙歌》）诗人们自命不凡，充满了对未来的进取和征服的精神，意气飞扬，豪情尽泻，李白《上李邕》中"大鹏一日同风起，扶摇直上九万里，"杜甫《望岳》中"会当凌绝顶，一览众山小"，杨炯《出塞》中"丈夫皆有志，会见立功勋"。……在唐人的视野里，世界是属于他们的，王勃《送杜少府之任蜀州》中"海内存知己，天涯若比邻"，宇宙无限，人间万象，然而处处是我家，人人皆亲邻。"兴酣落笔摇五岳，诗成笑傲凌沧洲。"诗借豪情，情催笔落，成就了非凡而又无可替代的唐诗。然而，就展示唐诗刚健壮美的美学精神而言，边塞诗无疑是唐诗中的巨响绝调，显示着唐诗豪壮、雄浑之美的最强音。那些沉酣于长河落日、黄河沙海、金戈铁马、边城烽火、百刃相接、以身许国的边塞诗，它们所表现出的险恶恐怖、惊心动魄的边塞景象，遍地飞石、冰天雪地、沙尘蔽日的恶劣环境，以其豪情壮采般独特的壮美意象完美地折射出唐人特有的精神气度。

在中国封建社会漫长的历史长河中，有一个悬而未决的问题始终困扰着历代帝王和仁人志士，那就是边廷的安宁。唐代国力强大，士气旺盛，但西北和东北由游牧民族建立的政权的威胁依旧存在，依旧不时掠夺和侵扰唐帝国。因此，自"初唐四杰"开始，慷慨激昂、建功立业的边塞强音就连绵不断，始终叩响于辽阔的诗坛，成为唐诗中最为凝重而深挚的一笔。严格来说，边塞诗有其内在的本质规定性，就创作主体而言，再不似南朝文人那样，身居水泽富丽之地，借想象之笔抒豪情壮志，空泛而又虚奇，而是身体力行，或为官吏而巡边，或从军而入塞，深入边疆草地，荒漠极水，有着丰富的草地边塞生活的人生体验，正如胡震亨《唐音癸签》所言："唐词人自禁林外，节镇幕府为盛。如高适之依哥舒翰，岑参之依高仙芝，杜甫之依严武，比比皆是。中叶后尤多，盖唐制，新及第人，例就辟外幕。而布衣流落才士，更多因缘幕府，蹑级进身。"他们就如杨炯《从军行》中所云："宁为百夫长，胜作一书生。"投笔从戎，奔赴沙场大漠，成就了灿若星云的边塞诗人群体。就创作对象而言，边塞二字可谓边境、边廷、边防、边城，举凡叙写从军出塞，守土卫边，遣使北国异域，经历草地戈壁，或军事征战于草原荒漠，或人生壮游于边国他乡，或叙事记游，怀古抒情，都充满了游牧民族男儿本色的阳刚之美，豪壮之美，雄奇之美，苍劲之美。由是，边塞多草地风情，异域奇境，处处显现着草原诗篇的精灵魂魄，所以将边塞诗中集中描写草原题材的作品归入到草原诗篇的行列，应是以另一个更新的角度对边塞诗的解读。

唐边塞诗序列中的草原诗篇创作以岑参、高适、王昌龄、王之涣、李颀的诗作最为代表。岑参在唐诗人中以人奇、诗奇而著称。人奇是说他"累传幕僚，往来鞍马风尘间十余载，极征行离别之情。"（《唐才子传》）投身于边塞草地生活时间之长，地域之阔，感受之深，唐代诗人中鲜有此比。岑参具有着他人无法比拟的边塞生活经历，就如他自己所言"侧身佐戎幕，敛衽事边陲。……近来能走马，不弱并州儿。"（《北庭西郊候封大夫受降四军献上》）敢于将自己一介书生与游牧健儿相提并论，可见其豪情万丈以及对边塞生活的熟谙程度。这一切都使岑参成为唐诗中最杰出的边塞诗人和草原诗人。岑参的草原诗篇集中于边地风光和风俗的描写。清人翁方纲说："嘉州之奇峭，入唐以来所未有。又加以边塞之作，奇气益出，风云所感，豪杰挺生，遂不得不变出杜公矣。"（《石洲诗话》）岑诗之奇情奇景为读者描绘了一幅充满异域情调和浪漫色彩的边地艺术世界，酷热严寒，火山黄云，狂风巨雪，莽莽平沙，胡琴羌笛，野驼美酒，边地异族的生活场景等都被它移入诗中。写西北火山云的瑰丽夺目如"火云满山凝未开，飞鸟千里不敢来。"（《火山云歌》）写出西北特有的厚重欲坠、鲜艳如火的积云特征；写热海水的炙热如"海上众鸟不敢飞，中有鲤鱼长且肥。一蒸沙砾燃房云，沸浪炎波煎汉月，"（《热海行》）描绘热泉滚涌，白气飞腾的地下水迸溅的奇观；写独具草原风情的宴饮舞蹈如"琵琶长笛曲相和，羌儿胡雏齐唱歌。浑炙犁牛烹野驼，交河美酒金叵罗。"（《酒泉太守席上醉后作》）如"曼脸娇娥纤复秾，轻罗金镂花葱茏。回裙转袖若飞雪，左旋右旋生旋风。"（《田使君美人舞如莲花北鋋歌》）将新疆和甘肃的生活情调写的艳丽无比，风生水起。岑参草原诗作还有一点值得注意，就是写边地各族百姓浓烈的融合力，特别是唐军所至，得到当地百姓的拥护支持，如"军中置酒夜挝鼓，锦筵红烛月未午。花门将军善胡歌，叶河蕃王能汉语。"（《与独孤渐道别长句兼呈严八御史》）这在历代草原诗篇中都是极其少见的。更主要的是，边庭草地严酷而恶劣的自然环境，本应给人以痛苦和灾难般的感受，但在岑参笔下，却借助奇特想象、大胆夸张和浪漫的激情，变成具有强大力量感和映衬戍边将士壮伟情怀的秀丽审美对象，让人沉浸于西北独有的自然景观之中，如"君不见走马川行雪海边，平沙莽莽黄入天。轮台九月风夜吼，一川碎石大如斗，随风满地石乱走。……将军金甲夜不脱，半夜军行戈相拨，风头如刀面如割。马毛带雪汗气蒸，五花连钱旋作冰，幕中草檄砚水凝。"（《走马川行奉送出师西征》）奇丽壮美是岑参草原诗作的主要特色。

高适的草原诗作最主要的特点在于思想深度的开掘，具有边塞史诗的风格。他的草原诗篇侧重于异域风俗，写的亲切自然，如《营州歌》："营州少年厌原野，孤裘蒙茸猎城下。虏酒千钟不醉人，胡儿十岁能骑马。"注笔于少年饮酒射猎的生活，展示了游牧民族自小习骑练射的生活画面。

盛唐边塞诗中独树一帜的是李颀，其诗变化角度，有高岑等人的直抒我之胸臆，以我之视野观草原之景，转变为代他人立言表意，以第三人称角度书写草原游侠的传奇人生，读来颇有新鲜之气。如歌行体诗《古意》：

> 男儿事长征，少小幽燕客。赌胜马蹄下，由来轻七尺。杀人莫敢前，须如猬毛磔。黄云陇底白雪飞，未得报恩不得归。辽东小妇年十五，惯弹琵琶解歌舞。今为羌笛出塞声，使我三军泪如雨。

此诗比较完整地塑造了一个草原游侠的形象，他自小从军，惯常骑射，身体矫健，骑术高超；重然诺，轻生死，为报当年知遇之恩，数载不得归乡，千山万水纵马驰骋，力求边庭早日和平。然而他也有极为丰富的内心世界，有他内心思念不已的"辽东小妇"。今天，三军又要出征，再一次倾听着羌笛作乐，弦管传情，不由得引起他汹涌的思亲之念，泪如雨下。可谓豪气有温柔，壮烈显深情。

唐边塞中的草原诗篇五彩缤纷地展示了诗人笔下的异域人文和自然景观，就连诗仙李白，在笔落惊风雨的华彩诗章中也对草原生活寄寓了高度的关注。李白有一首《幽州胡马客歌》对于牧马人的勇武剽悍和游牧民族的生活风俗作了艺术性的描绘，普通的生活场景经李白的神来之笔，就显得超凡脱俗，锦上添花，极具艺术美的特征：

> 笑拂两只箭，万人不可干。弯弓若转月，白雁落云端。……牛马散北海，割鲜若虎餐。虽居燕支山，不道朔雪寒。妇女马上笑，颜如赪玉盘。翻飞射鸟兽，花月醉雕鞍。

此诗笔力酣畅自如，收纵相合，落笔于驯马手的英姿豪纵，不写其对马匹习性的熟稔、驯马技艺的精良，却极力渲染其骑射功夫的精纯无比，箭发雁落，又远在他处，衬托驯马手的力大无穷，由此，牧马、驯服马的本领也就不言而喻；其次，又以草原妇女的美艳绝伦来点缀游牧生活的欢快奔放，映照驯马手的豪壮超群。李白注意到了草地女性特有的脸部肤色特征，用"赪玉盘"来形容她劳动生活所带来健康的朴素的美，"赪"字显示了北地特有的强烈的太阳紫外线留在妇女面容上的印迹，一轮玉盘比喻人的艳美无比。同时，北地妇女同男儿一样，骑马如飞，起落娴熟，射猎牧羊，样样在行。她们美丽而矫健的身影和一串串的笑声，为我们留下了一幅极有动感和色彩如画的草原射猎图，展示了草原人们生活自然而幸福的一面。

"大历十才子"之一的李端也在唐代草原诗篇里独占一席之地，他的诗作《胡腾儿》，又叫《胡腾歌》描写了一位中唐后期流落内地的西北地区少数民族艺人精彩的民族舞蹈技艺和内心世界：

> 胡腾身是凉州儿，肌肤如玉鼻如锥。桐布轻衫前后卷，葡萄长带一边垂。帐前跪作本音语，拾襟搅袖为君舞。安下旧收泪看，洛下词人抄曲与。扬眉动目踏花毡，红汗交流珠帽偏。醉却东倾又西倒，双靴柔弱满灯前。环行急蹴皆应节，反手叉腰如却月。丝桐忽奏一曲终，呜呜画角城头发。胡腾儿，胡腾儿，家乡路断知不知？

从作者描写对象的自身特点来看，"胡腾身是凉州儿，肌肤如玉鼻如锥，"说明在李端看来，跳胡腾舞的男子是西北凉州人氏，是西北少数民族地区的一位民间艺人，但以外部形貌特征来看，显然与回族、回纥部族的外在特征不相一致。因此，既然胡腾舞是唐代由西域传入内地、长安的一种舞蹈，多为男子独舞，讲求奔放有力、节奏鲜明的踢踏动作，而凉州只是由西域至中原的一个重要的驿站，缘此就把胡腾儿当成是凉州人氏，显然不大符合客观情况，此胡腾儿很明显有着中亚人的血统和体貌特征。随着民族融合和迁徙的加强，随着唐王朝的日渐强盛，长安已成为国际上的大都市，诸多周边国家和部族人民慕中华大唐之盛名，或求学问道，或经商获利，或随使节朝拜，以不同方式来到中原，带来了五彩绚烂的异域异族文化，包括文学艺术，唐代形成的整齐完备的雅乐就是在吸收改造中原音乐和西域音乐的基础上出现的。因此，李端笔下的胡腾儿当为不知何种缘故流落在长安一带的中亚艺人。他身着具有鲜明地域特色的民族服装，将棉布轻衫披在腰前腰后，织有葡萄图案的衣带斜挂在胸前。他似乎还不大能以流利的汉语表达他的思想，只能用本民族的语言自言自语。那轻盈的舞步，传情的眼眸，急促有力的节奏，东西跃摆的腰肢，前俯后仰的中律合拍的动作，无不显示着胡腾儿忘情忘我的如醉如痴的对舞蹈的热爱，似乎他已经完全沉浸在对故乡的思念之中，浑然不知丝桐所奏、画角所发之音的停歇低微，这有力的充满异国风情的舞蹈，不由得使观者产生对胡腾儿的关注怜爱之心：胡腾儿啊，你的家乡在哪里？你还能回到你那热爱的家乡吗？曲终舞罢，一片唏嘘伤感之情弥漫开来。李端的草原诗篇《胡腾儿》以情有别钟的笔法，为我们塑造了一个异族流浪艺人的特殊形象，对古代草原诗篇内容的开掘，起到了积极促进作用。

唐代的草原诗篇还应包括少数民族诗人所创作的诗篇，如元稹、元结是鲜卑族的后裔，刘禹锡是匈奴族的后裔，但是，元稹、元结、刘禹锡等诗人的作品已完全汉化，与其它诗人作品毫无差别，且很少有写到草原生活、边地风情的创作，唯一具有草原意味的是元稹的《法曲》一诗，诗中说："自从胡骑起烟尘，毛毳腥膻满咸洛。女为胡妇学胡妆，伎进胡音务胡乐。火凤声沉多咽绝，春莺啭罢长萧索。……胡音胡骑与胡妆，五十年来竞纷泊。"我们知道，隋唐至五代时期，是中国历史上第二次民族大融合的时期，各国使节、各游牧部落政权的代表纷纷来到长安、洛阳、咸阳，特别是回鹘人不在少数。此时期"和亲"政策推进的也十分顺利，吐蕃、回鹘等也遣使迎娶唐朝公主，遣派大批女侍和女使，因此唐人尤其是都市之人受回鹘风俗习惯的影响非常明显。唐人从生活习俗、艺术音乐等方面接受了回鹘等地的新奇怪异的特点影响，把穿胡装、练胡舞、习胡音、精胡乐当成一种时尚，由宫廷至百姓，蔚然成风，元稹《法曲》就真实地记录了这一史实。

此时期还有一位名令狐楚的诗人有《少年行》四首值得一提。令狐楚祖籍敦煌，受游牧民族生活习惯影响深重，进士及第之后，官职不断升迁，转徙于京城及各地方，但他对游牧草原民族的生活念念不忘，以《少年行》四首对昔日的游牧生活表达了深切的怀念和向往之情，其中二首曰：

少小边城惯放牧，骣骑蕃马射黄羊。如今年老无筋力，犹倚营门数雁行。
家本清河住五城，须凭弓箭得功名。等闲飞鞚秋原上，独向寒云试射声。

从诗中看出，令狐楚借马上少年、营中老卒而写自己年少时曾跃马扬鞭，驰骋草原，由于骑马功夫了得，故对不着马鞍的草原骏马一样也驾驭自如，一派少年英姿俊朗的风采。然而，如今少年轻狂飞扬的岁月已逝，再不能腾身上马，重现当年的豪情怒放的生活情景，只得仰望归巢的大雁，沉酣于年少的自由浪漫的回忆之中，人生沧桑和思乡念亲之情油然而生，令人回味不已。从第二首看，令狐楚对草原有着深深的依恋，"家本清河住五城"，显示其故乡在临近游牧民族的西北一带，那里给他留下了人生最为珍贵的美好青春时光，对游牧民族习以为常的骑射飞腾娴熟自如，所以"寒云试射"，"飞鞚秋原"也就不在话下。恐怕此等感触非一般草原诗篇所能表达。

唐代中后期政局动荡，以王叔文、刘禹锡、柳宗元等人为首的政治革新集团，力主兴利除弊，加强中央集权统治，但屡受权贵排挤，不断外迁谪放。革新集团中有一诗人吕温，他曾为唐王出使吐蕃，对鲜卑族吐谷浑部落的遭遇有深入的了解，而此时吐谷浑部已名存实亡，且遭受了吐蕃政权的奴役。吕温身怀深切的同情之感，再加上他对唐王朝西南、西北边疆的担忧，写下了唐代草原诗作中很少见的借游牧部族历史题材，委婉表达自己对时局忧虑的诗作《蕃中答退浑词》二首。词前有小序，说明了创制二诗的起因："退浑种落尽在，而为吐蕃所鞭挞，有译者诉情于予，故以答之。"蕃中，是说吕温此时正出使吐蕃，担当联络沟通大唐与吐蕃的大任，而吐蕃尽控大唐之陇右、河西等地。退浑就是游牧部落辽东鲜卑族在汉朝建立的奴隶制政权古国吐谷浑，是所谓"鲜卑八国"之一；后随其首领于晋末迁至甘肃、青海一带立国繁衍，以游牧为主，但于唐高宗时，被强大的吐蕃政权所灭，吐谷浑遗民受尽奴役鞭打之苦。吕温任出使吐蕃的使节，聆听了吐谷浑部族灭族之遭际，写下了两首小词。其一为："退浑儿，退浑儿。朔风长在气何衰？万群铁马以奴虏，强弱由人莫叹时。"其二曰："退浑儿，退浑儿。冰消青海草如丝。明堂天子朝万国，神岛龙驹将与谁？"其一是慨叹吐谷浑部落的沧海桑田的历史变化。先民们何等雄悍，于辽东大地卓然立国；又毅然西迁，历万里之遥，经千难之险，占据千里，重新复国，是如此的壮怀激烈，浩气长存。而现在万群铁马受吐蕃役使，尽为他人奴隶，实在是苟且存留而不能重振祖先雄风，让人既痛又怜。其二是借古喻今，吐蕃王权气焰熏天，不可一世，已占据了唐王朝大片土地，且逼近长安威慑朝廷，难道要重蹈吐谷浑古国的命运，将神岛龙驹（指边庭各地）尽奉他人之手么？情感沉痛，词语婉切，具有严肃的现实主义精神，堪为唐草原诗篇的杰出之作。

我们前面说到了吕温的诗作《蕃中答退浑词》二首，将它和草原诗篇放在一起，实际认真思考，发现吕温所作为词，前面所列为诗，因此就涉及到词作产生并为唐人接受加以广泛自由使用的问题，所以有必要阐释一下词与草原文化的关系。

就词文体的性质来说，多称"词"为"曲子词"，是说它是一种音乐文学，是配乐而歌的抒情诗体，因此，词的产生与音乐有着极为密切的、不可分割的关系，而音乐中国古代有所谓"先王之雅乐"、"前世新声之清乐"、"胡夷里巷之乐"的划分，大体上称为"雅乐"、"清乐"、"燕乐"（胡乐）。沈括《梦溪笔谈》卷五《乐律·一》说："天宝十三载，始诏法曲与胡部合奏，自此乐奏全失古法，以先王之乐为雅乐，前世新声为清乐，合胡部者为宴乐（燕乐）。"先王之雅乐，指春秋战国前的周代音乐，随着时代的变迁，实际亦消亡殆尽，即存《鹿鸣》、《文王》等古调等，只用于郊庙享祭，且很少有人能认识欣赏。前世新声之清乐是指汉武帝时设立形成的"乐府"之乐，是相对于"燕乐"而言。这时的清乐虽指乐府，但乐府亦有草地游牧民族音乐的特质，不是纯粹的"清商"之乐，就如《隋书·音乐志》而言："所用皆新声，杂有边夷之声。"这样，自南北朝始，区域、民族之间的交流增多，华夏音乐也就产生了新的种类，即："胡夷里巷之曲"、"燕乐"，成为唐朝音乐的主题构成。宋人郭茂倩《乐府诗集》"近代曲词"部分谈到外来异族音乐与中原古旧音乐混杂、同化、合流的过程："近代曲者，亦杂曲也。以其出于隋唐之世，故曰近代曲也。隋自开皇初，文帝置七部乐：一曰《西凉伎》，二曰《清商伎》，三曰《高丽伎》，四曰《天竺伎》，五曰《安国伎》，六曰《龟兹伎》，七曰《文康伎》。至大业中，炀帝乃立《清乐》、《西凉》、《龟兹》、《天竺》、《康国》、《疏勒》、《安国》、《高丽》、《礼毕》，以为九部。乐器工衣，于是大备。唐武德初，因隋旧制，用九部乐，太宗增《高昌乐》，又选《宴乐》，而去《礼毕曲》。其着令者十部。一曰《宴乐》，二曰《清商》，三曰《西凉》，四曰《天竺》，五曰《高丽》，六曰《龟兹》，七曰《安国》，八曰《疏勒》，九曰《高昌》，十曰《康国》，而总谓之燕乐。声辞繁杂，不可胜计。凡燕乐诸曲，始于武德、贞观，盛于开元、天宝。其着录者十四调，二百二十二曲。"由此可知，唐代词产生的先决条件——音乐的繁盛经历了一个由简到繁，由分到合的演变过程，其间"燕乐"的形成是最主要的标志，而不论是隋文帝的七部乐，还是炀帝的九部乐，亦或是太宗增为十部乐，其构成的主体依然是富有游牧民族和异域特征的胡乐，所谓"西凉"、"龟兹"、"疏勒"、"康国"、"高昌"等皆为西北各游牧部族或由他们自身建立的政权的名称，可见，词诗体的产生与草原文明，特别是草原音乐的输入传播有着不解之缘。

就词诗体另一个重要特征曲名，即词牌名而言，也与草原民族的生活、风俗有着极其密切的关系。现存最早的唐代民间词，是清末在敦煌发现的曲子词，又叫敦煌曲子词。王重民先生编著的《敦煌曲子词集》叙录说："今兹所获，有边客之呻吟，忠臣义士之壮语，隐君子之怡情悦志，少年学子之热望与失望，以及佛子之赞颂，医生之歌诀，莫不入调。其言闺情与花柳者，尚不及半。"这里要注意的是，敦煌曲子词是最早的民间词，它是词文体进入文人之手，最终擅一代之胜的基础，因此，敦煌曲子词所用的词牌曲调也是文人词选牌择调的前提基础。如于《敦煌曲子词》中收录的《菩萨蛮》一曲，其词牌就显然不是中原旧曲，反映的是西北民族盼望朝廷抗击外族入侵，收复失地的普遍愿望："敦煌古往出身将，感得诸蕃遥钦仰。效节望龙庭，麟台早有名。只恨隔蕃部，情恳难申吐。早晚灭狼蕃，一齐拜圣颜。"敦煌于唐德宗年间被吐蕃攻陷。此词上片写敦煌百姓盼望安宁边疆的神武大将；下片写与祖国隔绝的痛苦。全词充满了怀恋祖国的浑厚情感。《菩萨蛮》本异国曲调，据苏鹗《杜阳杂编》记载："大中初，女蛮国贡双龙犀，明霞锦，其国人危髻金冠，璎珞被体，故谓之'菩萨蛮'。当时倡优遂制《菩萨蛮》曲，文人亦往往效其词。"说明类似于《菩萨蛮》的词体词牌的产生与草原民族、异地风情有着直接关系，此后才为文人所用，与诗并名。

唐朝是中国封建社会最为鼎盛的历史时期。其突出表现之一是极大地拓宽、延伸了由两汉时期就已经出现的沟通中西方交流的"丝绸之路"。据考古发现，大约在春秋时期，我国的丝织品就输出到国外。而到了汉朝时，有相当丰富的丝绸、茶叶等物质通过西域被运到波斯、大食、罗马等地，所经过的道路，就是在中国文明史上著称的"丝绸之路"。通常人们认为中国古代的"丝绸之路"分为四条路线，三条陆路，一条海路，其中以陆路为主。不管陆路经由哪条具体的路径，中国的西北部始终都是"丝绸之路"的中心地区，特别是河西走廊和辽阔的西域。由于唐代诗人拓边守土之志的风起云涌，丝路上的文化习俗、战火狼烟、异族生活也不断进入他们的创作视野，那亘古漫长的丝路古道留下了他们传吟不绝的草原诗篇。

唐朝的商人、客旅、文士的丝路之行的起点是汉唐的都城长安。随着中西交流的日益频繁，长安胡化之风极盛。当时长安百姓都喜欢穿胡人服饰，讲究紧凑利落，襟袖窄小，与汉族的宽大衣服大不相同，白居易有一首《时世妆》就生动地描绘了当时的情景："时世妆，时世妆，出自城中传四方。对世流行无远近，腮不施朱面无粉。乌膏注唇唇似泥，双眉画作八字低。"与汉民族传统审美习惯不同，将双唇涂成黑色，眉毛画成八字，显然是异族风情，但却风行一时。这才是唐朝丝路繁花似锦的一个浓缩。我们沿丝路西去，追寻草原诗人们的丝路豪情。

丝路漫长而坎坷，沿途天气风俗渐变，与中原内地完全是不同的自然人文景观。其中著名的地域有盐州五原，陇西大地，金城要塞，凉州故地，祁连山雪，居延城堡，敦煌飞天，阳关传情，大漠风尘，神秘楼兰等等。都被诗人尽收诗底，抒豪壮之情，见异域风采。

唐代的盐州又称五原，故址在今陕西北部的定边县，它是丝绸之路离自长安、咸阳等大都市之后，进入西北区域的第一个重要关隘。盐州地理位置偏北，干燥寒冷。尤其是春日迟迟，不仅来的晚，而且特别短暂，与长安内地截然不同。初唐诗人张敬忠曾任朔方军总管张仁愿的分判军事，对此深有感触，写下了七绝《边词》：

> 五原春色旧来迟，二月垂杨未挂丝。即今河畔冰开日，正是长安花落时。

"春色已迟"总领全篇，以春天的标志柳色未见、柳丝未现来点缀出塞外荒寒之景；紧接着又将长安的百花已落、春景已逝与边城的冰河欲消渐融、春声已闻对举，流露出边城的辽远寂静，透示出时令风神的巨大差别。《唐人绝句精华》说："此边词而不言边塞之苦，但用对此手法将河畔与长安两两相形而意在言外，且语意和平，可想见初唐国力之盛。"也就是说，张敬忠《边词》于初唐极写边城自然之殊貌，不是极其笔墨写边地之苦，而是以审美欣赏的眼光尽显边地的自然宁平之美，开盛唐边地描写之诗与盛唐气象结合之先河。

汉唐边事不断，绝大多数发生在西北地区，尤其是甘肃陇山以西，新疆乌鲁木齐以东，含青海东北一带地区，唐称陇右、陇西大地。中唐诗人长孙佐辅留下了《陇西行》五言，以宏阔之笔描绘了陇西大地的自然风光：

> 阴云凝朔气，陇上正飞雪。四月草不生，北风劲如切。

正是内地花团锦簇、五彩艳丽的暮春时节，绵亘在西北大地的贺兰山上却飞雪连连，西北大地顿成银装玉砌，洁白世界。北风浩荡，吹打着行人的脸部，如同刀切了一般，强劲有力，顿感另一个世界的来临，不由得想起岑参的"风头如刀面如割"的诗句，让人对边地百姓和守边将士肃然起敬。

丝绸之路上有一条长一千二百多公里，宽至一百多公里，由东向西，起自北山，至甘肃和新疆交界处的星星峡的宽阔长廊，就是历史上著名的河西走廊，是丝绸之路的咽喉要道。在这里有古城凉州和祁连山，历来是文人吟咏之对象。如边塞诗人岑参就对凉州和燕支山的地域风情留下了这样的诗作：

> 渭北春已老，河西人未归。边城细草出，客馆梨花飞。凉州三月半，犹未脱寒衣。

再一次渲染天气的独特气象。诗人李白也以《关山月》为题描绘了祁连山的雪域风光：

> 明月出天山，茫茫云海间，长风几万里，吹度玉门关。汉下白登道，胡窥青海湾。

云海茫茫，雪域千里，青海湖水，东西连片，正是中原政权与西北诸国兵争相交之地。此诗境界宏大，格调高昂，与士兵戍边守土的万丈豪情融为一体。酒泉也是河西走廊上的重镇，由此入西，渐入大漠戈壁，地域风情有了明显的变化。岑参在酒泉小住数日，写下了《过酒泉忆杜陵别业》一诗，抒发了他过祁连、宿酒泉的生活感受：

> 昨夜宿祁连，今朝过酒泉。黄沙西际海，白草北连天。

酒泉西部，就是一望无际的浩瀚沙漠，热浪扑面，顿生灼痛之感。沙漠戈壁生长着随处可见的漫草，北风吹过，沙沙作响，人生苍茫之感油然而生。再往西北延伸，就是著名的玉门关和阳关，屡入诗人之作，堪为边塞名地。最著名的就属王昌龄的《从军行》（青海长云暗雪山）和王之涣的《凉州词》（黄河远上白云间）之诗，使我们对这两处丝路要冲生发出无限向往之情。

总之，丝路草地留下了诸多脍炙人口的诗篇，将荒原大漠，雪域风情，戈壁飞石，奇寒朔风留在了记忆的长河中，使唐代的草原诗作更加绚烂多彩。更值得一提的是，唐诗中的草原诗篇更为豪壮有力，绝少凄婉低回之作，它有力地深化了草原民族硬朗、刚健、雄阔有力的民族精神，也从另外一个侧面丰富了唐诗的博大雄奇之美。

第四节　宋辽金夏时期的草原诗篇

通常人们论及宋诗，多引用严羽《沧浪诗话·诗辩》的论述："诗者，吟咏情性也。盛唐诸人惟在兴趣，羚羊挂角，无迹可求。故其妙处莹彻玲珑，不可凑泊。如空中之音，相中之色，水中之月，镜中之象，言有尽而意无穷。近代诸公作奇特解会，遂以文字为诗，以议论为诗，以才学为诗。"严羽所言，终以为宋诗缺少性灵情趣，情寡理实，强调用字出处来历，全不管兴之所到，情景韵俱来。但是，如果我们只关注此时期宋代文人有关草原风采的诗篇，恐怕就会感受到宋诗另外一番意蕴，另外一处洞天。

宋朝文人的草原诗篇大致可以分为两类：一是文人秉承唐朝边塞诗人豪壮进取的积极情怀，又受时代王朝政治军事形势的影响，面对西北东北地区的西夏、辽、金政权的威胁，渴望收复失地，一统天下，因此一方面描绘边地风俗习惯和自然风光，一方面慨叹时局不利，山河两半，低沉压抑，悲壮哀叹；二是由于天下被异族宰割分裂，武力又无法与之抗衡，朝内党政派系林立，而又不得不与各异族政权通使往来，所以就产生了一大批思想情感、内容心理异常复杂微妙的出使他国之作，其中渗透了极为浓烈的、也是中国历史上罕有的独特的草原文化情怀。

宋代草原诗篇的开山之作当属柳开的《塞上》。柳开是宋代文风革新的祖师，他力陈重道轻文的文艺观念，提倡现实主义精神，对宋代文学产生了极大的影响。柳开为人质直用力，"有胆勇"，曾上书曰："臣受非常恩，未以有报，年载四十，胆力方壮。今契丹未灭，愿陛下赐臣步骑数千，任以河北用兵之地，必能出生入死，为陛下复幽蓟，虽身没战场，臣之愿也。"（《宋史》卷440《文苑二·柳开传》）可见其胆识豪壮英武的一面。他曾任代州刺史、忻州刺史，均在宋朝边庭，所以对边塞少数民族的生活较为了解，于是就留下了一篇被宋人广为传诵，被由诗入画的草原诗作《塞上》：

　　　　鸣骹直上一千尺，天静无风声更干。碧眼胡儿三百骑，尽提金勒向云看。

诗干净利落，动静相合，色彩鲜明，视野多变，内容丰富。描写了两国兵马习武骑射的奇特场景，显现了边塞诗习以为常的豪壮浪漫的精神品格。起句先声夺人之响，一支响箭由我方将士射出，直入云天，在风住云停的天空更加响亮而遥远，以此映衬出戍边将士的英勇无敌；后此声响被不远处的敌方军马所知，正纵马驰骋间戛然勒马，一队碧眼、剽悍的游牧士兵被响箭深深吸引，不由得仰望天空，循声而视，而"金勒"一词也透视出胡人兵马的烈烈英姿和严阵以待的气势。本诗就如同一台角度变化灵活的摄像机，短短四句，就把浩瀚的边地、双方的军马、晴朗的天空、飞驰的响箭、奔驰的健儿、静止的骑兵尽收画面。由本诗推测，双方相距不远，在未开战时，还相互观摩，彼此相望。可贵的是，《塞上》刻画异族军士，用了"碧眼"、"尽提"、"金勒"几组词语，"碧眼"突出了其体貌特征，非汉族所有，应为西北草原民族所具；"尽提"显示其骑术的精良纯熟，"金勒"表现其武备的充分有力。这几句由一宋代官员口中说出，去赞叹他国军力的强盛，可谓言外有言，一种由王朝重文轻武带来的无奈之感怵然可生。但从另一侧面，却给我们绘制了一幅很少见的宋代边庭战备军力图画，去惊叹草原民族尚武强健的精神追求。

　　柳开之后，还有熟谙边事的范雍的《记西夏事》等诗作，也为我们认识草原民族的灵魂提供了另外一扇窗口。范雍曾任振武军节度使，知延州以御敌，有抵御党项族西夏国进攻宋朝的人生体验，写下了《记西夏事》，对党项民族军队的作战经验、战斗习惯、战术变化和宁死不屈的精神意志予以描述，可谓是草原诗词中比较全面描写游牧民族军事题材的力作。

　　其一：

　　　　七百里山界，飞沙与乱云。虏骑择虚至，戍兵常忌分。啸聚类宿鸟，奔败如惊麏。难稽守边谣，应敌若丝棼。

　　其二：

剧贼称中寨，驱驰甲铠精。昔惟矜突骑，今亦教攻城。伏险多邀击，驱赢每玩兵。拘俘询房事，肉尽一无声。

两首诗集中叙写西夏军马战斗力的强盛，战术的多变。首先是呼啸而来、嗫口而去的强悍有力的骑兵部队。他们往往平常里散居各处，一声呼啸霎时聚齐，如同归巢之鸟一样迅疾无比，令我方宋军疲于应付，焦虑不已。同时，他们铠甲鲜亮，善于冲突，经常选择我军最为薄弱之处来进攻；喜好设置诱兵，在险要处袭击宋军；更有甚者，惯于长途奔袭的骑兵竟然攻城阵战，可见西夏军力的强大、勇猛。但是，最难以忘怀的还是："拘俘询房事，肉尽一无声。"党项民族的士兵对国家民族忠诚无比，尽管失利被俘，至死也不吐露一句军事真情，可谓处处有忠贞之士，时时见仁人君子。

如果说唐代边塞诗惯于抒发气象宏伟、品格高扬的边塞情怀，往往境界阔大、色彩明丽显示着昂扬进取的时代精神，那么宋人在军事常常败北的情势下，侧重于边地的战况惨烈，杀气弥漫，荒凉了无生机，情感沉痛无以倾诉，如司马光的《延安道中作》：

羁旅兼边思，川原喋血新。烟云常带雨，草树不知春。细水淘沙骨，惊飚转路尘。今朝见烽火，白首太平人。

将羁旅之惆怅与边思之深沉结合起来，植根于大战之后川原喋血的现实环境，更增添人生惊心动魄，动荡不安之感。细水潺潺，沙里骨新，惊风吹动，黄尘四起，战争的风云改变了天季物候，春风春雨不能洗刷战争带来的伤痛，就连自然界的草树也死寂一般无声无息，只有深切盼望和平安宁的边人在一声声的叹息中渐渐老去。我们无法揣测这白首太平人是哪族哪方人氏，但有一点可以肯定，那就是边庭的安定是各方百姓共同的心声。还有刘敞的一首《防秋》也写得颇有新意，在宋代的草原诗作中别具一格：

秋霜折胶胡马壮，胡马窥边怒边将。游骑夜入烧回中，烽火朝传过陇上。

描写双方将士剑拔弩张的对峙紧张局势。秋草已高，胡马肥壮，正是用兵开战的时节，所谓"沙场秋点兵"。胡马不断窥探我方营垒，挑衅不断，激怒我方士卒。又乘夜色放火进攻，战报传到陇上，一片肃杀严酷之气。此诗以陇上特定边地景物衬托，以秋霜、胡马、边将、游骑、回中、烽火、陇上等人马景物地名组合成相互映衬的画面，给人以回味思考；但折射出的却是胡兵的强壮英武，略露我方的无奈疲弱，而这恰恰是北宋时期文人心理的一种些微变化，在唐人那里绝无仅有。

宋代草原诗篇更多的是文人出使辽、西夏、金朝的作品。宋朝积贫累弱，重文轻武，致使军力薄弱，很难在武力上与东北部契丹族建立的大辽、女真族建立的金朝、西北部党项族建立的西夏等政权抗衡，于是使节频繁出没于东北、西北，文人出使之诗便成为宋代草原诗篇的主体。

最早的最有影响的出使之作当属欧阳修的使辽之作。欧阳修是宋代诗文革新运动的领袖，由是北宋初年的朝廷重臣，任枢密副使，参知政事，由是他的使辽之诗堪为出使文人作品的代表。欧阳修曾于宋仁宗后期，奉朝廷之命出使契丹，于完成使节之命后离开辽都上京临潢府，写下了《奉使契丹回出上京马上作》的诗篇：

> 紫貂裘暖朔风惊，潢水冰光射日明。笑语同来向公子，马头今日向西行。

此诗风格清新明快，全然没有失疆丢域，为使节屈辱求安的阴沉忧郁之状。重点描绘了辽都秋冬时节的自然风光，天气寒冷，朔风吹荡，皮衣暖体，阳光明媚。潢水即辽都附近的西拉木伦河，天寒结冰，阳光覆照之下，闪闪发光。欧阳修已完成了出使之任，心情愉快，马上与一位姓向的公子谈笑风生，归家的喜悦跃然纸上。然而，这恐怕只是一种表面上的故作清雅。客观地说，使辽诗人如欧阳修等，负命使边，本是故土亲人却沦落异域，山河异别，岂能无动于心。但军事上的失利，谈判上的退守，并不能妨碍宋人在文化心理上的强势地位，他们此时期内心的"华夷之别"的心态尤为突出，这样一种故作达观、敛藏幽微的平淡宁和之态就显现出来，因此借风雅而写意的疏淡深蕴之笔往往就成为使辽诗的共同特性。这种心理在欧阳修的《送谢希深学士北使》中表现得尤为明确：

> 汉使入幽燕，风烟两国间。山河持节远，亭障出疆闲。征马闻笳跃，雕弓向月弯。御寒低便面，赠客解刀环。鼓角云中垒，牛羊雪外山。穹庐鸣朔吹，冻酒发朱颜。塞草生侵碛，春榆绿满关。应须雁北向，方值使南还。

欧阳修出使过辽，因而在送别诗中向谢希深描绘辽地习俗与风光，并寄寓热望，切盼早归。由于两国时战时和，所以使节如同风烟一样奔波穿梭，显示了形势的风云突变。以"汉使"称谓谢学士，也表明忠贞志义之气节对宋人的影响之深。接着，欧阳修以十句的篇幅书写辽人习俗与风光，俨然是辽地一幅民俗生活画面。首先是尚武习武之风异常繁盛，战马训练有素，即使是夜深人静之时，胡笳响起，战马便闻声而起，跃跃欲试，而战士也不忘战斗训练，月下练习射箭，可见战斗力的强悍并不是一朝一夕而来，而是天长日久的积累。还有特定的习俗描写，寄予深意，天气寒冷风急，时用"便面"来抵御风寒。"便面"一词语出《汉书·张敞传》："（敞）使御使驱，自以便面拊马。"本是汉家所用的物件，今日也为契丹人所识用，可见占据北方时间之久，接受汉文化影响之深。而馈赠朋友之时，则喜用心爱的腰刀来作物品，也可见好勇尚力之风尚的影响。接着又细致介绍了辽人的饮食娱乐生活。住的是北方游牧民族比较通用的"穹庐"，这种民室最主要的特点原是方便搬移拆卸安装，以利于迁徙，这也说明久居北方，长期汉化的契丹人从本质上并没有改变逐水草而居的游牧民族的本性。由于天寒地冻，于是辽人在穹庐内饮酒作乐，欢饮达旦，而所吹奏的便是本民族乐曲《朔吹》。以"朔吹"命名，恐怕是形容此曲的浩荡流转，浑厚苍凉；所饮之酒是冷酒，更是侵入心肺，让人精神为之一振，脸面也愈发红起来。最后是边地的自然风貌的描写，牛羊放牧于雪外山下，枯草深埋于沙地之中，榆树在朔风中簌簌发抖，植满辽地的关隘。显然，我们无法从此诗中寻觅出丝毫的鄙视契丹"蛮夷胡人"的迹象，也没有宋大辽小的大汉民族的气势，更没有慷慨进取，统一天下的雄勃之志，有的只是一种淡定自若，平静如常的宽阔辽远的心境。如此才有"汉使入幽燕，风烟两国间"的不期然之语，在欧阳修真实的心态里，宋、辽怎能是平等相存的两个主权王朝。然而现实又是如此残酷，只能在冷静的似乎是画面里的笔墨空闲处，窥测到一颗不平静的内心。

此时期吟咏王昭君的诗格外有名，特别是王安石的《明妃曲》。在宋人使辽诗的分析过程中加进关于昭君和亲诗的内容，主要是想说明宋人对胡人异族的看法与前人相比有了极大的不同，也想说明王安石与欧阳修诸公在"华夷之别"传统问题上的差异。这里摘录王安石《明妃曲》的第二首：

> 明妃初嫁与胡儿，毡车百辆皆胡姬。含情欲语独无处，传与琵琶心自知。黄金杆拨春风手，弹看飞鸿劝胡酒。汉宫侍女暗垂泪，沙上行人却回首。汉恩自浅胡恩深，人生乐在相知心。可怜青冢已芜没，尚有哀弦留至今。

联系第一首《明妃曲》的"君不见咫尺长门闭阿娇，人生失意无南北"句，可见此诗立意的翻新出奇，不落俗套。此诗两两对照，一处汉庭，一处塞外。汉帝的刻薄寡恩，单于的情深意厚，一贬一褒，分明投射出胡汉无别，天下一家的意识。迎亲时的浩大车仗，深处汉宫时的孤苦无依，塞外的自由自在，居汉时的滴泪暗垂，人生的盛衰之感扑面而来。这恐怕是宋代草原诗的很有意思的一段插曲。

宋人的使辽之作还有苏轼、苏辙等人的作品。苏轼《送子由使契丹》云：

> 云海相望寄此身，那因远适更沾巾。不辞驲骑凌风雪，更使天骄识凤麟。沙漠回看清禁月，湖山应梦武林春。单于若问君家世，莫道中朝第一人。

　　苏辙是苏轼弟，宋哲宗天佑四年曾任贺辽使出使辽国，此时苏轼为杭州太守，于是写下了送弟出使、抒发离别和感慨时局的诗篇。"苏氏三人"名满天下，在朝为官，而弟弟苏辙要远使辽国，切不可如小儿女般泪湿衣衫，应有四海之志。第一联骨气极高，力量感十足。虽然宋朝国力不如大辽，但文化学识自是不能逊于辽国，大宋朝唯一可以与辽国相抗、优于大辽的就只有这锦绣才情、风采别样了，由此才有"要使天骄识风麟"之语。最后苏轼更是满怀自豪感地自诩"中朝第一人"，英气俱生，俯视群雄。苏辙出使辽国，写下了《虏帐》一诗，比较细致地描绘了契丹的王室生活与射猎生活，极富有史料价值，同时也表明他渴慕辽宋修好，共保两国太平的愿望，在一定程度上流露出大宋王朝的"王者"之尊意识：

　　　　虏帐冬住沙陀中，索羊编苇称行宫。从官星散依冢阜，毡庐窟室欺霜风。春粱煮雪安得饱？击逸射鹿夸强雄。朝廷经略穷海宇，岁增缯絮消顽凶。我来致命适寒苦，积雪向日积不融。联翩岁旦有来使，屈指已复过奚封。礼成即日卷庐帐，钓鱼射鹅沧海东。秋山即罢复来此，往返岁岁如旋蓬。弯弓射鹰本天性，拱手朝会愁心胸。甘心王饵堕吾术，势类鸟兽游樊笼。祥符圣人会天意，至今燕赵常耕农。尔曹饮食自谓得，岂识图霸先和戎？

　　苏辙是苏轼之弟，他以轻视的眼光俯瞰辽人，故名辽人为"虏"，轻慢之意鲜明。接着将着眼点集中于辽代王宫，写其宫室的简陋之极。宫室随季节而变，就连王宫也不例外。扎营于沙漠地区，大致在今内蒙东南部地区。一定程度上揭示了辽人虽在北方统治时间不短，但"草居之初，靡有定所"，"逐水草射猎"（《辽史》卷32《营卫志》）的生活习俗并没有改变，也足见契丹民族的生存能力的强劲。"行宫"本是皇帝临时搭建的宫殿，若是中原汉族的皇帝行宫必然是豪奢无比，但辽人都是用绳索围栏羊群，用苇草搭建帐篷，极为简单朴素。苏辙出使辽国，曾亲临辽王冬季行宫即捺钵，于是能真切细致地予以描绘。据《辽史》卷32《营卫志》载契丹皇帝"四时各有行在之所，谓之捺钵"，"以枪为硬寨，用毛绳连索。"皇帝居室如此简单，从官和卫士就更为残陋，都显散于土山之下、沙地之中，寒风吹荡之下，更显凄冷枯凉。饮食也极为简单，"春粱煮雪"句说明契丹人一方面以食肉为主，另一方面也食用五谷，用以煮粥。沈括说契丹人"食牛羊之肉酪而衣其皮，间啖麩粥。"❶ 这实际也是契丹民族和汉民族人民融合交流，杂居生活的自然结果。但在苏辙那里，恐

---

❶　朱瑞熙等：《辽宋夏金社会生活史》，中国社会科学出版社，1996，第22页。

怕契丹人难以果腹而足。在嘲笑了契丹人的饮食起居之后,苏辙将笔触转至宋、辽关系和使节出使情况。本来东北故地已被辽人所占据统治,此时的苏辙是来往于两国之间的使臣,不存在尊卑之别,但"岁赠缯絮"的战争失利所带来的屈辱,不由使苏辙以"春秋"史家之笔,暗示北宋王朝的尊贵正宗王统之意,所谓"经略海宇",苏辙代天子巡视东北,精神上的充足感、胜利感,文化上的强大感、优越感充分显示出来,此种思想在后文更加浓郁。一方面嘲弄契丹人礼数不明,连"拱手朝会"之礼节也难以领会掌握,轻慢辽人;另一方面为大宋朝自我解嘲,本来是不得以而为之的岁贡入辽,却表达为大宋皇帝的诱饵圈套、智慧之举,所谓"甘心王饵堕吾术,势类鸟兽游樊笼。"但无论如何,苏辙《虏帐》一诗还是表明了辽宋人民的共同心声,即和平止战。"图霸先和戎"虽然是苏辙有意为大宋王朝正名正听,但何尝又不失为一种正确的政治方略?因为它首先是保障了百姓的生存和安宁,这恐怕才是各区域、各民族的百姓的基本追求。

如果说北宋使辽诗人在描绘草原风光和异族生活的同时,其诗还有一种深埋心底的民族豪气、骨气在内,还有一种文化心理的优势的话,那么随着时光的推进,辽被金所灭,北宋南迁,形成隔河相望,南宋偏安一隅的局面,而南宋文人使金,则更多的流露出极为浓重的"黍离之哀叹",满目疮痍,旧日山河,尽落女真人之手。"黍离"之悲语出《诗经·黍离·诗序》:"黍离,闵宗周也。周大夫行役于宗周,过故宗庙宗室,尽为禾黍,闵周室之颠覆,彷徨不忍去,而作是诗也。"亡国之痛,复国无望之悲,哀怨呻吟之声此起彼伏。即使是抒写异国情调和殊方土俗,也不像北宋文人那样切中流利婉转,无奈中深含嘲讽,而是生新瘦硬,客观描摹,含而不露,仿佛一幅幅风情民俗画。而尤以范成大使金诗为代表。范成大由南入北,于南宋孝宗乾道六年渡淮至金,外交折冲,与金人慷慨陈词,既全节使命,又创作了使金诗七十二首,命曰《北征集》,孔凡礼《范成大年谱》曾评价范之使金诗为:"遗民之涕泪,金人之奴役,中原之壮丽,故都之残破,英烈之表彰,权奸之误国,及恢复之快心,完节之决心,纷形笔下,实为范氏爱国思想之集中表现。"❶

如《宿州》:

　　狐鸣鬼啸夜茫茫,元是官军旧战场。土伯不能藏碧磷,三三两两照前岗。

《七十二塚》:

---

❶ 孔凡礼:《范成大年谱》,齐鲁书社,1985,第190页。

一棺何用塜如林，谁复如公负此心。闻说群胡为封土，世间随事有知音。

《大宁河》：

梨枣从来数内丘，大宁河畔果园稠。荆箱扰扰拦街卖，红煞黄团满店头。

《良乡》：

新寒冻指似排签，村酒虽酸未可嫌。紫烂山梨红皱枣，总输易栗十分甜。

《橙纲》：

尧舜方堪橘柚包，穹庐亦复使民劳。华清荔子沾思幸，一骑回时万骑骚。

《秦楼》：

拦街看幕似春游，斑犊雕车碧画游。奚女家人称贵主，缕金长袖倚秦楼。

《望都》：

荒寺疏钟解客鞍，由山东畔白烟寒。望都风土连唐县，翁媪排门带瘿看。

《清远店》：

女僮流汗逐毡軿，云在淮乡有父兄。屠婢杀奴官不问，大书黥面罚犹轻。

《芦沟》：

草草鱼梁枕水低，匆匆小住濯涟漪。河边服匿躲生口，长记辒车放雁时。

《宿州》诗写古代战场鬼火满野，令人惊心动魄，毛骨悚然。昔日的中原故地，而今已是满目萧然。《七十二塜》写曹操疑塜，女真人为之封土加固。说到安葬，女真人的原始葬法是土葬，既无棺椁，又无封树。《新唐书》卷219《黑水靺鞨传》说："死者埋之，无棺椁。"《金志·初兴风土》也说："死者埋之，而无棺椁。"封树意即垒土塜，作标识，有一定规制的地面建筑。随着女真南下进入中原，受汉族安葬习俗的影响日益明显。《七十二塜》诗就显示了这种变化，"封土"就是给曹操疑塜重新固土立碑，以示重视尊敬，这也让范成大始料不及，固而有"世间随事有知音"的感慨。《大宁河》写金朝境内的名果——内丘鹅梨为天下第一，于是吸引着四方客商前来采买。而内丘地界也是家家户户红皱黄团，琳琅满目，梨子金黄，枣子鲜艳，色彩分明，犹显地域特征。《良乡》诗写燕山所特产山梨红枣分外有名，当地百姓于是以枣梨等物品与人交换其他物品，一种乡野朴素之气扑面而来，让人亲切自然。《橙纲》诗写修贡之新橙。金代，南京——开封的撷芳园产橙，政府专门组织橙纲运往中都大兴府，供应皇宫贵族。这样民间也多兴起运橘获利之事。《金史》卷128《石抹元传》说："河内民家有多美橙者，岁获厚利。"范成大亲历橙橘为女真贵族所啖之事，兴古之咏叹，世事沧海桑田，难以把握，连昔日汉圣所幸之物，也被胡族所有品尝。同样的劳民伤财，犹如杨贵妃"一骑红尘妃子笑，无人知是荔枝来"之事，有借古讽今之意，含义深刻。《秦楼》诗写女真郡主盛装倚楼，观看市场繁盛拥挤热闹之状，特别是"斑犊雕车碧画游"句，显示了宋金时期城市的一般交通状况。由于战争频繁，马匹多用于征战，城市交通多仗牛、驴，而尤以牛车居多。从传世的宋画看，《清明上河图》、《西山行旅图》、《盘车图》等，大多是牛车。牛车也雕琢的极为华美精致，有的还佩挂香球，"香烟如云。"范成大《秦楼》一诗将金朝城镇的热闹繁华书写出来，使人有隔世之叹。《望都》诗以疏淡之极的简笔画，写望都地区病者甚多，百姓尽皆看病，一片哀吟痛苦之状，也显示了范成大悲天悯人的仁者心怀。《清远店》诗直面不平社会现象，将关注的对象集中于女真婢女的不幸遭遇方面。据史料记载，女真女婢的社会地位普遍低于汉族居住区域的奴婢，她们既被作为陪嫁物、随葬品，又被当做牲畜、财货，可以任意买卖、屠杀。《金志·婚姻》："北人以金银、奴婢、羊马为博。"范成大在定兴县一带看到婢女脸上刻有"逃走"字样，心惊胆战，详细打听，才知黥面已是较轻的惩罚，更有甚者，女奴被主家任意宰杀，官府不闻不问。由此可见，下层百姓生存之艰难，民不聊生。也说明南宋之时，女真虽已建立大金政权数载，车马仪规、制度文化已普遍建立，但奴隶社会制度的诸多陋习还保存延续下来。《卢沟》诗则写金辂车放雁，法禁采捕、以活雁待客的习俗。范成大诸诗犹如一幅幅亲切自然的风俗画，将女真民族的种种生活习俗予以介绍，令人有耳目一新之感。

如果说宋人的草原诗篇凝重而深刻，普遍存有一种深重的忧患意识和民族情绪的话，那么西夏、辽、金的草原诗篇则更趋民族本色、地域本色，更显示出自然活泼、健康积极的风格特色，更显示出民族文化融合发展的趋势。

西夏王朝是公元 10 世纪至 13 世纪初崛起于西北地区的以党项羌为主而又联合汉、吐蕃、回纥等民族共同建立的民族政权。其地"东尽黄河，西界玉门，南接萧关，北控大漠，"万里之遥，西北尽在其中。西夏文学总的来说是汉族文化、文学与党项民族文化、文学融合的产物。就文化而言，西夏文化是中华民族文化的组成部分之一，其特点为"外蕃内汉"，最终形成融合一体密不可分的华夏文化。对于汉族文化，西夏人普遍存有渴望学习，所谓"入汉人之数"的心理。这从西夏祖先"受封赐姓"以来就形成一种风尚。据《宋史》485 卷记载，党项是羌人的一支，自称"弥人"、"弥药"。唐贞观初年，其首领拓跋赤辞率部归唐，赐姓李，将部族由松州（今四川松潘）迁至静边等州，逐步壮大。唐末党项首领拓跋思恭"镇夏州，统银、夏、绥、宥、静五州之地，讨黄巢有功，复赐李姓，"封为"夏国公"。这样，汉族文化对党项的影响就日趋深刻，已根植于西夏文化的深部。西夏学者骨勒茂才在其编撰的《蕃汉和时掌中珠》序言中说："兼蕃汉文字者，论末则殊，论本则同……今时人者，蕃汉语言可以俱备，不学蕃语则岂和蕃人之众，不会汉语，则岂入汉人之数，蕃有智者，汉人不敬，汉有贤士，蕃人不崇，若此者由语言不能也。"由此，西夏上下对汉文化倍加重视，从多方面加以吸收。据《嘉靖宁夏新志》卷二记载，夏人常尊孔子为"至人文宣帝，是以画公像列诸从祀。"党项民族的诗歌正是在汉、党项民族文化交流的土壤上发展而来，有着极深的汉文化印迹。大致来说，西夏党项民族的诗歌创作可以分为颂扬祖先开疆拓土、建功立业的史诗类作品，宗教功谕、向往美好生活的抒情类作品，西北奇异风光的描写类作品。陈炳应先生在《西夏诗歌、谚语所反映的社会历史问题》一文中，曾转译了六首古朴、透发着原始生活气息的西夏古诗，其中有歌颂党项民族祖先的诗歌：

> 黔首石城漠水畔，红脸祖坟白河上，高弥药国在彼方。
>
> 母亲阿妈起族源，银白肚子金乳房，取姓鬼名俊裔传。
>
> 繁裔崛出弥瑟逢，出生就有两颗牙，长大簇立十次功，七骑护送当国王。

前三句追溯党项羌人祖先的发祥地，是石城、白河地区的羌人的后裔，"黔首"、"红脸"是党项羌古代先民所建的两个部落，恐怕是说西夏党项是这两个部落交融通婚的结果。中间三句是对族源始母神话般的崇拜赞美，正是这个银肚金乳的羌族姑娘，生了七个儿子，从而繁衍了西夏王族。后三句是歌颂西夏开国君主李继迁的，他"生而有齿"，神异无比，曾扩地千里，为夏人引以为荣。如《宋史·夏国上》记载元昊上书宋廷表文言："祖继迁，心知兵要，手抱乾符，大举义旗，恶降诸部。临河五郡，不旋踵而归；沿边七州，悉差肩而克。"此诗对党项民族的兴起繁盛予以歌颂，与《诗经》史诗相类似。

还有一首《诸国帝王怎伦比》诗，直接称颂"圣君"所应具有的美德，以揭示清明圣贤政治的内涵，表明对美好政治的向往：

> 常有国王走极端，獬豸兽作忠诚志。在这伟大天地里，寻求大智在兽旁。纷说著草应尊敬，草边拜寻思维力。唯独圣君睿思广，弃恶存善承祖志。不举凤凰幸福旗，尊重智者当荣幸。不齿赤金及白银，只当它是贵物品。忠诚封侯最为珍，任人唯贤言守信。圣天福星细倾听，乐下九天助国君。唯君独得御宝座，诸国帝王怎伦比！

可以说此诗鲜明地体现了汉民族文化核心——儒家的政治追求，道德政治、仁君政治的核心。

西夏党项民族与汉民族文化交融的典范可以长诗《颂师典》为代表：

> 蕃汉弥人同一母，语言不同地乃分。西方高地蕃人国，蕃人国中用蕃文。东方低地汉人国，汉人国中用汉文。各有语言各真爱，一切文字人人尊。吾国野利贤夫子，文星照耀东和西。选募弟子三千七，一一教诲成人杰。太空之下读己书，礼仪道德自树立。为何不跟蕃人走，蕃人已向我低头。大陆事务自主宰，行政官员共协立。未曾听任中原管，汉人被我来降服。皇族续续不间断，弥药儒言代代传。诸司次第官员中，要数弥药人最多。诸君由此三思付，谁能道尽夫子功？

此诗洋溢着极为强烈的民族独立意识和称霸天下的民族自信心，党项羌人本先归吐蕃，后又归顺中原，但在本诗里，却均为党项羌人所降服；同时，此诗也有鲜明的对汉民族文化，特别是儒学的认同和敬仰感，这实是党项民族共同的心理趋向。

西夏的诗歌多表达民族精神、民族心理，这恐怕是一个长期遭受他族统治和奴役的民族崛起之后最需要宣泄释放的心理情绪，而重点是在各民族的形象比较中突出本民族的高大强健。如《弥药勇健走》：

> 弥药勇健走，契丹缓步行。西羌敬佛僧，中国爱俗文。

此诗直抒胸臆，对党项羌族、契丹辽人、吐蕃民族、中原汉族的集体形象作了极富概括的描述，党项羌人英勇强健，契丹人缓步而行，吐蕃民族敬佛礼僧，中原汉族繁文缛节，对其他三个民族些许微词，而对本民族则大加赞扬，充满了民族自信心。

党项民族的草原诗篇中不仅有本民族的创作，还有由宋入夏的汉族文人，他们与党项民族一起，为西夏文化的发展作出了积极的贡献。如张元，他亲历西北地区大雪纷飞、铺天盖地的奇景，不由借古代神话传说描绘这一壮丽奇观。

《咏雪》：

> 五丁仗剑决云霓，直取银河下地畿。战退玉龙三百万，败鳞残甲满天飞。

张元采用《华阳国志·蜀志》中"五丁开山"的典故，借具有无限创造力的勇士与云霓决战的场景，形容雪花弥漫天下，银砌世界的壮美之景，显得气象飞动，富有力量之感，令人耳目一新。

契丹族本以鞍马车帐为家，过着逐水草而居的游牧生活，公元916年太祖耶律阿保机汇合各部，建立了辽国；后疆域扩展至今白沟河、雁门山一带，与北宋相接。公元1125年辽亡后皇室成员耶律大石曾在中亚建立西辽，又称哈刺契丹（黑契丹），享国近百年。一般来说，我们在这里谈的草原诗篇，实指东辽。应当说,辽诗契丹人的创作,与汉族文明的影响和浸染不可区分。比如《辽史·宗室传》记载:"时太祖问侍臣曰:'受命之君,当事天敬神,有大功德者,朕欲祀之,何先?'皆以佛对。太祖曰:'佛非中国教。'倍曰:'孔子大圣,万世所尊,宜先。'太祖大悦,即建孔子庙,诏皇太子春秋释奠。"自辽太祖耶律阿保机开始,辽代代香火不断,礼奉孔子,尊从汉民族文化。"辽太祖多用汉人教,以隶书之半增损之,制契丹字数千,以代刻木之约。"(陶宗仪《书史会要》)《辽史·文学传序》曰:"太宗入汴,取晋图书,礼器而北,然后制度渐以修举。至景圣间,则科目聿兴,士有下僚擢升侍从,骎骎崇儒之美。"受汉文化、文学的影响,辽代的文学才渐渐兴盛起来。沈德潜纂辑的《辽诗话·序言》中说:"辽自唐季基于朔方,虽地处北鄙,文墨非其所尚,然享年三百,圣、兴、道三宗,雅好词翰,咸通音律,……文学之臣,若萧、韩家奴耶律昭、刘辉、耶律孟简,皆淹通文雅。"

契丹族的诗歌创作的主要特点是一方面深受唐诗宋词的影响,一方面深具刚健质朴的民族特色,而尤以皇室成员和汉人入辽者为主。辽皇族诗人中以辽太祖长子东丹王耶律倍为代表,他较早地濡染汉文化,曾仿效唐诗人白居易,自署"乡贡进士黄居难,字乐地"。❶对辽代的文化建设和文学创作产生了重要影响,金元时期的文学家耶律履、耶律楚材、耶律铸、耶律希逸、耶律希亮都是其后裔。耶律倍的《海上诗》是现存最早的契丹人创作的完整的汉语诗,全诗只有四句:

> 小山压大山,大山全无力。羞见故乡人,从此投国外。

《海上诗》既直抒胸臆,又巧妙地利用汉字本身具有的隐微曲折的特殊功能,表现了在弟弟的猜忌、压制和逼迫下走投无路的遭遇,抒发了逃奔异国、亡命海外之际悲凉凄楚的情怀。耶律倍的母亲淳钦皇后于辽太祖死后,统摄军国大事。她不喜文弱儒雅的耶律倍,用权谋让次子耶律德光继位,这样耶律倍只得率数百随从投奔后唐,此诗就写于耶律倍深受挤压、无处诉说、决心逃往他神往文明古邦时的心情。诗语平质直率,但含义深刻,耐人思考。"小山压大山"本不合情理,但联系古实,自然就让人想起"小汗压大汗"的意义。清赵翼《二十二史札记》说:"情词凄婉,言短意长,已深有合于风人之旨矣,"给予极高的评价。

此时期草原诗篇特色较为浓厚的要数由汉入辽的文人赵廷寿的《塞上》一

---

❶ 刘达科评注:《辽金元诗文选评》,三秦出版社,2004,第187页。

诗。赵廷寿本为后梁偏将赵德钧养子，曾任后唐河阳节度使等职。随赵德钧降辽后，封幽州节度使、燕王。后因图谋自立，被辽世宗所杀。《塞上》一诗集中展示了塞外沙漠草原风光以及北方游牧、狩猎民族的生活方式和习俗，歌颂契丹民族勇武剽悍、豪放雄爽的性格气质：

> 黄沙风卷半空抛，云重阴山雪满郭。探水人回移帐就，射雕箭落著弓抄。乌逢霜果饥还啄，马渡冰河渴自跑，占得高原肥草地，夜深生火折林梢。

《塞上》一诗选取了契丹民族生活场景的一个侧面，以雪中契丹为视点，展示契丹民族不畏环境恶劣，乐观豪迈、刚健壮伟的民族精神。大雪封山，乌云凝重，寒风怒吼，黄沙击面。然而契丹人依旧按照游牧民族惯常的习俗习惯自然而然地觅水迁转，哪里有水源，哪里有草地，哪里就是契丹人的家。既然无法更多获得食物，只能抄弓狩猎，射雕显示了其英武豪健，技艺非凡。而"乌逢霜果，马渡冰河"两句则暗示了契丹人生命力的强大持久，善于克服困难，适应自然环境。契丹人像鸟一样，即使无处觅食，但仍旧能从被霜雪吹打下的果实中，择取吞咽，以迎接更严峻的挑战。最后两句则透露了契丹人生存状态的一个信息，土地并非权贵者所有，谁先到达肥美草地，谁就拥有它，这也印证了游牧民族"居无常居"的动态特征。

契丹诗人里有一人独树一帜，即契丹最杰出的女诗人萧观音。萧观音本契丹圣宗钦哀皇后之弟、枢密使萧惠之女，姿容端丽，聪慧过人，人皆以"观音"目之，善谈工诗，自制词曲，筝、琵琶演技独擅一时。后被道宗纳为妃子，陷入到后宫争宠，死于宫廷倾轧之祸。萧观音在辽独步一时，誉之为"女中才子"，她的诗作或针对时政而发，或描写契丹妇女崇尚勇武的风习，或表现深宫的寂寞、幽怨，风格多样，雄浑豪放与含蓄委婉、哀感凄艳并存，深得后人激赏。代表作为《伏虎林应制》：

> 威风万里压南邦，东去能翻鸭绿江。灵怪大千俱破胆，哪教猛虎不投降。

此诗写作时萧观音为册立皇后的第二年，她扈从皇帝涉猎秋山。作品以辽国皇家贵族的游猎生活为题材，反映了契丹民族以勇武立国的传统精神和怙强侍勇、吞吐天下的文化心理以及契丹女性崇尚勇武的不让须眉之气。伏虎林是辽代帝王的秋捺钵，辽国俗尚渔猎，四时捺钵是国君出猎的行营，汉人称为"行在"。此诗出语不凡，想象奇崛，语气磅礴，以威风万里之势形容出猎队伍的宏大壮观，将宋朝当做想象中的敌对力量，体现了渴求统治北宋，降服汉邦的民族心理，也表达了极强的民族自信心。"威风万里"与"翻"飞江水，顺承之中又有叠起，显示了波涛壮阔、气血奔涌的民族自豪感，扫荡六合，叱咤风云，真有一统天下，掌握乾坤之感。此诗的特点之一在于以佛语入诗，大千为佛家语，即"三千大千世界"的简称。佛教以须弥山为中心，以铁围山为周缘，名一世界，此世界的数千倍为小千世界，小千世界的千倍为中千世界，中千世界的千倍为大千世界。萧观音目睹契丹皇室的英武超绝，神驰万里，以万千世界俱为胆战心惊来渲染狩猎的气势、气度之非凡可比，来衬托大辽王朝的隆盛国威和雄心壮志。四句虽无雕琢刻镂之精工奇丽，却如大漠雄风，吹荡万里，诗格豪健，不愧为压倒须眉之作。清人谢蕴山评析道："四时捺钵振天威，殪虎秋山漫赋诗。"（《辽诗话》卷首题词）可为辽草原诗篇的扛鼎之作。

如果说萧观音的《伏虎林应制》代表了契丹民族上层文士贵族的精神情感追求，那么收录在《白石道人诗集歌曲》中的《契丹风土歌》宛然是一幅展示契丹民族美好草原、理想草原、心灵草原的绚丽画卷：

> 契丹家住云沙中，耷车如水马如龙。春来草色一万里，芍药牡丹相间红。大胡牵车小胡舞，弹胡琵琶调胡女。一春浪荡不归家，自有穹庐障风雨。平沙软草天鹅肥，胡儿千骑晓打围，皂旗低昂围渐急，惊作羊角凌空飞。海东健鹘健如许，韝上风生看一举。万里追奔未可知，划见纷纷落毛羽。平章俊味天下无，年年海上驱群胡。一鹅先得金五百，天使走作贤王庐。天鹅云飞铁如翼，射生小儿空看得。腹中惊怪有新姜，元是江南经宿食。

这首长诗是降宋契丹族金军将领萧鹧巴口述，姜夔整理而成，自然会带有一些民族偏见，如"群胡"、"大胡"、"小胡"等称谓，但它改变了传统草原诗篇肃杀沉寂、荒凉广漠的风格定势，将契丹人的草原编织描绘得花团锦簇，生意无限，趣味深长，显然是美妙的富有民族特色的风景画、风俗画，将草原带入到一个新的审美天地。首先，春色妆点下的草原，百花怒放，五彩绚烂，车马一体的契丹民族尽情歌舞，欢乐无比，一派祥和繁华的景象。其次，它将描写的重心放在了契丹民族饮食特点方面，特别是对天鹅的钟情有加。我们知道，渔猎所得在契丹人的饮食中占有相当的比例，尤其是契丹皇族。从"一鹅先得五百金，天使走送贤王庐"句来看，显然也是为皇室捺钵准备。春季捺钵，除了"凿冰取鱼"之外，还要用海东青鹘捕天鹅，"鹘擒鹅坠"，"举锥刺鹅"，"皇帝得头鹅荐庙"，举行"头鹅宴"以飨众臣。（《辽史》卷32《营卫志》）此诗海东青"万里追奔"，空中搏击，描写的就是这一场景。最后，此诗可贵之处还在于最后两句"腹中惊怪有新姜，元是江南经宿食"，品尝北疆的美食，不由美味横生，原来是江南美食的余香与北域的新鲜之味混融起来，别有一番滋味，表现了两种文化的融汇与交流。

　　金朝的女真人是生活在白山黑水间的古老民族，大约在公元 1115 年正月，女真首领金太祖完颜阿骨打在今黑龙江阿城县南称帝建国，国号大金。金朝的文事远较辽朝为盛，《金史·文艺传》说："金用武得国，无以异于辽，而一代制作能自树立唐、宋之间，有非辽世所及，以文而不以武也。"女真建国之后，同辽契丹一样，逐渐接受汉文化的影响，特别在文学、典章方面尤为突出。金朝文人学士层出不穷，以汉族文人为多，产生了诸如"国朝文派"即中州诗人在文学史上极有影响的诗文流派。但总的说来，金诗受北宋诗歌影响极为突出。元好问曾说："百年以来，诗人多学坡、谷。"（《赵闲闲书拟和韦苏州诗跋》）明人王世贞说元好问编《中州集》，"其大旨不外苏、黄。"（《艺苑卮言》）都充分说明苏轼、黄庭坚的文艺思想和诗文风格对金诗创作影响的巨大，可以说，金诗是在苏、黄的审美历程中兴盛发展的。

　　金代草原诗篇首先要提的是海陵王完颜亮的创作。完颜亮是金朝皇族诗人群体中的代表人物，他气概非凡，豪雄无比，曾率兵大举攻宋，作《喜迁莺》词，赐大将军韩夷耶，其中有"旌麾初举，正驷骥力健，嘶风江渚，射虎将军，落雕都尉，绣帽锦袍翘楚。"完颜亮深得词中三味，他曾闻听柳永词《望海潮》中"三秋桂子，十里荷花"语，顿时神飞西湖，想饱览名胜佳迹，"遂起鼓投鞭渡江之志，"真神思飞涌，气壮山河。此词以极具阳刚力量之美的骏马、烈风衬托大军初举时的盛大军威，以射虎、落雕来形容将军的气吞天下的雄姿气概，显得威势尽出，极有草原军旅之势。此外完颜亮还有一首《念奴娇》词，以大雪之漫山遍野、遮天蔽日之势，抒内心之梗概不平、郁勃英壮之气，实是草原诗词中的极有特色之作：

　　　　天丁震怒，掀翻银海，散乱珠箔。六出奇花飞滚滚，平填了山中丘壑。皓虎颠狂，素麟猖獗，掣断珍珠索。玉龙酣战，鳞甲满天飞落。谁念万里关山，征夫僵立，缟带沾旗脚。色映戈矛，光摇剑戟，杀气横戎幕。貔虎豪雄，篇掉真勇，非与谈兵略。须拼一醉，看取碧空寥落。

　　此词笔中偏锋，既不叹北雪之晶莹纯粹，银白奇异，又不赞雪中奇寒，冷酷无比，更不奇大雪封道，崎岖艰难，人生不遇；而是专咏雪之暴烈、飞扬，铺天盖地之雄壮惨烈，以天神发怒、玉龙酣战的奇特比喻，赞叹北国之雪的厚重和朔风劲吹下的飞溅天宇。而极力渲染雪的震怒和力量，正是为了衬托大军出征时的杀气冲天，惊天动地，极符合北国草地之暴风雪来临时的奇景奇情，确为咏雪之又一绝唱，也应和了元好问的金词"颇多深裘大马之风"的评价。

　　金代草原诗篇多为汉人仕金者所作，由于金人占据北方时间长久，汉人已自觉不自觉地沦为金人的一部分，不由自主地萌生了代金人思虑忧愁的普遍情感，这恰是女真汉化、民族融合的最显著例证。实际上金人诗词以中州文人为代表，而中州文人尽汉人而抒发共同的情感，即北方人的情怀，而尤以山西、河北人居多。况周颐《惠风词话》说："自六朝以还，文章有南北派之风，乃至书法亦然。如以词论之，金源之于南宋，时代政同，疆域之不同，人事之为耳。……南宋佳词能浑，至金元词近刚方。宋词深致能入骨，如清真、梦窗是。金词清劲能入骨，如萧闻、遯庵是。南人得江山之秀，北人以冰霜为清。南或失之绮靡，近于雕文刻镂之技。北或失之荒率，无解深裘大马之讥。"北人深居北地，"禀雄浑深厚之气，习俊厉严肃之俗，"渲染草原风气，慷慨深致，情发胸心，往往直接发语，批评社会，融入了极为深厚的北人特征。遁斋老人王元节《青冢》诗极有特色，以杜甫诗怀念昭君为题，以昭君的为国挺身而出，嘲讽金将的碌碌无用："环佩魂归青冢月，琵琶声断黑河秋。汉家多少征西将，泉下相逢也含羞。"此诗中的汉将实为金将，显然，王元节此时的心态已俨然是金人的一员，而将元蒙当作了敌酋。无独有偶，中州诗人史旭的《早发骖驰堋》也表达了同样的意味："郎君坐马臀雕弧，手撚一双金仆姑。毕竟太平何处用，只堪装点早行图。"女真人曾金戈铁马占据北方，气势雄阔，而如今的贵族青年不习武备，徒有外表，只能点缀成入画的材料。元好问《中州集》卷二曾说："好问按，景阳大定中作此诗，已知国朝兵不可用。是则诗人之忧思深矣。"

中州诗人以元好问为代表，他也是金元之际最有成就的诗人。元好问是鲜卑族后裔，文学史对其评价甚高，元郝经《遗山先生墓铭》说他是"一代宗匠"，杨鹏《送元遗山诗》以"两朝文笔"赞之，清人李调元《雨村诗话》说"诗精深老健，魄力沉雄，直接李杜，能并驾者寥寥，"刘熙载《艺概》则说："金元遗山诗，兼杜、韩、苏、黄之胜，俨然有集大成之意。"元好问诗成就最高的是反映社会动荡、人民丧乱之诗，但最有特点的则是其少量的草原诗篇，其中《塞上曲》最为有名：

平沙细草散牛羊，一簇征人在戍楼。忽见陇头新雁过，一时回首望南州。

此诗以极为疏淡细腻之笔，描绘秋天草原空廓寂寥之状，以雁归晴空，万里投巢入栏之意，反衬戍边将士有家难回的痛苦心情。看似写景，实则言理，且选择了极具北方草原特征的陇山、陇头作为集聚情感的焦点，令人回味深长。

元好问之外，此时期创作草原诗作的还有赵秉文。他所创作的《西楼》、《抚州》等诗含蓄委婉，深蕴不显，多以画面引发人的思虑。

《西楼》诗云：

> 十去龙沙雁，年年九不归。烟尘犹未息，莫近塞云飞。

诗名"西楼"，即内蒙草原盛地巴林左旗，就是契丹辽国的上京。名为西楼，但并没有登高望远，发思古之幽情，慨时世之沧桑，也没有感怀古迹，畅叙人生兴衰无常，而是注目于西楼上空之雁，以雁代征戍之将士，十载守边，九死一生，塞外之地，空埋了多少同胞；边地塞云，目睹了多少战争，极为含蓄隐微地表达了战争给人民带来的苦难。风格悲沉低婉，理情相生，别有一番深意。

《抚州》诗云：

> 燕赐城北春草生，野狐岭外断人行。沙平草远望不尽，日暮惟有牛羊声。

抚州即内蒙古兴和县。本诗写抚州草地人烟稀少、牛羊成群的景致，但落笔却在燕赐城和野狐岭，即两处金元用兵的关隘所在。此地春草纵横，人烟稀落，更加深了草原寂寥深静和广阔无边之意，隐含了战争对人民生活破坏的深意，虽为写景，实是抒情，那四面不断的牛羊鸣叫将这种怨情传送得更加深远，而向往快乐和平的意蕴也在这空谷传音中更加凝重、深刻。

第五节　元明清时期的草原诗篇

历史的年轮碾过了南北对峙、分裂相离的南宋之后，中国的大地又诞生了一个奇异而神伟的王朝——元代，它是中国历史上第一个游牧民族统一全国的封建王朝，也是中国封建史上游牧民族政治、军事、经济、文化发展到最高峰的时期，更是古代草原诗篇发展到鼎盛的时期。这里有两个原因：一是元朝时草原游牧民族——蒙古族立国，而蒙古民族的豪壮、雄阔、率真、奔放的性格特征始终充溢显现于元朝的草原诗篇中，有着非常突出的民族风格。二是元朝疆域空前扩展，《元史·地理志》称："北逾阴山，西极流沙，东极辽左，南越海表"，将历史上的"丝绸之路"、南北异域、东西不同的政治和文化对立或相隔的状态完全改变，这就使区域、民族交融的程度极大推进，从而使古代草原诗篇呈现出完全与前代迥然不同的艺术状貌，使草原诗篇更加趋于本色自然，更接近草原本体的美。

严格说来，元代的草原诗篇分为三个方面的创作，第一是收录在蒙古民族叙事文学巨著《蒙古秘史》中的韵文和如《江格尔》、《格斯尔》般的英雄史诗，它们以长篇纵笔的形式描绘传奇英雄成长的历史，属于叙事文学的范畴，我们会在后面的章节有所论及。第二是此时期异彩纷呈的少数民族诗人的创作，大致分为两种状况，一是身经战乱、亲历元代建立的如耶律楚材等人的创作，深浑苍健，风骨俱佳；二是如清人顾嗣立《寒厅诗话》所云那样："元时蒙古，色目子弟尽为横经，涵养既深，异才辈出。贯酸斋、马石田开绮丽清新之派，而萨经历大畅其风，清而不佻，丽而不缛，于虞、杨、范、揭之外，别开生面。于是雅正卿、达兼善、遒易之、余廷心诸人，各逞才华，标奇竞秀，亦可谓极一时之盛者钦，"成就了元代西域少数民族诗人创作群体。第三是此时期佳作层出不穷，一方面对传统的草原边塞诗篇不断催新，由传统的或展示剑拔弩张的战争场面，或表现缠绵凄苦的乡思别怨，或厌恶穷兵黩武的揭露批判，而转变为在大一统的政治格局下，塞外草原生活的和谐、快乐，民族的特有习俗，边地的奇异风光等方面的描写；同时，此时期的草原诗篇还逐渐由情绪的尽情抒发转变为清寂状态下的艺术遐想，借助于题画诗的形式对塞外草原进行美学意义上的凝炼提升，使古代草原诗作更加精工完美，形成浑然圆融的艺术整体，如陈旅的《辽人涉猎图》和张可久的《昭君出塞图》。一句话，古代草原诗作进入元代，呈现出更加美艳和多姿的风貌。

早在成吉思汗西征之际，就有汉族全真教派开创者长春真人丘处机和契丹族金国贵族耶律楚材的倾力倾智相助，他们以自身的文化学识和政治智慧描绘了他们内心中的草原。丘处机曾受成吉思汗的征召，由莱州出发，经漠南、漠北、天山，到中亚朝见成吉思汗，沿途写了不少描写塞外与西域风光的记行诗，这与耶律楚材的诗可以看作是元代草原诗歌的肇始之作。丘处机有《泺驿路》七律，绘制心灵中的草原：

极目山川无尽头，风烟不断水长流。如何造物开天地，到此令人放马牛？饮血茹毛同上古，峨冠结发异中州。圣贤不得垂文化，历代纵横只自由。

本诗是丘真人经过渔儿泺（元代称儿海子，即今内蒙古克什克腾旗达来诺尔湖）之时，在驿路上目睹游牧民族生活物景时所作。作为一方宗教的创始人，丘处机顿感草原的无边无际，这与内地的山川相连，城郭雄砌，人烟密集大有差异。造物者因地造人，此处的百姓逐水草而居，侍牛马而生完全与中原相异。尽管汉人已是文明社会，但游牧民族仍然保留着极为简朴有力的上古遗风，虽然用"饮血茹毛"略有夸张，但不像汉族生活的复杂多样却是真实可信的。就是在衣冠服饰上也显示了不同的风俗，高帽挽发，显然是指蒙古上层贵族而言。最有特点的是此诗的最后两句，画龙点睛说明了元代初期的文化价值倾向和民族性格的核心，"圣贤不得垂文化，历代纵横只自由"，说明成吉思汗西征时期还没有完全接受汉族文化，依然倚仗弓马之利、强大铁骑统治天下，游牧文化与汉族文化依然处于对立的状态，而在丘处机的意识中，蒙古民族的核心性格是纵横驰骋，奔放自由，这恐怕真正触及到了民族文化的核心。《泺驿路》叙议结合极为准确地概括了蒙古民族的文化精髓，对后世的草原诗作产生了一定影响，但也暗示了文化的融合融通才是必由之路的思想。

耶律楚材作为参知元初军政要务的军国重臣，对元朝礼制、政治、经济、文化的建设贡献颇多，在文学史上有开一代文学风气之功。清人顾嗣立《元诗选》小传称他为"一代词臣"，《四库全书总目》评其诗"皆本色，惟意所如，不以研炼为工。"他曾随成吉思汗西征，创作了诸多描写塞外、中亚风土人情的草原诗作，代表作有《过阴山和人韵》与《扈从羽猎》等。前者诗句为：

阴山千里横东西，秋声浩浩鸣秋溪。猿猱鸿鹄不能过，天兵百万驰霜蹄。万顷松风落松子，郁郁苍苍映流水。六丁何事夸神威，天台罗浮移到此。云霞掩翳山重重，峰峦突兀何雄雄。古来天险阻西域，人烟不与中原通。细路萦纡斜复直，山角摩天不盈尺。溪风萧萧溪水寒，落落空山人影寂。四十八桥横雁行，胜游奇观真非常。临高俯视千万仞，令人凛凛生惶恐。百里镜湖山顶上，旦暮云烟浮气象。山南山北多幽绝，几派飞泉练千丈。大河西柱波无穷，千溪万壑皆会同。君成绮语壮奇诞，造物缩手神无功。山高四更才吐月，八月山峰半埋雪。遥思山外屯边兵，西风冷彻征衣铁。

此诗题"阴山"，非内蒙境内的阴山，而是西域阴山，即新疆天山。本诗与李白《蜀道难》有些相似，但更加雄壮豪健，质朴无华。它极天山之突兀、高耸、艰险、千姿百态于一体，勾勒奇诡艳丽的天山风光，并以李白、杜甫的诗句加以衬托，将天山的奇异神妙的艺术魅力尽显出来，尽情铺陈天山的雄奇壮美，以此来渲染蒙古西征大军的声势军威，磅礴有力，风格遒劲。元人孟攀麟《湛然居士文集序》说："观其投戈讲艺，横槊赋诗，词峰挫万物，笔下无点俗，挥洒如龙蛇之肆，波澜若江海之放，其力雄豪足以排山岳，其辉绚烂足以灿星斗。翰旋之势，雷动飚举；温纯之音，金石玉振。片言只语，冥合玄机，奇变异态，靡有定迹。迥出乎见闻之外，铿訇炳耀，荡人之耳目，所谓造物有私，默传真宰，胸中别是一天耳。"此语虽有溢美之嫌，但确实突出了此诗汪洋恣肆、石破天惊的艺术想象力；另外，此诗是和丘处机《自金山至阴山》之诗所作，但却剔除了叙议之笔，纯以写景绘胜占长，这样也就避免了发议的缩手缩脚。《扈从羽猎》诗云：

湛然扈从狼山东，御闲天马如游龙。惊狐突出过飞鸟，霜蹄霹雳飞尘中。马上将军弓挽月,修尾蒙茸卧残雪。玉翎犹带血模糊,骏骊嘶鸣汗微血。长围四合匝数重,东西驰射本追风。鸣鞘一震翠华去,满川枕藉皆豺熊。自笑中书老居士,拥鼻微吟弓矢废。向人忍耻乞其余,瘦兔瘸瘫紫驼背。吾儒六艺闻吾书,男儿可废射御乎?明年准备秋山底,试一如皋学射雉。

本诗写作者随元太宗窝阔台在狼山(今内蒙古乌拉特中后联合旗一带的阴山)围猎的盛况和内心的感受,反映了蒙古民族精于骑射狩猎的风俗特色。耶律楚材目睹蒙古民族豪壮雄健的狩猎场景,从将军的弓如满月,坐骑的快如闪电,猎物的漫山遍野,皇帝仪仗的盛大华美等角度赞叹蒙古人尚勇雄悍的民族精神。同时,联系自我满腹经纶,六艺精通,却荒于骑射,所获无几的窘态,对于蒙古贵族崇尚武猎,轻视文化经典的事实表现了隐忧。"吾儒六艺闻吾书,男儿可废射御乎?"表明了作者意图以儒家文化建立元蒙政治、文化的理想。而事实上耶律楚材在元初积极主张"以儒治国、以佛治心",致力于儒家文化的恢复,为元朝典章制度的建立煞费苦心。郝经《立政议》说:"耶律楚材为相,定赋税,立造作,榷宣课,分郡县,籍户口,理狱讼,别军民,设科举,推肆赦,方有志于天下,而一二不逞之人,投隙睒罅,相与排摈,百计攻讦,乘闻违豫之际,姿为矫诬,卒使楚材愤悒以死。"说明耶律楚材亦是一位正道直行、有志泽世的悲剧性的少数民族诗人。联系郝经评价来看,耶律楚材力图以儒家文化来治理邦国,但并不为元初统治者完全接受,此诗就显现了他内心的焦虑。

耶律楚材之后,又有陈孚的《开平即事》、马致远的《南吕·四块玉紫·芝路》、袁楠的《送苏子宁和林郎中韵》、《上京杂咏再次韵》、张养浩的《上都道中》、柳贯的《后滦水秋风词》等草原诗篇较为有名。他们从不同的侧面展示了蒙古民族的文化风貌。

《开平即事》云:

百万貔貅拥御闲,滦江如带绿回环。势超大地山河上,人在中天日月间。金阙觚棱龙虎气,玉阶闾阖鹭鸳班。微臣亦有汾河策,愿叩刚风上帝关。

开平是元上都所在地,遗址在今内蒙正蓝旗。据《元史·地理志》所说:"中统元年,为开平府,五年以阙庭所在,加号上都。"上都为元代夏都,皇帝每年四月至七月在这里避暑,处理政务。陈孚曾至上都,盛赞元帝都宏大华丽气象,并表达愿意为朝廷建策服务。本诗所描绘的元上都状貌,已全然尽失穹庐毡帐之特色,笔下或远眺绿水滦河环绕禁卫森严的宫廷所在,或仰观都城的居高临下、君临万里的气势,尽显上都建造的流光溢彩,气势恢宏。最后几句典故说明自己腹有良谋，有经天纬地之才，渴望得到元朝廷的重用。充分说明元朝统治在部分汉人知识分子那里已没有异族相隔的局限认识，这恐怕在元初是很少见的。

马致远的散曲《紫芝玉》云：

> 雁北飞，人北望，抛闪煞明妃也汉君王。小单于把盏呀剌剌唱。青草畔有收酪牛，黑河边有扇尾羊，他只是思故乡。

此小令歌咏昭君出塞的故事，先是将昭君远嫁匈奴的缘由归于元帝，而后尽情描绘草地风俗，饮酒作乐的单于、青草地吃草的奶牛、肥大的绵羊，这一切都抑止不了昭君对故乡的绵绵思念。本诗最有名的是以通俗自然的语言描绘游牧生活的诗句："青草畔有收酪牛，黑河边有扇尾羊，"极有地域文化特征。马致远作为元代"曲中状元"，写草原风光也饶有机趣，亲切本色。

袁楠曾在上都供职，创作了多首描绘塞外气候、物候、景色的诗作。《送苏子宁和林郎中韵》当为其中代表：

> 貂帽护寒沙，冰天阅岁华。断溪驼听水，密雪犬行车。云尽难寻雁，春深未识花。昔人奇绝处，八月解乘槎。

此诗描绘塞外生活精致而极有特点，紧紧抓住了沙漠严冬特有的物状，天寒地冻，朔风劲吹，沙砾扑面，人们只能用貂帽御寒挡沙；而更具沙漠特质的是沙漠缺水，只有骆驼能闻听到水声而寻觅，而惯于骑马的蒙古人也只能乘坐狗拉的雪橇出行。这实是为我们绘制了一幅沙漠雪景图。同时，在袁楠的内心，即将远行的友人此时出发，就犹如要步入仙境成仙的张骞一样，令人艳羡向往。因此，值得注意的是，此诗写塞外沙漠已抛弃了前人笔触流泻的肃杀凄清的基调，代之以塞外有仙境、处处怡我情的惊喜赞美之笔，可谓古代草原诗篇的艺术探新。同样，他的《上京杂咏再次韵》又以日常生活习俗的角度展示了蒙古族的特有的生活情调：

> 千碟蜂腰凸，群山马首朝。沙场调俊鹘，草窟射丰貂。闹舞花频簇，狂歌酒恣浇。今年春事减，土舍雪齐腰。

上京于群山叩首中雄姿挺立，俨然是群峰之首。在上都周围广阔的草原上，蒙古族人民调训猛禽，追逐大貂，一派生机勃勃、活力四射、昂放豪壮的生活场景。同时，牧人们摘花成束，持花起舞，歌声震天，酒酣唱闹，纵情欢乐，将蒙古民族喜好歌舞、精于骑射、善饮嗜酒等习性表现出来。值得注意的是，本诗选取了平常不为人所注意的能歌善舞、喜酒好饮的生活侧面，这就一定程度上拓展了游牧民族的生活画面，给读者留下了极为深刻的印象。

张养浩是元代散曲名家，其草原诗篇《上都道中》以精炼之笔形象描绘草原景致，不失为元代草原诗篇的经典之作：

穷远惟沙漠，昔闻今信然。行人鬓有雪，野店灶无烟。白草牛羊地，黄云雕鹗天。故乡何处是？愁绝晚风前。

本诗主题是抒发羁旅之思，但此种乡愁并非前人惯常吟咏的前途渺茫、人生无涯之感，而是将思乡之情置于一个特定的寒冷边塞之下，而"白草牛羊地，黄云雕鹗天"两句，以简洁传神之笔描写草原的天高地迥，辽阔无际，使思绪更加深远、悠长，也成为世代相传的描写草原的佳句。

柳贯是元后期诗人，与虞集、揭傒斯、黄潜，并称"儒林四杰"。他曾由大都至上都数次，写了众多颇有草原特色的诗作，特别是《后滦水秋风词》等作品，别有新意。

其一为：

旋卷木皮斟醴酪，半笼羔帽敌风沙。丈夫涉猎妇当御，水草肥甘行处家。

其二为：

山邮纳客供次舍，土房迎寒催墐藏。砂头蘑菇一寸厚，雨过牛童提满筐。

其一反映蒙古民族逐水草而游牧的浪漫生活，描写生动细致。由于居无定所，所以只要是水草肥美，只要适宜放牧，那就是蒙古民族的生活场所。因而随时剥除树皮，制成酒杯饮器，以作生活用具。与汉民族所不同的是蒙古民族的女性，当男子骑马涉猎之时，女子就赶着勒勒车，载着生活用具，迁转搬家，放牧牛羊，付出了比男子更多的辛劳。可以说，本诗以写实的手法，赞美了蒙古女性辛勤劳作的美德。其二表现了农耕文化与游牧文化交融的一个场面，在无边的草原上，为了便于旅行之人生活，蒙古族百姓建立了许多旅舍。正是春夏之交，要修缮房屋，堵塞缝隙。另一方面，春雨过后，草原低洼之处生长出好多肉质厚实的蘑菇，在阳光的照射下分外鲜明。牧童一边放牧，一边采摘，又是一顿丰盛的美餐。本诗暗示出游牧民族一面保存自身的生活习俗，一面又向农耕文化学习，受农耕文化影响，而这一切首先是在日常生活的点点滴滴方面显现出来。另外，本诗风格清新纯净，展示了草原的另外一种风貌。

更值得一提的是，元代出现了诸多如耶律楚材那样文质俱佳，才情洋溢的少数民族诗人，其代表人物为清人顾嗣立所说的"西北子弟"，也就是西域作家，如马祖常、萨都剌、迺贤、余阙、贯元石、薛昂夫等。他们各逞才情，以自己的独特的审美视角和文化修养，创作了多首各具美学风致的草原诗篇。

马祖常，是元代少数民族的代表作家，其先世为西域聂思脱里贵族，其祖出仕辽朝，曾任凤翔兵马判官，遂以"马"为其汉姓。他的诗总的来说"绮丽清新"，（顾嗣立《元诗选》语）但就草原诗作来说，多写民情风俗，自然朴质，逼真如画，比较广泛地描写了塞外边地的生活，如反映甘肃地区少数民族居留地生活的《灵州》诗：

乍入西河地，归心见梦余。葡萄怜酒美，苜蓿趁田居。少妇能骑马，高年未识书。清明中农谷，稍稍把犁锄。

还有一首《河西歌效李长吉体》可相互参照：

贺兰山下河西地，女郎十八梳高髻。茜根染衣光如霞，却召瞿昙作夫婿。紫驼紫锦凉州西，还得黄金铸马蹄。沙羊冰脂蜜脾白，个中饮酒声渐渐。

灵州即是河西，今宁夏灵武一带。元时蒙古民族、西域党项、汉族混杂一处，于是既有西域风情，葡萄美酒助兴佐客，又有适宜牛羊食用的苜蓿遍野生长，更有中原人士难得一见的边地奇观："少妇能骑马，高年未识书"，"茜根染衣光如霞，却召瞿昙作夫婿，"少妇本当工于女红女事，却骑高头大马，摇曳过市；而花季一般衣着光鲜的少女却嫁作僧侣，生活豪奢无比。这两首诗集中体现了少数民族性格的粗爽、习俗的异样，完全是一幅异域风情图。马祖常的草原诗篇以《河湟即事》二首最为有名。

其一为：

阴山铁骑角弓长，闲日原头射白狼。青海无波春雁下，草生碛里见牛羊。

其二为：

波斯老贾度流沙，夜听驼铃识路赊。采玉河边青石子，收来东国易桑麻。

河湟即湟水与黄河的交汇合流地区，指青海西宁至甘肃兰州一带，这里既是西北各少数民族的混杂游牧之处，也是西域商旅到内地进行贸易的必经之地。本诗巧妙地化用了世代相传的《勒勒歌》的成句，"天苍苍，野茫茫，风吹草低见牛羊，"将自然而流动的游牧场景置于一个特定的底色上面，青海湖风平浪静，阴山铁骑英武强壮，显得刚柔相济，将少数民族的豪壮与多情，粗豪和浪漫结合在一起，比传统的《勒勒歌》多了一些跃动不居、昂扬乐观、进取强健的精神底蕴。其二专写波斯商客，他们频繁来往于西域内地之间，跨越流沙、荒原、戈壁、沙漠，对西北地区的自然风物了如指掌，凭借老马识途，驼铃声声，千里跋涉，将珠宝珍物填满行囊，到中国去换取丝麻织物，再回到西亚进行贸易。此诗以叙述见长，简朴的笔触，为后人塑造了一位风尘仆仆来往于西域内地之间，在丝绸之路上进行文化贸易交流的波斯商人形象，这在古代草原诗歌史上还是很少见的。

萨都剌是元朝中、后期代表作家，当时影响极大。同朝人虞集《清江集序》就说他"最长于情，流利清婉，作者深爱之。"是元代少数民族诗人的杰出代表。萨都剌的民族，学界有所争论，通行的说法是他是回族人。曾任多处地方官，经历较为丰富。萨都剌的诗作，顾嗣立《元诗选》说"清而不佻，丽而不缛，"以清丽取胜。但就其草原诗作来说，还有浑朴沉劲的一面，以《上京即事》五首为代表。

其一：

　　大野连山沙作堆，白沙平处见楼台。行人禁地避芳草，尽向曲栏斜路来。

其二：

　　祭天马酒洒平野，沙际风来草亦香。白马如云向西北，紫驼银瓮赐诸王。

其三：

　　牛羊散漫落日下，野草生香乳酪甜。卷地朔风沙似雪，家家行帐下毡帘。

其四：

　　紫塞风高弓力强，王孙走马猎杀场。呼鹰腰箭归来晚，马上倒悬双白狼。

其五：

　　五更寒袭紫毛衫，睡起东窗洒尚酣。门外日高晴不得，满城湿露似江南。

萨都剌曾赴上京公干，对西北草原生活有切身体炼，于是极为真切、生动地对上京地区的建筑、百姓生活、贵族的射猎等场面予以描写，较全面地展示了上京一带的生活状貌，现实感突出。第一首描写上京皇宫的突兀、雄伟，给人以意想不到的惊奇之感，且角度多变，先由远及近，后全景推出，在极为开阔无际的沙地草原上，一座宏大富丽的宫殿拔地而起，令人震惊蒙古民族惊人的创造力；接着又由著及微，摄取了被称为"誓俭草"的栽种区域禁地，对元世祖的深有用心表示感慨，流露出钦佩认同之感。"禁地"异非宫廷禁地，而是大片生长莎草之处。据明叶子奇《草木子》记载，元世祖忽必烈即位之后，看到蒙古贵族子弟有骄逸奢华、不思祖先创业之艰的倾向，就命人将沙漠中的莎草移植到宫殿阶前，以告诫子孙不忘祖先、不忘草地，称作"誓俭草"。萨都剌将镜头对准这茵茵莎草，自然会思考元世祖的良苦用心，敬仰之心油然而生。第二首描写元帝祭天的场景，有极丰富的史料价值。《元史·祭祀志》载："元兴朔漠，代有祭天之礼，衣冠尚质，祭器尚纯，帝后亲之，宗戚助祭。"蒙古民族建立元朝之后，依循游牧部族祭告天帝的原始宗教信仰，将"长生天"当作主要祷告的对象，而其中最主要的仪式是将纯清的马奶酒洒浇于原野之上，顿时风吹草动，草原之上，奶香四溢，仿佛诉说着蒙古民族的刚健剽悍、豪爽、强劲的民族性格；同时要把肴馔珍品供奉给天帝；最后，朝廷又派出大批白马骑士，将朝廷供品赐给西北诸王，让他们也分享天地及祖先的荣光。第三首描写游牧生活和朔北气候。草绿遍野之上，蒙古包似繁星点点般座落，草原上传来阵阵奶制品的香气。虽然已值夏日，但为了抵御气候的变化，蒙古包仍挡着厚厚的毡帘。草原既安宁静穆，也有天气的变幻无常，二者相接，产生出强烈的艺术效果，令人遐思畅往。第四首集中笔墨展示出宗室贵胄狩猎场面。采用了粗线条简笔勾勒的写法，写风声强劲，弓弦声如霹雳，奔马疾似闪电，天空猎鹰盘旋，腰箭弹无虚发，就连草原上狡猾无比的白狼也不能逃脱。展示了草原儿女的豪猛善射，不愧为成吉思汗的后代。第五首描写草原都城晨景，地域感十分鲜明。虽说已近夏秋相交之际，但塞北天气的早晚变化异常明显，虽然身披紫毛衫，但清晨依然感到寒气袭人，非常准确地把握了塞北的天气特征。更可贵的是，萨都剌注意到了上京一带春秋多云雾的特点，把塞北比作江南水乡，以此来渲染上都地区的气候特色，显得新颖别致，更显示天地的浑然一体，不分南北。萨氏的《上京即事》五首绘制了一幅令人向往的塞北图画，多侧面反映了漠北的自然山川、植被物态、风土人情，笔调清秀明快，风格质朴雄浑，堪称元代草原诗歌的上乘之作。

此外，迺贤、余阙、贯云石、薛昂天、丁鹤年等少数民族的草原诗篇也各具特色。迺贤是突厥人，他的《塞上曲》五首与萨都剌的《上京即事》五首同为歌咏塞外风光的名作。特别是其第五首诗显示了蒙古民族的浪漫而多情：

乌桓城下雨初晴，紫菊金莲漫地生。最爱多情白翎雀，一双飞近马边鸣。

习惯了肃杀荒凉，经历了金戈铁马，目睹了毡房行走，感受了英武雄健，只有到了迺贤的笔下，才体会到了蒙古民族爱美尚真的对生活美、爱情美的追求。恒州大地雨过天晴，朔北春色盎然，紫菊金莲遍地而生，插在姑娘的鬓边，而草原儿女最爱的是象征永不分离的白翎雀。白翎雀是栖于塞外草原的一种鸟，鸣声婉转，行止结双成对，从不离散，有如汉民族所钟情的鸳鸯。蒙古人特别喜爱白翎雀，称之为"家生雀儿"。陶宗仪《南村辍耕录》卷二十"白翎雀条"称："白翎雀生于乌桓朔漠之地，雌雄和鸣，自得其乐，世祖因令伶人硕德闾制曲以名之。"蒙古民族粗犷豪健，但与汉民族一样，赞美的是情感的纯洁、美好，心志的同一、相执，反对见异思迁，三心二意。由此，本诗以白翎环飞马侧的画面，传递出了蒙古民族对于婚姻爱情的美好追求。

贯云石和薛昂夫均为元代散曲名家。贯云石的散曲作品风格豪放，笔调骏快，"如天马脱羁"（《太和正音普》语），虽然没有以散曲形式直接描写草原的诗篇，但于"恋情"，"隐逸"的吟唱之中，依然闪现着少数民族、草原精神的光彩。贯云石是维吾尔族，他骨子里传承的是西域游牧民族强健、刚直、豪放、进取的精神品质。少年时英武超绝，横槊马上，俨然西域游侠的风范。他的诗作"慷慨激昂"，发人深省。就是散曲创作也以豪宕疏放著称，这在当时追求清丽雅正的词坛上可谓独树一帜，这一方面是民族气质使然，另一方面也与他西域武将家庭出身有关。其散曲代表作《清江引》就体现了这种倾向："弃微名去来心快哉，一笑白云外，知音三五人，痛饮何妨碍，醉袍袖舞嫌天地窄。"元代散曲以叹世、归隐为两大主题，其中归隐主题更显得凝重、严肃，于追逐隐逸快乐中倾泻深刻的现实批判意识，而贯云石的隐逸如闲云野鹤，悠游自得，完全是自由自在、无所羁绊的草原雄鹰的栖休之状。薛昂夫也是维族文人，汉姓为马，又叫马昂夫，其散曲创作与贯云石相似，豪放中见疏丽，华美。元代少数民族诗人的后劲当属丁鹤年。丁鹤年是西域回族人。他生当元末乱世，又以家世仕元，其曾祖曾以资财捐助忽必烈军队，累世受到加封，所以丁鹤年忠于元室，诗作"皆寓忧君爱国之心。"诗风慷慨激越，风鸣九霄，以思想凝重、深刻著称。他的草原诗以《题惠宗手迹》诗为代表："神龙归卧北溟波，愁绝阴山敕勒歌，惟有遗珠光夺目，万年留得照山河。"以草原绝唱《敕勒歌》为喻，表达对元朝覆亡的深重哀叹，并依稀寄托了希望，可谓草原诗篇中思想别致之作。

元代草原诗篇创作的另一特色是大量题画诗的出现。宋元是我国古代绘画史上的黄金时期，元代尤重于宋。明张丑《清河书画表》说："近世谈画，例推元人为第一。"文人无论自己作画，还是观赏他人作画，往往挥毫题诗于画面之上以抒写感受，达到诗意与画境水乳交融的艺术境地，重构为一个浑成圆融的艺术整体。清人王世禛《香祖笔记》说倪元积等人"每作画必题一诗，多率意漫兴。"正是意兴所至，才出现了众多描绘草原气象的题画诗。

草原题画诗在元代草原诗作中极为普遍，除上文提到之外，还如张可久散曲《题昭君出塞图》、杨帷桢《出猎图》等，但虞集的《金人出塞图》最为精彩，可谓翘楚之作：

> 海风吹沙如卷涛，高为陀碛深为壕。筑垒其上严周遭，名王专居气振豪。肉食湩饮田为遨，八月草白风飕飀。马食草实轻骨毛，加弦试弓复置櫜。今日不乐心惛惛，什什伍伍呼其曹。银黄兔鹘明绣袍，鹔鸹小管随鸣超。背孤向虚出北皋，海东之鹫王不骄。锦鞲金镞红绒绦，按习久蓄思一超。是时晶清天翳绝，駕鹅东来云帖帖。去地万仞天一瞥，离娄属望目力

竭。微如闻音鸷一挚，束身直上不回折。遂使孤飞一片雪，顷刻平芜洒毛血。争夸得隽顿足悦，旌旗先归向城阙。落日悲风起萧屑，烟尘满城鼓微咽。大酋要王具甘歠，王亦欣然沃焦热，阏支出迎骑小驖，琵琶两姬红颡颊。歌舞迭进醉烛灭，穹庐斜转氍毹月。

本诗之所以在元代题画诗坛上独占鳌头，一方面是元代诗文大家虞集所为，文名盛大，其作品影响也就较大；二是其诗既源于画作，又超于画作，神思骏远，想象深邃，比较详细、完整地描写了塞外女真皇族名王出猎的经过。既从宏大背景着笔，突出名王出猎前的声威壮烈，豪气冲天；又注目于田猎过程中的随从、弓弦、猎鹰的各个细节，点染相衬，虚实一体；又收笔于打猎归来，痛饮庆贺；更富有边地少数民族服饰色彩的姑娘们的翩翩起舞。读其诗，品其画，可谓形象鲜明，逼真地再现了女真人的风习人情，展示了他们英武豪迈、剽悍粗犷的民族个性。明人胡应麟《诗薮》称其为元代歌行体诗的代表之作，"雄浑流丽，步骤中程，"诗与画交相辉映，各擅其长。

历史进入明代，草原诗篇更是争奇斗妍，姹紫嫣红。可分为三方面题材的创作：一是由于蒙古贵族与元代残余势力退居漠北，明朝的对外战争相对减少，出现了从文化生活各个层面歌咏草原自然环境和风土人情的诗篇，可以认为是明代草原诗篇的主体；二是文人承继汉唐边塞诗传统，借历史题材抒怀，表达慷慨激昂、雄浑壮美之志，可以当作古代边塞诗发展的余音犹唱；三是对草原英雄儿女的歌颂，表达对和平安宁、各民族融合一体生活的向往。

自号西斋老人的和尚梵琦可谓明代草原诗作的拓荒者，他曾作《开平书事》三首对游牧民族的生活环境和生产活动进行描写，尤以后两首为人称道。

其二为：

孤城横落日，一望黯销魂。天大纤云卷，风多积草翻。有田稀树粟，无树强名村。土屋难安寝，飞沙夜积门。

其三为：

每厌冰霜苦，长寻水草居。控弦随他猎，刳木近河鱼。马酒茶相似，驼裘锦不如。健儿双眼碧，惯作左行书。

与其它草原诗作的浪漫化描写相比，梵琦之诗更像是"实录"，现实感、写实性突出。其二写荒芜凄冷，朔风劲吹之自然景观，又写游牧民族划地放牧，草原耕地沙化的严重，其中"土屋难安寝，飞沙夜积门"两句触目惊心，引发人严肃的思考。其三写游牧民族的生活风俗，一是渔猎是他们主要的生产生活活动内容；二是习惯于饮用马奶酒，身穿暖而轻的驼裘；与内地人不同的是，眼睛呈碧绿色，文字表述由左向右书写。梵琦两首诗真实地反映了西北少数民族的生产生活，有鲜明的现实主义风格。

而曾受明太祖之命送西域哈里还国的陈诚，更是以自我独特的西域经历，作《西域记》一书，留下了许多关于西域奇特风情的诗篇，其中《火焰山》一诗堪为其西域纪行诗的代表：

> 一片青烟一片红，炎炎气焰欲烧空。春光未半浑如夏，谁道西方有祝融？

正是暮春天气变幻无常、乍暖还寒之季，新疆吐鲁番附近的火焰山一带已炎如盛夏。远远望去，青烟弥漫，烈焰蒸腾，青红相间，煞是壮观，最后以神话南方火神祝融兴风作浪，大发神通作结，奇妙无比，使人产生无限的遐想。

此时期钱逊的《胡人醉归曲》则将笔触集中于宁夏一带的上层胡人形象的描写上：

> 貂帽锦靴明绣衣，调鹰射虎捷如飞。紫髯寒作猬毛磔，碧眼夜看霜叶辉。筚篥声中传汉曲，琵琶帐底醉明妃。更深宴罢穹庐雪，乱拥旌旗马上归。

上层贵族们衣着华美鲜亮，游猎于严冬之季；天气寒冷，紫色的胡须像刺猬的硬毛那样四处张开，可谓想象生动；到了晚上，蒙古毡包之内，筚篥之音、琵琶之曲此起彼伏，月光映衬的白雪之上，留下他们晚归的足迹，可见游牧民族豪健爽朗的性格。

明代中叶的"后七子"之一的谢榛也以一首《漠北词》丰富了文学史对他的认识，其诗写道：

> 石头敲火炙黄羊，胡女低歌劝酪浆。醉杀群胡不知夜，鸥儿岭下月如霜。

本诗写塞外牧区月夜烤羊饮酒的欢乐情景，其中漠北应指今天的蒙古国境内。其最主要的特色在于显示了漠北游牧民族近乎古朴原始的生活方式，依然是敲击石块取火，显示了此地与中原文化相隔绝的真实状貌，有一定历史价值。

于谦是明代著名的爱国英雄、爱国文人。当蒙古首领也先率兵进逼明朝时，于谦以一身系全国安危七年之久，有效地捍卫了明朝的基业。他以政治家、军事家的气魄和胸怀写下的《塞上即景》一诗，对明朝边塞题材的作品产生了深远影响：

> 目极烟沙草带霜，天寒岁暮景苍茫。炕头炽炭烧黄鼠，马上弯弓射白狼。上将亲平西突厥，前军近斩左贤王。边城无事烟台静，坐听鸣笳送夕阳。

本诗为七律，首联纵笔写塞外苍茫深远荒凉之景，流露出些许愁思，显示了于谦深重的忧患感。颔联叙述少数民族生活习俗，炭火烧炕，过冬焚鼠，骑马猎杀四眼白狼，形象鲜明，深得地域特色三昧。颈联写边庭战事，粉碎也先的不断进扰。最后感叹和平宁静的来之不易，又深虑边备应不断加强。诗风深沉凝重，其中对和平的渴望成为明代边塞诗作的主旋律，引发了后人诸多的唱和响应，其中以李梦阳、敖英、方逢时的作品最为有名。

李梦阳是明代"前七子"之首，主张"文必秦汉，诗必盛唐"。其草原诗歌纵情驰骋，豪壮有力。有《云中曲》二首和《秋望》传世。

《云中曲》其一：

> 黑帽健儿黄貂裘，匹马追奔紫塞头。相逢不肯通名姓，但称家住古云州。

《云中曲》其二：

> 白登山寒低朔云，野马黄羊各一群。冒顿曾围汉天子，胡儿惟说李将军。

《秋望》云：

> 黄河水绕汉边墙，河上秋风雁几行。客子过濠追野马，将军弢箭射天狼。黄尘古渡迷飞輓，白云横空冷战场。闻道朔方多勇略，只今谁是郭汾阳。

《云中曲》其一写边塞将士豪健勇略的风采，其"不通名姓"的潇洒自在，显示了将士豪爽粗率的性格特征。其二以汉初史事，表达思念良将巡边的情怀，也在一定程度上表达出国无像李广那样将帅固边的忧虑。七律《秋望》一诗围绕黄河阔笔写来，秋风秋景、古渡天狼勾勒出西北战事的凝重严酷，而最根本的却是谁能像唐郭子仪那样，文韬武略皆备，战和自如把握，捍卫大明江山。诗风深沉严肃，不愧为一代文宗之作。

敖英的《塞上曲》则明确抒发了渴望息战事、享太平的愿望：

> 无定河边水，寒声走白沙。受降城上月，暮色隐悲笳。玉帐旄头落，金徽雁阵斜。儿时征战息，壮士早还家。

此诗写西北古战场一带的悲凉气氛和将士厌战的情怀。战事不息，壮士难以归家，只有借金徽的弹拨，抒发思乡之情，而天空旄头的斜落，又预示这新的战事的来临。足见作者对国事忧虑的深重和关切。

方逢时为明后期文人，其诗《胡笳十八拍》仿东汉蔡文姬之作，内容却翻新出奇，写云中大同一带边境的安宁，隐含对草原三娘子等英雄传奇人物的赞美。其一云：

> 日融融兮塞草芳，风习习兮吹衣裳。边头女儿试新妆，十年不见胡尘扬。朔方土寒无蚕桑，拾青踏翠娇艳阳。胡笳再拍兮美无央，风前绰约兮罗绮香。

诗风轻快明丽，写蒙汉诸族和睦相融，边庭女儿们春日的欢快生活。草原上艳阳高照，微风习习。边庭儿女们再无战事的忧虑恐惧，试新装、野外忙、无尽快乐心头藏，再不会有文姬女那十八拍也唱不完的忧伤，只因为这里正成为各族人民欢乐的交流的市场。方逢时的《胡笳十八拍》真实地记录了中国历史上难得一见的边塞和平欢乐的生活场景，有着极珍贵的文史价值。

方逢时《胡笳十八拍》唱出了人们的欣喜若狂，也使人们发出了这样的疑问，是谁带来了和平、欢乐？明朝世宗、神宗年间的穆文熙、于慎行、冯琦等人的草原诗篇巧妙地回答了这个问题，他们都把草原女儿三娘子当作了和平的使者，福音的象征。"三娘子"，蒙古名称"钟金"、"中根"，原为蒙古卫拉特奇喇古特部首领哲恒阿哈之女，后为蒙古右翼土默特万户首领俺答汗之妻。她与被明朝封为"顺义王"的丈夫俺答汗与明廷息兵停战，又独立主持政务三十余载，不断加强与明朝的政治联系，在大同等地建立边贸"互市"，促进蒙汉之间的经济文化交流，保持了西北一带的和平安宁，被明朝封奖为"忠顺夫人"，得到了各族人民的爱戴。

穆文熙的《咏三娘子》对三娘子的俊美艳丽、胡人汉装、婀娜娇健、爽利刚健的形象极尽赞美之能事，对她辅佐俺答汗开辟"互市"，与明朝互通交流的功业予以歌颂：

　　小小胡姬学汉装，满身貂锦厌明铛。金鞭娇踏桃花马，共逐单于入市场。

诗歌以直接赞美的手法，从三娘子的服装、配饰着笔，夸赞她艳妆出场，亮丽惊人；三娘子虽为胡人女但妆扮却蒙汉合一，既有蒙古族女性所惯穿的貂衣裘皮，又有汉家女儿爱慕的锦缎衣裳，二者相配相谐，更显出三娘子的容饰之奇、之美；再加上亮晶晶的耳珠、环佩，更是叮咚悦耳，以声倾人，显示出三娘子物饰的华贵。人娇艳无比，服饰夺人眼眸，再配上黄金为柄饰的马鞭和为古人所称羡的黄花骏马，一路风尘，真可谓惊倒世人，宛如神仙下凡。而这一切都是为了与俺答汗一起和明朝会盟集市，共治边塞，谋求和平。全诗风格清丽，尤如画面一般，使三娘子形象栩栩如生。

如果说穆诗全面描绘了三娘子的美丽形象，那于慎行的《题忠顺夫人画像·其一》则含蓄地展示了三娘子伟大而凄苦的人生：

　　燕支山色点平芜，染出春愁上画图。一曲胡笳明月夜，边声又度小单于。

三娘子的出身并非像容貌服饰那样光彩照人，而是燕支山、祁连山一带游牧部族首领之女，是由于战争的失败，被蒙古俺答汗部落掳去。因此，她虽贵为俺答汗的妻子，又在俺答汗死后主政多年，但屈辱的泪水始终如胭脂染红草原漫延流淌，始终愁怨不绝。本诗的一、二两句就形象地描绘出她丰富的内心世界。三娘子毡包独坐,耳边回响着胡笳曲。那在草原月明之夜回荡的胡笳呜咽,又陪伴她度过了那崇高而又艰难的人生。"边声又度小单于"一语双关,一方面写胡笳吹奏的是《小单于》之曲,又说明在俺答汗之后,三娘子为了稳定边庭局势,巩固蒙汉和好,曾先后两嫁他人。本诗格调低沉,以委婉曲折之笔概括三娘子的伟大人生,表达了对她的赞溢之情。

与穆诗相异,冯琦的《三娘子画像》二、三首诗则充满浪漫传奇色彩,对三娘子美艳形象及传奇人生进行夸赞。

其二为:

　　毵毵春暖锁芙蓉,争美胡姬拜汉封。绕膝锦褴珠勒马,当胸宝袜绣盘龙。

其三云:

　　红妆一队阴山下,乱点跎酥醉朔野。塞外争传娘子军,边头不牧乌孙马。

其二专写三娘子受明廷嘉封"忠顺夫人"称号时的美艳动人。三娘子容华绝代,身披毛织披风,满身锦缎围拥,更有明廷赐与的盘龙绣物,更是惊世动人;她的诰封惊羡了草原多少儿女,不由地赞美三娘子的雄才大略。本诗铺陈描写三娘子的服饰之美、高贵,风格自然艳丽,可谓描写三娘子光彩人生的绝笔之作。其三侧重写三娘子红妆素裹、英武超绝的传奇经历,她组织女军,不让须眉,以惊人的骑射勇敢捍卫着边庭的安危,致使世人相传,都知道塞外草原有一支美艳而英武的娘子军。本诗热烈激昂,展示了三娘子多姿多彩的人生。

进入清朝,古代草原诗篇的历史也进入了它的终结时期。清朝是中国历史上继元代之后,又一个由少数民族——满族建立的一个强盛而又伟大的王朝,与元代相比,它的气度更加恢弘深远,更加海纳百川,更加注重民族间文化的交融交流,更加强调民族特色的保持发展,更加重视文学艺术的开展,由此,古代草原诗歌创作园地也更加繁荣似锦,百花争艳,显示了其独有的艺术生命力。

清朝建立以后,对西北、东北边疆的少数民族采取扶持、经营的战略,推行盟族制度,强化封建秩序,促使国家的政治统一,经济的繁荣发展。清圣祖康熙亲率大军平定噶尔丹叛乱,历经西北各地,创作了多首气魄宏大,展示其雄才伟略的草原诗篇。其中《出塞诗》可为当中代表。其诗云:

　　森森万骑历驼城,沙塞风清碛路平。冰泮长河堪饮马,月来大野照移营,邮签纪地旬余驿,羽辔行边六日程。天下一家无内外,烽销堠罢不论兵。

诗歌写千军万马经过民族屯居区域,道路漫长而平坦。虽然克服千难万苦,却是为了国家的统一完整。语言质朴无华，气宇轩昂，慷慨有声，意境深远，不失为一代明君所做。

圣祖之后的清代草原诗篇更宛如草原风俗、风情画册，对草原民族生活的方方面面进行描写，显示出更加全面、深入、细致的艺术特征。张鹏翮的《喀尔喀曲》专写蒙古喀尔喀部地区的民族生活：

水竭草枯叹俗穷，腰悬竹箭臂悬弓。轻躯上马飞如鸟，只畏中原火器攻。

地处兴安岭南北的喀尔喀草原，风情纯朴。虽然地域少雨，土地贫瘠，但草原儿女骑术轻捷快速，弓箭技艺更精湛无比。但这一切冷兵器的擅长精熟，却无法抵御火器枪炮的威力，表达了时代进步引起的忧虑。

钱良择曾出使俄罗斯，写下了专门赞美草原名花的《咏长十八》：

深红若个种黄沙，艳色还疑出汉家。三十六宫春欲去，平分一半与闲花。

塞外穷秋之地，荒芜苍凉，举目望去遍地是色泽鲜红而叶如豌豆的草原野花"长十八"，虽然不为宫廷贵人所羡，却平添给大草原无限的浪漫与生机。本诗笔触自然，虚实相谐，表达了作者见到野花缤纷的欣喜之情。而他创作的《竹枝词》组诗则从日常生活场景展示的角度，描绘了草原人民的生活。

其一写道：

马通供爨酪供餐，革带羊裘貂制冠。应傲中原生计拙，苦辛耕织备饥寒。

本诗的最大特点是与中原农耕生活作比，以白描直叙写法写游牧生活，其中马粪作炊用之物，貂皮为帽，羊皮作衣，皮带相系的描写，显得真切自然，而这一切都是天地自然所赐，不像中原百姓一年辛劳，还有饥寒的焦虑。本诗显示了草原人民的自得自乐的生活状态。

其四云：

驱驼市马语哗然，乞布求茶列帐前。但得御具兼止渴，生涯初不赖金钱。

本诗写边疆与中原互市交易的场面。游牧民族生性质朴、豪爽，做起买卖也直来直去，只为买布买茶，不求富贵荣华。而最有特色的是不用货币，只以物易物。语言通俗易懂，风格自然平易。

卢见曾的《杭爱竹枝词》则尽力描写蒙古族风俗礼仪，可见对于民族交流的重视。

其一写道：

正朔钦遵贺岁新，佛天参罢更周亲，出门礼数先台长，哈达高攀道赛因。

本诗写蒙古人民春节礼仪，先参佛祖、上天，后拜父母双亲，再拜官员台长，献上哈达，道上"塞因。"全诗犹如礼仪教程，娓娓道来，细致周详，深谙蒙古民族礼仪。

其二写：

> 不宿春粮不裹粮，但逢烟火便充肠。家堂有禁君须记，下马投鞭好入房。

写蒙古民族的热情好客、处处为家以及生活禁忌。与汉家不同，蒙古民族逐水草而居，凡人用之物皆上天所赐，不分彼此，因此出门之人不必携带干粮，草原上只要有烟火之处就可以为家饮食。而最忌讳的恰恰是持马鞭入房。生活朴俗，性格粗爽，显示了草原民族的美好情感。

其六则写牧区百姓的订婚仪式：

> 驱马牵羊载酒尊，委禽礼物剧闻喧。双镮却闭缘何故？要待阿翁亲款门。

男女相悦，要行聘礼致亲，携牛羊酒器，热热闹闹。与汉家不同的是，男子父亲必亲至府上，女家才出门相迎，显示了对女子出嫁的重视。

其九写沙漠奇景——海市蜃楼：

> 海幻蜃楼夸异观，谁知山市等波澜。峥嵘台阁归何处？才供闲人一霎看。

全诗描写由于气层的光线折射作用，在沙漠上把远方景物反映在天空或地面的幻景，楼台亭阁人市，变幻莫测，动荡不定，而眨眼之间又消隐无踪。这首诗恐怕是较早描写沙漠瀚海奇观的草原诗歌。

刘统勋的《归化城晚行》则抒发作者对归化生活的感受：

> 蹇驴破帽独冲风，路指阴山落日红。行客不须悲塞北，版图先已属辽东。

归化城即今内蒙呼和浩特地区。作者自豪地说，呼和浩特早在辽代就建立了丰州城，而辽已早被女真大金所灭，女真人是清满族的先人，因而从清朝的角度说，呼和浩特地区远比关内地区更早已入满洲版图，早已不为边塞地区。本诗语气豪壮、慷慨，劲携一种吞吐边荒之气。

卢崧的《秋塞吟》则直笔描写塞外风光、宗教、赛马、摔跤、宴饮等生活风俗，恰如一幅生动形象的草原生活画卷：

> 大漠秋空百草肥，牛羊腾踔驼马威。春不祈年秋有报，卧波山插番人旗。番僧鸣铎坐东向，击鼓喧铙声色壮。群然脱帽连叩头，哈达高攀遥向上。礼罢列坐分两旁，百骑如龙怒气扬。沙飞云卷五十里，席前乳酒犹未凉。酒酣欢呼谁第一，一马当先百马失。队队踉跄复角力，扑跌哗然如蛙黾。脆声忽地出啸喉，一队一杯天色秋。鸣笳弹琴醉呼杂，十分欢乐不知愁。君不见沙场白骨无人哀，秦钦汉钦何时哉？阴山迤北三千里，直过阴山廿九台。黑水军营屯戍卒，北边自古未曾开。相看都是太平客，高吟一曲秋风来。

　　与汉人相较，牧民春天不祭，却在秋高草茂之际举行祭祀活动，实际是群体的狂欢活动，这就是草原的"那达慕"盛会。祭天感神时鼓铙齐鸣，喇嘛由西向东而坐，诵经礼佛，群众叩头谢恩，哈达敬献神佛。接着举行盛大的赛马活动，选手飞马呼啸而过，一盏茶的功夫已得胜归来。紧接着进行激烈的蒙古摔跤比赛，先是选手们踉踉跄跄、跌跌撞撞跳入围内，二人随即徒手相扭，缠在一起，胜者受到人们的欢呼，负者也得意洋洋，显示了自己的力量。最后是欢畅的宴饮，歌舞相替，欢饮达旦。全诗叙议结合，比较完整地展示了草原生活。

　　清代的草原诗篇数量远胜前人，诗作或述记旅程劳顿，行走见闻，或绘奇异风光，风情民俗，或议政治文化，民族交融，将古代草原诗篇推向了新的高峰，成为中国草原诗史的不可或缺的组成部分。

第二章 草原民族的生活记录

草原文学在反映草原社会生活的过程中，根据内容的需要，创造出适合表现北方游牧民族历史传统和生活习俗的多种多样的艺术手段，大大丰富了草原文化的艺术形式。在草原文学中，产生最早、影响最大、普及面最广的是诗歌。诗与歌相结合，是草原文学的最初表现形态。而诗歌形式的异常发达，正是同草原游牧社会的生产方式相联系的。诗歌在草原文学中不仅历史悠久而且形式多样。它除了有丰富的民歌民谣外，还有独具一格的各种祝词、赞词以及叙事诗、英雄史诗等样式，这是为中原农耕文学所少见的。

第一节 祝词赞词

祝词和赞词是蒙古族特有的文艺形式。当牲畜繁殖、毡包落成、新婚嫁娶、婴儿诞生，那口若悬河的"珲锦"便要为人们祝福，献上吉祥的诗章。在喜气洋洋的宴会上，好客的主人也要首先朗诵热情洋溢的祝酒词，劝客人干杯。这类富有草原气息、以朗诵诗形式出现的祝词和赞词，自古在蒙古民间流传。从古代萨满经书和英雄史诗等民间口头创作来看，祝词和赞词最初产生于劳动，是猎户、牧民的集体口头创作。原始宗教——萨满教出现以后，巫师借用这些古老的歌谣，或者加以改编，把祝赞词变成了萨满教的各种仪式歌。古老的祝词赞词大多是对天地山川、自然万物的赞颂，对渔猎畜牧生产的祈求祝福。后来由于社会生产的发展，独立的农业经济部门的出现，自然力之被逐步认识，民间祝词和赞词也就逐渐消除了古老祝赞词那种原始宗教的色彩，而代之以对劳动生产的直接描述和对劳动成果的热烈赞美。但是祝词中最精彩而又数量最多的，还是赞美日常生活的作品：从节日"那达慕"大会到婚礼仪式、从故乡山河到五种牲畜以及日常用具和装饰品，都有相应的作品给以热烈的祝颂和赞美。

祝词和赞词多在庄重肃穆的场合或节日喜庆的仪式上吟唱，所以色彩绚丽，情真词切，感情奔放，语意激扬。它不一定讲究严格的韵律，主要追求口语的自然旋律、琅琅上口，舒展流畅，一气呵成，长短不拘，是一种有一定套式和吟诵曲调的自由诗。如《祭火祝词》：

> 当高高的苍穹
> 只有蒙古包大的时候，
> 当大地母亲"埃土艮"，
> 只有脚面大的时候，
> 被创造出来的火神母亲哟，
> 我们用两手奉着脂肪献给你。
> 当须弥圣山
> 只有小土丘的时候，
> 当汪洋乳汁海
> 只有泥塘般浅的时候，
> 可汗用火镰把你打出来，
> 哈敦（夫人）把你吹旺，
> 以石头为母，
> 以青铁为父，
> 以燧石为母，
> 以钢铁为父，
> 青烟穿过云端，
> 热力穿透大地，
> 脸像绸缎一样光彩照人，
> 面庞像油脂般光滑油亮的
> 嘎拉·嘎里汗母亲呀，
> 我们向你供奉油脂，
> 我们向你献上美酒。
> 当大海和江河
> 开始流淌的时候，
> 当蒙古各部族
> 还刚刚起源的时候，
> 我们就用鬼针草把你点燃，

用黄油把你加旺，

并供上了黄头白绵羊作献祭，

最为尊敬的嘎拉·嘎里汗母亲呀，

我们向你供奉油脂。

请你赐给我们勇敢的儿子，

赐给我们贤惠漂亮的媳妇，

赐给我们善良美丽的女儿，

我们把女儿养育成人，

让她们繁衍后代，

我们把儿子抚养成人，

让他们成为家业的主人。❶

在古代祝词赞词里有许多对大自然的祝颂歌，其中以对火的祝赞最引人注目。祭火祝词十分丰富，因为火与劳动人民的生产生活有密切联系，他们认为火是神圣的，所以祭火仪式颇多，每次祭火便要用最美丽的诗句向火神圣母祝颂。这首《祭火祝词》是一年一度向灶神祭祀时的祝颂词，它反映了劳动人民对火的产生及其作用的朴素理解，这种朴素的赞美，实际上是对自己生产生活实践的讴歌。

又如《骏马赞》：

它那飘飘欲舞的轻美长鬃，

好像闪闪发光的宝伞随风旋转；

它那炯炯发光的两只眼睛，

好像结缘的金鱼在水中游玩；

它那宽敞而舒适的鼻孔，

好像天上的甘露滴满了宝瓶，

它那聪颖而灵敏的两只耳朵，

好像两朵妙莲盛开在雪山顶上；

它那震动大地的响亮回音，

好像右旋海螺发出的美妙声音；

它那宽阔无比的胸膛，

好像巧人纺织的吉祥结；

---

❶　陈岗龙：《蒙古民间文学比较研究》，北京大学出版社，2001，第 248—249 页。

它那潇洒而秀气的尾巴，

好像胜利幢在随风飘动；

它那坚硬的四只圆蹄，

好像转动宝石念珠的金轮；

这匹马一身具备了八吉祥徽，

无疑是一匹举世无双的宝马。❶

马赞是赞词中最丰富、最有特色的一类。马是蒙古族人民生产中不可缺少的工具，日常生活中的亲密伙伴，又是娱乐场上的骄傲，激战中生死与共的战友。因此，蒙古族人民对各种马，如战马、烈性马、赶狼快马、走马等等，都从不同角度，用最美丽、最亲切的语言编织出无数的赞词来赞美它们。演唱者通过对马的细致入微的观察，运用丰富多采的排比，使马的形象光采照人，淋漓尽致地表现了牧民爱马的真挚热烈的感情。

再如这首《庄稼赞》：

庄稼长得没过牛颈，

众人看了大吃一惊；

庄稼长得遮过牛腰，

人们看了连声叫好；

庄稼长得没过牛脊，

人人看了人人惊喜；

骑马的走过想下马多看几眼，

步行的走过想停下瞧它半天；

秸秆长得象芦苇般壮，

打下米粒堆得象山岗；

今年收割一千捆，

明年收成成倍长！❷

这是一首反映农业生产的祝赞词。蒙古族农业形成为一个独立的经济部门之后，反映农业生产的祝词赞词便逐步发展起来。如《场院赞》、《黍子赞》等，这类作品数量很多。这首《庄稼赞》流露出蒙古族农民对滴滴汗水所换来

---

❶ 陈岗龙：《蒙古民间文学比较研究》，北京大学出版社，2001，第260页。

❷ 色道尔吉、梁一孺、赵永铣编译：《蒙古族历代文学作品选》，内蒙古人民出版社，1982，第305页。

的丰收果实的喜悦之情。它通过反复比喻以及各种人物的行动来烘托荞麦的长势喜人，语言简炼朴素，感情真挚动人。

第二节　短篇叙事诗

叙事诗这种体裁在蒙古民间早已存在。流传下来的最古老的作品是十三至十四世纪的《成吉思汗的两匹骏马》。以后在《黄金史》、《蒙古源流》、《宝联珠》等古代文献中也记载着一些反映历史人物或事件的短篇叙事诗，如《征服三百泰亦赤兀惕人的故事》、《箭筒士阿尔戈聪的故事》、《孤儿传》等。从这些早期的民间叙事诗来看，多数是以成吉思汗的奇闻逸事敷衍而成。作品中的成吉思汗不是统一蒙古各部的英明君主，就是知错改错的好皇帝，但是作品所表现的中心思想却不是歌颂成吉思汗，而是着重反映下层人民的智慧、理想和愿望。

《成吉思汗的两匹骏马》在鄂尔多斯高原以及其他蒙古族聚居区以各种手抄本形式流传，是保存下来的最早的民间叙事诗。从作品的思想内容、艺术形式和语言特色来看，约产生于十三至十四世纪。由于长期的流传和转抄，这篇作品出现了许多不同的手抄本，但大致分为两种：一是纯韵文体，一是散韵结合体。这首叙事诗采用寓言形式，以拟人化的两匹骏马不堪忍受成吉思汗的压榨和歧视，逃到阿尔泰山过自由生活的故事，塑造了两个性格上截然相反的艺术形象：小骏马敏锐、倔强、桀骜不驯，不满于生活中的不平和坎坷遭遇，并敢于反抗，有不达目的决不甘休的意志和决心；大骏马胆小怕事，懦弱无能，安分守己，逆来顺受，它虽然勉强地跟着小骏马逃走了，但由于过不惯新的生活，眷念主人和亲朋，竟至水草不进、奄奄一息，最后，小骏马出于手足之情，无可奈何地同意一起返乡，回归到成吉思汗的治下。这一结局反映了作者的正统观念和皇权思想，作品中的成吉思汗形象，也就成了一个知错改错的好皇帝。

《成吉思汗的两匹骏马》在艺术形式上是独特的、完美的。无论是从性格的刻划、情节的安排还是语言的运用以及叙事抒情严密的结合上，都达到了一定的高度，是蒙古族文学史上不可多得的脍炙人口的优美作品。《成吉思汗的两匹骏马》接受了古老英雄史诗的影响，以马头琴伴奏的演唱形式刻划性格、叙述故事，整个作品浑然一体，一气呵成，但格式和章法又比较自由。它在现实主义创作方法和艺术表现形式上为以后的民间叙事诗奠定了基础，开拓了道路。

《孤儿传》是蒙古古代文学中以书面形式流传下来的一篇人民口头创作，先后通过罗卜桑丹津的《黄金史》、拉喜朋楚克的《宝联珠》以及《成吉思汗传》等著作转载，流传至今。这首叙事诗描写了一个勇于反抗的雄辩家孤儿的动人形象。作品通过一场富有戏剧性的冲突——酒宴上论酒的利弊来突出一个小奴隶孤儿的胆识和才智。酒宴上，成吉思汗的九位大臣争论喝酒的利弊，他们各持己见、互不相让，这时，身份低微的孤儿发表了自己的见解：

> 饮酒过分成疾病，
> 适当饮酒实欣然，
> 酩酊大醉是愚蠢，
> 狂饮无度发疯癫，
> 沉湎酒中身无益，
> 终生忌酒体强健，
> 每日少饮助食兴，
> 狂饮烂醉神智乱。❶

孤儿的一番言论，遭到大臣们的厉声责难和谩骂。面对蛮横无理、以势压人的大臣，孤儿毫不胆怯退让，在众说纷纭的局面下力排众议，据理力争，给各种谬论以严厉的批驳：

> 难道你连起码的是非莫辨？
> 难道你想把蔚蓝的大海霸占？
> 难道你想独享圣主的恩宠？
> 难道小人就不能发言？
> ……
> 斡难河的水用柳斗怎能汲干？
> 天上的彩虹怎能用手去攥？
> 伊德尔河的水流拿土怎能截住？
> 贤人的思想用权势怎能禁限？❷

孤儿向统治者公开提出了挑战，嘲笑他们用权势禁锢人们思想的荒唐和愚

---

❶ 色道尔吉、梁一孺、赵永铣编译，《蒙古族历代文学作品选》，内蒙古人民出版社，1982年，第328页。

❷ 色道尔吉、梁一孺、赵永铣编译，《蒙古族历代文学作品选》，内蒙古人民出版社，1982年，第329页。

蠢。地位低下的孤儿战胜了凛然不可侵犯的权臣，他的言论和才干也得到了成吉思汗的赏识，从此将他留在身边。

这篇叙事诗剪裁精当、结构紧凑、充满强烈的战斗气氛。如孤儿含有哲理性的语言，以丰富的比喻，有力的逻辑力量，阐发了精辟的思想。像这种以对诗和激烈论战方式来表达一定的思想观点的文艺形式，在蒙古民间广为流传。论战式的好来宝和婚礼仪式类的辩论词，都属于这类性质的作品。民间婚礼歌中的论酒歌，也承袭了孤儿论酒的内容，说明这类以书面形式记录下来的民间文学的精品，一直保持着旺盛的生命力。

蒙古族的叙事文学还有单篇英雄史诗"镇压蟒古斯的故事"。这类英雄史诗较之《江格尔》、《格斯尔》有所不同。它故事情节比较单一，人物比较集中，篇幅也比较短小精干，产生的年代大体上在奴隶制社会，即人类的童年时代。故事的基本内容，是代表人类的智慧和勇敢的传奇式的勇士，同代表自然界险恶环境与社会罪恶势力的"蟒古斯"（魔鬼，魔王）之间的殊死斗争，经过千辛万苦，最终取得胜利。主要作品有《勇士谷诺干》、《智勇的王子希热图》等。值得注意的是，这种单篇英雄史诗中描叙的社会背景，都是草原畜牧业与狩猎业相结合的经济形态，人民生活资料和生产资料的主要来源就是畜牧业经济. 勇士谷诺干的居住宫殿有着各种草原上惯有的飞禽走兽把门，并且他牧养的家畜家禽漫山遍野，美酒汇成河，肉食堆成山。王子希热图及其岳父的部落，其主要经济来源也都是畜牧业。这正如恩格斯所说："游牧部落生产的生产资料，不仅比其余的野蛮人多，而且也不相同。同其余的野蛮人比较，他们不仅有数量多得多的牛乳、乳制品和肉类，而且有兽皮、绵羊皮、山羊毛和随着原料增多而日益增加的纺织物。"这种单篇英雄史诗爱憎鲜明，故事性强，人物性格突出，语言夸张活泼，善于运用比喻，并包含有不少民间的祝词、赞词在内（如赞美妻子的美貌，夸奖坐骑的勇敢等）。它给未来草原小说和曲艺文学的发展以有力的影响。

蒙古族早期叙事诗多是以讲诵和马头琴伴奏的演唱形式流传，其格式比较自由，韵律和段落章法并不严格，而晚近出现的叙事诗则是在抒情短歌的基础上，继承早期叙事诗散韵结合的优良传统而逐步发展起来的，它们纯属歌唱或者以唱为主，补以念白，基本上是民歌的格调，具有抒情民歌韵律整齐、四行一节、重叠复沓的严格的表现形式，在整体上形成了统一的艺术风格。由于晚近叙事诗脱胎于抒情民歌，唱词是它的基础和骨干，因而富有浓郁的抒情色彩。这种浓重的抒情性贯穿在情节发展和人物刻划之中，贯穿在环境描写之中。在唱词的处理上，根据人物性格和情节发展的变化，采取了独唱、对唱及第三者（即演唱者）叙事抒情相结合的演唱形式，适于表现丰富复杂的生活内容，说唱曲折多变的人物故事。因此晚近民间叙事诗在形式上更臻完美，出现了多至数千行的宏篇巨帙。

第三节　英雄史诗

自蒙古族来到北方草原后，这里就成了他世代生息繁衍的故乡，创造了极为丰富和独特的草原文化和草原文学。草原文学正是随着蒙古族的勃兴而跨入新的更加成熟的阶段。蒙古族的两部长篇英雄史诗《江格尔》、《格斯尔可汗》自然是草原文学的代表性作品。

英雄史诗一般对草原游牧民族的社会生活、风俗习惯、历史文化、性格心理以及宗教信仰、审美观念等都有细致的描绘，不啻是草原文化的百科全书。关于《江格尔》、《格斯尔可汗》的研究，早已形成一门国际性的学科。对于这两部英雄史诗产生的具体年代，学者们意见不一。马克思曾经精辟地指出过，古希腊时期的神话、史诗，是和那个时代生产力不发展、人们对自然和社会的认识十分幼稚分不开的。"任何神话都是用想象和借助想象以征服自然力，支配自然力，把自然力加以形象化；因而，随着这些自然力之实际上被支配，神话也就消失了。根据这两部史诗所反映的社会制度的特点来看，大体上《江格尔》是奴隶制兴起之初的产物，《格斯尔可汗》则是随着藏传佛教的深入北方草原而由《格萨尔》演变而来。

这两部英雄史诗具有许多共同的特点，诸如篇什繁多，结构宏大，流传广泛，语言优美，且都以理想化了的具有神话色彩的古代英雄作为作品的主人公，热烈歌颂英雄主义、乐观主义精神，并多方面描绘了草原游牧社会的生产、生活和征战习俗。

一、《江格尔》

《江格尔》的开篇，即为我们创造出了一个"北方的天堂"。在宝木巴这样一个乌托邦式的草原部落中，那里的人们"永葆青春，永远像二十五岁的青年，不会衰老，不会死亡。"那里的气候四季如春，"没有炙人的酷暑，没有刺骨的严寒，清风飒飒吟唱，宝雨纷纷下降，百花烂熳，百草芬芳。"

纵览整部史诗，着墨最多、也是塑造最成功的，当是"集中了蒙古人九十九个优点"的"红色雄狮"洪古尔：

> 在那阿鲁宝木巴地方，
> 洪古尔是一根闪闪的金柱，
> 在那美丽的阿尔泰地区，
> 洪古尔是人们的梦想，
> 对那四面八方的蟒古思，
> 洪古尔是有力的镇魔石。❶

　　他强健的体魄、勇敢的精神和磊落坦荡的胸怀，构成了英雄性格的崇高美。史诗对这个人物的塑造，从内容到表现手法可以概括为三个"神"字，即：神祇般的英雄、神话般的环境、神妙的艺术之笔。

　　洪古尔从童年时起，就是一个正直、勇敢、果断的孩子。他的父亲俘虏了5岁的孤儿江格尔并企图加害于他，不料小小的洪古尔几次用身体掩护住这个和他同龄的孩子，并对他的父亲说："要杀他，就连我一起杀了吧！"他终于救出了无辜的小江格尔。在以后的岁月中，两人结为好友，为创建和保卫理想的宝木巴地方并肩作战。在保卫家乡的多次战斗中，洪古尔的勇敢过人更加凸显："进攻的时候，他带头冲锋，收兵的时候，他在后面护卫"；当黑拉干汗和芒乃汗各派使者来威胁的时候，他率先坚决抵制；当莎尔古尔古、哈尔黑纳斯和莎尔蟒古思等汗先后派大军侵犯宝木巴时，他一马当先出击迎敌；当其他英雄们抵挡不过敌人时，又是他战胜了强暴的对手。面对凶残的敌手，洪古尔毫无惧色："我不惜流尽自己的鲜血，我不怕摧残自己的骨骼，我有矫健的铁青战马，我有锋利的黄金宝刀。"他凭着坚强的意志和过人的力量，终于打败了敌将。紧接着他又突破了莎尔蟒古思汗的四万卫兵，直冲进魔宫里，把那个"肩膀七丈宽，具有五大凤凰力气"的莎尔蟒古思汗捆绑起来，用一只手把他拎到马背上，跨上自己的战马，冲出数万敌军的重围。这时江格尔率大军赶到，他们获得了胜利。

　　洪古尔不仅勇敢过人，而且深明大义、顾全大局，面对敌人的酷刑毫不屈服。一次，掠夺者芒乃汗遣使向江格尔提出蛮横的要求：让江格尔立即交出自己的妻子、战马和最杰出的英雄洪古尔，否则就率大军攻打宝木巴。面对敌人的威胁，江格尔、阿拉坦策基二人心生畏惧，准备答应这些侮辱性的要求。这时洪古尔挺身而出，他当着敌方使者愤怒地说："我宁愿在战场上流尽鲜血，

---

❶　汉文全译本，《江格尔》（第一册），新疆人民出版社，1993年，第75页。

决不屈从入侵的敌人而偷生。"他的话激怒了江格尔，江格尔下令把洪古尔捆绑起来交给敌人。可是英雄们都支持洪古尔，他们背着江格尔放走了洪古尔。即使在这样的情况下，为了保卫自己的家乡和民众，洪古尔一逃出门，便杀向芒乃汗的先遣部队，他夺下敌人的军旗，把它当作胜利的象征转送给江格尔，自己继续同敌军搏斗。江格尔深受感动，率领大军奋勇出击，和洪古尔一起消灭了敌人。又有一次，他被敌军俘虏，敌将布赫查干将他拴在马尾上拖着走，"他那日月般光辉的面孔，被折磨的灰土一样；他那檀香树般笔直的腰背，已弯曲的像一张雕弓"，敌人把他拖回军营，又用尽毒辣手段逼他屈服。可是洪古尔"受百年的折磨也不哼一声，挨六年拷打也不喊痛"，后来终于被折磨致死。但史诗借助于"万能药"使英雄死而复生。在故事结束时，勇敢的洪古尔终于征服了凶恶的敌人。

和人物塑造一样，史诗在环境塑造上同样充满了理想，体现了部落初民的纯真，也为洪古尔这个理想的英雄提供了广阔的活动空间。这种神话般优美的环境和人物性格形成统一，是洪古尔种种英雄行为动机的最好诠释。根据史诗的描写，英雄们的家乡宝木巴是一个部落联盟。在对这一环境的塑造上，体现了作者对美好生活的渴望。

> 盛夏像秋天一样凉爽，
>
> 隆冬跟春天一般温暖，
>
> 没有炎热的酷暑，
>
> 没有严寒的冬天，
>
> 时而微风习习，
>
> 时而细雨绵绵。❶

不仅自然条件极其优美、神奇，且社会风貌和人民生活也不同寻常：

> 没有死亡，
>
> 人人长生；
>
> 不知骚乱，
>
> 处处安定；
>
> 没有孤寡，
>
> 老幼康宁；
>
> 不知贫穷，

---

❶ 汉文全译本，《江格尔》（第一册），新疆人民出版社，1993年，第56页。

家家富强。❶

史诗里说，宝木巴地方是由 70 处的首领们自愿联合起来创建的。"她有世界上最英武非凡的英雄，她有阳光下最快的战马"；这个地方的居民是"说 70 种语言"的数百万群众，他们之间不分你我，大家一起过着平等和睦的生活。然而，在现实生活中，无论是在原始社会末期还是奴隶社会或封建社会，都不可能出现如此美好的社会局面。相反，那些分散的各部落之间的掠夺战争，阻碍了蒙古社会的发展，造成了骚乱和不安定的局面，给人民带来的是死亡和贫穷，也引起了他们强烈的不满。于是，人们通过自己的想象力，描绘出一个与当时的现实生活对立的理想社会的神奇图画，并且塑造了一个为创建和保卫这个理想的社会而战的英雄洪古尔的形象。《江格尔》的绝大多数故事，都是描写宝木巴与其他地区的战争。这些战争对洪古尔等人而言，是为保卫自己美好的家乡而被迫进行的。我们在这部史诗里看到，总是在宝木巴人民过着和平幸福生活的时候，某个敌人为了掠夺和践踏宝木巴而发动了战争。如：正当宝木巴的英雄们举行盛大宴会、欢庆自己的美好生活时，突然蛮横的敌人阿里亚芒古莱亲自率部前来袭击，他以恶毒的语言辱骂英雄们，并赶走了他们 18000 匹血红马。在这种被侮辱被掠夺的情况下，英雄们别无选择，只有奋起追击。在同敌人交锋的时候，几个勇士都失败了，可是无畏的洪古尔"不怕骨肉摧残，不惜血汗流尽"，和敌人展开了殊死的搏斗，终于活捉了这个强大的对手。再如凶恶的敌人哈尔黑纳斯，为了践踏宝木巴地方，抢夺他们的牛羊马群并活捉洪古尔，专门遣大将布赫查干前来挑衅。在这危急关头，洪古尔迎敌作战，并最终取得了胜利。

我们知道宝木巴的社会面貌和战争的性质之后，便可以进一步了解洪古尔形象的社会价值：他是一个为各部落的统一、反对掠夺和奴役，保卫民众所理想的社会而战的英雄。而洪古尔的艺术形象如此激动人心，他的英雄性格表现得如此鲜明生动，这离不开史诗创作者那神妙的艺术手法。

作者在选择了宝木巴这个富有典型意义的环境之时，还选择了一种最有说服力的表现手法，即通过有声有色的描绘洪古尔的行动和语言，突出显示他的美德。无论是直接或间接的描写，史诗从头至尾充满着丰富的想象、惊心动魄的艺术夸张和优美动听的比喻。史诗作者巧妙运用各种艺术手法，从不同的角度来表现洪古尔的英雄性格。比如，创造环境气氛从侧面烘托；把敌人描画的

---

❶　汉文全译本，《江格尔》（第一册），新疆人民出版社，1993 年，第 57 页。

凶猛有力，通过洪古尔战胜强大的对手，来展示他的英雄气概；以其他英雄衬托洪古尔，因而更高层次地展示他的优秀品质；从外貌上表现洪古尔的神威以及对他的战马、弓箭、宝刀、钢鞭等的细节描写来表现他的英武非凡等。如歌颂洪古尔上阵前的情形：

> 洪古尔的心激烈地跳动，
>
> 额上的血管显得像一条鞭杆。
>
> 雪亮的眼睛猛烈地转动，
>
> 咬紧牙齿，捏紧拳头，
>
> 愤怒的雄狮洪古尔，
>
> 像一只扑取野狼的山鹰。❶

这些富有民族特色的比喻和夸张，描写的是外貌，但我们看到的却是英雄的神威和他对掠夺者的仇恨。在创造浓郁的环境气氛，从而生动地烘托人物的英雄气概这方面，洪古尔的形象超过了蒙古族各种类型的史诗。无论是在欢庆的宴会上，还是上阵作战时，抑或是在被敌人俘去受刑的情况下，史诗作者都采取制造环境气氛的手法，也就是通过周围人们对洪古尔的崇敬和爱戴，来表现他在宝木巴的作用和美德。史诗中写道，有一次，8岁的牧童那仁乌兰在草原上放羊时，突然看见敌人把洪古尔拴在马尾上拖走，为了营救洪古尔，小牧童跳上自己的两岁小马去追赶敌人。但终是抵挡不过，他立即折转回来去找人救助。在路上，他把这个不幸的消息告诉了遇到的一个妇女，这个妇女听后非常震惊："啊呀，多么可怜！在那日出的东方，他是以力过人的好汉；在那日落的西方，他是以勇出名的大将；在征服蟒古思的大战中，他是我们最出色的英雄"，她止不住眼泪，吩咐孩子飞速前进，向江格尔报告消息。孩子不分昼夜马不停蹄，终于见到了宝木巴的英雄们，他叫了一声"江格尔"，又叫了一声"洪古尔"，就从马背上摔了下来，昏过去了。正是在牧童的帮助下，英雄们才及时地救出了洪古尔。

史诗还用江格尔以及宝木巴其他勇士们的称赞来描写洪古尔："是飞翔在晴空中的雄鹰，是支撑宝木巴地方的栋梁，是刺杀敌人的锐利的长枪，是照亮宝木巴地方的太阳"，通过生动地描绘牧童、普通妇女、英雄们对洪古尔的崇敬和爱戴，作者有力地烘托了这个受人尊敬的英雄人物和他的英雄性格。

作者采用制造环境气氛的手法时，不仅描写了宝木巴人民及英雄们对洪古

---

❶ 汉文全译本，《江格尔》（第一册），新疆人民出版社，1993年，第278页。

尔的态度，而且描写了其他地方人民对他的仰慕和支持。在一次战斗中，洪古尔因昏倒而被敌人俘虏，遭到残酷的肉刑，而洪古尔所表现出来的不屈的精神，感动了那个地区的人民，他们无论看到还是听到他所遭受的刑罚，不分男女老幼都流下眼泪来；甚至连敌人也不得不承认洪古尔的勇敢无比：哈尔黑纳斯汗的大将抓去洪古尔，用尽手段仍无法使他屈服，以致一名敌将恐惧地对手下人说："我们没有办法使洪古尔屈服，快把他扶起来敬酒道歉吧"。史诗作者从描绘环境气氛、侧面烘托的角度，引人入胜地表现了洪古尔的英雄气概。

当然，洪古尔并非完美无缺的艺术形象。在对这个人物的刻画上，甚至存在着前后矛盾的地方。如：洪古尔与敌将布赫查干交手时，两个人扭打很久也难分胜负，就在这个关键时刻，洪古尔却说："我们二人从来没有私仇，为了给两个汗争夺汗位，在这无人烟的深山野地，何必这样流尽我们的鲜血呢？"说完，他老老实实地躺在敌人脚下让人家捆绑起来，拴在马尾上拖走了。这种描写显然不符合洪古尔性格发展的逻辑；又如：在"洪古尔的婚礼"这一章，不仅看不出他的英雄气势，反倒觉得他有些胆怯和鲁莽，并有滥杀无辜之嫌。这些描写在一定程度上对英雄的形象有所贬损，也破坏了洪古尔性格的完整性。之所以出现这类情形，是因为史诗在长期口头流传过程中，受到不同时期、不同观念的演唱者的修改和加工而造成的。

二、《格斯尔可汗》

《格斯尔可汗》是蒙古民族又一部伟大的史诗。

自从 1716 年蒙文木刻北京版《格斯尔可汗》刊行，迄今已近 300 年了。这期间对蒙文《格斯尔可汗》与藏文的《格萨尔王》之间的关系一直众说纷纭，归纳起来，有以下四种意见：认为蒙文《格斯尔可汗》是藏文《格萨尔王》的翻译本；认为藏文《格萨尔王》是蒙文《格斯尔可汗》的变本；认为这两部史诗是同源异流的作品；认为这是两部没有任何联系的作品。

我们认为，蒙的《格斯尔可汗》与藏文的《格萨尔王》是有联系的两部作品。从两部史诗的故事情节看，蒙古族的《格斯尔可汗》和藏族的《格萨尔王》的主要人物和某些故事情节都可以彼此对应：例如主人公格萨尔（格斯尔）都是天神之子，他们都是为降服妖魔而降临人间的，在人间他们都是穷孩子。再如藏族的《霍岭大战》和蒙古族的《抗击锡莱高勒战役》分别是这两部史诗的重要部分，内容大致都是妖魔来抢格萨尔（格斯尔）的妻子珠牡（朱慕高娃），国内生灵涂炭，疮痍满目，男女老幼，同仇敌忾，保卫家乡。因为超同（楚通）叛变，国家失守，格萨尔（格斯尔）回到家乡，以勇敢的战术和机智的韬略，战胜了敌人，夺回了领土。从主题看，两部史诗都热情洋溢地歌颂了正义的战争，抨击了社会的和自然的恶势力，表达了人民群众渴望消除灾难、缔造幸福生活的美好愿望。这表明了两个民族密切的文化交流。

《格斯尔可汗》虽然源于藏族的《格萨尔》，但经过民间演唱艺人的不断加工、改造，不仅将其中的人物和地方都改成了北方草原上的蒙古族人名和地名，而且全部社会生活也都"蒙古化"了。关于它在内蒙古草原上的影响，当代蒙古族学者桑杰扎布在《格斯尔传·译者前言》中写道：在内蒙古自治区，也象在青海、西藏等地区一样，保存了不少关于格斯尔的传说和遗迹。如在哲里木盟和昭乌达盟一带有箭穿峰、马蹄山、挤奶峰等传说，这些传说都充分说明广大人民群众对这一英雄人物形象的敬慕。蒙古族人民每当牲畜遭到风雪疫病之灾，必请高龄识字之人念诵《格斯尔传》，大家围炉倾听这一善于使牛羊迅速繁殖的英雄放牧者的故事。❶

《格斯尔可汗》用艺术的手法反映了蒙古族的社会现实，表达了蒙古族人民的社会理想。从蒙古族的社会历史看，它经历过从氏族制向奴隶制、又从奴隶制向封建制过渡的漫长的历史时期，尤其是 11 世纪至 12 世纪，蒙古地区完全陷入了互相攻劫、扰乱不安的状态。蒙古民族为了赢得自己的生存和发展，与社会的、自然的恶势力进行了艰苦卓绝的斗争。这种社会的、自然的恶势力在史诗中是以"蟒古思"的形式出现的。这是一个幻化出的贪得无厌、残害众生的魔鬼的形象。这个形象的出现，符合蒙古民族传统的思维定势。英雄格斯尔是作为镇压魔怪的顶天立地的英雄存在的。他为救护生灵而生，为征服魔鬼而战；他除暴安良，反对掠夺，浴血奋战，保卫乡土。这部史诗通过对格斯尔的歌颂，反映了蒙古族人民厌恶分裂状态、渴盼有一位贤明的君主来建立一个安定国家的强烈愿望。

《格斯尔可汗》反映了蒙古民族的原始信仰，具有民俗学、民族学的价值。萨满教是蒙古民族的原始信仰之一，它具有鲜明的民族部落宗教的特点。按照蒙古族的萨满教的观念，崇拜天地山川、日月星辰，天（腾格里）是至高无上的神祇，是生命的源泉，是一切恶魔的仇敌。格斯尔诞生之前，众飞禽和三百种不同语言的生灵齐聚在理想的敖包上，穆阿·古优喜天神、唐布天神和粤阿·洪吉特山神预卜了格斯尔的诞生，而他的父亲就是山神。在这些神身上，体现

---

❶ 桑杰扎布，《格斯尔传》，人民文学出版社，1960 年，第 1 页。

着古代蒙古族人民的意识形态、宗教观念和民族精神。

格斯尔同妖魔作战时，双方常常借助风神、雷神、山神、地方神，并且大施法术。史诗认为，人的肉体和灵魂可以分离，肉体可以死亡，灵魂却永远存在。这种灵魂观念，有非常具体、非常形象的描写。例如格斯尔的大哥——大将扎萨在黄河之滨阵亡，朱慕高娃便把他的灵魂放进大雕的肉体，使他借尸还魂。十二头妖魔的灵魂分别寄托在三个地方，即黑牦牛、妖鹿和黑蜣螂身上。这同样反映了古代蒙古族人民的宗教观念，是符合当时人们的认识水平和客观实际的。这种关于灵魂观念具体形象的描写，反映了古代蒙古族的信仰风俗，因此具有一定的文献价值。

《格斯尔可汗》具有不朽的艺术价值。这部伟大的史诗是在神话传说的基础上发展起来的，因此通篇洋溢着理想主义的色彩。这种理想主义色彩集中体现在故事情节的推进和对人物形象的塑造上。史诗的情节是曲折离奇、富于变化的；在锡莱河大战一章里，格斯尔的神将包达齐在千钧一发的时刻，能用神火葫芦喷出神火；格斯尔的爱妃可使变为驴的格斯尔恢复成人。这样的情节大开大合，大起大落，具有瑰丽的幻想色彩。在人物塑造上，史诗中的人物也是神化的：格斯尔的30名勇士和他的妻子就具有超人间的智慧、力量和本领，他们有的能未卜先知，有的能起死回生，有的能变幻身形，有的精通动物的语言；格斯尔更是具有神力的人物，他的身形可以变化万端：在锡莱河战役里，他就化身孤儿，深入虎穴，施展法力，毁掉了三个可汗的长寿白神石，置敌于死地。这些神奇变幻的描绘，往往有着很强的艺术魅力。作品借助了神话的神奇手法，但与神话不同，这种神力只是为辅助和渲染人物形象而存在的。格斯尔食人间烟火，具七情六欲，是一个活脱鲜明的人的形象。以幻想来描绘英雄、崇拜英雄的勇敢与力量，这是蒙古民族传统的审美观念的反映。在蒙古族供奉的神祇里，有一位叫"巴特尔·腾格里"的就是力神。游牧民族在长期与自然的、社会的恶势力的搏斗中，"力"成了衡量人格的最高的水准。这就使史诗充满了雄浑激昂的基调。

史诗《格斯尔可汗》在艺术上的另一特色是结构宏伟。它是内容丰富的长篇巨帙，十三章中每一章的内容都很繁复，贯穿着若干人物和情节。《格斯尔可汗》的内容虽然复杂，但线索单纯，几乎都是围绕着格斯尔的活动展开的。史诗以格斯尔杀敌降魔为主线，虽然每一章节都有其独立性，但是全诗构成一个和谐的整体，具有特殊的艺术魅力。另外，语言朴素简明，通俗易懂也是这部史诗重要的艺术特色之一。

《江格尔》、《格斯尔可汗》充满了浪漫主义色彩。两部英雄史诗不仅塑造了威力无比的江格尔、格斯尔以及他们的得力助手洪古尔、哲萨等英雄人物形象，而且都赋予他们的坐骑阿兰扎尔、神翅枣骝马以人格化，使它们具有人的思想感情，能通人言，讲人话，成为主人的忠实伙伴。

史诗属于叙事诗的范畴。史诗是一种古老的文学体裁。史诗在漫长的传承过程中融入了大量的神话、传说、故事、歌谣和谚语等。一部史诗是一座民间文学的宝库，是认识一个民族的百科全书。蒙古族英雄史诗是蒙古族远古文学的经典。蒙古族英雄史诗，既丰富又古老，近200年来引起了各国蒙古学家、民俗学家、民间文学家和史诗学家们的注意和重视，早已形成了国际性的蒙古史诗学。

在蒙古语族人民的英雄史诗中，除举世闻名的长篇史诗《江格尔》、《格斯尔》以外，已经记录的其他中小型英雄史诗及异文有500部以上。我国学者在长篇英雄史诗《江格尔》、《格斯尔》的研究方面取得了丰硕成果。

原始性、神圣性和规范性是蒙古英雄史诗的共同特征。所谓原始性主要指同家庭、私有制和国家的产生联系在一起的"婚姻"和"征战"母题，同神话思维联系在一起的人物形象组合以及宗教观念中的拜物教、泛灵说和自然崇拜的痕迹；所谓神圣性主要是指史诗产生（创作灵感）的神秘性、传承中的不可更改性、社会功能所包含巫术性能（祈福驱灾）和伴随演唱活动的仪式性；所谓规范性主要指人物形象的类型化、故事情节的程序化和描述方式的模式化。蒙古史诗通过对"三界"（上中下）、时间、空间、方位、数目的生动描述，表现了游牧民族独特的宇宙观。史诗中把正面人物的高贵性同上界联系在一起，把反面人物的丑恶性同下界联系在一起，中界是他们生活和斗争的主要场所。混融性、形象性和模糊性是史诗时空观的主要特征。

关于史诗中的正反两类人物，也各有其鲜明特征。人性与神性、共性与个性、伟大与幼稚、诚实与残暴的不同组合构成了蒙古英雄史诗正面人物的基本品格；反面人物形象尤其是蟒古斯的形象，从外表到内心、从灵魂到肉体、从起居到环境，均充满着"丑恶"特征，具有很高的反审美价值。如果说蒙古史诗中的正面人物是人性和神性的统一体的话，那么只有英雄的坐骑骏马才被塑造为具有兽性、人性和神性为一体的艺术形象，表现了蒙古人对马的崇拜和神圣化。

蒙古英雄史诗的发展大致经过了三个阶段，即原始史诗阶段、发达史诗阶段和变异史诗阶段。原始史诗反映了狩猎、游牧经济生活、氏族社会特点和原始宗教。发达史诗基本上反映了游牧经济及其文化状态、宗教观念中萨满教和佛教影响并存，婚姻征战的基本母题得到进一步扩展并产生了新的母题。变异史诗（科尔沁史诗），一方面继承和保留了蒙古英雄史诗的基本精神和基本母题，另一方面由于历史的发展、印藏佛教文化和农业文化的强烈影响，导致人物形象、故事情节、作品结构、语言诗律等均发生了很大变化。可以说，科尔沁史诗是在从游牧经济向农业经济过渡、从信仰萨满教向信仰佛教过渡阶段繁荣起来的。如果说，卫拉特史诗标志着蒙古英雄史诗的黄金时代和高峰的话，科尔沁史诗则标志着它的衰落和尾声。

附 1

神圣与束缚
——探析《江格尔》中的女性形象

包头师范学院文学院中文系 2006 级 2 班　李月祥（蒙古族）

中外学者从史诗起源、史诗中的英雄形象、史诗的叙事学、版本学和史诗传统的比较研究等多角度对史诗《江格尔》进行了广泛而深入的探讨。然而，对于其中女性的探讨，仍然较多地集中在宏观历史视野下的研究，如《〈江格尔〉与〈荷马史诗〉中的女性角色》中通过比较体现出了妇女生存处境的艰辛，而以女性自主意识为切入点的探讨相对薄弱，为以后的研究留下了拓展的空间。《荷马史诗》尽管也体现了男权社会中女子的从属地位以及对女性行为的束缚：妻子要忠诚于丈夫，丈夫却可以在外寻欢作乐；但是与《江格尔》相比，古希腊人对女性的忠诚要求却表现的相对宽松。《江格尔》对女性角色的描绘，反映出史诗时代的人们对女性地位和作用的认识，它启示我们进一步探讨女性的历史地位和人生价值，加深对女性社会生活角色的理解。

"天苍苍，野茫茫，风吹草低见牛羊"，美丽诗句勾勒出的塞外草原风光正是蒙古人的生存环境。这个精悍、游动的民族曾经征战过欧亚两洲，所建立的元朝帝国版图堪称中国历史之最。在婚姻家庭的组织和形成上，蒙古族也有自己的独特之处，这一点在史诗《江格尔》里面得到了突出反映。

一、马背上的婚姻与家庭

婚姻与家庭是人类社会得以生存和发展的基础，婚姻家庭的组织和形成，不仅仅是一个家庭内部的个体行为，同时也是一个社会行为，受到当时的社会生活、经济文化等各方面的制约，仔细观察《江格尔》中的婚姻模式即是如此。

（一）婚姻形式

抢婚，又称掠夺婚，"即通过掠夺的方式获得结婚的对象（通常是女性）"。抢婚产生于对偶婚向一夫一妻制的过渡阶段，世界上大多数民族历史上都出现过抢婚现象。关于这种情况的出现，恩格斯解释道，在以前的各种家庭形式之下，男性从不缺乏女性，反而，女性倒是太多了；但如今女性却稀少起来，而不得不去追求她们了。抢婚在《江格尔》中表现得并不是非常明显，只是在某些篇章里，敌人前来挑战时索取的三件珍宝里往往有阿盖。《西拉·胡鲁库败北记》中，西拉·胡鲁库打败了洪古尔，同时掠走了七十二位可汗的妻子，其中也包括阿盖。这里阿盖被抢与抢婚的直接关系应该不大，主要还是一种财产观的体现，即女性在男权社会中往往可以作为一种可以转让和表示身份地位的财产。抢婚主要是奴隶制时代的产物，而蒙古族自七世纪到十二世纪期间，已经开始从奴隶制到封建制转化，在婚姻形式上聘婚已经开始流行，这一点在《江格尔》中得到了突出表现。

聘婚是一种以聘礼为前提的习俗，史诗中提到诸位勇士娶亲时所用到的字眼大多是"聘娶"。江格尔刚满20岁的时候，从远方聘娶了诺敏·特古斯可汗的女儿阿盖·沙布塔腊。江格尔要给雄狮洪古尔聘娶扎木巴拉可汗的女儿，那姑娘名叫参丹格日乐等，可见聘婚在当时的社会中已经非常流行。

从抢婚到聘婚，表面上看妇女的地位有所提高，实际上聘婚虽然给了妇女所在的家庭一定财产，但是因为聘礼的高昂，容易流于买卖婚的一种，妇女在婚姻中的主导因素并不明显，她所收取的聘礼只是为了保持社会稳定的一种形式，仍然处在一种被动的地位。在某些地方，王公、贵族还拥有把自己管辖范围内的牧民女儿指定给某人做妻室的特权，这种特权，作为平民的本人不管是否愿意，也不管年龄是否相当，都不能违抗。这种包办的婚姻模式在《江格尔》中也得到了某些反映。在"雄狮洪古尔"的婚礼中，江格尔一意孤行为洪古尔定下美貌的参丹格日乐，尽管参丹格日乐早已爱上了图赫布斯，他父亲在江格尔的压力下勉强答应将她嫁给洪古尔。可见，封建社会的蒙古，婚姻的主要缔结方式是不自由的。

游牧经济时代，出类拔萃的英雄往往受到人们的赞扬与崇拜。而常年的战乱，各个部落为了继续生存发展，往往要寻求和其他部落的联合，而史诗中的岳父，作为一个汗国的领袖，在女儿的婚姻上就要考虑整个部落的利益，以女儿的婚事为筹码来换取部落的发展。如《江格尔》中的特古斯可汗就是这样一位父亲，与江格尔联姻后，他的整个部落都归属了宝木巴。

婚姻与家庭从来都不仅仅是两个人或几个人之间的事情，它是一个缩小的社会，代表了整个社会的方方面面。

（二）追求婚姻自由思想

史诗中的英雄和美女从来没有停止过追逐自由婚姻的脚步，《江格尔》有两个重要的母题，分别是战争和婚姻，两者往往交合在一起，为了婚姻而展开的战争，是史诗常见的内容。史诗有几次重要的求婚事件，如洪古尔与参丹格日乐的订婚、与格莲金娜的婚姻，不知名姑娘对美男子明彦的追求等。在女人们对美男子明彦的感情上，泄露了人们心灵深处的秘密，也就是反映了人们追求美和爱美的本性。

在洪古尔的妻子格莲金娜，洪古尔未成功的未婚妻参丹格日乐以及乌琼。阿拉达尔汗的夫人等妇女身上反映了一种追求婚姻自由思想。她们主动去寻找未婚夫，拯救他们脱险，得到他们的爱情，双方自愿举行婚礼。格莲金娜对洪古尔叙述了她追求洪古尔所做的一切："我变为一只天鹅，拯救了您的生命……饥饿的时候，我给过您肉食，干渴的时候，我给过您清泉。从四岁到今天，有三位男子来求婚，我一个也没应允。"格莲金娜在追求婚姻自由的幸福上表现出了非凡的勇气和智慧。虽然在史诗里说，江格尔为洪古尔定亲的姑娘参丹格日乐是"妖精"，实际上她也是追求婚姻自由的女子。她早已爱上了图赫布斯，可是她父亲在江格尔的压力下勉强答应将她嫁给洪古尔，但她抵制包办婚姻，自愿同图赫布斯举行了婚礼。后来洪古尔一怒之下打死了图赫布斯，并威胁她的时候，她毫不妥协，表示忠于自己的爱情，咒骂洪古尔说："你拆散了我命中的伴侣，让你迷失荒野，走投无路！"美男子明彦也多次为女性所追求，甚至有姑娘说，一根柴不能燃火，一个人不能成家。我愿和你婚配，永远不分离。在蒙古卫拉特封建割据时代，反映妇女的婚姻自由观点，这无疑是有进步意义的。

二、矛盾的综合体——英雄背后的女人

（一）被物化的失语者

《江格尔》的主题是部落战争，男性因为战场上的优势而获得权力和声望。女性则不仅失去了战场上的主动地位，而且被剥夺了话语权，无法彰显其主体

意识，因而处于"失语"状态，在沉默中成为被物化的群体。她们像物体一样，被占有强权话语的男性当作掠夺的对象，甚至变为男性荣誉和礼物的载体而被争夺和赠送。史诗多次把战争的起因归于妇女被劫。江格尔的夫人阿盖，常常是劫掠对象：江格尔为得到阿盖，先是杀死了阿盖的倾慕者大力士包鲁汉查干，继而打败了阿盖父亲诺敏·特古斯可汗，才娶到（或者更确切地说是抢到、劫掠到）这位"称心的夫人"。在"江格尔和暴君芒乃决战"、"西拉·胡鲁库败北记"等故事中，阿盖都是被劫掠的对象和争战的起因。在这里，女性被劫成为争战的导火索，但我们听不到来自女性的声音，没有人关注她们自己的意志，她们在被劫掠中"失语"了。女性遭劫反映了其是财产又不同于普通财产的特征。首先，失去话语权的女性与男性的"财产"并列在一起，"妻子和役畜或一份动产一样是男人的财产"，她们与财物一起被掠夺。《江格尔》的每次战斗都以战胜者获得财产和人（属民或奴隶）为结局；甚至洪古尔在激烈竞争中"娶"格莲金娜的过程，更像是宝木巴获取财产的过程。因为这场争斗不仅仅是让洪古尔得到一个妻子，伴随她归附宝木巴的还有其父查干兆拉可汗的整个王国。在男性作为统治力量的社会体制中，女性物化为男性财产的一部分，她们与普通财物连在一起，成为争夺的对象。其次，女性又不完全等同于普通财产。史诗时代的家庭关系中，丈夫处于统治地位，对妻子的所有权是其能力和权威的象征，妻子高于其它物质财产，成为丈夫带有精神含义的"特殊"财产。"通过妻子，男人在世界面前展示了他的权力：她是他的尺度，他的现世命运。"从这一意义上说，劫掠妻子就是蔑视丈夫的尊严；当这个丈夫是位首领时，对其妻子的劫取就成了对其所属整个群体尊严的冒犯和侮辱。因而，最能激怒江格尔及其勇士的挑衅就是要求献出阿盖夫人，而最大的耻辱是阿盖的被掠。史诗有多处描写极力称赞阿盖的美貌与贤德，但写阿盖的最终目的是突出江格尔。阿盖越完美，江格尔越伟大："人间只有江格尔才有这样美丽的伴侣"，阿盖成为江格尔荣誉的象征，所以劫掠阿盖就是侮辱江格尔及其部族。女性在"特殊财产"的意义上转化为战争的导火索。史诗中，女性甚至成为一种荣誉符码，以"礼物"的形式而存在。江格尔两次为洪古尔娶妻，都是把女子作为礼物、作为他作战勇敢的奖赏而奖励给他的。洪古尔本人也认为妻子是江格尔奖给自己的礼物，他这样请求："请赐我一位美貌的夫人"。在这里，女性扮演了礼物和荣誉"载体"的角色。解读《江格尔》中女性的"礼物"功能，可以发现女性作为礼物，已丧失其自主选择的主体意识，而物化为男性尊严的载体，当然也就难免被劫掠的命运了。

（二）被超凡化的女性

史诗在漠视女性话语权的同时，又表现出了浓厚的女性崇拜观念，赋予某些女性以超凡的神力。

人类历史上，很长一段时间都由女性在生产和生活中占据主导地位，女性的繁衍能力往往被初民视为崇拜的对象，人类最初的萨满由女性担任，女萨满往往兼任氏族首领，这些都在人类的潜意识里留下深深烙印。所以父系氏族时常表现出一个极为矛盾的现象，既漠视女性，把女性置于从属地位，又对女性心怀敬畏。

《江格尔》中留下了不少女性崇拜和萨满神话的遗迹，女性被进行着超凡化的叙述。史诗中有许多具有神力的女性形象，姗丹夫人、格莲金娜、帮助明彦的姑娘等，她们都能变形，有未卜先知的能力，在英雄落难的时候，她们运用神力对他们予以帮助。英雄死而复生是许多史诗共有的母题，所反映出来的是一种初民的女性崇拜。江格尔年幼的时候被阿拉谭策吉的利箭射中，险些丧命，洪古尔的母亲姗丹夫人用灵药救了他。洪古尔昏死过去时，是格莲金娜化作鳟鱼、化作清泉、化作芳草救了他。当洪古尔杀死参丹格日乐的心上人时，"美人击掌，向天祈祷：/'天啊，让我看见西鲁盖的后裔灭绝！你拆散了我命中的伴侣，/让你迷失在荒野，走投无路！'/美人再一次击掌"。美人击掌应该是一种古老的仪式，洪古尔非常害怕，所以立刻杀死了参丹格日乐。英雄对女性的依赖与恐惧，表现了男性潜意识里对女性的崇拜与敬畏。女性的救助者身份除了是原始女性崇拜的遗留外，也是现实生活的反映。即使在父系氏族里，蒙古族女性的角色也不是可有可无，妇女承担着家庭生活的重担，家务全部由妇女来担当，同时她们也生产简单的游牧生活所需要的物品。也就是说，不管是从深层心理还是从现实角度来讲，女性都是充当着男性的救助者角色。

（三）被束缚的忠诚者

女性除了被超凡化和物化以外，在婚姻关系中呈现出被束缚的倾向。史诗表现的是低级形式的专偶制婚姻形式，即女性被要求忠诚于丈夫，男性却可以不忠实于妻子。用摩尔根的话说就是："丈夫用某种隔离的办法来要求妻子的贞操，但他却不承认有相应的义务。"❶ 江格尔曾毫不负责任地离家出走寻求外遇，并带回一个儿子，这没有影响他的英雄形象。但是女性却"受着十分严格的贞洁观念的支配"，被要求对丈夫忠诚，她往往被束缚在某一个婚姻关系

---

❶　晏绍祥，《荷马社会研究》，三联书店，2006年，第257页。

中。《江格尔》在这一问题上表现出典型的东方式观念。它赞颂贞洁的爱情，对贞操看得极重，特别要求女性做绝对的忠诚者。姗丹夫人的故事颇有典型意义。弗雷泽告诉我们："在某些人类群体，有些人被说成具有控制自然进程的力量，即神力，但这些人必须遵守一定的条规。"❶《江格尔》表达了与此相似的观念。姗丹夫人就是这样一个有神力的人，而她必须遵守的条规是"纯洁"。按照史诗的描述，"纯洁"的标准就是任何婚外性行为都不可接触。其中有这样的情节：姗丹夫人抢救江格尔时，神力部分失灵了，其原因竟然只是曾"看见儿马和母马交欢，玷污了神药失去灵验。"无意中看到动物交欢的场景就要受到玷污，真可谓贞节要求的极至。"不洁"的行为在这里成为禁忌，强令女性严格约束自己。洪古尔娶妻的故事更可见这种贞节观的严厉。《雄狮洪古尔娶亲之部》是《江格尔》中最精彩的描写英雄婚事故事的篇章，在俄罗斯卡尔梅克和中国新疆卫拉特地区均有流传。这一故事的各个异文都讲到洪古尔的初次婚姻以杀妻告终。在卡尔梅克江格尔奇鄂利扬·奥夫拉演唱的异文中，江格尔替洪古尔求婚，希望娶扎木巴拉可汗的女儿参丹格日乐，但拖延了不少时日才去迎娶。等洪古尔终于赶去时，参丹格日乐正和大力士图赫布斯举行婚礼。洪古尔大怒，不但杀了图赫布斯，而且"将美人劈为两段。"在极为惨烈的场面中，参丹格日乐表现出宁死不屈的倔强个性。但史诗作者的态度是矛盾的，一方面欣赏姑娘的刚勇，一方面又把她说成"内心肮脏，妖魔一样。"似乎不嫁仅仅请人来替求过婚而后又迟迟不露面的洪古尔就是"肮脏"了。与姗丹夫人神力遭玷污的情节联系起来，让人体会到史诗时代对女性行为的严厉束缚。在新疆著名江格尔奇皮·冉皮勒演唱的异文中，对此事件有类似的描写，甚至显得更为残酷。新婚不久的洪古尔因为有妻子不忠的"流言"，有"不三不四的"倾慕者，就在一天清晨把沉睡中的妻子"拦腰一刀，砍成两段。"这里不但表现出史诗人物英雄性和野蛮性的统一，同时更让人为那个时代对女性的严酷要求而震撼。如果与同为英雄史诗的西方名著《荷马史诗》作比较，就更可体会东方妇女生存处境的艰辛。《荷马史诗》也体现了男权社会中女子的从属地位以及对女性行为的束缚：妻子要忠诚于丈夫，丈夫却可以在外寻欢作乐，但是与《江格尔》相比，古希腊人对女性的忠诚要求却表现得相对宽松。特洛伊战争的起因是海伦被拐，她的行为可谓不忠不贞的典型。如果是在东方，这样一个女子的遭遇可想而知，只要想想"红颜祸水"这个词就足够了。但在荷

---

❶ ［英］詹姆斯·乔治弗雷泽著，徐育新等译，《金枝》，大众文艺出版社，1998年，第390页。

马的世界里，众人对她的态度却是非常宽容。不但特洛亚国王普里阿摩斯及众位长老对她表现出父辈的容纳和疼爱，甚至饱受争战之苦的主帅赫克托尔也毫不怨恨她，而是礼貌地尊重这位私奔而来的弟媳妇。这应该是男权时代处于此种境遇的妇女所受到的最好待遇了。

三、女性的爱国主义精神

英雄史诗《江格尔》中描绘了几位生动的巾帼英雄形象。在雄狮洪古尔的妻子格莲金娜、江格尔的美丽夫人阿盖·沙布塔腊和协助明彦的无名姑娘身上反映了富有战斗传统的蒙古女子的特征。史诗描写了妇女忠于丈夫，忠于故乡，坚决反抗掠夺者和奴役者的殉国精神。在太平时期，她们常常提醒丈夫，让他们参加各种重大社会活动（如格莲金娜）。遇到危难的时候，她们到敌人那里去潜伏下来等待时机，时机一到，她们勇敢地参加复杂的斗争，协助勇士们战胜凶恶的敌人（如帮助明彦的无名姑娘）。在战争时期，故乡遭到进攻的紧急关头，她们为保卫家乡而不惜牺牲自己的一切。比如，江格尔和其他勇士们出走后，残暴的沙尔·古尔格汗率数万大军，从四面八方围攻宝木巴地方，雄狮洪古尔正在生死博斗的时刻，江格尔的妻子和洪古尔的妻子无所危惧，挺身而出，全力以赴支持和帮助洪古尔抵抗掠夺者。江格尔的夫人阿盖·沙布塔腊奋不顾身，给受伤的洪古尔裹好箭伤，让他重新上战场刺杀敌人。洪古尔的夫人，当洪古尔的铁青马来救她的时候，她不惜牺牲自己，却让铁青马去找洪古尔，使他得以英勇反抗敌军。史诗里生动地表现了这位巾帼英雄的高尚品德：

> 铁青马跑到夫人身旁，
> 夫人找到鞍鞯给铁青马备鞍，
> 鞍鞯上挂洪格尔的钢枪，
> 她在铁青马的四蹄上叩头说：
> 圣主江格尔抛弃国土远行，
> 洪古尔独自保卫着宝木巴家乡，
> 为了宝木巴，他不惜献出宝贵的生命。
> 只要洪古尔的心脏还在跳动，
> 还会得到和宝木巴海一样幸福的海，
> 还会建立和宝木巴一样富裕的国家，
> 还会找到像我这样的女子做他夫人，

你快去拯救洪古尔的宝贵生命！❶

通过这种描写深刻地反映了无限忠于自己丈夫及其正义事业，无限忠于家乡的富有战斗传统的英勇顽强的蒙古妇女性格，表现了古代蒙古妇女的爱国英雄主义精神。她们虽然隐身在宫闱殿苑之内，但所作所为依然折射出少有的光华。

四、女性的自主意识

所谓女性意识，就是指文学作品以人的解放为内核，以争取女性独立地位为标志，并在创作上表现出明显的性别特征。女性主体意识是指女性作为主体在客观世界中的地位、作用和价值的自觉意识。它是激发妇女追求独立、自主，发挥主动性、创造性的内在动机。女性主体意识具体地说，是指女性能够自觉地意识并履行自己的历史使命、社会责任、人生义务，又清醒地知道自身的特点，并以独特的方式参与社会生活，肯定和实现自己社会价值和人生需求。女性主体意识将"人"和"女人"统一起来，体现着包含性别又超越性别的价值追求。女性主体意识的内容随着历史发展和社会环境的变迁而不断的变化充实。

《江格尔》是一部英雄史诗，男性以战场上的优势而获得话语权，女性则在男性的压抑下，无法彰显其主体意识。史诗中塑造了大批的勇士形象，他们的夫人也都是绝色的美女。这一点从史诗对阿盖、格莲金娜的描绘中就可以看出来，格莲金娜还能从她对婚姻的主动上看出她的勇敢，阿盖则完全沦为一个背景。阿盖在整部史诗中，对她的描写总是在每一部分的序诗中，赞美宝木巴的繁荣富奢的同时会提到阿盖，侧重描写她的容貌和品德。她往往坐在江格尔的身侧，仿佛一尊美丽的雕像；仅有的动作要不就是为江格尔披上战衣，送他出征，要不就是在盛宴上为诸位英雄弹弹琴，唱唱歌。在江格尔有难时前去寻求洪古尔的帮助。可以说阿盖是《江格尔》中形象最单一的角色，她所起到的作用往往是以她的美丽来烘托江格尔的地位。阿盖同史诗中的其他女性一样，是被物化了的男权社会里的特殊财产。

从《江格尔》中女性的"礼物"功能，可以发现女性作为礼物，已丧失其自主选择的主体意识。史诗中的一夫一妻制是一种单方面的忠诚，即要求女性要绝对忠诚于丈夫，男性却可以不忠实于妻子。参丹格日乐是江格尔为英雄洪

---

❶ 色道尔吉译，《江格尔》，人民文学出版社，1983年，第20页。

古尔定下的未婚妻，先知阿拉谭策吉却反对，说这个女子外表长得像仙女，内心则像妖精。她将会挑拨亲友，她会伤害亲人。参丹格日乐完全被妖魔化，可是事实上她仅仅是已经有了心上人，并且违背婚约与他结婚，却因此被洪古尔劈成两段，可见女性对男性的忠诚是绝对而严厉的。史诗总是在不停地歌颂爱情的贞洁，可是相对应的，对男性却没有什么要求，史诗里的英雄投奔江格尔，大多是抛妻弃子来到江格尔的国土，女性对男性而言的附属地位使她们无权过问丈夫的去向，丈夫即使另外再娶妻生子，作为正妻也只能接受。如：阿盖是江格尔的第一个妻子，史诗中对她着墨相对较多，说到江格尔夫人就是她，然而依然是一个附属者的角色。江格尔经历了重重挑战才娶到的妻子，阿盖容颜绝世而又贤良淑德，可江格尔在功成名就，事业的最颠峰时期，毅然抛弃宝木巴与阿盖，在外面生下少布西古尔。阿盖对此不能过问，反而嘱托少布西古尔接回了母亲，对丈夫的不忠也没有表现出抗拒。女人，在蒙古族的传统文化中永远只是男人的陪衬，她们还没有完全的独立出来。这是民族的悲哀。

蒙古族有着悠久的游牧传统，人们没有固定的居所，家家户户逐水草而居，生活没有保障。这也就给社会造成了许多不稳定的因素。女人更是深受其害。也许在当时的蒙古族，还没有完全脱离野蛮的味道，女人成为一种财富的象征。部落混战，战败的一方往往是全族被灭杀，留下的女人就是以战利品来加以分割。此时，她们没有任何反抗的余地。结果，女人身心遭到虐待却被看成是罪有应得。他们把女人仅仅作为生育后代的工具，是一种"容纳物"而已。如：江格尔后娶的妻子，她仅仅是江格尔的儿子少布西古尔的母亲，因为原配妻子阿盖不能生下继承人，婚姻因此极不牢固，而帮助生下继承人的妻子，更多的像一个工具。

英雄史诗的核心是所谓"英雄"。以攻击、占有为主要特征的英雄精神在社会的支持怂恿下，不仅指向男性身外的自然和社会，也同时指向了身边的女性，长期以来成为各种各样男性自我炫耀和为人艳羡的重要理由。可怜的女性，要么是故事中男性冲突的陪衬，要么是牺牲品。我们听不到来自女性的声音，没有人关注她们自己的意志。

蒙古民族具有悠久的文化传统，自古以来就是一个"马背上的民族"。放牧、打猎等是他们传统的家庭支柱。这样就自然形成了男尊女卑的封建腐朽思想。在这种立场下，女性的命运是可悲可叹的。

以上的种种情形，是文化的错觉，是一个不正常的年代。这些的直接原因是蒙古流行的抢婚制和以占有他人之妻为荣的落后观念造成的。部落之间往往为名利、地盘、霸权把敌方生吞活剥。那时候，人往往是麻木的。婚姻是一个人对于自己生活的选择，是个体社会生活建立的基础，是个体婚姻意愿的一种表现，也是个体家庭为主的社会关系的起始。在婚姻生活中，个体的择偶观念是其价值观念的缩影，是社会政治、经济和文化变化在个体行为选择上的体现。虽然在《江格尔》中有渴望自己主宰婚姻的倾向，即使她们主动去追求心头所爱，最后的表现形式还是会落入蒙古族婚姻一般组织形式的巢臼，格莲金娜背地里偷偷向洪古尔表白，表面上也得由江格尔带着彩礼去求亲，洪古尔仍然需要通过格莲金娜父亲的考验才能与格莲金娜成婚。可见在封建社会，虽然已有部分女性主动追求婚姻幸福，但是在社会的大环境下，她们仍然要遵循某些习俗的约束，甚至向这些习俗妥协。《江格尔》中的女性被超凡化描述的时候，她们没有呈现在经济上、心理上或社会地位上的独立身份，而是处于照顾者、帮助者和阻挠者的位置，其活动的核心是男性英雄，在社会生活中仍然处于边缘地位。女性是非自主的，与她们的丈夫毕生追逐一种欲望的情形完全相反，她们对丈夫无休止的期盼、等待，就像一块永远织不完的布。这是女性意识在不得已情形下的自我摧残和颓废，为了符合英雄（丈夫、男人）们的道德，她们放弃女性自我。《江格尔》中漠视女性的话语权，使之成为被物化的群体，她们没有得到与男人同等的地位，纯为玩具、工具。在客观世界中没有自觉意识到自己的地位、作用和价值，没有追求独立、自主。

五、女性在民族文化中的地位

中国远古神话中女神地位的集体没落是在民族文化演进过程中完成的，这种没落的方式与结果不仅反映了中华民族的文化选择标准，也折射出民族的伦理思想、道德要求及审美情趣。

英雄史诗中塑造了三十多个女性形象。史诗中的这些女性多数都是外表美丽、心地善良的女人。她们有别于中国传统文学的女性形象。比如：她们有智勇，能为丈夫出谋划策，甚至领军作战，英雄受伤或死亡时往往有仙女为其治伤，女性甚至化为雄鹰观察敌情，与天神交流。这是萨满习俗的遗留。《江格尔》中对女性的能力又恐惧又崇拜，对她们进行超凡化叙述。对女性的束缚要求上，《江格尔》与《荷马史诗》表现出较大的不同：前者是东方式的严厉，后者则呈现西方式的相对宽松。对女性角色地位的描述，折射出古代蒙古人与古希腊人相似又相异的社会价值观念和民族审美意识。将美丽的女人比喻成月亮一样或太阳一样，当美丽的女人出现，周围的环境就会明亮起来。这种描写，既把女性的美描写得恰当传神又不落俗套。这样的描写和传统上蒙古民族对女性美的欣赏是有关系的。蒙古民族生活在蒙古高原上，四周正是东西文化交汇的地方，蒙古民族也曾经走遍世界，自己担当东西文化交汇的任务。他们见过世界各民族、各种族的女子——西方的波斯、土耳其、俄罗斯，中亚的维吾尔、哈萨克，东方的通古斯、南方的汉族和藏族，各民族、各地区的人对女性美的欣赏都不相同，美丽的女人们的长相也不一样。所以描写外貌很难有统一的标准。蒙古人于是懂得欣赏女性美中一种共通的东西——气质，无论哪一民族、哪一种族，美丽的女人都会像月亮和太阳一样令周围蓬荜生辉。一夫多妻是男权社会的标志之一，史诗的传承和讲唱者大都是男性，英雄身上寄托着男人的趣味和理想，众星捧月也就成为必然。受到英雄宠爱和人民爱戴的，总是德、才、色三者兼备的理想女性。关于江格尔的夫人有两个版本，一个说是最美貌，一个说是最智慧。在这部史诗的妇女身上，反映了人们对女子的看法，对女子的愿望和理想。按照蒙古人的审美观念，描写了妇女的美德，塑造了真善美的形象。与传统的英雄史诗人物和《江格尔》的其他类型的人物一样，在妇女形象上也存在着神奇的一面，她们有非凡的本领。洪古尔的妻子格莲金娜是个神仙般的女人，她坐在家里就会知道远处发生的事情，她会变为一只天鹅在空中飞，她会制造水草和饮食。洪古尔的母亲珊丹格日乐和萨布尔的妻子都有萨满那样的法术，她们是没有爱过自己的丈夫以外男人的神圣女人。每当勇士被毒箭射中，拔不出毒箭时，她们从勇士身上迈过几次，使毒箭跳出伤口，伤口立即愈合。洪古尔娶妻子格莲金娜的每一步，都得益于一位"能相面的姑娘"的指导。"美男子明彦偷袭托尔浒国阿拉坦可汗的马群"故事中，是一位年轻的姑娘用大钥匙帮助明彦穿越枪林完成使命。在"美男子明彦活捉昆莫"故事中，一位"美丽的女郎"不但详细指导他如何战胜强大的对手，还亲自变作蜘蛛、黄手帕，帮助明彦完成艰难的任务。这些人物身上存在着神话、传说和童话因素，又反映了萨满功能，是通过幻想塑造的具有人性、神性和萨满性的多元多层次形象。这里既有蒙古人原始信仰的痕迹，又显示了他们对女性神秘力量的敬重。

英雄的死而复生在《江格尔》中有重要的位置。搭救者往往为女性——英雄的未婚妻、妻子和母亲。在初民的原始思维中，女性是生命的缔造者，她们既能孕育生命也有起死回生之术。因此在《江格尔》中，妇女形象有着神奇的一面，她们个个都有着非凡的本领。如江格尔的妻子阿盖，能辨别真伪且能牢记 99 年前往事，预知未来 99 年的事情。洪古尔的妻子是个神仙般的女人，她不但预知世事，还能变出铁马、铁兵阻挡敌人。洪古尔的母亲有萨满般神奇的法术。这些具有超凡本领勇士的妻子们，还个个美貌如花，多才多艺。如洪古尔的妻子像永不凋零的花朵，她有着白皙的前额，肌肤好似白绸缎，身段长的丰满而秀美，两颊红的活像草莓，10个指头细又长，全身闪射着朝阳般的金辉，还有一副善良心肠。满腹的学问，含而不露，满脑的智慧，使用不完。史诗的人物是在男才女貌思想指导下被创作出来的，勇士们的妻子都是美人，蒙古的审美观念中最美的是阳光和月光，他们以女人脸上的光彩表现她们的美丽和善良。江格尔的妻子阿盖·沙布塔腊是个仙女般美女，又是个天才的艺术家。对美女的理想和艺术的追求结合在同一人物身上，这是《江格尔》的审美特征。阿盖·沙布塔腊是天下无双的美女。江格尔刚满20岁，他的阿兰扎尔马只有7岁的时候，奔向四方寻找美女，拒绝了正统的四大可汗的女儿，拒绝了著名的特布新·扎木巴可汗的爱女，拒绝了其他四十二诺彦的女儿，从远方聘娶了诺敏·特古斯可汗的女儿阿盖·沙布塔腊。史诗里赞美她的美丽、善良和艺术才华：

> 她像一块晶体玻璃一样发射金光，
> 她的光辉能压倒初升的太阳，
> 借着她身前闪射的光华，
> 夜间也能挑针绣花，
> 借着她身后闪射的光华，
> 晚间也能放牧马群。
> 她往远方看的时候，
> 能将远方的海水照透，
> 好似能看清楚远水中的鱼苗。
> 她往近处看的时候，
> 能将近处的海水照透，
> 好似能看清楚近水中的鱼苗。
> 她有整齐的四十牙齿，
> 她有洁白柔软的十个手指，
> 她的嘴唇如同熟透的樱桃，
> 她的头如同美丽的孔雀。
> 她心爱的银胡，
> 有九十一根琴弦，

能演奏出十二重曲调，

琴声悦耳悠扬，

好似苇丛中生蛋的天鹅在欢唱，

好似湖畔生蛋的绒鸭在欢唱。❶

在这一人物形象描写上，反映了《江格尔》对蒙古族英雄史诗传统的继承与发展。以牧民的审美观点出发，将女人的美同她们对生活带来的光辉和欢乐联系起来歌颂，表现了她们又美又善的社会价值。蒙古民族是一个伟大的民族，在磅礴的巴特尔们问鼎伟大的历史帷幕后隐约闪现着众多妇女的身影。阿盖是江格尔抢来的，但她丝毫没有和江格尔离心离德，反而胸怀宽广。《江格尔》中的英雄们在叱咤风云的背后有许多温馨可人的故事点缀其间，这就是哺育我们的蒙古妇女。

女性形象不仅是指女人外形上的特点而更多是指内在特点，如性格、脾性等。即使外在特点，也必指言谈、举止，而非容貌。如《江格尔》中，我最喜欢格莲金娜，她忠于丈夫，忠于故乡，坚决反抗掠夺者和奴役者。她主动去寻找未婚夫，拯救他脱险，得到他的爱情，表现出了一种追求婚姻自由的品质。

蒙古族妇女在我们民族千年盛衰的历史中有着忍耐力、敢作敢为的作派，为顾全大局而牺牲个人情爱的精神，像美丽的饰环经长久而辉光不衰，如钟情的耳饰月累年深更为弥足珍贵。可以说，蒙古民族历史最为动人之处是妇女们书写的。

《江格尔》从各种角度描写了蒙古女人的美德和优秀性格，反映了蒙古人对女性的愿望和理想。反映出了史诗时代的人们对女性地位和作用的认识。蒙古民族在自己独特的生活环境中，创造了自己独特的文化，并建立了自己独特的审美意识。蒙古族女性是一道独特的人文风景。

在古今中外浩如烟海的文学作品中，女性角色占有比较突出的位置。对女性角色的困惑与反思就是这水下冰山的一角。文学创作是人们的生活与意识的反映。在原始社会末期，女性在政治上，社会上处于无权的地位，这是不用说的，就是在家庭中，她们的地位也是属于附属地位的，她们没有独立的人格，也享受不到应有的自由。以上是我对《江格尔》中女性形象的认识和思考。本文主要从女性角色来揭示了女性的命运与自主意识。从史诗体现的婚姻形式看女性的婚恋观，从英雄背后的女人看女性的从属地位。作为蒙古族百科全书的

---

❶　色道尔吉译，《江格尔》，人民文学出版社，1983年，第118页。

英雄史诗《江格尔》，记录了蒙古社会历史上多种多样的婚姻模式，从中我们看到了蒙古社会的逐渐进步。纵观文学中女性形象，我们应从中得到启示，女性无论在哪个国家，都有着被大家默认的一种附属地位。我们应该从中有所反思，有所思考，现实中的女性困境是女性主义者们反思的出发点，来进一步对女人的命运进行反省、探究和质问。

附2

《江格尔》与《荷马史诗》之比较

包头师范学院文学院中文系 2003 级 3 班　程伟

英雄史诗是一种悠久而宏大的文学体裁，各民族都将其视作本民族的精神符号，千百年来，无论沧海桑田，史诗的命运之火生生不息，指引着人类的心灵永不迷失。本文将从游牧文化与海洋文化两种不同的自然观；英雄形象塑造以及先人对命运的诠释；人本意识的觉醒和英雄崇拜的发端三方面对蒙古与希腊这两个民族的史诗进行比较性探析，揭示蒙古和希腊两个民族文学不同的审美走向，将史诗所蕴涵的文化特质在跨文化视野中引向纵深。

英雄史诗以其丰富的社会、历史、文化内容，在各民族文学史、社会发展史、思想史、文化史上占有重要地位，是当之无愧的文化瑰宝。各民族都把自己的史诗视为民族文化的象征。《江格尔》与《荷马史诗》这两部英雄史诗卷帙浩繁、规模宏大，广泛反映了它从最初产生到定型之前两个历史时代的社会生活和人民群众的愿望。一方面，折射出史诗产生和流传时期的社会状态；另一方面继承和保留了远古时期的原始记忆。并且在勾勒错综复杂的社会历史斗争同时又表现出鲜明的时代精神，寄托了两族人民对英雄的膜拜，对神的质疑，对人性的探求，对命运的启示。

草原的苍茫、海洋的辽阔造就了两族祖先粗犷豪迈、昂扬激越的性格。人类进化与发展历程中征服自然、追逐荣誉、保卫故土，也使两族人民对客观世界往往产生相同或相近的理解与感知，所以各民族的史诗文化、审美趋向、行动标尺经历了大致相同的历史进程。但也要看到，两民族的史诗毕竟是在不同历史和社会文化背景下创作的，不同的地域环境、宗教信仰、图腾崇拜、审美理想又使两民族史诗文化内涵和文学品质各具特色，富有浓重的民族和地域色彩。

一、游牧文化与海洋文化的自然观

在远古时期，游牧文化的经济结构比较简单，动态性强，往往不能满足人们的需要，所以蒙古族人民对于自然都有很大的依赖。他们总是逐水草而居，崇拜"长生天"，崇拜赖以生存的草原，"宝木巴家乡"这一家的概念也正好表达了当时的蒙古族人民向往和平统一、宁静生活的愿望。再者，《江格尔》这部史诗中还暗示着神力和天意的痕迹，这当然不仅仅是对部落首领和一般英雄的崇敬之情而是对神秘自然的礼赞。

比如《江格尔》的开篇是一部优美动听的序诗，它称颂江格尔的身世和幼年时代的业绩，讴歌江格尔像天堂一样的幸福家乡宝木巴地方和富丽宏伟的宫殿。"江格尔的乐土，辽阔无比……巍峨的白头山拔地通天，金色的太阳给它撒满霞光，苍茫的沙尔达嘎海，有南北两个支流，日夜奔腾喧嚣，闪耀着璀璨的光芒……在芬芳的大草原南端，在平顶山之南，十二条河流汇聚的地方，在白头山的西麓，在宝木巴海滨，香檀和白杨环抱的地方，矗立着江格尔的宫殿"。表现出蒙古族人民对自然的敏锐感受力和强烈的自然崇敬心理，为自然涂上了永恒神性的色彩。

草木花朵、驼马牛羊这些自然界的生物也映衬出游牧民族希望与草原共融的深层文化心理。我们熟悉的"骏马"早已成为每一部蒙古文学作品必备的形象体系。像《江格尔》中江格尔的阿兰扎尔骏马，洪古尔的铁青神驹，它们能够自由驰骋于宇宙三界，是英雄最忠实的朋友和得力助手。除此之外，卫拉特蒙古人眼中的草原更是充满亲情"成群的野兽到处出没，走到平原上眺望，肥壮的牛羊到处游走，那里有绿油油的草原，长着马群喜欢吃的博特格草，绵羊喜欢吃的白山蓟，驼群喜欢吃的东格草，山羊喜欢吃的矮蒿草，额尔其斯本巴乐土，有无数条河流，还有三个蔚蓝的大海，那里没有干旱的春天，只有丰硕的秋天，那里没有风沙的灾害，有的是肥壮的牧群，那里没有严寒的冬天，只有温暖的夏天"草原哺育了世代在那里生息繁衍的人们，是他们人格和心灵的象征。他们已将自己看做是草原的一部分，关注人与生物的关系、人与自然的关系，蒙古民族与长生天充满了"天人合一"的和谐。希腊的海洋文化与蒙古的游牧文化截然不同。在处理人与自然的关系上，强调对自然的征服，与大海的博击。因为在古代大海的强劲、咆哮、充满力量为两希文明带来的印象比它对人的造福要深刻的多。另外，相较于草原来说，海无时无刻不在翻滚，本身就是一种不可抗拒的力量的象征，而且对于岸边的山石，对于走进它的船舰有时甚至带来毁灭性的打击。在自然力的长期影响下，人们与其形成了隔膜的对立心态。

在《荷马史诗》中，洪水、旋风、暴雨、巨浪是史诗经常出现的意象。一方面，大自然冷峻而强悍，肆虐着万物："阵阵强劲的西风，扫过一大片密密沉沉的谷田，来势凶猛，咆哮呼喊，刮垂庄稼的穗耳，摇撼着茎干"❶。自然的强大破坏力使人们对其充满敬畏，特洛伊城堡的突兀与远来"访客"的浩荡，以海岸为线剪辑成了两幅针锋相对的图画，体现出海洋文明中对自然崇拜耳又企图征服自然的复杂心理。另一方面，古希腊人在极为恶劣的生存环境下，又时时处处地对自然发出挑战，显示了他们不甘示弱的抗争意识。在《奥德修纪》中，海神波塞冬在雾气弥漫的大海上为奥德修的归途制造重重困难"巨浪把船一下带到这边，一下又带到那边；就像秋天的西北风在平野上吹着紧紧靠在一起的蓬草，这些风把船在海上吹得团团转；一时南风把它吹给北风带走，一时东风又把它交给西风驱逐"❷。但这并未阻止奥德修返回伊大嘉的决心；同海神较量了数个回合之后终于在明眸女神雅典娜的协助下重归故土。英雄的生命力强烈昂扬充满自信，面对狂风巨浪以及幻化为神祇的自然，已不再认为它无法战胜，而把这些自然灾害看作搏斗后可以征服的对象。人们在对自然的敬畏中，不断冲击着自然，对自然的神秘和伟力积极探索，渴望凌驾于自然之上。以至于现在，冲浪、航海、探险、攀岩等极限运动依旧诱惑着每一个西方人。

解读两个民族史诗，我们可以发现游牧民族希望与自然对话，而海洋民族则希望跨越自然。可以说人类的童年时代，自然环境的迥异已经给他们的文化心理打上了深深的烙印。

二、英雄形象塑造先人对命运的诠释

一般而言，英雄史诗的结构包括人物安排和情节安排两个方面，有的是以英雄人物的活动为主线，以分散的故事围绕而成，各章节都有一批共同的英雄人物形象，以此作为有机联系构成它的体系；有的是以连续的故事情节为主线贯穿而成，从始自终有统一的中心情节。但对于英雄的塑造，两部史诗都体现出了多元而鲜活的特点。在描写与刻画英雄性格上，并未将全部优点集中在某

---

❶ 杨宪益译，《荷马史诗》，上海译文出版社，1979年，第276页。
❷ 杨宪益译，《荷马史诗》，上海译文出版社，1979年，第66页。

一个英雄身上，而是分散开来让每个人都血肉丰满、栩栩如生。从另一个角度也说明两族祖先在无形之中已将社会生活的影子注入史诗文化，使史诗显得更加真实可信、扣人心弦。

《江格尔》中，江格尔是理想首领的形象，他是宝木巴汗国的缔造者、组织者和领导者；阿拉坦策吉、古恩拜、赫古拉干是智谋型的将领，阿拉坦策吉是其中的杰出代表；洪古尔、萨布尔、萨纳拉是勇猛型的将领，洪古尔是其中的代表，也是《江格尔》中塑造最成功的孤胆英雄。《伊利昂纪》中，史诗的创作者也将全民族的审美理想寄托在英雄主人公身上：阿喀琉斯的善良、狂暴和野蛮，赫克托尔的忠诚、稳重和宽厚，奥得修斯的智慧、刚毅和勇敢，都成为史诗歌颂的对象。所有的英雄不但具有勇猛善战、忠于民族的共同性格特征，而且具有比较鲜明的个性特征。并且在《伊利昂纪》中，两路英雄并无谁对谁错、敌我之分，都以正面形象出现，带给人们的只是瑰丽多彩的画卷和可歌可泣的故事。这一点也成为两族不同文化心理的缩影。

对"力"与"勇"的崇拜是英雄塑造的又一特点，无论是游牧文化还是海洋文化都普遍崇尚英雄。在冷兵器时代，"力"与"勇"是英雄最基本的性格特征。他们的外表和体格、衣食行动、言谈举止等方面往往充满了力量。而英雄主义也概括为为国家、民族或某个群体的利益主动担任重大意义的任务，并且在完成自己的任务过程中体现出来的英勇、顽强的意志、自我牺牲的气概和行动。英雄人体美与个性美的审美观念，既有传统文化的色彩也有历史时代的特征。

"江格尔"一词在波斯语释为"世界的征服者"，突厥语释为"战胜者"，蒙古语释为"能者"。并且在史诗中这样描写江格尔"他的双肩有着七十只大鹏的力气，他的肚子上有着八十只大鹏的力气，他的单肩足有七十五尺，他的双肩足有八十五尺，他的十个指头有着十五个老虎的力气"全诗采用了夸张的手法，展示了当时蒙古人对力的崇拜，以力的人体美来衡量英雄是否具有完美人格。同样在《伊利昂纪》中，"英雄们的骁勇善战，攻城掠地，甚至剽悍任性，残忍凶狠，都被当作评价英雄的首要标准"❶ 在这种情形影响下，不管是狂暴野蛮的阿喀琉斯，还是滥用职权的阿伽门农，不管是追求个体情欲满足，还是依靠勇力来保全集体、能征善战都被释为高尚的美德。就象斯巴达人所说

---

❶ 吴志旭，《比较视野下的蒙古族史诗与希腊史诗》，内蒙古师范大学学报，2007年第一期，第125页。

的"文明之体魄、野蛮之精神",是评价一个男子是否优秀,是否被别人尊重的标准。

神本精神为主旋律的古代,命运对人的支配是相当普遍的观念。但随着人类自身能力的增强,先人们爆发出敢于质疑和挑战命运的勇气,并且把追寻现世的快乐和赢得战争的荣誉带入了史诗。人们不愿再单纯地听任命运的摆布、神的安排,从被动变为主动,努力地用自己的双手去实现自己的价值。

在江格尔派洪古尔等四个英雄去下界讨伐马拉哈布哈时,四英雄被俘,阿拉坦策吉预言只有洪古尔肚里的孩子出生后才能救出四英雄。这个孩子出世后第七天对江格尔说:"一个男子闲呆三个月就变成家里的累赘,一个儿马闲呆三年就变成马群的累赘,一个可汗使用的兵刃,闲放在家里三年不用就会生锈变成废铜烂铁,求求你快把我放走吧"这个孩子来到马拉哈布哈的国土,救出包括他父亲在内的四个英雄,与他们并肩作战,战胜了马拉哈布哈,将他的臣民和牲畜赶到了江格尔的国土。对他来说,荣誉比什么都重要,为维护自己的荣誉、证实自己的力量与对宝木巴国的忠诚,宁可献出自己的生命。阿喀琉斯诞生时,神预示了他有两种命运:一种是平平安安地生活,虽碌碌无为但可以长寿;另一种是投身于战争,可建功立业但英年早逝。他豪不犹豫地选择了后者,用生命成就了荣誉。同样,赫克托尔明知不是阿喀琉斯的对手却勇敢的选择了决斗。即使是在战斗中死去也无所畏惧,维护了特洛伊城所有人的尊严。

可见面对命运,两部史诗中都有共同的认识:英雄不是消极等待,而是积极正视命运的残酷,以坚定的意志与之抗争,而且英雄们"喜欢把什么事情都放在刀刃上体验",宁可以流血的方式换取快乐与荣耀也不作安逸的等待。正如赫克托尔所宣扬:"我的生命是不能贱卖的,我宁可战斗而死去,不要走上不光荣的结局,让显赫的功勋传到来世。"❶

三、人本意识的觉醒和英雄崇拜的发端

随着社会的发展,婚姻征战的不断轮回,人的个人意识渐渐扩张,思维不再受集体无意识的影响,个人价值利益希望彰显,但这又恰恰与社会关系与制度产生了矛盾。原欲与理性的抗争使东西两族人民对原始的神灵心存疑忌,不再完全沉浸在图腾意识或泛神论的古老信仰中,而是开始由神祇崇拜转向英雄崇拜。诗人们开始以大量的神话、传说和古老的英雄故事为原始素材来创作歌

---

❶ 杨宪益译,《荷马史诗》,上海译文出版社,1979年,第354页。

谣赞颂英雄，并借此抒发民族的精神信仰与审美追求，对人自身给予更多的肯定与赞美。

最典型的是《江格尔》中对于洪古尔的描绘："在那阿鲁宝木巴地方，洪古尔是一根闪闪的金柱，在那美丽的阿尔泰地区，洪古尔是人们的梦想，对那四面八方的蟒古思，洪古尔是有力的镇魔石。""英雄强健的体魄、勇敢的精神和磊落坦荡的胸怀，这一切构成了英雄性格的崇高美。"但也要看到《江格尔》中的大多数人物是半人半神式的英雄，可以预知祸福、变化身型、甚至起死回生。史诗在表现现实主义的同时，保留了神话的浪漫。可见，当时的原始思维中仍旧夹带着神性。而在《伊利昂纪》中，神性已完全处于下风，神的出现成为了英雄的陪衬。大多数的神祇无所不能，与英雄们迥然有别。例如，战神阿喀琉斯刀枪不入的身躯留有弱点"阿喀琉斯之踵"。说明人们已清晰地认识到人自身的完美与不足，自觉地与神区分开来。英雄的陨落并不意味人的弱小，反而将史诗以及人们当时的觉悟反映的更加真实可信，也更加理性。从这一点来看，西方对于自身的认识十分清晰，思想成熟的过程较早。而且自我意识也比较明朗：一方面，英雄的英勇奋战和冒险行动固然有维护部族集体利益的作用，但他们行为的深层动因却往往由于个人荣誉和利益受到了侵犯；另一方面，面对强大的自然和社会异己力量，这些英雄主人公既表现出对生命的困惑与畏惧，又表现出对命运的拒斥与抗争。并不掩饰人性的柔弱，在战争这个公平竞技的场所中发挥自己最大的勇气和力量证明人类自身的存在。

另外，人类对于智慧的认识已经觉醒，在奥德修斯归航途中，他凭借个人的智慧、刚毅、勇敢战胜自然敌对力量，并维护了私有财产及家庭的完整。具有强烈的主体精神，不太听凭命运等偶然因素的摆布，总是深谋远虑不断进行冷静的选择。"他的身上有浓重的社会色彩，也更具有理性色彩。他面对的是自然与社会的双重考验，既有来自大海的神秘威胁，又有社会对他家庭的冲击，他总是可以很好的处理各种矛盾"❶，是一个追求个体生命价值的英雄主人公。

由两部史诗不难看出，两族英雄就是按照当时人们的认识和意志去完成他们的使命，是民族审美理想与社会理想的寄托。相反，两族祖先对于人本意识的觉醒程度却各有深浅，直接表现在了他们认识观念上的不同与创作手法上的

---

❶　吴志旭，《比较视野下的蒙古族史诗与希腊史诗》，内蒙古师范大学学报，2007年第一期，第126页。

不同。辐射出两族人民独特的精神气质。

　　全球性的文化交流为我们提供了宽广的文化视野和研究范围，东西方都希望在比较思考他种文化的同时追寻人类精神的起源。在从源到流的过程中，游牧文化与海洋文化异质精神个性成为我们思考、认识东西方文化审美差异的无尽宝藏。我们一方面需要积极探求民族文化间的汇通与融合，多角度的对比，使每个民族的文化理念都能得到对话与交流，避免文化孤立；另一方面，《江格尔》、《格萨尔》、《玛纳斯》一起构成中国的三大史诗，我们应使其保持本民族的独特个性，体现出本民族的文化特色，求同存异，在比较视野下，与各族史诗研究共同实现质的飞跃。

第三章　《蒙古秘史》与草原文学

公元 1206 年，元太祖成吉思汗统一蒙古诸部，建立了蒙古汗国。1234年，蒙古与南宋军联合灭金。1271 年，元世祖忽必烈定国号为元。1279 年，元灭南宋，统一全中国版图。元代的疆域，《元史·地理志》称"北逾阴山，西极流沙，东尽辽左，南越海表"，也就是东、南到东海、南海，西到新疆及以西，西南包括西藏和云南，北面包括西伯利亚大部，东北到鄂霍次克海。它是中国历史上第一个由游牧民族统一全国的封建王朝，也是中国历史上游牧民族的政治、军事和经济、文化发展到力量最强的时期。

蒙古最早见于《旧唐书》之蒙兀室韦，属东胡系统中室韦之一支，后来逐渐强大了起来，并西迁到草原游牧。12 世纪末，北中国草原上形成了塔塔儿、克烈、蒙古、蔑儿乞惕、乃蛮等游牧部落集团，其中蒙古部孛儿只斤氏族的帖木真代表蒙古贵族的利益，经过多次征战，于 13 世纪初统一各部，被推为大汗，即成吉思汗。蒙古汗国建立之初，任用木华犁、耶律楚材等制定军事、政治、法律制度，并开始使用文字，采用"汉法"。忽必烈建立元朝后，确立了中央集权的统治地位，发展了各民族的经济文化交流，造就了一大批各民族的诗人、戏剧家和小说家。

但是就草原文学发展而言，蒙古族最初的书面文学不是汉文的诗歌，而是韵文、散文相结合的蒙古文书籍《蒙古秘史》。

《蒙古秘史》是以记叙历史英雄，元代开创者成吉思汗一生功业为主的一部传世的经典传记文学，全书的韵文部分约占三分之一的比例，包含了大量民间歌谣、祝词赞词、谚语格言，具有鲜明的草原生活特色，特别是草原民族的语言风格，在韵文部分体现得更加突出。蒙古民族在长期的游牧生活中逐渐形成了语言上讲究生活化的比喻、言语上的通俗简括、反复重申，突出语言的节奏感等特点，这在《蒙古秘史》的对话中比比皆是，因此，它与蒙古民族的长篇英雄史诗《江格尔》、《格斯尔》一起被称为古代蒙古族文学的三大高峰，成为展示古代游牧民族精神世界、心灵世界的优秀篇章。

1989 年，联合国教科文组织将《蒙古秘史》列为世界名著，并将其英译本收入世界名著丛书；1990 年，联合国成员国为《蒙古秘史》成书 750 周年举行了纪念活动。"对一部书籍而言，这是从地球上可以获得的最高荣誉和奖赏！"❶

第一节 《蒙古秘史》的文学意义

在中国古典文学的发展过程中，历史传记文学向来占有极其重要的位置。它是我国文学的一种宝贵历史传统，也可以说是民族特色之一。成书于 1240 年的珍贵文献《蒙古秘史》，既是研究蒙古历史、语文的宝贵典籍，也是记述成吉思汗生平事迹的优秀传记文学。它是中古游牧民族罕见的第一部草原文学巨著。虽然作者不详、原文早已失传，但由汉文音译本保留下来并被转译成各种文字后，依然闪烁着不灭的光辉。从草原文学的研究角度来说，《蒙古秘史》的产生标志着草原文学进入到一个新的发展时期。它的主要意义在于：

第一，《蒙古秘史》翔实地运用文学的笔触来记叙蒙古族原始社会的遗迹、奴隶制的阶级关系以及封建制的确立过程，开拓了游牧民族以文记史、文史结合的历史传记文学的道路。它熔民间传说、历史事件、人物活动为一炉，采用编年体和传记体相结合的形式，在广阔的历史背景上记述了 12 至 13 世纪蒙古诸部在北方草原上的纵横驰骋，以及他们的祖先起源传说、社会结构、风俗习惯、宗教信仰、文化心理、娱乐庆典等等，组成一幅宏伟壮丽的草原生活历史画卷。全书共 12 章，约 19 万字，它构思缜密、结构紧凑，而且反映的社会生活面相当广阔，超越了一个部落、一个民族、一个国家的界限，这些都是过去以抒情诗歌为主的草原文学所不曾有过的。文学反映生活、描叙历史和表现社会人生的功能从此在草原文学中得到应有的发扬。《蒙古秘史》之后，不仅蒙古族其他历史著作，诸如明代的《黄金史》、清代的《蒙古源流》、《水晶珠》等都模仿这种写作体例和风格，而且还直接给予长篇历史小说诸如《青史演义》等极大的影响。

第二，《蒙古秘史》以记叙历史英雄人物成吉思汗的一生（包括他的祖先族源，父母和家庭族谱世系，他的幼年、壮年功绩以及最后逝世，他的继承人

---

❶ 特·官布扎布，阿斯钢，《现代汉语版蒙古秘史》，新华出版社，2006 年，第 1 页。

窝阔台的功过等）为主线，着意描绘和刻画了几十个性格鲜明的人物形象。作品对他们有颂扬，有批评，有同情，有讽喻，或精雕细刻地描摹，或大刀阔斧般勾勒，都能恰到好处，使人物栩栩如生，跃然纸上。除主人公帖木真被浓墨重彩地加以多方面描写外，他的部下"四狗"、"四杰"以及他的主要对手王罕、札木合等，性格都很有特色。阿兰豁阿、诃额仑等几个女性形象，也呼之欲出。

第三，《蒙古秘史》为草原文学的语言树立了典范。尽管这部巨著已经过了汉语音译，再据以译成蒙古文，又由蒙古文再译成汉文等几番反复的多道工序，然而它依然保留了语言简洁纯朴的特色，散发着浓郁的草原生活气息。据统计，全书韵文部分占到三分之一以上，它们包容了大量的民间歌谣、祝词赞词、谚语、格言等民间口头文学，具有鲜明的草原生活特色。"影子以外没有朋友，尾巴以外没有鞭子"是流行于草原地区的蒙古族谚语，《蒙古秘史》中多次运用它来刻画人物思想性格，含蓄深刻而耐人寻味。不仅韵文如此，而且散文也多有这样的精彩语言。如当成吉思汗派人去劝说王罕时，书中这样说："一侧车辕如果断了，黄牛怎能将其拉着前行？我不正是那辆牛车的一辕吗？一侧车轮如果坏了，那辆车又怎能独轮前行？我不正是这辆车的一个轮子吗？"这种来自草原生活中的贴切比喻，在书中俯拾皆是。而语言的反复咏叹，节奏鲜明，自然也是富于草原韵味的蒙古族文学语言的重要特色。所以，《蒙古秘史》的语言艺术，也为草原文学的发展起到了促进作用。

第二节　《蒙古秘史》的英雄观

《蒙古秘史》是一部解读民族文化心理的重要书籍，草原英雄文化的精髓在这部书中得到了鲜明的体现。随着时代的演进，英雄文化的内容和侧重点也在发生着变化。由最早的单纯对"力"与"勇"的崇拜，至部落联盟时期则演变成了与"信义观"相联结的新标准；而到了阶级社会，又增加了"忠诚观"的新内容。《蒙古秘史》思想体系的主要因素源自于民族传统文化的最基本的内涵，它所体现的英雄观来自于蒙古族游牧文化所培育的民族性格和民族精神。

一、"力"与"勇"是草原英雄文化的基本标准

古代草原民族普遍崇尚英雄，奉行英雄精神，把效法英雄当作人生的最高

价值追求。草原民族崇敬英雄的文化传统，体现在很多方面，而其中对"力"和"勇"的崇拜是一种最基本、最鲜明的表现。这一特征在《蒙古秘史》中也有鲜明的体现：那些具有阳刚之气，力大无穷、凶猛剽悍、所向无敌、近乎残忍的英雄人物是人人都很崇拜的对象。如纳忽崖之战时，作者借札木合之口对诸位英雄的描画：

> 额如生铜般坚硬
>
> 舌如锥子般尖长
>
> 心如钢铁般无情
>
> 牙如钉子般锋利
>
> 四条吃人的疯狗
>
> 挣脱其钢铁锁链
>
> 欲吃我人肉尸骨
>
> 垂涎三尺狂奔而来
>
> 饮朝露捕飞禽
>
> 骑乘风暴疾如飞
>
> 射弓箭舞刀枪
>
> 素以战器为伴友
>
> 此来四条疯狗者
>
> 乃为蒙古大战将
>
> 者别、忽必来二人和
>
> 者勒蔑、速别额台也！❶

帖木真手下的众勇士：

> 威慑武士猛将而
>
> 缴其弓箭刀枪者
>
> 震慑勇士劲敌而
>
> 夺其战马铁甲者
>
> 生性好斗的兀鲁兀惕和
>
> 喜战善杀的忙忽惕们
>
> 知此战事将要起

---

❶ 特·官布扎布，阿斯钢，《现代汉语版蒙古秘史》，新华出版社，2006年，第158页。

欣喜若狂雀跃来！❶

帖木真三弟合撒儿：

魁梧伟岸力无穷

身高足有丈五尺

顿餐吃进三岁牛

身上披挂三重甲

此来驾有三头牛

开口能吞背弓人

如同咽下一块肉

张口能吞一活人

如同咽下水一滴

怒来拉弓射箭去

射穿远处人一片

气来弯弓放箭去

射杀山外敌一群

用力可射九百度

轻轻弹则五百度

生来就与众不同

身壮如同蟒古思！❷

这些力大无比、勇猛冲杀的英雄们是蒙古民族完美人格的体现，是对人体美的最高价值的追求。在蒙古社会的原始时期，对"力"和"勇"的崇拜，是蒙古族群的一个普遍心理。因为处于自然状态的人们更加重视力量的作用，不论是生产劳动还是战争，决定成败的主要因素就是力量，所以古代蒙古人把对力的崇拜放在审美的最高位置上。一般来说，草原民族崇拜的英雄，都有"尚力"的一面，尤其是那天生的神力以及由力衍化而来的各种本领；但仅有"尚力"的一面是不够的，还必须配之以勇，即那些被称为英雄的人，必须既有本领又有勇气，勇于和各种敌人战斗并获得最后的胜利。以力和勇衡量人体美的这种传统，在当今的蒙古族意识中仍占有相当重要的地位。

---

❶ 特·官布扎布，阿斯钢，《现代汉语版蒙古秘史》，新华出版社，2006年，第159页。

❷ 特·官布扎布，阿斯钢，《现代汉语版蒙古秘史》，新华出版社，2006年，第160页。

二、"安答"是草原英雄文化"信义观"的最高表现形式

尽管"力"和"勇"是衡量英雄的首要标准,但《蒙古秘史》对"英雄"的塑造,并没有单纯停留在"力"和"勇"的崇拜上。在这部书中,英雄们作为个体价值与社会责任的统一体,被塑造成社会普遍道德的化身。如果说"力"与"勇"在一定意义上是英雄个体的自然属性,那么《蒙古秘史》对英雄的人格要求,则体现了他们对人的个体价值和人生目标的定位。

蒙古人素以讲求信义为做人的重要理念,在日常生活中或人际交往中他们都按此理念要求自己和他人,"安答(结拜弟兄)"这种交际形式便是这一理念的体现。在蒙古社会常见的"安答"关系中,彼此间必须履行"性命般不相舍弃"的义务。因此,《蒙古秘史》中,当孛儿帖被抢,帖木真去向父亲的"安答"王罕求助,王罕当即答应下来,并为其出谋划策,向札木合搬兵;札木合幼年时曾与帖木真结为"安答",听闻此讯,也是当即答应下来,并自愿担当了此次战争的总指挥,规定:"诺而误者宜除班列也。")三军依律而行,各守其约,取得了战争的胜利。

蒙力克本是成吉思汗之父也速该的仆僮,当也速该误饮仇家毒酒弥留之际,蒙力克成了他的托孤之臣。也速该称蒙力克为"弟",对其言:"你要好好照顾将成孤儿的孩儿们和将要守寡的嫂子"。正是也速该这"弟"的称呼,让蒙力克感到自己责任的重大。因此,他在以后的时间里,无论这一家如何举步唯艰、众叛亲离,始终伴随在他们身边,并为这个家族奉献了毕生的力量。他成了成吉思汗最为敬重的人物之一,被尊称为"蒙力克父"。

桑昆是成吉思汗的"安答",但却不是自愿结拜,而是由父辈那里沿袭下来的(桑昆的父亲王罕是帖木真父亲的"安答",曾重新与帖木真结为义父子)。成吉思汗真诚地对待桑昆,幼稚无能而又高傲自大的桑昆却认为成吉思汗是在觊觎他父亲的王位。在坏人的挑唆下,他不顾"安答"间的信义,密谋围捕成吉思汗。但他这种背信弃义的行为违背了蒙古民族的传统心理,因而深为族人所不齿。他族中的两个奴隶得知后,将消息密报于成吉思汗,使其有了准备,取得了这次战争的胜利。正是由于成吉思汗平时注意争取人心,因此不仅军队战斗力强,还得到了包括其他部族百姓的支持,这些人甚至会冒着生命危险给他通风报信。也正是由于这种支持,使成吉思汗成功躲过了一次又一次灾难。

可见,根据蒙古族社会文化发展的历史进程,对英雄文化的要求也在产生

着变化。远古时期单个英雄的单打独斗这时已不能满足贵族首领争权夺地的需要，他们需要的是与一个甚至更多的部落联合起来，共同创造更大的权益或给现有的权益带来更加稳固的保障。由此，"安答"便成了实现这一目的的最好形式。这种除了血缘之外最亲近的关系，给当时的氏族贵族们带来了巨大的收益，同时也在客观上促进了草原英雄文化的发展，并在更加广阔的历史背景上深刻反映了蒙古氏族从联合到瓦解，以及新兴封建制度确立的过程。

三、"忠诚观"是草原英雄文化进一步发展的产物

草原英雄文化具有其固有的连续性和统一性，这种连续性和统一性即表现在草原社会的整合和一体化进程之中。如果说，远古时期草原民族的祖先比较注意善恶的本原及真善美最终战胜假恶丑等问题，那么成吉思汗时代则比较注重"忠诚观"。成吉思汗主张"以诚配天"，使天人关系在"至诚"的基础上得到了统一。人民所尊崇的英雄不能只是力量出众的莽汉，或是独善其身、恃才傲物的众叛亲离者，他必须是顾及群体利益、与群体休戚与共、对首领无限忠诚的人。成吉思汗对将领们的要求"居民在平时应像牛犊般地驯顺，战时投入战斗应像扑向野禽的饿鹰"❶，也强调了英雄个体与群体、下级与上级之间的关系。

《蒙古秘史》记载：1189 年，帖木真被推举为可汗，号称成吉思汗。随之，成吉思汗将他身边之人"逐一委付适当的任务"，从而建立了自己最初的政权。这可以看成是蒙古国家制度的最初形态。"国家是以地域为主建立的人际关系，在这里生活着的人们不再是以血缘纽带组成的人群，而是以政治隶属关系联系在一起的团体"❷。它标志着蒙古社会进入了一个新的文明时期。

这个以成吉思汗为核心的领导集体显得格外精干，富有战斗力。这个政权最突出的特点是其领导者并非来自成吉思汗本家族，而大多是来自于其他部族，更有些是来自平民阶层和奴隶阶层：做了"众人之长"的是自从成吉思汗的幼年时代就跟随他，尤其是在他"影外无友"、"尾外无缨"的危难时期，一直鼎力相助、忠诚陪伴着他的孛斡儿出和者勒蔑；而那些以高贵自居的身出名门的贵族，如成吉思汗的本家族叔阿勒坛和叔伯兄弟忽察儿、撒察别乞等却没有能够进入政权领导层。因为在那个特殊的历史时期，成吉思汗任用人员时，

---

❶ （波斯）拉施特著，余大钧，周建奇译，《史集》，商务印书馆，1986 年，第 356 页。

❷ 苏和，陶克套，《蒙古族哲学思想史》，辽宁民族出版社，2002 年，第 2 页。

首先必须考虑他们的"忠诚"。事实证明这样的做法是明智之举，后来阿勒坛、忽察儿、撒察别乞等人背叛了他，也未能给成吉思汗造成更大的伤害。

成吉思汗身边的英雄除了和他具有血缘关系的弟、子之外，"四狗"、"四杰"等一大批英雄也显得非常突出。他们本来各有所属，后来来到成吉思汗身边的原因大致有以下几种：一是佩服成吉思汗的英勇、智慧和名望来投奔他的，如字斡儿出、者勒蔑、赤剌温、木合黎；二是跟成吉思汗或其部下搏斗，战败归顺后誓死为他效力的，如者别、纳牙阿、忽亦勒答儿、主儿扯歹；三是战争胜利时收养的敌方孤儿，如孛罗忽勒、失吉忽秃忽、曲出、阔阔出。成吉思汗之所以能够吸引英雄们到他身边，除了他的"身如生铜铸成，当无锥刺之孔；身如熟铁锻成，更无针刺之隙"的勇武和超群智慧外，还有神力和天意。如当帖木真与札木合分道扬镳后，原来属于札木合的一些贵族、名门和部落头人却都带着自己的属民纷纷投奔到了成吉思汗的帐下。本来与札木合有血缘关系的豁儿赤也率众来投，并解释道："俺本不离札木合者，然神来告余，使目睹之矣。……无角黄犍牛，高擎大房下桩，驾之，曳之，自帖木真后，依大车路吼之，吼之来也，此天地相商，令帖木真为国主之意载国而来者也。神使我目睹而告焉。"❶ 这里的"无角黄犍牛"无疑是神力和天意的暗示，这种投奔也当然不是对普通部落首领和英雄的崇敬之情，而是对帝王的景仰之心。

英雄们聚集在成吉思汗身边后，无限忠诚地守护保卫着他，为他尽忠效力。如忽亦勒答儿、主儿扯歹就深得成吉思汗信赖，他们成了"每遇战阵，必与先锋"的两员将军，多次为成吉思汗立下盖世奇功；孛罗忽勒夫妻两次救了成吉思汗两个儿子的性命；尤其是者勒蔑，在幼年帖木真躲进不儿罕山绝境时，即救过他一次性命，后来成吉思汗受了重伤昏迷不醒，者勒蔑又跪在他身旁，不断用嘴吸出伤口中的淤血，使他又一次躲过了死神，而且在成吉思汗苏醒过来口渴难耐之际，不顾个人安危冲进敌方阵营取来马奶供其饮用。成吉思汗因而感言："三次救命之恩，我将永世不忘"。

这些英雄们的所作所为不仅代表着一种积极乐观、勇于进取的人生态度，更代表着与当时社会制度相匹配的道德规范，那就是对国家和君主的忠诚。"忠诚观"是阶级制度下衡量英雄们的一种新的道德尺度，是这个时代每一位英雄都应遵循的道德准则。如果不够忠诚，就会遭到人们的唾弃：桑昆战败逃出后，身边只剩下他的随从阔阔出夫妻二人，焦渴至极的桑昆在见到水源后，

---

❶ 道润梯步，《新译简注蒙古秘史》，内蒙古人民出版社，1979年，第84页。

立即跳下马背，将马交给了这个随从。随从骑上他的马掉头跑去投奔成吉思汗，其妻却忠于旧主人，留在桑昆身边照顾他。成吉思汗听完这个随从的叙述后说："其妻忠义，可免一死！阔阔出不忠不义，弃其主子于死地，乃为不可信用之人。"遂将其处死。草原文化的英雄观要求：人与人之间要以诚相待、对部落首领要忠诚、对国家的君主更要忠诚。"忠诚观"对规范和约束阶级制度下人们的行为、维持社会秩序起到了重要作用。

歌颂英雄、赞美英雄是各个国家、各个民族文学共有的核心思想。但在这种思想的背后，各民族历史文化的背景和民族文化心理是不同的。那么《蒙古秘史》中的英雄文化与古代草原民族有着怎样的社会制度和心理上的渊源关系呢？

草原民族普遍崇尚英雄，奉行英雄精神，把效法英雄当作人生的最高价值追求。很多史籍描写草原民族"贵壮尚勇"、"重兵死、耻病终"，就是这种价值观的写照。草原文化是孕育英雄的文化，也是象征英雄的文化。从这个意义上说，草原文化就是英雄文化，英雄精神是草原文化最具意义的内在特质和象征。蒙古族的英雄精神正是由普遍流传于古代北方草原民族中的英雄崇拜上升凝聚而来的。在历史的长河中，英雄时代一直是蒙古人记忆的一部分。即使是在历史发生了根本性的转折之后，在他们的情感深处仍旧保留着有关那个时代的记忆。英雄精神从未在他们的情感中消失，并且已经成为他们所追寻的永恒意义。当英雄精神集中体现在某一英雄人物身上时，这些英雄人物表现为：勇敢顽强、视死如归、疾恶如仇和负有责任感的艺术形象，从而成为蒙古民众普遍接受的一种民族精神载体。

成吉思汗统一蒙古各部落以前，在公元11世纪末和整个12世纪的100多年间，社会形式经历了一场非常重大的变化，氏族制的社会组织迅速瓦解，氏族成员间的平等关系逐渐被阶级关系所代替。而蒙古族兴起前夕的蒙古社会，由于贫富差别的增大，阶级分化的加剧，一个氏族对另一个氏族的征服日益普遍化，蒙古各部的社会已经进入一个新的阶段，新的阶级社会组织形式正在萌芽，并将随着蒙古国家的建立，逐步趋于巩固。从历史进程看，蒙古民族原始氏族时期维持的时间很长，人们长时期受自然界的制约，经济不发达，文明程度低。因此，培养了他们更贴近自然法则的生存方式，他们不得不面对严酷无情的主客观环境，因而比别人更深地理解弱肉强食、适者生存的含义：要想在生存竞争中发展壮大，就要不断地保护自己，制服对手，战胜对手。于是蒙古民族形成了全民皆兵的军事制度。这种制度对其英勇强悍的民族性格的发展起了重要的推动作用。更为重要的是，这种民族性格不仅对历史发展起到了决定性的作用，且对文学同样起着制约作用。

蕴涵在蒙古民族精神里的英雄文化气质，经过长时间的孕育、发展之后，终于在 13 世纪达到了高峰。成吉思汗统一蒙古各部，标志着蒙古社会制度的形成。当时，英勇善战的蒙古人几乎震动了整个世界，而对外战争的胜利又大大激发了蒙古民族的英雄气概，鼓舞了他们对战争的热忱和执着，提高了民族自豪感。这种民族情感、精神状态、心理特性无疑为《蒙古秘史》草原英雄文化内涵的形成提供了文化土壤。因此说，《蒙古秘史》中呈现的英雄文化的本源应是草原文化的产物。作为草原文化中最完美的人格定位，"英雄"的概念在草原文化中既是对人的本性的诠释、对人身价值和伦理道德的阐释，同时也是对群己关系的具体阐释。因此，英雄观是草原文化传统人生观和价值观的折射点和集合点。

《蒙古秘史》是一部充满英雄主义精神的艺术典籍。它作为蒙古族传统文化的组成部分和一种文化载体，跟整体的民族历史文化有着密不可分的内在联系。它思想体系中的主要因素源自于蒙古族传统文化的最基本的内涵，它所体现的英雄主义来自于蒙古族游牧文化所培育的民族性格和民族精神。这种在民族传统文化的氛围中形成、并通过艺术形式表现出来的草原英雄文化，又在相当长的历史时间里，教育和培养了蒙古民族的善良品格和英雄气质。

但是，从历史发展的角度看，作为植根于畜牧业自然经济的民族地域文化，它又不可避免地具有其局限性。随着历史的进步，蒙古民族原始先民朴素的尚武、结盟、自强等观念，无疑会变成阻碍社会前进的因素。在蒙古古代社会史上曾发生过氏族、部落混战时代，一直到 11~12 世纪，这种状况依然存在。在《蒙古秘史》中有不少典型的氏族复仇实例。如孛儿只斤氏族与塔塔儿部落历来有血仇，当俺巴孩合罕被塔塔儿人捕捉后，他派人告诉他的儿子一定要为其复仇。后来几代人作战也没有战胜塔塔儿人，直到成吉思汗时代消灭了各个塔塔儿氏族，为祖先报了血仇，他下令把塔塔儿人中"车轴高的男子"都处死，其余的妇女儿童分给各家作了奴隶。当时的蒙古人把复仇当作一种世代相传的义务，复仇所针对的不一定是当事者，也可以是他的亲属或子孙。所以，不只是彼此关系疏远的各氏族常常处在敌对的关系中，就是亲近的氏族也相互交战，相互袭击；即使是同一个氏族的成员也会由于利益的关系互相敌对和处于敌对的阵营。"血族复仇"固然是衡量部落群体是否勇猛善战的标准，同时也是英雄们是否"尚武"的具体体现，但多次的部族战争带来的直接后果就是战乱四起、灾难频仍，人民生活动荡不安，社会难以得到发展。

　　还有，在蒙古民族生产力发展水平低下的时期，蒙古族民众长期从事单一的生产活动，处于自给自足的自然经济状态，人们为了生存结成联盟，互帮互助，有难同当，有食共吃，这种朴素平等观念在生产生活水平低的状况下，起过一定的积极作用。但随着社会的演进，它逐渐变化成为落后的平均思想渗透到一些人的风俗观念中，致使他们缺乏商品经济观念，轻商贱利，认为经商是不务正业，耻谈生意买卖。这样的观念会削弱整个民族的竞争意识和商品意识，不利于发展商品生产。特别是到了市场经济时代，就会成为经济发展的桎梏。经济得不到快速发展，民族就会贫穷落后。因此，如何将优秀传统文化同现实社会发展很好地结合，是值得我们思考的课题。

第三节　成吉思汗与札木合

　　《蒙古秘史》是一部编年体和纪传体相结合的历史文学作品，主人公成吉思汗是作者下大力气塑造的英雄形象，可以这样说，后人对他"一代天骄"的印象，主要来自于《蒙古秘史》一书。而这个人物塑造的成功，很大程度上得益于作者擅长以陪衬、烘托、对比等方式彰显人物个性。综观整部《蒙古秘史》，围绕着成吉思汗这个人物，作者刻画了十几个主要人物形象，如"四杰"、"四狗"、王罕、桑昆、塔阳罕等。而这其中性格最鲜明、给人留下印象最深的，就是札木合。正是由于有了这个强劲对手的烘托，成吉思汗的形象才会放射出如此夺目的光采。

　　然而，在评论家们的笔下，对札木合这个人物却褒贬不一，且分歧很大：持否定意见的人说他是"一个狡诈阴险、反复无常的野心家、阴谋家"[1]、"札木合就是这样一个喜新厌旧、反复无常的人"[2]；持肯定意见的则称赞他是"站到了平民方面"的"蒙古人民领袖"，他领导了一场蒙古人民的"民主运动"[3]。那么，札木合究竟是怎样的一个人？笔者认为，评价一部作品的人物，应从作品本身出发，从人物生活的时代和民族群体形态出发，才会给人物一个符合原来历史面目的真实定位。因此，笔者力图通过重读《蒙古秘史》，重新解读和诠释札木合这个历来颇有争议的人物形象。

---

　　[1]　梁一孺，《少数民族文学论集·铁马金戈的历史回声》，中国民间文艺出版社，1985年，第97页。
　　[2]　乔·贺希格陶克陶，《民族文学论文选·成吉思合罕与札木合薛禅》，中央民族学院出版社，1987年，第299页。
　　[3]　同上，第298页。

一、札木合不是"阴谋家"、"野心家"

《蒙古秘史》所记述的 12 世纪末至 13 世纪初的蒙古草原，正处于群雄并起的奴隶制社会后期。在那个时代，勇武是衡量一个人物是否英雄的唯一标准；战争是相互争夺奴隶、牲畜、财宝和美女，扩大水草丰美的牧场的唯一手段。蒙古民族又素以骠悍、尚武而著称。于是，大小部落和各个领主之间展开了旷日持久的混战：带着原始性野蛮的血亲复仇、部落主之间的鲸吞火并、特别是新的社会制度孕育过程中剧烈的躁动和诞生时的威力，构成了蒙古草原上一幕幕奇伟壮观的活剧。

在这样的时代背景和民族心态下来看札木合，我们将会对他的行为表现作出一个全新的诠释。

札木合不是"阴谋家"、"野心家"。《蒙古秘史》记述：帖木真的妻子孛儿帖被篾儿乞惕部抢走。那时的帖木真部落势力弱小，根本无法与敌抗衡。为报夺妻之仇，帖木真去求助于曾与父亲结为"安答"的克列亦惕部的首领王罕并呈上厚礼。在当时，王罕的势力不可谓不强，但这个老谋深算的家伙仍恐万一兵败连累自己，于是他怂恿帖木真去向札答阑部的首领札木合求助。札木合一听帖木真有难，顿时觉得"心痛""肝痛"，二话不说，立即决定出兵。这件事非常突出地体现了札木合的英雄本色：义字当先。在此之前，他和帖木真并没有什么利益上的交往，而且以当时帖木真部落的状况，近期内也无法为他提供帮助。札木合作为一个部落的首领，不会料想不到战争的残酷和可能给自己带来的损失，但有难相求的是他的"安答"，更何况又曾经共有过一个女祖先！"天下豪杰义为先"，满腔的英雄豪气在他的胸中激荡，他一定要不惜任何代价帮助他的"安答"。札木合的举动，和畏畏缩缩、前瞻后顾的王罕形成了极其强烈的对照，也使我们对这位义气英雄顿生赞佩之心。

这次战争胜利后，札木合、帖木真二人郑重其事，重新结为"安答"。战争促进了他们的友谊，札木合认为帖木真是值得交往和依赖的朋友，帖木真也正想利用札木合的强势所带来的安定局面扩充发展自己的势力。因此，这一段时间，札木合和帖木真"夜则同衾而共宿之焉"，但帖木真却在暗中争取札木合的人马。一年多后札木合猛醒：如果再和他的这位"安答"住下去，恐怕自己的部落就不存在了！成为帖木真的附庸，这是札木合断然不能接受的，两个人产生了根本性的分歧。在已然不能志同道合的情况下，为了不伤感情，札木合"用隐晦的语言，曲折地表示了自己的意见'分开过，大家方便'"，语言尽管十分委婉，含意却非常地果断。从此以后，札木合与帖木真分道扬镳。

　　真正让札木合站在帖木真对立面的，是发生在札木合胞弟与帖木真部下之间的一场抢马纠纷，这次纠纷导致其胞弟被"射断腰脊杀之"。札木合为了复仇，出兵攻打帖木真。这次出兵对于札木合来说，乃不得已而为之：在人类社会发展的先期，血亲复仇是导致战争的一个极其重要的因素。那时，人们以血缘关系结成整体，生死相依，没有什么比血缘关系更重要。想当初，札木合之所以慨然相助帖木真，其中一个最重要的原因就是他们曾经共有一位女祖先。尤其札木合从小失去父母，只有这一个弟弟。因此，他的为弟复仇之举，既在情理之中、无可非议，也是当时的"英雄"必须选择的唯一的行为方式。这次战争之后，札木合已在事实上被迫成为成吉思汗的敌人，因此，在十几个部落的拥戴下，他打起了"古儿罕"的旗号，正式成为成吉思汗的敌对阵营。

　　札木合既然成为十几个部落的"古儿罕"，那他是否一位"站到了平民方面"的"蒙古人民领袖"呢？持上述观点的评论家的依据是札木合、帖木真二人分道扬镳时札木合所说的一番话："傍山而营"的"牧马者"与"临涧而营的""牧羊牧羔者"）还是不在一起为好。评论家认为这里的"牧马者"是指帖木真为代表的草原贵族，"牧羊牧羔者"则指札木合为代表的草原平民，因此札木合的提议分手，实际上意味着平民同贵族的决裂，从此，札木合领导了一场"民主运动"❶。笔者对此持有不同的看法。笔者认为，这里的"牧马者"和"牧羊牧羔者"并不代表草原上的贵族和平民，而是暗喻着两个势不两立的贵族集团——札木合和帖木真。"牧马者"和"牧羊牧羔者"有着共同的利益，即草场；札木合和帖木真也有着共同的利益，即民众。札木合以此来暗示帖木真在抢夺他的部下，同时也明确表明了自己的立场：一山容不得二虎，自己是不会做帖木真的附庸的。之后，帖木真称汗，札木合很快也称起了"古儿罕"，站到了帖木真的对立面。这些都说明札木合并非平民利益的代表，他也有称霸天下的雄心。

　　由此可见，札木合既非"野心家"、"阴谋家"，也非"平民领袖"，更没有领导"民主运动"。他与帖木真的激烈争斗，只不过是新旧制度交替时期两个贵族集团之间争权夺势的矛盾反映。

---

　　❶　乔·贺希格陶克陶，《民族文学论文选·成吉思合罕与札木合薛禅》，中央民族学院出版社，1987年，第299页。

二、札木合是一个有性格缺陷的英雄

在《蒙古秘史》中，有札木合参与的战争一共是五次。向来被评论家们所津津乐道的是第四次、第五次战役，即卯温都儿战役和纳忽山战役。它们一直被认为是札木合"喜新厌旧"、"反复无常"的主要表演舞台。在这两次战役中，札木合各联合了一个强大的部落来攻打成吉思汗，但都是在战争中途派人向成吉思汗密报军情，自己却釜底抽薪，不顾同伴，悄悄逃走了。札木合果真是一个如此"喜新厌旧"、"反复无常"的人吗？非也，他只是在按部就班地实施自己的战略思想罢了。札木合既有称霸于天下的雄心，必然要清除阻挡他前行的障碍。而在当时的蒙古诸部里最强盛的就是王罕的客列亦惕部和塔阳罕的乃蛮部，如果其中的任何一个再与成吉思汗联合起来，那更是威力无比。如何能够让这三个强劲的对手相互厮杀，从而自己得利？札木合抓住王罕、塔阳罕的弱点，决定采用"离间计"，来个各个击破。

札木合首先挑选了王罕之子桑昆作为他第一次"离间计"的突破口。桑昆脾气暴躁又狂傲自大，早就不想屈从于成吉思汗麾下而要独立称汗，这一切都正中札木合意，于是他极力怂恿。桑昆中计，软硬兼施逼迫父亲出兵，王罕爱子心切，无奈之下同意向成吉思汗宣战。札木合计划的第一步顺利成功了。两军对阵之前，札木合以极力渲染的口吻说出了兀鲁兀惕、忙忽惕两部百姓的英勇善战，目的就是要套出王罕的用兵之计，再去告诉成吉思汗准备好对应措施，以免一开战就被打得落花流水，那样王罕就不会受到重创。果然，王罕闻言，自恃兵强将勇，向札木合全盘托出了用兵之策，并将军队的总指挥权交给了他。札木合的这一步计划又成功了。紧接着，札木合派人去向成吉思汗报告王罕的兵力布署情况，并要他一定坚持住。这又是札木合的一个计策。他所言"我与安答战，常不能敌"只不过是一个迷惑成吉思汗的借口罢了：在前三次战争中，第一次是他作了三个部落的总指挥，获大胜；第二次与成吉思汗交战，又获大胜；第三次因成吉思汗与王罕联合作战以及客观原因，他失败了。这三次战争双方顶多算是打了个平手，何以称得上"常不能敌"呢？再者，他为什么告诉成吉思汗"一定要坚持住"？因为只有这样，战争才会惨烈，双方伤亡才会惨重，才会从根本上削弱甚至是消灭他们的势力，他原先设想的目的才会达到。

在这场战争中，札木合作了一个优秀的导演者，他牢牢控制着事态的进展并推波助澜，他熟知双方的优缺点并加以利用，使得一切正如他的料想一样：

双方伤亡惨重，成吉思汗只剩2600人，王罕和桑昆也仅以身免。札木合的目的达到了，他带着他的人马及时地撤离了这个是非之地，保全了自己的力量。

第五次的战争，札木合故技重施。这一次他设想让塔阳罕与成吉思汗两强相斗。如果能获成功，草原上就再也没有他的劲敌了。但这次他却犯了极大的错误，招致了最后的悲惨结局。

首先是他错误地估计了塔阳罕。札木合没有料到，这个拥有草原上最强大的部落、曾口出狂言"地上不可有二汗，让我去把那帖木真擒来"的汗王，却是一个胆小没出息的家伙。他一见蒙古部的夜间篝火，即要"卷退而去，整搠我军"。这个"巾帼塔阳"，与札木合上一次的合作者王罕和桑昆相比，在胆识和谋略上都有着天壤之别。因此尽管札木合一再激励，塔阳罕还是被对方的气势吓倒，不战而退。在晚间逃跑时，兵士纷纷坠入山谷，死伤无数，其余也被成吉思汗全部剿灭。而成吉思汗的人马则毫发无损。

其次是他错误地估计了成吉思汗。此时的成吉思汗，已迅速成长为羽翼丰满、思想成熟的政治家和军事家。接到被攻的密报后，他头脑冷静，详细分析了双方的兵力、人众、优劣，并精心布置了作战的计划、士兵的阵列，甚至宿营的篝火。成吉思汗从战略到战术没有给对方留下任何可乘之机，他完全占据了主动。再加上已被吓破了胆的塔阳罕，札木合知道，这次的计策已成功无望。他所设想的两败俱伤的结果不可能出现，塔阳罕的失败已成定局。为了给自己留一条后路，札木合派人给帖木真传口信，告诉他自己已用言语瓦解了塔阳罕的斗志，并且离开了塔阳罕。这明显是在向成吉思汗邀功买好，使他不仇恨自己，以图日后东山再起。

然而没有成功。成吉思汗绝不会容许一个无论在智谋、还是在勇气上都和自己难分伯仲的危险人物活在世上，他把札木合杀掉了。我们不能责怪成吉思汗的不讲情义，这是一个欲成大事的政治家必备的素质——在遇到对自己的事业和利益有阻碍的人和事时，他不能儿女情长、瞻前顾后，而必须顾全大局，快刀斩乱麻，不留后患。这是成吉思汗高于札木合之处，也正是札木合的致命弱点。因此，与成吉思汗相比，札木合只称得上是一个有情有义、智勇双全的英雄，而非一个具有宏韬伟略的政治家。

三、札木合是"英雄"而非"政治家"

札木合被擒后，曾经总结自己败给成吉思汗的原因：

"安答有聪惠之母，生性俊杰，有多才之弟，友为英豪，以73战马

之力，故为安答所败矣。而我也，自幼遗于父母，（又）无（昆）弟，妻乃长舌，友无心腹，故为天命有归之安答所败矣。"❶

除了这些原因之外，札木合是"英雄"而非"政治家"，是导致他走向失败的最重要因素。他性格当中的"豪侠义气"，既是他的优点也成了他的致命伤，"为情所扰"、"为义所困"严重影响了他处理事情的决断性，以至于在几个关键性的事件当口，他未能准确地把握机遇而错失良机。事件之一：当他发现帖木真暗中争取他的人马时，他想的更多的是对方是他的"安答"。出于"安答"的情义，他对帖木真的所作所为不好说什么，更不好做什么，只好找个借口分开了。他的这个分道扬镳的决定，不仅使他失去了最好的作战时机，而且让他失去了将近10个部落的兵力和一群得力的将官，这不能不说是他决策过程中的一次重大失误。事件之二：札木合为弟复仇，与成吉思汗开战。此时的成吉思汗羽翼未丰，又未及防备，札木合大获全胜，将成吉思汗赶入哲列捏峡谷。但却没有乘胜追击，他沾沾自喜地将成吉思汗嘲笑一番后，就去收拾那些被俘获的曾经背叛他的将士们。这一举动显然伤害了跟随他的一些将士的心，致使他们又有一部分投奔了成吉思汗。这次战争，札木合不仅没能把握时机，穷追猛打，以至于给对方制造了休养生息的机会，而且还在客观上给对方"送"去了一部分精兵强将。另外，目光短浅、因小失大也是导致札木合最后失败的因素之一：在札木合被十几个部落推举为"古儿罕"后，他们向成吉思汗宣战。这次战争因为种种原因，札木合方面溃不成军，刚刚聚集起来的众部落首领仓皇而走，留下他们手下的百姓未及撤离。此时，作为"古儿罕"的札木合本应安抚百姓，保护其安全撤离，但他却为眼前利益所迷惑，将这些投奔在他麾下的百姓洗掠一空后逃走。如此贪图小利的后果是：不仅这些被洗掠的百姓变成了他的对手成吉思汗的力量，而且使他失去了一位作战最勇敢的将士者别。者别在战斗中本已将成吉思汗喉部射伤，但札木合的作为却让他倍感心寒，于是他投奔到了将他部落百姓收留的成吉思汗麾下，后来成为成吉思汗身边最忠勇的"四狗"之一。尤其是在第五次战争中，札木合见塔阳罕大势已去，遂只身逃走，致使他所带去参战的6个部落皆降成吉思汗。孤家寡人的札木合只剩下了五个随从，后又被这五个背叛者捉住作为礼物献给成吉思汗，丢掉了性命。这次战争中的目光短浅、因小失大成了札木合最为惨痛的教训和永远无法弥补的遗憾。

---

❶　道润梯步，《新译简注〈蒙古秘史〉》，内蒙古人民出版社，1979年，第214页。

札木合一生胸怀大志，心胸坦荡，光明磊落。为了实现自己的理想，他也曾施用多种计谋，展现杰出才能，但由于决策上的失误和性格上的缺陷，最终导致了失败的结局。然而他并不让人觉得可憎、可怜，却令人同情和敬佩。即使是在被擒送到成吉思汗面前时，他明知难逃一死，但为了自己的理想，仍在做着最后的努力。他想保住性命，可他更要保住自己做人的尊严，因此，他没有眼泪，没有乞求，语气不卑不亢，谈笑神情自若，连成吉思汗也不得不说他是"乃可学之人也"、"乃重道之人也"。最后，札木合虽没有保住性命，却维护了他作为人、作为英雄的尊严。

由于历史的和个人的原因，札木合失败了。但失败了的札木合仍不失为一个英雄。他不是"阴谋家"、"野心家"，也不是"平民领袖"，更不是"反复无常、喜新厌旧"的小人，他是一个历史所不能忘记的、群雄逐鹿时期蒙古草原上有着"人"的长处和短处的失败了的英雄。

第四节　《蒙古秘史》中的女性形象

上百年来，对《蒙古秘史》的研究越来越受到世界各地专家学者的重视。但在以往的研究中，切入的角度都往往局限于男性人物，对于女性人物却涉及很少且不够全面，似乎《蒙古秘史》中的女性成了可有可无的陪衬与附庸。事实上，在《蒙古秘史》中，凡是男性人物能够对作品和事件构成重大影响之处，女性同样产生着不可忽视的影响，有时甚至起着决定性的关键作用。

一、特定历史语境下对女性的道德评判

"统一"既是概括《蒙古秘史》全书的主题，也是作者明晰的创作观和历史观。书中清晰地反映了当时蒙古社会发展的基本趋势——新兴封建制的胜利，大一统国家的建立，蒙古民族的形成。分裂的蒙古诸部团结联合成一个统一国家的历史必然性和规律性这一思想，像一条红线贯穿全书。统一是时代的要求、人民的愿望，团结与联合是实现统一的基本条件和保证。因此，该书对于一切维护团结的人和事，都倍加歌颂，反之，严厉谴责。与统一、团结相联系，忠诚、信义、勇敢是作者衡量人事是非美丑的主要道德标准，也是《蒙古秘史》所宣扬的重要思想观念。还有，《蒙古秘史》具有比较成熟的封建意识形态，这种意识形态是通过对大汗统一国家的合法性、臣民对主子和那颜的忠诚，诸附庸对领主的忠诚所作的独特论证表现出来的。

书中塑造了三个既对主人十分忠诚，又各有自己鲜明性格的下层女性形象。豁阿黑臣既忠诚又有智慧。她是成吉思汗家的老女仆，诃额仑夫人的"侍姬"，当蔑儿乞惕人为报夺妻之仇席卷而来时，正因了豁阿黑臣的"金鼠之听"、"银鼠之视"，才使诃额仑母子"躲得全身而逃"。豁阿黑臣护卫着帖木真的新婚妻子孛儿帖，"乘坚固帐车，驾花腰牡牛，溯腾格里溪而行"。不想路上迎面遭遇敌军，被截住盘问。这时她急中生智，脱口而出："我乃隶帖木真者，来主家剃羊焉，今自归家去。"敌军又问帖木真是否在家，家有多远，豁阿黑臣当即答曰："家却近，未知帖木真在否，我自其后起而来矣。"❶ 真是对答如流，天衣无缝！敌军信以为真，"遂颠去"。豁阿黑臣以自己的智慧与敌人巧妙周旋，并获得了初步的胜利。如果不是接下来的帐车出了问题，她与孛儿帖夫人很可能借此逃过一场劫难。

同是对主忠诚，同是救主性命，诃额仑夫人的养子孛罗兀勒之妻阿勒塔泥相较豁阿黑臣而言，却是以勇敢为其特色的。当诃额仑夫人的幼子拖雷被仇人挟持而出时，情势十分紧急，以至于诃额仑夫人大呼："儿休矣！"坐于东房的阿勒塔泥"随即趋出，追及合儿吉勒失剌，揪其练椎，另手执其抽刀之手，曳而使失脱其刀矣"，并大声呼叫。这个勇敢的女子，面对持刀的仇敌，没有丝毫的退缩，为拖雷的被救赢得了宝贵的时间，也凸显了自己性格中美好的一面。

桑昆的掌马随从之妻在《蒙古秘史》中是一个连姓名都没有的女子，然而她的所作所为却使人读后难以忘怀。这是一个忠诚而且很讲信义的人物，当她的主人桑昆被成吉思汗打败，仓皇逃窜于荒野之上，身边只剩下他们夫妻二人的时候，借寻水之机，其夫欲弃主而逃。妻子对丈夫晓之以理："其衣金衣时，其食甘脂时，每谓我阔阔出焉。汝奈何舍弃乃罕桑昆而去也？"被丈夫恶言相伤后，她仍不改初衷，且心胸坦荡："良有之，谓我妇人有狗脸者乎！将彼金盂与我，俾汲水以饮之！"❷ 其夫将金盂扔过来，头也不回地投奔了成吉思汗。满以为自己的投诚会受到新主子的赏识，结果成吉思汗下令：对于这种弃主之人，"斩而弃之"；而他的妻子才是值得奖赏的人。

在汉族的史书中，对女性人物的描写已属少见，而将下层女性作为正面人物来突出刻画，更可谓凤毛麟角。而在一部《蒙古秘史》中，却可以找出三个这样的例子，不能不说它是一种独特的历史语境的产物。这种独特的历史语境

---

❶ 道润梯步，《新译简注〈蒙古秘史〉》，内蒙古人民出版社，1979年，第35页。

❷ 道润梯步，《新译简注〈蒙古秘史〉》，内蒙古人民出版社，1979年，第172页。

就是 12 至 13 世纪的蒙古草原。此时的蒙古草原，正处于群雄并起的奴隶制社会后期，战争成了相互争夺奴隶、牲畜、财宝和美女，扩大水草丰美的牧场的唯一手段；勇武、忠诚成了衡量一个人物是否英雄的唯一标准。因此，即使是女性，她们的首要道德品质也是以此为前提的。这正是三位下层女性之所以在书中被重点描写的原因。

二、在重大军事冲突中女性的影响

《蒙古秘史》的军事学成就，早在多位专家学者的论述中有所提及。但论述的侧重点多在双方的兵力组织、进军线路、攻战方法等一系列问题上，而对于战争的起因或导火索则无人论述。事实上，这也正是书中男女人物对事件带来影响的分水岭。也即是说，以往对于这部书军事学方面的论述仅局限于男性人物；而战争的起因或导火索，应该是军事学论述当中无法回避的一部分，却在以往被有意无意地回避或淡化了。

帖木真撑起部落大旗后的第一场战役，是联合王罕、札木合两个部落共同攻打蔑儿乞惕人。而这场战争的起因则是孛儿帖夫人的被掳。如果再往上追溯，蔑儿乞惕人之所以抢走孛儿帖夫人，是因为十几年前，帖木真的父亲也速该将蔑儿乞惕人赤列都的新婚妻子诃额仑强抢为妻。十几年后，蔑儿乞惕人前来复仇，要抢回诃额仑。而此时的诃额仑夫人已生下了帖木真兄妹五人，并在也速该死后带着年幼的孩子们苦度难关，支撑着这个部落。她盼望帖木真快快长大，以使部落再次兴旺发达。因此，此时的诃额仑夫人全部心思都在孩子们身上，听说蔑儿乞惕人来到，她没有重返家园、重见亲人的喜悦，她心中所想的只有孩子们的安危。她带着年幼的孩子们匆匆跑上山去，躲了起来，孛儿帖却由于所乘车辆车轴断折而被敌人掳走。帖木真为报夺妻之仇，才决定对蔑儿乞惕人出兵。因此，这场对成吉思汗的一生起着重要作用的战争，是由两位女性被抢而构成的导火索。

成吉思汗对乃蛮部的战争，是《蒙古秘史》描写的重点，也是每一位对这部书感兴趣的军事学家津津乐道的得意之处。在这场战役中，成吉思汗知己知彼，巧用计谋，创下了军事学上以少胜多的范例，更为以后的辉煌事业打下了坚实的基础。这是具有决定性意义的一场战役。而战役的起因也是由一位女性直接引发的，这就是乃蛮部的古尔别速妃。这个女子在部落中的位置十分特殊，本来在男权为中心的那个时代，她没有决定和指挥部落的权力，但她是老王的宠妃，老王已经退位，在位的塔阳罕又是一个"没有出息的窝囊货"，因此，使她有机会胡作非为。当王罕被杀后，古尔别速任性而行，派人将其首级割下取来，以玩笑的态度将王罕的首级"置于大白毡上，使众媳执妇礼，命献酒，献乐，奉盏而祭之"❶，此举大大违背了当时蒙古民族的传统习俗，因而当即引起了部中老臣的不满，老王也深为部落的前途忧虑。塔阳罕为了在众人面前争回面子，当众夸口要将成吉思汗部落"取来"，这时古尔别速又口出不逊："焉需彼辈？蒙古百姓味恶而衣垢者也，且宜远之。脱有略清俊之媳妇，室女，姑令取来，俾盥其手足，但使挤牛乳羊乳则可也。"❷ 此等狂言，使御前老臣深为惊惧，再三谏阻。然而母子二人一意孤行，派使者去和另一部落联络，准备联合攻打成吉思汗。结果这个部落不仅拒绝联合，且暗中将消息告诉了毫不知情的成吉思汗。乃蛮部的嚣张气焰惹恼了众位英雄，他们经过缜密的部署后，"当即伐之"。这场战役胜利后，成吉思汗没有忘记古尔别速这个女人所说"蒙古味恶"的话，特意将她叫来，与她发生了报复性的肉体关系。古尔别速的擅权专政、口出狂言，不仅使自身受辱，且殃及全部族百姓和江山社稷，并为原本并不起眼的成吉思汗部落日后的辉煌奠定了重要基础。

以上三位女性，之所以会在重大军事冲突中产生重要影响，成为两场战争的引线和导火索，其实质还是和当时的"英雄时代"有关。在那样一个时代，能够占有"物"，即是一个人"勇武"的外在体现；而"物"的数量多少和质量优劣又正是衡量"英雄"的极其重要的标准。女人，在当时的英雄们看来，只不过是"物"的最高形态而已。女人们被敌对部落掳走，无疑是这个部落男人的奇耻大辱；而一个部落受到另一个部落女人的奚落，无疑对这个部落男人的自尊心是个极大的挑战。这都是男人们心理上无法承受的，因此战争也就无法避免了。

三、文学语境下对女性情感的独特抒写

在《蒙古秘史》作者的笔下，单是有事件、有语言的女性人物就多达 16 人。作者调动自己的生活体验和如神之笔，为我们留下了许多生动、鲜活的艺术形象：深明大义、教子有方的阿阑豁阿；识大体、顾大局的也速干；机敏睿智、敢于和成吉思汗据理力争的忽阑；不仁不义、斤斤计较的大小二妃等等。这些人物的塑造，有情节、有细节，有人物对话、有心理描写，读起来不但具

---

❶ 道润梯步，《新译简注〈蒙古秘史〉》，内蒙古人民出版社，1979 年，第 174 页。
❷ 道润梯步，《新译简注〈蒙古秘史〉》，内蒙古人民出版社，1979 年，第 175 页。

体可感，而且时时拨动人的情感心弦。而其中塑造最为成功的，当属诃额仑、孛儿帖、也遂三人，作者在塑造这三个人物形象时，除去采用了上文所提到的文学手法外，还创造性地使用了以大段的韵文抒写情感的独特表达方式，从而为人物形象的成功塑造增添了精彩的一笔。

在《蒙古秘史》中，作者以崇敬的笔调描述了诃额仑夫人美好的心灵，坚强的性格，坦荡的胸怀，伟大的母爱。而其中大段韵文的穿插使用，恰恰为作者及人物的情感宣泄提供了最好的载体。诃额仑夫人是在成亲的路上被成吉思汗的父亲也速该抢婚回家的，在也速该家中，她生下四男一女。可是在长子帖木真只有九岁，最小的女儿还在襁褓中时，丈夫被塔塔儿人害死。顷刻之间，部落星散，家业凋零，孤儿寡母，生活艰难。面对危难，诃额仑夫人没有灰心丧气，她怀着兴邦复国的希望，默默地挑起了抚育儿女的重担：

> 诃额仑夫人生得贤能，
> 抚育其幼子每也，
> 紧系其固姑冠，
> 严束其衣短带，
> 奔波于斡难上下，
> 拾彼杜梨，稠梨，
> 日夜（辛劳）糊其口焉。
> 母夫人生得有胆量，
> 养育其英烈之子每也，
> 手持桧木之剑，
> 掘彼地榆，狗舌，
> 以供其食也焉。
> 母夫人养以山韭野葱之子，
> 将成为人主合罕矣。
> 方正之母夫人，
> 养以山丹根之子每，
> 将为颖悟之执政者矣。
> 美貌之母夫人，
> 养以韭薤颠沛之子每，

将为超群之英豪矣。❶

这一段既叙述了诃额仑夫人艰难度日养家糊口的情景，同时又抒发了作者对这位蒙古民族的第一夫人的敬佩之情和高度的赞美精神。而像这样站在作者角度对书中人物进行抒情的大段篇章，在《蒙古秘史》中仅此一处。成长中的儿子们，不能让母亲事事放心，有时甚至发生骨肉相残的悲剧。当年幼的帖木真和合撒儿因琐事争斗，将同父异母兄弟别克帖儿射杀时，作者再次选用了大段韵文，让诃额仑母亲训诫子弟，表达情感：

> 败子每！
> 自我热处脱而出也，
> 手握黑血块而生焉。
> 此（诚）如咬其胞衣之合撒儿狗，
> 如驰冲山锋之猛豹焉。
> 如难抑其怒之狮子焉。
> 如欲生吞之莽魔焉。
> 如自冲其影之海青焉。
> 如窃吞之狗鱼焉。
> 如噬其羔踵之疯雄驼焉。
> 如乘风雪而袭之狼焉。
> 如难控其仔而食之狼鹘焉。
> 如护其卧巢之豺焉。
> 如捕物不贰之虎焉。
> 如狂奔驰冲之灵獒焉。
> 毁矣！❷

这个长达十二句的排比，不仅没有累赘、絮烦之感，反倒让人觉得一气呵成，尽吐心中块垒。这种以长句排比的韵文格式来抒发人物情感的艺术效果，用普通的语言描写显然是无法达到的。

文静而有见识的孛儿帖夫人，在书中是仅次于诃额仑夫人的女二号。当成吉思汗的兄弟被有异心的臣子晃豁坛兄弟欺负，四弟哭告于成吉思汗面前的时候，孛儿帖夫人难以抑制心中的情感：

---

❶ 道润梯步，《新译简注〈蒙古秘史〉》，内蒙古人民出版社，1979年，第37页。
❷ 道润梯步，《新译简注〈蒙古秘史〉》，内蒙古人民出版社，1979年，第39页。

彼晃豁坛何为者耶？昨亦结党殴合撒儿矣。今又令此斡惕赤金从跪其
后，成何理也耶？害汝如桧如松之弟每，尚如此，其实久后

> 若汝似大树之躯忽倾，
>
> 则汝似绩麻之百姓，
>
> 彼其令谁知之也耶？
>
> 若汝似柱础之躯骤倾，
>
> 则汝似聚会之百姓，
>
> 彼其令谁知之也耶？
>
> 害汝如桧如松之弟每尚如此，
>
> 待我三四幼劣之成长也，
>
> 彼宁令我主之已乎？❶

说话间，"孛儿帖夫人堕泪矣"。这段话，散韵结合，多用比喻，说理明晰
透彻，情感充盈其间。正是由于孛儿帖夫人融情于理的说辞，成吉思汗才最后
下了收拾晃豁坛一家的决心。

美丽而又贤德聪慧的也遂妃，深得成吉思汗宠爱，她数次随成吉思汗出
征，成吉思汗逝世时，她也陪侍在旁。书中对这位妃子的性情描写，集中在她
劝谏成吉思汗及早选定继承人的时候。成吉思汗准备亲征花剌子模，临行前，
也遂妃进言：

> 合罕越高岭渡大水，
>
> 所以出征长行者，
>
> 唯思平定诸国矣。
>
> 然凡有生之物皆无常也
>
> 若汝似大树之躯骤倾，
>
> 则将似绩麻之百姓，
>
> 其委之与谁乎？
>
> 若汝似柱础之躯猝倾，
>
> 则将似聚会之百姓，
>
> 其委之与谁乎？
>
> 所生英杰之四子中，

---

❶ 道润梯步，《新译简注〈蒙古秘史〉》，内蒙古人民出版社，1979 年，第 277 页。

其委之与谁乎？❶

她的这段言语，用词上与孛儿帖夫人有相同之处，但在表达的情感侧重方面却截然不同。孛儿帖夫人是从亲情出发，从兄弟们被人欺负，联想到成吉思汗"百年"之后，她的孩子们将要遭遇的不幸，因而"堕泪矣"，因此，孛儿帖夫人这段富含感情的话，"小我"的成分更多一些。也遂妃虽用了同样的比喻，来劝谏成吉思汗选定继承人，但几个候选人当中，没有一个是她的亲生子。也即是说，她的劝谏不带任何的私己感情，完全是为国家社稷着想。因此，尽管也饱含感情，但"大我"的成分占据了主要地位。难怪连成吉思汗都发出由衷的赞叹："妃虽妇人，也遂之言是之是也。汝等弟每、子每及孛斡儿出，木合黎等，不论何人亦未尝进此言，而我亦以未尝步先祖之后，故忘之矣。"并且马上采纳了也遂妃的建议，选定了继承人。

正是由于以上这些抒情篇章，读者才得以更深刻更全面地认识和理解诃额仑夫人、孛儿帖夫人、也遂妃等人物，也得以更深刻更全面地认识和理解成吉思汗统一蒙古的历史。

从整个《蒙古秘史》来看，作者当时写作这部史学著作的时候，并非把它作为文学作品来创作，也无意要塑造审美的艺术形象，尤其是女性形象。但是，由于作者文化底蕴深厚、生活阅历丰富，观人议事极其敏锐，又运用了当时群众表情达意的口头韵文体裁，所以下笔有神，文情并茂，事件人物，形态毕现。因此，可以毫不夸张地说，《蒙古秘史》中的女性人物，对于这部著作成为历史学、军事学、文学宝库中的精品，产生了极其重要的影响。

第五节　《蒙古秘史》的草原文化内涵

草原文化生成于中国北方特殊的地理环境和人文环境，孕育于辽阔浩瀚的大草原上的北方骑马民族的游牧经济之中。它反映并服务于畜牧业生产，成为北方游牧社会物质文明和精神文明的标志。北方草原的自然条件和地理环境，对草原游牧文化的影响是多方面的：首先，辽阔的草原，苍茫的大地，造就了游牧民族的宽广胸怀；而恶劣多变的气候与野兽出没的环境，则养成了他们骁勇剽悍的性格。其次，草原特定的地理环境，造成特定的草原自然景观。这种自然景观会使人产生特殊的审美情感，形成独特的艺术情趣，从而给草原游牧

---

❶　道润梯步，《新译简注〈蒙古秘史〉》，内蒙古人民出版社，1979年，第304页。

文化以深刻的影响。第三，草原特定的地理环境，在造成特定的自然景观的同时，还造成特定的人文景观。这种人文景观，主要表现在游牧社会的独特的风俗习惯、宗教信仰等方面，当然也是草原游牧文化的组成部分。

作为一部蒙古民族的典籍，《蒙古秘史》所蕴含的民族文化内涵极其深广，内容涉及宗教、民俗、民谚、制度等各个方面，因此，它的产生不仅标志着草原文学进入到一个新的发展时期，同时也为我们研究草原文化的起源、发展提供了一个优秀的模本。以下仅就《蒙古秘史》中所体现出来的语言艺术、审美意象、民风民俗三方面作一简单探讨和分析。

一、蒙古族群的性格心理造就了本书独特的叙事抒写方式

作为古代北方游牧民族观照生活、抒发感情的一种艺术，草原文学早在其祖先们具有一定的语言思维能力时就诞生了。草原文学以其多样的表现手段，丰富了草原文化的艺术形式。它在反映草原社会生活的过程中，根据内容的需要，创造出适合表现北方游牧民族历史传统和生活习俗的多种多样的艺术手段，不仅为本地区的人民群众喜闻乐见，而且为其他地区人们所欣赏欢迎。它们大大丰富了草原文化的艺术形式。在草原文学中，历史最早、影响最大、普及面最广的是诗歌。而这种形式的异常发达，正是同草原游牧社会的生产方式相联系的。诗歌在草原文学中不仅历史悠久而且形式多样。它除了有丰富的民歌民谣，还有独具一格的各种祝词、赞词以及英雄史诗等样式。

《蒙古秘史》全书各章除用散文体进行记叙和描述外，还穿插了一定的韵文诗歌，或作烘托人物性格，或作渲染环境气氛，大部分则是人物对话中不可或缺的精华所在。如当帖木真被尊奉为成吉思汗时，阿勒坛、忽察儿、撒察别乞等为表忠心说道：

> 猎彼狡兽也，
> 俺愿为汝先驱而围之，
> 一并挤彼猎物之腹乎！
> 俺愿为汝取崖中猎物，
> 一并挤彼猎物之足乎！
> 于争战之日也，
> 若夫违汝号令，
> 可离散俺家业妃妻，
> 弃俺黑头于地而去！

于太平之日也，

若夫坏汝成命，

可流散俺人夫妻子，

弃俺于无主地而去！❶

虽经几度辗转翻译，现在的译文未必尽显原文风采，但还是能够看出来自民间祝词、誓语的神韵。祝词赞词是古代蒙古民族创造的一种即兴口头文学形式，它虽然没有固定的调式和曲谱，却一般都是韵文，擅长于运用比兴夸张的手法和华丽丰美的词汇，对所赞颂的对象加以铺排类比，尽情渲染烘托。因此，从内容到形式，它都非常典型地显示出草原文学的民族特色与地域特色。这一植根于草原文化的蒙古族民间文学样式，至今仍有旺盛的生命力。

再如成吉思汗对孛斡儿出、者勒篾二人所言：

在我影外无友时，

为我影而慰我心焉。

汝等其存我心中乎！

（在我）尾外无缨时，

为我尾而安我心焉。

汝等其存我胸中乎！❷

"影外无友，尾外无缨"是广泛流传于草原地区的蒙古族谚语格言，用来形容人的孤立无助、形单影只，《蒙古秘史》多次运用它来刻画人物思想性格，含蓄深刻，耐人寻味。

尽管《蒙古秘史》是一部编年体和纪传体相结合的文学历史书籍，但在刻画人物时，它常常采用散文与韵文相结合的语言表现手法，这是草原文学的一大特点，同它原来在民间流传的史诗、故事等可能有渊源关系。语言的反复咏叹，节奏鲜明，自然也是富于草原韵味的蒙古族文学语言的重要特色。这部书塑造人物的成功，与这种诗性的表达不无关系。

研究者认为："这种散韵结合的表现形式，是善于歌唱的蒙古族性格心理的反映，它不仅表现了蒙古族人民炽热的思想感情，而且使故事散发着浓烈的草原生活气息。"❸ 因此，《蒙古秘史》独特的叙事抒写方式，不仅对此后的草

---

❶ 道润梯步，《新译简注〈蒙古秘史〉》，内蒙古人民出版社，1979年，第88页。

❷ 道润梯步，《新译简注〈蒙古秘史〉》，内蒙古人民出版社，1979年，第90页。

❸ 赵永铣，《〈蒙古族民间故事选〉前言》，内蒙古人民出版社，1982年，第20页。

原文学作品有很大的影响，也为草原文化的发展起到了促进作用。

二、草原文化的审美心理决定着审美意象的选取

自从蒙古族来到北方草原后，这里就成了他们世代生息繁衍的故乡。在生存过程中，他们创造了极为丰富和独特的草原文化和草原文学。草原文化的前身是游牧文化，在漫漫的历史长河中，尽管游牧经济持续时间长，发展速度慢，但是体现着北方骑马民族的心理素质、历史传统和价值观念、审美意识的游牧文化却时有发展，乃至出现较高水平的文学艺术。游牧文化发展到一定程度，就升华为今天仍在北中国大地上独领风骚，为世人瞩目的草原文化。因此，草原文化在内容上，与畜牧业联系十分紧密。表现人与动物的依存关系，表现各种家畜和野生动物的生态平衡，将动物人格化乃至神化等等，是它的普遍主题和题材，并在草原文化中占有举足轻重的地位。

1. 对"狗"的敬慕

在《蒙古秘史》中，成吉思汗身边最忠诚勇敢的英雄当推"四杰"、"四狗"。成吉思汗的三弟、勇猛无比的合撒儿，也是以狗的名字来命名的。为什么会将英雄们称为"狗"，一般读者感到难于理解。汉民族的审美思维定式告诉我们，举凡与狗有联系的事物和词汇，负面远远大于正面，但在这部书中，明显是将其作为歌颂或尊崇的对象的。如纳忽崖之战时，作者借札木合之口对诸位英雄的描画：

> 额如生铜般坚硬
> 舌如锥子般尖长
> 心如钢铁般无情
> 牙如钉子般锋利
> 四条吃人的疯狗
> 挣脱其钢铁锁链
> 欲吃我人肉尸骨
> 垂涎三尺狂奔而来
> 饮朝露捕飞禽
> 骑乘风暴疾如飞
> 射弓箭舞刀枪
> 素以战器为伴友
> 此来四条疯狗者

> 乃为蒙古大战将
>
> 者别、忽必来二人和
>
> 者勒蔑、速别额台也!

再如著名的"感光生子"神话:

> 每夜,明黄人,缘房之天窗、门额透光以入,抚我腹,其光即浸腹中焉。及其出也,依日月之隙光,如黄犬之伏行而出焉。汝等何可造次言之耶?以情察之,其兆盖天之子息乎?❶

汉族的神话中,也曾多次谈到降生非凡人物前的种种异象,如吞燕卵、踏足迹、菖蒲花吞、飞燕入怀等,但却从来与狗无关。阿阑豁阿不仅形容此神人"如黄犬之伏行而出",且言"以情察之,其兆盖天之子息",缘于何由?《蒙古秘史》开篇提到:蒙古人的始祖是孛儿帖赤那,即苍青色的狼。据学者分析:"他们以'狼'为部族名称,并以狼为兽祖。狗是由狼驯化而成的一种家畜。因此,越往遥远的过去追溯,狼和狗的区别越不明显。所以,以氏族制为主的原始社会里,作为图腾的狼和狗在一些场合里可以相通。"❷ 这部书中以"黄犬"来预兆"天之子息",是否在暗示它是"始祖"的化身?而以"狗"来比喻英雄,是因为他们既有狼的凶猛又有狗的忠诚,因而更得蒙古人的喜爱。即使是到了今天,蒙古民族仍然有忌打狗的习俗,在他们看来,狗是人类忠实的朋友,尤其在游牧生活中,人和狗结成了密切的伙伴关系,狗是主人的好帮手,甚至被当作家庭的一个成员来看待。所以,蒙古人对狗充满了人性化的关爱甚至拿它来比喻英雄也就不足为奇了。

2. 对马的厚爱

蒙古族素有"马背上的民族"之称。"马"对于这个民族来说,既是生产力,又是生产资料和生活资料;既是交通工具,又是作战物资和作战武器。《蒙古秘史》记载成吉思汗先祖孛端察儿在兄弟分家时,"马群家资"俱与其无缘,只得到一匹被弃的"脊疮秃尾黑背青白马",他行则骑乘,食则以其尾毛为套捕鹰而猎,逐渐生存了下来;幼年帖木真与孛儿帖订婚时,由于其父也速该当时并无他物,"遂赠其从马为聘礼";马既然是蒙古人家资和财富的象征,许多战事便和马有了密切的联系。如《蒙古秘史》卷二记载:少年帖木真由于

---

❶ 道润梯步,《新译简注〈蒙古秘史〉》,内蒙古人民出版社,1979年,第11页。

❷ 那木吉拉,《犬戎北狄古族犬狼崇拜及神话传说考辨》,《民族文学研究》2008年第2期,第49页。

家中8匹骏马被贼人抢去，遂开始了平生第一次主动出击，不仅夺回了自家的财产，还结识了毕生好友、"四杰"之一的孛斡儿出；成吉思汗首次独立指挥战争的"答阑巴勒主惕之战"，是成吉思汗与其"安答"札木合之间的战争，起因正是成吉思汗手下与札木合胞弟之间的一场"抢马纠纷"；"纳忽崖之战"是成吉思汗创建蒙古帝国战争中的最后一场大战役，历来以其精密的排兵布阵之法而广受称道，殊不知这却与一场由"马"引起的意外有关：成吉思汗哨兵的瘦弱青白马被乃蛮哨兵夺取，暴露了兵力情况，为应对此变故，蒙古军队才采用了点燃篝火疑兵、"进入山桃皮丛，摆如海子样阵，攻如凿穿而战"的战略战术，从而大获全胜。

可见，在蒙古人与草原之间，马是一个重要的中介。谈论蒙古人，评价蒙古族历史，解读蒙古族文化，都离不开马。马是蒙古人创造奇迹的最重要的工具，所以，蒙古人对马有特殊的感情。他们爱马、敬马，把马当做自己不可须臾或离的忠实伙伴，进而引为自己民族的精神、气质和性格的象征。他们在日常生活中赞美马、装饰马，并把这种感情渗透到社会文化领域，使之成为一种马文化风俗习惯。而这种马文化的形成，正是游牧经济生活的作用的结果，也是草原文化中精彩而有代表性的部分。

3. 对鹰的尊崇

作为游牧民族，蒙古人代代相传着富有民族特色的传统狩猎技艺，就是利用鹰来捕猎野兽和飞禽。鹰是蒙古民族不可或缺的伙伴，更是他们不可缺少的捕猎工具。《蒙古秘史》记载：成吉思汗的先祖孛端察儿被兄长遗弃后，无奈之下驯养了一只雏鹰，他靠这只猎鹰捕来的猎物维持生存。后来他的后代繁衍而成孛儿只斤氏，因此，这个部落把鹰作为保护神崇敬了起来；从此以后，鹰既是蒙古民族特殊的捕猎方式，也是令人敬畏的神明的化身。德薛禅之所以给女儿与帖木真定下娃娃亲，与他"夜得一梦，梦白海青握日月二者飞来落我手上"有很大关系；再加上传说当中猎鹰曾救过成吉思汗性命、蒙古人崇拜信仰的萨满教巫师又将铜鹰戴在神帽上来表示神鹰至高无上的地位。由此，鹰就成为蒙古人普遍尊崇的对象。

三、独具特色的民风民俗是草原文化之本源

草原文化凝聚着草原各族人民的聪明才智，表达着他们独特的思想观念、思维方式、宗教信仰、风俗习惯以及艺术爱好、审美情趣，是他们赖以沟通感情，相互联系，达到彼此理解，增强向心力和凝聚力之目的的重要因素。

蒙古游牧社会天宽地阔，人烟稀少，因而反映在民风民俗上，也有自己鲜明的特点。《蒙古秘史》几次提到了"摔跤"：成吉思汗之弟别勒古台利用摔跤的机会，杀死了主儿勤部的国手不里孛阔；成吉思汗幼弟帖木格用摔跤的手段，报复了气焰嚣张的通天巫阔阔出；成吉思汗选定继承人时，长子拙赤又欲以摔跤、射箭来和察阿台一决高下。台湾蒙古族学者扎奇斯钦分析说："游牧社会的日常生活是比较寂寞一些……为了打破寂寞，蒙古人常常唱歌，或是吹口哨，有时也只有对自己歌唱而已。"❶ 而在此种条件下生长的儿童们，幼畜和小狗就成了他们的好朋友，他们日常的玩耍也是以羊、黄羊、牛、骆驼的髀骨为主，或者是成人使用的武器的雏形。《蒙古秘史》记载：当帖木真 11 岁时，曾与札木合结为安答，那时二人正在斡难河的冰面上玩击髀骨游戏，因此互送的礼物就是动物髀骨制成的精致玩具；一年后，二人玩耍时重新结为安答，互赠的礼物则是射箭用的箭器玩具。如今，摔跤、射箭和骑马成了那达慕大会的传统"好汉三赛"。可见古代草原文化魅力之久长、影响之深远。

《蒙古秘史》所体现的饮食文化更是充满了草原特色：古代蒙古人多以捕獭儿、野鼠为食；春天的时候，阿阑豁阿母亲给孩子们吃的是风干羊肉；桑昆以婚礼上要吃"不兀勒札儿"诱骗成吉思汗前来，也正是利用了蒙古民族的古老婚俗。"不兀勒札儿"是动物的颈喉部，因其骨骼结构复杂，连接紧密而被用来象征婚姻的牢固，因此，至今在蒙古族的结婚仪式上还有让新婚夫妇共吃"羊脖骨"的习俗。

另一方面，草原文化也寓教于乐，往往能起到一般政治说教所起不到的作用。《蒙古秘史》卷一记载：阿阑豁阿母亲因为教育五个儿子要团结，先给了他们每人一支箭命其折断，五人很容易就折断了；又将五支箭束在一起，令其折之，则无人能做到。因而母亲告诫他们说"汝等五子，皆出我一腹，脱如适之五箭，各自为一，谁亦易折如一箭乎！如彼束之箭，同一友和，谁易其如汝等何！"❷ "箭"是古代蒙古民族的重要武器，因而也是权威的象征，"折箭训子"的教诲强调了团结的重要性和不团结的危险性，故事本身虽带有神话传说色彩，但却显示出草原文化的巨大意义。《蒙古秘史》卷六：成吉思汗派人去劝说王罕时作了这样的比喻"夫两辕之车，折其一辕，则牛不能曳焉，我非汝

---

❶ 扎奇斯钦，《蒙古文化与社会》，（台湾）商务印书馆，1988 年，第 107 页。

❷ 道润梯步，《新译简注〈蒙古秘史〉》，内蒙古人民出版社，1979 年，第 11 页。

如是之一辕乎？两轮之车，折其一轮，则车不能行焉，我非汝如是之一轮乎？"❶ 这种来自草原生活的新颖贴切的比喻，在这部书中俯拾皆是。它不仅为草原文学的发展起到了促进作用，同时也是强化民族意识，唤起民族感情的极为有效的方式。

《蒙古秘史》所蕴涵的草原文化使我们了解到：任何一种文化，都是人类的社会行为，都是复杂的社会现象。文化离不开一定的经济和政治，但是一定的经济和政治也需要与之相适应的文化。同时从其深层次来讲，文化体现着民族的传统文化积淀而形成人们的潜意识，形成支配人们思维和行动的一种习惯定式、群体崇尚和民风民俗。文化对于社会的意义和作用无疑是重大而深远的，它具有自己的优势和强大的生命力，但又不是凝固不变的，它会随着社会的发展而变化。

附1

《蒙古秘史》中的札木合形象分析

包头师范学院文学院中文系 2007 级 2 班　宝花（蒙古族）

元朝的历史就是一段不断挺进不断征服的历史，12 世纪末到 13 世纪初，是蒙古社会非常混乱的变革时代。帖木真主持的孛儿只斤部，一方面面临着与蒙古诸部落的矛盾，另一方面民族矛盾异常激烈：居于东北和华北的金国，对蒙古部落压迫欺辱，掠其财物。是时，成吉思汗所在的部落处于错综复杂的社会矛盾之中，在纷纭复杂的历史局面中出现了众多的英雄人物。蒙古民族的民族英雄成吉思汗为蒙古民族的统一和兴起、为元朝统治中国的百年大业奠定了基础，成为不朽的历史人物。《蒙古秘史》在塑造木合黎、忽必来、者别、拙赤、孛尔贴等正面人物之外，最引人瞩目的是札木合。中外研究《蒙古秘史》的诸多论者，对札木合这个历史人物的评价基本一致：札木合阴险狡诈，狠毒残暴、心胸狭窄，是一个"吃掉亲近者，咬死相遇者"的枭雄贼子，是共认的反面角色。

蒙古族第一位长篇小说家尹湛纳希所著的《成吉思汗演义》中，形容他腰长腿短、面黄须蓝、性情暴躁、双目中显露出奸诈的神色，这纯粹是对札木合

---

❶ 道润梯步，《新译简注〈蒙古秘史〉》，内蒙古人民出版社，1979 年，第 153 页。

的贬低：按现在的眼光来看，腰长腿短是很标准的身材，并不一定意味着奸诈。然而细读《蒙古秘史》，我觉得人们把札木合看的太简单了。如果我们能客观地从众多《秘史》论者所相传的《秘史》文本出发，把这个人物置于特殊的历史过程中来分析，而不是就事论事，那么我们就会发现一个相当生动、奇特、完善、复杂而深刻的历史人物性格。

一

按史书记载札木合与成吉思汗同族同宗，传说在幼年时两人即是好友，在1172年他们终于结义成为兄弟。札木合初次在历史舞台上的亮相，既不是凶残和可恨，也不是可笑和荒唐，他讲义气。

在1187年，成吉思汗遇到了人生中最大的挫折，他被世仇击败并被抢走了爱妻，走投无路之中，成吉思汗只好投奔了他的义兄弟札木合，还求助当时诸部落中最强大的义父王罕，王罕认成吉思汗为义子并帮助他向敌人复仇洗刷名誉，由此本已陷入穷途的成吉思汗终于迎来了人生的转机。

> 今我叩祭威武的战旗，
> 擂起震天的牛皮鼓，
> 拿起钢铁的刀枪，
> 穿起征战的盔甲，
> 张开穿心的弓箭，
> 跨上了我追风的骏马，
> 率我无敌的大军，
> 踏上了征战的路程！
> 祭过我神圣的战旗，
> 擂着我动地的皮鼓，
> 穿着我威武的盔甲，
> 举着我锋利的钢枪，
> 拉起我穿心的弓箭，
> 骑着我英雄的战马，
> 率着我必胜的大军，
> 向着蔑儿乞惕人驻牧的方向，

踏着征战的路程！❶

这首歌出于特·官布扎布和阿斯钢翻译的《蒙古秘史》第三卷。羽翼未丰的帖木真遭到三姓篾儿乞惕部的袭击，夫人孛儿帖被掳走。帖木真请求义父王罕和札木合安答联合出兵，向三姓篾儿乞惕复仇，救回孛儿帖夫人。札木合和王罕各自同意出两万骑兵，分别从左右翼帮助贴木真进攻三姓篾儿乞惕。就是在这时，《蒙古秘史》作者通过这首歌表达了札木合信守诺言，与三姓篾儿乞惕决一死战的决心。

由于《蒙古秘史》中的这段文字是以札木合这个历中人物的个人誓言出现的，而据有的学者考证，札木合这位将军娴于词令，具有即席口占的才能。这里可没有假话，旧日的安答帖木真，草原雄杰，如今不惟不能保家室，乃至不能保自身，这不能不引起札木合深切的同情。于是，我们读到了《秘史》中最美丽的这首诗。从中可以看到，这个时候的札木合英风豪气，何等的鼓舞人心！接着，札木合就做了战斗布局：联军在何地集合，怎样进军，如何攻战等等。指挥若定，胸有成竹。

这就是札木合：重友情，重许诺，有"贤者"的别名；有辩才，是将才，有领袖的意识与风度。札木合在蒙古草原这个历史大舞台上的初次亮相，实在是个堂堂正正的英雄。

这就是原原本本的札木合：错综复杂的混乱年代里生长的救国救难的英雄豪杰。然而，自身的强大与帖木真的弱小，又使他对帖木真无嫉妒，无戒备，不设防。这样，他就犯了一个致命的错误：太小看了帖木真。他没想到用草原谋略家的方式去思考一下，帖木真这位在苦难、贫穷、歧视和迫害中成长的少时安答已磨练出怎样的毅力、雄心与韬略，他虽一无所有，然而胸怀大志。"长生天"将保佑他，因为他将顺应历史推动历史。击溃篾尔乞惕部之后，札木合邀请帖木真合营一处。在斡难河畔游牧、射猎，友情更笃，如此达一年半之久，给了帖木真很好的机会。

成吉思汗出身贵族，却经历了极为艰难的少年时期。少年时代的种种苦难造就了他坚韧不拔的性格，而他之所以能壮大实力，转弱为强，主要有赖于下列两种手段：一种是广收伴当。成吉思汗凭其天生的魅力，吸引了大量的伴当，他最有名的伴当如四杰（木合黎、孛尔出、孛罗忽勒、赤老温）及四犬〔者别、忽必来、者勒蔑、速不台（速别阿台）〕等人，对他的统一蒙古及以后

---

❶ 特·官布扎布，阿斯钢，《现代汉语版蒙古秘史》，新华出版社，2006年，第51页。

的东征西讨都有很大贡献。另一种是善结盟友。成吉思汗早年之所以能克服种种困难，转弱为强，均赖两位盟友的帮助：一是王罕脱斡邻勒，另一是札木合。脱斡邻勒是实力强大的克烈（克列亦惕）部首领，金朝曾以王号加封，故称"王罕"。克烈部信奉景教，文化水平高于一般蒙古部落。也速该生前曾屡次救王罕解脱困境，二人结为安答（盟友）；札木合则为札答阑部首领，札答阑与乞颜部同出一源，原非一个大部落。札木合则是颇具才干、活动力甚强的豪杰。成吉思汗幼年时曾两度与他交换信物，结为安答。此时札木合已成为一位颇有实力的领袖，成吉思汗遂与他重申誓约。在与王罕、札木合结盟后，成吉思汗势力大增，摆脱了早年的困局。他先打败蔑儿乞惕部，继而攻灭蒙古部落实力强大的主儿乞氏和泰亦赤乌惕氏，击溃以札木合为首的各部贵族联盟，乘胜消灭塔塔儿部。至此，札木合才醒悟过来，切实感到了帖木真的存在与威胁。因此札木合离开帖木真时，札木合说："帖木真，安答！靠座山坡扎营吧！好让牧马人有行帐！不知是否？找个河岸扎营吧！好让牧羊人充其腹！行来无束！"成吉思汗不解其意，而其妻孛儿帖却解释说："听说札木合安答极易厌倦，现在是否已到厌倦我们的时候了？札木合刚才说的话，可能是比喻我们而说。我们不必扎营，而应彻夜前行远远地离开他札木合。"❶ 札木合的一席话造成成吉思汗与他的分裂。这次的分手，成了两人心目中隐隐作痛的回忆，并为日后的历史留下了无限广阔的论说天地，札木合自己还吃了个心胸狭窄的臭名。

所以，札木合是一时之豪杰，却不是一个政治家。这集中表现在他不懂得如何处理13世纪蒙古草原上的"英雄"和"友情"。无论如何，其时的政治是相互间的征服乃至喋血的厮杀，那么，凡为英雄皆敌手，因此对于政治家来说，能，则屈服之，罗致英雄于帐下，为我所用；不能，则杀灭之，切不可平起平坐。成吉思汗、札木合都出身贵族。他们皆有称霸草原的雄心，成吉思汗更不甘久居人下，这才是二人分道扬镳的真正原因。

二

起始的时候札木合的实力远远超于帖木真，然而他为什么最终以失败而告终呢？

帖木真成功的最重要的原因，是靠他本人的性格与能力。作为主君，他有

---

❶　特·官布扎布，阿斯钢，《现代汉语版蒙古秘史》，新华出版社，2006年，第59页。

度量，泰亦赤兀惕人只儿豁阿歹曾经射伤过成吉思汗的战马，被成吉思汗捉获后没杀他反而赏识他的勇敢，封为"四狗"之一。作为一个统帅，他不仅是勇将，而且是智将。他能从大处着眼，拟定战术与战略，并且善于利用间谍与外交，分化敌人。在战场之外，虽然成吉思汗终身为一文盲，他却能接受来自文明世界的顾问，如塔塔统阿、耶律楚材及牙剌瓦赤父子等的建言，突破蒙古原有的文化局限。

背弃札木合的部众络绎不绝。其中有帖木真的叔父答里台，伯父捏坤太石之子忽察尔，主儿勤部落首领撒察别乞，前蒙古大汗忽图剌之子阿勒坛。最后均归附帖木真的这四位具有汗王血统的蒙古亲王，是汗王家族的最有资格的代表，车帐所向，正统随之，由此帖木真又获得了"贵族元老派"的支持。

《成吉思汗演义》中，描写了帖木真刚出生的时候掌心里握着凝固的血块，北方的天空出现顶天立地的白光。那个时候的蒙古草原人都信奉长生天，成吉思汗诞生时候的这些征兆意味着他就是上天之骄子，是带着长生天的旨意下凡统一离散的蒙古部落的首领。这当然是没有科学道理的。然而借了长生天的威名，帖木真的世俗权威便神圣化，从此获得了"君权神授"的专利和特权。帖木真就这样被尊为成吉思汗的宝座，便成为我们伟大的先祖。然而当时军事力量相差无几的札木合就成了局外之人了，部众的叛离，贵族的转向使他品尝到了耻辱，耻辱化为怒火，催促他与如今的成吉思汗决一雌雄。

胜者为王败者为寇，往日的安答帖木真如今成了人人尊敬、望而生畏的蒙古可汗，虽然说坎坷了些漫长了些，大局上还是挺顺利的。札木合就没有重新抢回政权的余地了吗？历史也同样给了他两次机会：

第一次是著名的十三翼战争，以成吉思汗部下射杀掠夺其马群的札木合幼弟为导火线。双方各起兵十三翼，结果成吉思汗败北。札木合捉住叛离他的赤那思部的首领们，用七十口锅烹煮之；斩下忠于成吉思汗的捏兀歹、察合安兀阿之头，札木合用惨无人道的方式虐杀战俘，一为泄愤，二为震慑，想部下再要背弃他，被抓住了就是这样的下场。结果札木合转胜为败，成吉思汗反败为胜。用人方面他与成吉思汗对比起来远远不如，成吉思汗对他的敌人或是少年时期的背弃者用宽容的态度拉拢，对投降的军民从不杀戮，跟自己的子民一样爱戴他们，广泛地招纳贤者，不管其寒伧卑微。如：群英会上孤儿敖尤图斯琴论酒得到成吉思汗的赏识，命他担任文书即是最好的例子。

第二次是著名的阔亦田之战。札木合纠集塔塔尔部、乃蛮部等联合进攻成吉思汗。各首领"斩儿马、骒马相誓为盟"，推举札木合为古儿汗，讨伐成吉思汗、王罕。成吉思汗整军逆击于海剌儿河流域帖尼义鲁王罕之地，大破札木合联军，札木合的联盟宣告瓦解。以后札木合先后投奔克烈及乃蛮部，继续利用王罕及塔阳汗的力量与成吉思汗争斗。乃蛮部覆亡后，他在逃亡途中被部下出卖，沦为成吉思汗的阶下囚。札木合整整十五万大军也被成吉思汗打得落花流水。这是指挥的不当还是长生天跟札木合作对的缘故呢？

历史给了札木合两次机会，却使他在草原上堂堂正正的英雄形象彻底毁灭。十三翼战争他虐杀战俘，肆无忌惮地由愤怒转为凶残；阔亦田之战他抢掠盟友，淋漓尽致地由绝望转为疯狂。成吉思汗则怀一统大志，广招部众，草原人咸谓"有人君之度者，其唯帖木真天子乎"！札木合怀混战之心，成了失去理性的草原杀手：既不能成为草原盟主，就不让他的安答帖木真高枕无忧，让他不能安静。难怪历史无情，他竟用最原始的野蛮人的方式处理现实问题。

三

战败之后，札木合面临着艰难的选择。随着军事和政治的失败，他已失去了东山再起的可能。但他没有投靠成吉思汗，因为他的高傲性格容不得"臣服"两个字。他只剩下依附于他人的一条路了。他选择了当时军事势力较强的王罕，王罕靠不住找王罕之子桑昆，蛊惑桑昆攻打成吉思汗。但是，屡战屡败，因为那时候的成吉思汗军队已经强大无比所向无敌，还有桑昆这个人反复无常有强烈的嫉妒心，但没有更高的韬略思想。

公元1204年，帖木真击败塔阳汗，札木合被随从出卖，沦为俘虏。15年的征战厮杀，札木合败了，可他仍然是个英雄。他仿佛秦末楚汉相争中的霸王项羽，虽有盖世英才，却时运不济，空留一声嗟叹。但是，正如有人"至今思项羽，不肯过江东"一样，不论是蒙古族还是中原的历史对札木合的评价都非常高，他永远是蒙古的骄傲。成吉思汗是胜利者，回忆往日与札木合友好相处，肯定了札木合的功劳，曾经要招降他，但是，札木合斩钉截铁地选择了死亡。札木合，他永远站在不尔罕山的顶峰，注视着他的安答——三次结拜的安答，建立的一个亘古未有的大蒙古帝国。札木合不失其英雄的本色、高傲的性格。

纵观札木合的一生，始为草原的豪杰，终为失败的英雄。他在安答为难时会挺身而出，拔刀相助；当遇到兄弟的背叛时，也决不手软；血雨腥风的激战中，他豪气万丈；兵败被俘后，也"决不放下身段"，屈膝投降、苟活残喘，而是坦然求死，以全一世英名。他初次登上历史舞台时是个堂堂正正的英雄，最后结束生命时也是选择了高傲地倒下，并没有臣服于成吉思汗。无论作为朋友，还是作为敌人，札木合都在成吉思汗的一生中留下了浓墨重彩的一笔，正是他成就了成吉思汗的草原霸主地位。

札木合这个人物的性格就是这样丰富和矛盾：高贵而卑下，有能而无为，一时之英雄，千载之豪杰。

附2

异曲同工绘史诗

——《伊利亚特》与《蒙古秘史》之比较

王素敏

《伊利亚特》和《蒙古秘史》，是两部分别代表着海洋文化和草原文化的巨著，但在表现古代战争方面，却有着许多不谋而合之处。

《伊利亚特》是公元前八至公元前七世纪产生于希腊半岛的伟大史诗，也是一部有关海洋民族文化历史的百科全书。它取材于古希腊特洛亚战争和传说，以公元前12世纪希腊半岛南部的阿开亚人和小亚细亚北部的特洛亚人之间的一次战争为背景，以神话和传说中的英雄为主人公，再现了古希腊从原始氏族时期到阶级社会这一历史交替时期所经历的惊心动魄的战争和社会全貌，赞颂了希腊民族开基立业时的英勇豪迈的民族精神。《蒙古秘史》是一部文史不分的典籍，成书于公元1240年，是草原民族和草原文化的奇珍瑰宝。它运用编年的体例、传记文学的手法、韵散结合的形式，形象生动地描述了蒙古社会发展的历史。因此，它既和《元史》、《史集》并称为蒙古族的"三大史书"，又与《江格尔》、《格斯尔可汗传》并称为蒙古族"三大文学名著"。它集历史事件与英雄传奇于一身，既有真实的历史记载，又有优美动人的神话、传说和诗篇，抒写了从成吉思汗的远祖——原始氏族时代至12世纪末13世纪初蒙古草原上的时代风云，围绕着"一代天骄"——成吉思汗形象的塑造，着重描述了蒙古社会由奴隶制向封建制过渡这一历史转折时期的波澜壮阔的政治和军事斗争，讴歌了蒙古族先民们在开基立业时英勇豪迈的民族精神。就其文学性来看，我们完全可以把它作为一部英雄史诗来欣赏。

从地域而言，希腊与蒙古可谓天各一方；从时空而言，《伊利亚特》和《蒙古秘史》相隔甚为久远。而希腊民族是航海民族，蒙古民族是游牧民族，似乎无法相提并论，但它们所歌颂的时代精神和所描写的社会内容却是十分相似的，任何一种文学形式的产生，决不是一种孤立、偶然的现象。它既不可能是某种绝对精神显现的结果，也不可能是某个创作天才臆想的产物，而是在一定的经济基础、社会发展阶段上产生的，同时，它一旦产生，又必然是这种经济基础、时代精神、社会内容的最好反映，因此，这两部史诗通过战争所表现出来的时代精神和描写内容上的极其相似，恰恰说明它们是相同经济基础和社会发展阶段的产物。

本文拟从战争与美女、战争与神话、战争与英雄三个方面找出它们的相似点并展开论述。

一

《伊利亚特》中的斯巴达王后海伦和《蒙古秘史》中成吉思汗之母诃额仑兀真、成吉思汗之妻孛儿帖兀真均可称作美女，这一点在两部史诗中都有表述。她们的美是她们成为"王后"、"兀真"的主要原因，但也给其国家或部族带来了战祸，同时也给她们自身带来了不幸。

《伊利亚特》中的特洛亚战争是由美女海伦被拐走引起的。根据史诗序幕——特洛亚神话传说，希腊的一个国王珀琉斯跟海神的女儿忒提斯结婚时，邀请了俄林波斯山上所有的神来参加婚礼，唯独忘了请"不和女神"厄里斯。厄里斯怀恨在心，偷偷来到婚筵上扔下了一个"不和的金苹果"，上面写着："赠给最美的女神"。天后赫拉、智慧女神雅典娜、爱神阿弗洛狄忒都认为自己是天下第一美神，因而争执不下。最后三女神按宙斯旨意请特洛亚王子帕里斯评判，她们都向帕里斯许愿。赫拉许他成为伟大的国王，雅典娜许他成为最勇敢的战士，阿弗洛狄忒许他娶世界上最美的女子为妻。于是，好色的帕里斯把金苹果判给了阿弗洛狄忒。后来，帕里斯在阿弗洛狄忒的佑护下，渡过茫茫大海拐走了斯巴达王墨涅拉俄斯的妻子海伦。为报夺妻之仇，墨涅拉俄斯与其兄——迈锡尼王阿伽门农召集联合了希腊诸部，阿伽门农被推举为首领，调集十万大军，驾着一千多条战船，渡海攻打特洛亚城，掀开了长达十年之久的特洛亚战争的序幕。应当指出的是，在此之前，特洛亚传说里曾提到：当帕里斯之父——普里阿摩斯王幼小的时候，希腊英雄赫拉克勒斯曾率军进攻特洛亚城邦，杀死了其父特洛亚王拉俄墨冬，抢走了他的姐姐赫西俄涅。这是导致帕里斯率军渡海赴希腊的真正原因，也是诱发特洛亚战争的最初的根源。

《蒙古秘史》的战争序幕也是由抢夺女人而拉开的。

据《蒙古秘史》记载，成吉思汗之父也速该把阿秃儿曾与其兄涅坤太子，其弟答里台将篾儿乞惕部的也客赤列都的新婚妻子诃额仑兀真抢去做了自己的妻子，生下了成吉思汗兄妹五人。后来也速该把阿秃儿被塔塔儿人毒死，其属下纷纷离去，成吉思汗家族败落，由诃额仑兀真苦苦撑持局面。及至帖木真刚满十四岁，为了让他及早挑起振兴家族的重担，诃额仑为他娶回了早已订了"娃娃亲"的孛儿帖兀真。孰料，不出几日，为报也速该十几年前抢夺诃额仑之仇，三姓篾儿乞惕人联合起来，抢走了帖木真新婚妻子孛儿帖。为了夺回妻子，帖木真联合了克烈部首领王罕、扎兰答部首领札木合起兵征讨篾儿乞惕部，夺回了孛儿帖兀真。这次战斗不但结束了成吉思汗家族受其他部族的欺凌和侵犯的历史，使其恢复了以往贵族的权威，更重要的是拉开了成吉思汗"统一大业"战争的序幕。自此以后，帖木真被推举为蒙古部首领，开始了他叱咤风云的战争生涯，历经无数战争和艰难险阻，统一了蒙古高原的诸多部族，成就了霸业。

由此可见，《伊利亚特》和《蒙古秘史》所展现的战争起因是相同的：皆因抢夺妇女而引起。这种巧合的背后有其历史的必然。原始人类社会由母系氏族转为父系氏族之后，女子的社会地位日趋低下，随着生产力的发展，社会的分工，男子的优势愈发显示出来。父系氏族社会发展到末期，财产开始集中于氏族首领手中，美女也往往为他们所占有，成了他们财产中的一个部分，充其量是最珍贵最可炫耀的财产。战争中，战败一方的女子等同于战利品由战胜一方首领任意支配是一种普遍现象。《伊利亚特》中希腊联军统帅阿伽门农的军帐里有不少抢来的女子，他与阿喀琉斯的内讧也是为了争夺一位战争中得来的女战俘。《蒙古秘史》中成吉思汗的祖先孛端察儿这一代，曾抢夺一个流浪部族的"半腹之孕妇"为妻；又如成吉思汗与四姓的塔塔儿部交战获胜后，遂将其中一部的首领也客扯连的女儿也速干、也遂姊妹二人娶作妃子。掠夺妇女的同时还伴随着抢劫财产：《伊利亚特》中阿伽门农那关着妇女的军帐中还有抢来的黄金、青铜等物，这是因为他最贪心，凭权力在每次掠夺品中绝大多数好货都归他所有；帕里斯在拐走海伦的同时，也没有忘记带走大批的财富。《蒙古秘史》中孛端察儿五兄弟在将"半腹之孕妇"掳来的同时，还将人众、财物、牛羊悉数全收，以供己驱使；孛儿帖兀真被敌抢走的同时，成吉思汗部族的财物也蒙受了极大的损失。

综上所述，可见在这两部史诗中，战争与美女的关系从根本上反映着从氏族社会向阶级社会过渡时期战争的掠夺性质。而争夺身为"王后""兀真"的贵族美女则是这种掠夺战争的最高表现形式，因为其地位的特殊性，她们的安危往往标志着一场战争谁胜谁负，占有敌国的"王后""兀真"是对这个国家、部族首领尊严的莫大侮辱、对男子武功的极端蔑视和对氏族荣誉的极端玷污。因此把她们作为战争的引线既是出于对掠夺战争的高度概括，同时也是那个历史时期女子命运的集中写照。

二

在这两部史诗中，虽然描述现实事件、现实人物占据了主导地位，但仍旧保留着大量的神话因素。

《伊利亚特》中的大英雄阿喀琉斯，是历史上确曾存在过的一个人物（在公元前2世纪的迈锡尼碑铭上提到了阿喀琉斯的名字），他也是史诗着力塑造的第一号英雄形象。他的身世非凡人可比：母亲是海神的女儿，他出生后，他的母亲曾倒提着他的双脚，将他浸到冥河水里，所以阿喀琉斯周身刀箭不入。《蒙古秘史》开篇即是"奉天命而生之孛儿帖赤那，其妻豁埃马阑勒"，这一对夫妻就是成吉思汗的先祖，而他们是"奉天命而生"的。到了祖先孛端察儿这一代，又出现了其母"感光生子"的故事：孛端察儿之母阿阑豁阿在丈夫去世之后，无夫又生了三子，对此她的解释是这样的："每夜，明黄人，缘房之天窗、门额透光以入，抚我腹，其光即浸腹中焉……以情察之，其兆盖天子之息乎？汝等何得比诸黔首之行而言耶？俟为天下之主时，下民方得知之耳！"❶三个儿子中最小的一个就是后来的"孛儿只斤氏"的祖先孛端察儿，成吉思汗又是孛儿只斤氏的后裔，如此看来，成吉思汗自然不是凡人了，何况他还"降生时右手握血块大如髀石"呢！

再则，《伊利亚特》描写希腊联军进攻特洛亚过程中，众神各助一方，天上三派神祇矛盾重重难分难解，地下敌对两方战争激烈不分胜负。阿喀琉斯与赫克托耳都具有万夫莫挡之勇，他们在特洛亚城下的角逐连天神都看呆了。最后天父宙斯用金天秤称二者命运，秤倒向赫克托耳，于是，阿喀琉斯夺取了他的性命。特洛亚人从此失去了进攻能力，失败命运基本定夺。《蒙古秘史》中写帖木真少年之时，因被泰亦赤兀惕人追赶，躲进温都儿山林。三天三夜后，他估计敌人已走，牵着马准备出山，突然扣得好好的马鞍掉到了马肚子下面，帖木真想：是不是敌人还没走，上天警示我不要出去呢？就又转回来，又过了三天三夜，第二次牵马出山，到了山口却遇到一块帐房大的白石拦在路上，明

---

❶ 道润梯步，《新译简注蒙古秘史》，内蒙古人民出版社，1979年，第32页。

明进山的时候是没有的嘛！于是帖木真又回来了。正因他这次有神灵的庇佑，大难不死，才能在以后联合另两个部落打败敌人，夺回妻子，取得财物，扩大威名，进而成就霸业。

这两部史诗不约而同地强调了神的重要作用，这是人类童年时代所共有的心理造成的。这种天真幼稚既反映了远古人类对自然和社会的认识水平又表现了人类所具有的丰富想象能力。原始初民处于大自然的支配和压迫之下，他们虽然也有认识自然和改造自然的强烈愿望，但多半只能在想象中加以实现，因而他们创作了大量充满天真奇幻的神话。后来，在人类社会进入原始社会的高级阶段、并向阶级社会过渡的时期．由于生产工具的较大改进，人类认识自然和改造自然的能力大大增强．对自然力和自然物的神化不再是人类意识的主要特征，所以表现在史诗中，描述现实事件现实人物就占了主导地位。但是，由于当时的生产力仍处于不发达状态，广大的自然界对于人类来说仍然是一个知之不多的领域．不时威胁着人类生存和发展．在相当程度上人类还不能完全丢弃借幻想去征服自然的方式，所以，在两部史诗中仍然还保留着大量的神话因素，也就不足为奇了。

三

从两部史诗对英雄的描写中，我们可以看到鼓舞和引导希腊、蒙古两个民族形成和发展的时代民族精神。

这两部史诗描述的主要内容都是战争，但不是阶级间的战争，而是民族形成过程中部族之间的战争。从两部史诗的内容中可以看到，当时的部族内部已经有了贵族、平民、奴隶之分，但这种部族内部阶级分化所带来的阶级对立的尖锐程度却远远不如部族之间对立的尖锐程度。在部族之间的战争中，不管贵族、平民、奴隶都是全力以赴的。人们对战争的评判，无所谓正义与非正义，而是以本部族的利益、生存发展为依据的。《伊利亚特》中，战争的起因归根到底是为了争夺一个女人和财物的，希腊联军中许多部族参战，也仅仅是为了掠夺财富和奴隶。《蒙古秘史》中，许多战争也是为了扩张领土，掠夺奴隶、财富而进行的。作者把激烈残酷的战争，"人对人象狼一样"的攻伐劫掠视为正常的生产活动，完全取静观赞赏的态度，丝毫不流露恐惧或悲悯。两部史诗都用了许多篇章来描述战争获胜的一方掠夺瓜分对方财富、领土、奴隶的场面，并将此作为光荣的业绩大加颂扬。这一点可以说明：两部史诗所反映的社会图景同处于人类历史上的"英雄时代"。那时候，人类的民族意识刚刚觉醒，为了民族的生存和发展去进行频繁的战争，掠夺财富和奴隶被视为光荣、神圣的事业，因而，维护部族利益的勇武英雄就成了作者极力赞美的对象。《伊利亚特》重笔刻划了阿喀琉斯和赫克托耳这两位处于敌对营垒中的战将之首，他们都是作为氏族英雄而被歌颂赞扬的：刻划阿喀琉斯勇猛的最高峰是他和赫克托耳的交战：他战败了河神，追至特洛亚城下，赫克托耳不甘示弱，站住等他。仇人相见如两虎相遇。但当阿喀琉斯象可怕的战神一样走近时，赫克托耳发抖了，转身拔步就跑，阿喀琉斯紧紧追去。诗人把这一场追逐比做山鹰追鸽子，猎犬逐小鹿一般："……可是那珀琉斯的儿子凭他的脚力快，一个闪电似的就追上去了。轻得象羽族当中最最快的山鹰打个回旋去追一只小的鸽子，一路尖叫着紧紧跟随，偶尔还突然来一个猛扑，那阿喀琉斯也就这样前去紧紧追赶的，……逃的人固然英勇，追的人比他强的多"❶，甚至把诸神都看呆了。史诗中赫克托耳的骁勇仅次于阿喀琉斯，特别在冲破希腊堡垒一幕，史诗把他也形容得如同战神一样："他猛烈得象是手里拿枪的战神，也象是那种一直烧进森林深处去的山中野火。他嘴上冒着白沫，他的眼睛在低垂的眉毛下闪闪发光；在他战斗的时候，连他头上戴的那顶头盔的一摇一晃也带着威胁"❷。《蒙古秘史》中塑造了一个生龙活虎的成吉思汗形象，他不仅"其目有烨，其面有光"，是"日月乃仰望之者也"，且"全身如生铜铸就，躯体如生铁锻造"，打起仗来，"好像俄鹰捕食一般，勇猛搏击俯冲"。简直是一位天神了！成吉思汗的"一代天骄"形象，主要是靠这部史诗塑造成功的。围绕着这个主要人物，作者还刻划了一批骁勇善战的英雄形象：形容者别、忽必来、者勒蔑、速别额台这成吉思汗身边忠实的"四狗"是："头颅象生铜，牙齿似铁凿，舌头如利锥，心比铁石坚，马鞭赛环刀，饮露而骑风。厮杀时以人肉充饥，激战时用人肉当饭"；蒙古族对狗有特殊的感情，认为它忠实、勇猛，可以为了主人牺牲自己的性命，所以成吉思汗身边最勇猛的四员武将被称为"四狗"。在形容成吉思汗的二弟、大英雄合撒尔时，称"他身披铁甲三层，力胜公牛三头。他能把带弓箭的人一口吞下，喉咙不会噎住……发怒时，隔山射出昂忽阿箭，能把一二十个人射穿。……他大力拽弓，能远射九百步，他轻引弓弦，能远射五百步"❸。两部史诗在人物描写上对部族英雄都饱蘸激情，由衷赞美，因为他们

❶ 傅东华，《伊利亚特》，人民文学出版社，1959年，第413页。
❷ 傅东华，《伊利亚特》，人民文学出版社，1959年，第462页。
❸ 色道尔吉，梁一孺，赵永铣编译，《蒙古族历代文学作品选》，内蒙古人民出版社，1982年，第347页。

都对自己的城邦或部族有着强烈的责任心和荣誉感，都具有克敌制胜所需要的英勇无畏和维护集体利益的无私精神。相反，对那些贪生怕死者则进行了丑化和嘲笑：在《伊利亚特》众多的人物形象中，只有平民代表忒耳西忒斯遭到全盘否定，他因反对战争、不愿为氏族首领卖命，中途返回家园而被丑化为懦夫并受叱责。《蒙古秘史》中的乃蛮部首领塔阳汗，因惧怕与成吉思汗部族交战，被嘲笑为"未出孕妇尿处者，未至轮犊草场者"，称他是"妇人般的塔阳汗"。

两部史诗所表现出的共同的崇尚勇武、热爱英雄的特点，与它们所处的时代、周围环境、社会生活等历史条件基本相似有很大关系。希腊、蒙古两个民族均崛起在"英雄时代"，此时，战乱频仍，社会生活动荡，在它们周围均有先进强大的国家或部族存在。在这样的历史条件下，战争是解决争端，增加财富、土地的唯一手段，也是关系到民族命运的要害。往往有的民族因战争胜利而走向强盛，而有的民族则因战争失败而走向衰亡。所以，只有凭借勇敢和武力才能保全自己的民族。从而，勇猛善战的尚武精神受到人们普遍的敬仰，机智勇敢、强悍粗犷、不畏强暴、克敌制胜的民族英雄受到人们普遍的爱戴，贪生怕死、怯懦无能的行为则受到人们普遍的唾弃。两部史诗在描述战争场面、塑造英雄的过程中，始终都在突出着这种时代的民族精神。

综合上述三组比较，我们看到《伊利亚特》和《蒙古秘史》均是以史实为依据，以美女为引线，以神话为外衣，以勇猛善战的英雄为主要歌颂对象的英雄史诗。它们共同反映的是人类从原始部族向阶级社会过渡时期氏族部落之间的战争的掠夺性质；人们崇尚勇武，热衷于维护集体荣誉的时代风尚和信从天命又自强不息的奋斗精神。人类童年这种既天真幼稚又积极进取的表现具有普遍的世界意义，它们是人类生存和发展的必经阶段和基本动力。

附3

中原文化与草原文化的奇妙交响
——《左氏春秋》、《蒙古秘史》之比较
王素敏

我国古代的许多历史著作常具有浓厚的文学意味。这些历史著作不是以纯粹客观的、忠于史实的、毫无虚构的笔法写作而成，而是常常通过曲折的故事情节、生动的人物形象来展现历史风貌、反映历史真实。因而这些史书的历史

价值和文学成就并称于世，《左氏春秋》和《蒙古秘史》就是这样的两部作品。

《左氏春秋》既是一部历史著述，同时又是一部具有重要文学意义的作品。其作者在记载历史之时，自觉地将"人"这个社会历史的主体作为叙写的对象，将众多的历史人物具体形象地再现于这部作品之中，从而使其成为我国第一部重要的历史文学著作，并在此后的文学史上发生了深远巨大的影响。《蒙古秘史》几乎相同。它是蒙古族第一部极为珍贵的历史著作，加之独特的艺术、美学和文学传统及天才的语言，使它不仅成为蒙古族历史学独一无二的作品，而且理所当然地进入了世界经典文学的宝库。基于此，作者将从"预言模式的运用"、"重大战役的描写"、"勇士形象的刻画"三个角度对两部作品进行比较分析。

———

在《左氏春秋》和《蒙古秘史》中都有关于预言的大量描写。作为严肃的历史著作，它们的存在似乎失之荒诞，然而作为文学作品，它们却使叙事增添了奇幻瑰丽的色彩，因此具有了更强的艺术魅力。

古人的鬼神信仰相当浓厚，总是把他们不能认识、无法认知的事物鬼神化，天地神祇统治万物并通过"巫卜"使神祇与王权结合，使人们相信王权来自于天神的赐予。懂"巫卜"之人以规定的仪式既通于天也通于人，乃天人之中介。天地万物任何一种异样的变化都是一种特殊的预兆，任何一点特别的现象都可能引发另一对称处的回应。人们借助专门的工具、运用特殊的方法和手段，以已获得的知识来预测未来，并作出预言。工具、方法手段是中介，操纵工具、方法手段的是拥有专门知识的且为社会群体认可的巫史、巫师。他们是已获得知识的指定继承人，用已获得的知识为权力、为社会服务。这种已获得的知识在当时被认为是神圣的，所以他们作出的预言一般都会被人接受并作为几乎无法改变的事实引起被预言者的重视，以便调整某种方针、策略应对不同的预言结果。

卜筮在古代是一种很重要的文化现象。人之将有为也，必问卜筮以决疑虑。大到战争的胜负，小到个人的生死，以至行动之可否、婚嫁之抉择，均需卜筮预测。那些以"卜"为名的掌握专业知识者的预言或以预言为借口的劝说、进谏并非都为统治者所采纳，但他们的意见大多数场合是有效的，亦即此种专门知识在当时是为人所信赖的。在《左氏春秋》中，崔武子欲娶棠姜时进行卜筮，陈文子解为"妻不可娶"，崔子不听，后果贻害（襄公二十五年）；卢蒲癸、王何卜攻庆氏，得了"克，见血"之兆，后果应验（襄公二十八年）；晋侯有疾，卜人曰："实沈、台骀为祟"晋侯深信不疑（昭公元年）；有时筮史甚至可以一言复诸侯，如僖公二十八年，筮史即劝说晋文公复曹伯；《蒙古秘史》当中，能够上通天意的通天巫阔阔出也深得成吉思汗的信任。每有重大军事，一定要听取他的意见，因为他代表着蒙古人最信奉的"长生天"的旨意。所以当他暗算成吉思汗的三弟合撒儿，对成吉思汗说："长生天有旨，告罕命：一则云帖木真主国，一则云合撒儿焉，若不早图合撒儿，则事未可知也"的时候，成吉思汗竟不顾兄弟亲情，"即夜上马，往擒合撒儿焉"。公元 1206 年，帖木真被众人推举为全蒙古大汗时，他最重要的尊号"成吉思汗"也是由萨满巫师和与会众臣奉献的。

　　借自然之象或其他怪异现象以作预言在两部书中也相当广泛，其分析亦须借助于专门的技术和知识，仰观日月星辰之运行，俯察山川虫鸟之动静，默识阴阳四时之迭代，体悟人事成败代谢之理趣，以暗示天地造化与人事物理之消息盈虚彼此往来相通。此乃"至诚之道，可以前知也"。《左氏春秋》中，"秋七月壬午朔，日有食之。公问于梓慎曰'是何物也？祸福何为？'……于是叔辄哭日食。昭子曰：'子叔将死，非所哭也。'八月，叔辄卒。"（昭公二十一年）❶；《蒙古秘史》阔亦田一战，两军对阵之时，札木合一方的"不亦鲁黑罕、忽都合二人知札答之术，遂作法致风雨。然其风雨翻回而降其上矣。彼不能行，纷纷滚下坍沟，相谓：天不佑我也。遂溃矣"❷；由于人心所向，豁儿赤率众来投帖木真，并言道："无角黄犍牛，高擎大房下桩，驾之，曳之，自帖木真后，依大车路吼之，吼之来也，此天地相商，令帖木真为国主之意载国而来者也。神使我目睹而告焉。"❸；帖木真避居温都儿山林时，三宿而出，马鞍脱落，又三宿而出，大如账房之白石塞住出口，又三宿，他不信预兆，斩白石周围树木而出，恰被守候多日的敌家部落擒去。

　　梦占亦历史久远。弗洛伊德说：真正的、有价值的梦是"给做梦者带来启示，或预言未来的事件。"❹ 古人之记梦，或将战而梦，或将生而梦；或恩怨而梦，或疾病而梦；或梦死亡，或梦即位；或梦私奔，或梦要求。虽梦之内容不同，但都表现了梦的预见性，或正象为征，或反向为征，或触类引申，或以

❶ 叶朗等，《中国历代美学文库·先秦卷》，高等教育出版社，2003 年，第 285 页。
❷ 道润梯步，《新译简注蒙古秘史》，内蒙古人民出版社，1979 年，第 109 页。
❸ 道润梯步，《新译简注蒙古秘史》，内蒙古人民出版社，1979 年，第 84 页。
❹ 佛洛伊德，《梦的解析》，中国民间文艺出版社，1986 年，第 26 页。

五行、《易》卦逆测，不一而足。《左氏春秋》中，吕锜梦射月（成公十六年）；声伯梦涉洹（成公十七年）；子玉梦河神索琼弁、玉缨（僖公二十八年）等，均借象征性事物或者梦的主人公与象征物的关系作出预言。燕姞"梦天使与之兰，果生郑穆公，名之兰"（宣公三年）；曹人或梦众君子立于社宫而谋亡曹（哀公七年）；孔成子梦康叔谓己（昭公七年）等，则以梦中出现的客观现实直接预示日后的结果。《蒙古秘史》当中，也速该率九岁之子帖木真欲往其母家部落寻聘之时，巧遇翁吉剌惕部首领德薛禅，德薛禅恰得一梦，"梦白海青握日月二者飞来落我手上矣，我将此梦语人曰：日月乃仰望者也，今此海青握来落我手上矣。正意白之落，主何祯祥？也速该亲家，我此梦，却主汝之携子而来乎！"❶ 德薛禅的一个梦，预言了两个孩子的一生。

这些"预言"类的模式，是否会损害两部历史著作的严肃性？非也。预言是虚的，然而虚中有实。因此，尽管是严肃的历史著作，当它所描写的预言成为历史事件中的一个有机组成，成为揭示历史人物的性格、命运，揭示历史事件的发展趋势的不可或缺的催化剂的时候，它并不损害历史著作的科学性。再者，《左氏春秋》和《蒙古秘史》同时还是两部文学作品，自然应该有其独特的艺术魅力。预言的假、虚、幻，即是艺术的想象、虚构，作为史传文学作品，这一描写的成功，无疑提高了它们作为文学巨著的艺术品位。这些描写体现了历史真实与艺术真实的辩证统一。作者借助它的虚、幻、假来充实情节发展的内在机制，丰富人物性格，完美地凸现历史人物性格的真实性。虚实相生，尽得其妙。

二

综观两部书中所记叙的多次战役，有一个突出的现象，即是作者对他们所记叙的各次战役所使用的笔墨之详略有着明显的差异。其中大部分战役的记叙都是抓住主要矛盾、主要特点，用极其经济的笔墨，简练明快地勾勒出来。但几次关乎争霸时局的重大战役，却各用了大量篇幅，不惜笔墨，详尽委曲。不论作者是否有意识地这样总体布局，但客观上收到了很好的效果。它使多次战役的记叙，有点有面、以点带面，通过几次重要战役的浓墨重彩的描绘，生动地展示了波澜壮阔的战争场面和错综复杂的战争全过程。

《左氏春秋》的作者紧紧把握"晋楚争霸，春秋史之骨干"作为编纂纲领，

---

❶ 道润梯步，《新译简注蒙古秘史》，内蒙古人民出版社，1979年，第28页。

通过编年有层次地组织材料，连贯地展示出一系列重大事件。这些重大事件，乃是由重大矛盾激发所致，往往在长期的历史运动中酝酿成熟。因此事件本身终结并不长，然而幅度很宽。由于作者能够贯通本末，在若干年内写出一事的全过程，生动而深刻地展示事件的复杂成因和特定的社会背景，从而体现这一历史阶段的发展趋向。如对邲之战、鞌之战、鄢陵之战的描写：成公二年的鞌之战，乃晋齐交锋。晋国这次的胜利，使其东山再起，重新主盟中国。这次战争的直接原因是以晋大夫郤克受辱始，但战争的远因，还应追溯到宣公十二年晋楚邲之战。邲之战，晋大败，楚一时独占优势，雄踞霸坛。但晋国因此而发愤图强，调整了内部矛盾，一致团结对外，故才取得了鞌之战的胜利。然而，晋虽取胜，楚却不甘让其独占鳌头，所以晋胜又隐含了晋楚继续争锋的基因。矛盾的激化，又爆发了成公十六年的晋楚鄢陵之战。这次晋虽然取得胜利，然而却因此暴露出晋国内部的政治危机。自鞌之战后，晋由于一连串的胜利冲昏头脑，内部矛盾失去平衡，卿大夫集团勾心斗角，各抱地势，终于在鄢陵之战后二年，晋厉公成了卿大夫斗争的牺牲品。这三次相对独立的战役，由于它们之间的远因、近因、潜因、后果而相互秘约，彼此牵连而呈现出一环扣一环的链状结构，成为一个有机的连续发展过程，以展示晋楚二霸彼此势力的消长。

《蒙古秘史》的作者则抓住了成吉思汗统一蒙古各部过程中，他与札木合这个主要对手间的矛盾和冲突来通过编年有层次地组织材料，展示重大事件。二人共同参与的战役共有五次：不兀剌战役、答阑巴勒主惕战役、阔亦田战役、卯温都儿战役、纳忽崖战役。爆发于公元 1191 年的答阑巴勒主惕战役，是成吉思汗与札木合的第一次正面交锋，这次交锋，札木合率领札答阑部 3 万人组成的 13 个古列延进攻成吉思汗。战争的直接原因是由于札木合胞弟被成吉思汗部下所杀，但潜在的原因却要追溯到公元 1186 年的不兀剌战役及其战后的结盟：不兀剌战役是三个部落联合作战，札木合担任总指挥，获大胜，帖木真在夺回自己妻子的同时也领教了札木合杰出的军事指挥才能，逐步意识到这是一个可怕的强大对手。札木合也看出了帖木真想要称霸草原的雄心，一山难容二虎，二人从结拜的"安答"而分道扬镳，各自走上谋取霸业之路。因而为胞弟报仇的"十三翼之战"就成了札木合进攻成吉思汗的堂而皇之的借口。这是成吉思汗首次独立指挥的一次战争，札木合获胜，并在十几个部落的拥戴之下打起了"古儿罕"的旗号，正式成为成吉思汗的敌对阵营。但是战败的成吉思汗厉兵秣马、总结经验，尤其是争取人心，以至后来连札木合的部下也纷纷来投。于是公元 1202 年，两军在阔亦田展开决战的时候，成吉思汗与另一

145

部落联合制定了周密的作战计划，大败札木合。然而札木合不甘心失败，意图借他人势力东山再起，于是才有了受他唆使的1203年王罕、桑昆父子率客列亦惕部攻打成吉思汗的卯温都儿战役和1204年塔阳罕率乃蛮部进攻的纳忽崖战役，成吉思汗大获全胜。至此，成吉思汗彻底确立了自己的草原霸主地位。这五次既各自独立又相互关联的战役，与《左氏春秋》的战役描写确有异曲同工之妙。

因此，两部著作中尽管有多次重大战役的描写，却使人毫无雷同之感。在实际生活中，诸战役之间不可能没有相似甚至相同之处，但历史著作并不是对生活的刻板记录，这两部书的作者正是避开那些千篇一律的东西，而着力揭示每一战役矛盾的特殊性及表现其解决矛盾的特殊方式，从而更为真实地反映出古代战争的丰富性和多样化。作者高妙的表现方式也正体现在这里。

三

歌颂英雄、赞美英雄是各个国家、各个民族文学共有的核心思想。两部巨著在塑造英雄形象方面均十分成功，但又各具特色：

力勇制人：《左氏春秋·襄公十年》记晋伐偪阳，短短一段文字勾画出三位勇士的形象："偪阳人启门，诸侯之士门焉。县门发，聊人纥抉之以出门者。狄虒弥建大车之轮，而蒙之以甲以为橹。左执之，右拔戟，以成一队。……主人县布，董父登之，及堞而绝之。坠则又县之。苏而复上者三。主人辞焉，乃退。带其断以徇于军三日"❶。其他如隐公十一年郑许之战中奋勇登城的郑人颍考叔、瑕叔盈的形象，鄢陵之战中楚人叔山冉的形象，鞌之战中的齐人逢丑父的形象等，尽管着墨不多，但那威猛的气势、超常的勇力、顽强的斗志、勇于献身的精神，令人经久难忘；《蒙古秘史》中的"大力士"更是作者着意刻画的形象。如成吉思汗三弟合撒儿："魁梧伟岸力无穷/身高足有丈五尺/顿餐吃进三岁牛/身上披挂三重甲/此来驾有三头牛/开口能吞背弓人/如同咽下一块肉/张口能吞一活人/如同咽下水一滴/怒来拉弓射箭去/射穿远处人一片/气来弯弓放箭去/射杀山外敌一群/用力可射九百庹/轻轻弹则五百庹/生来就与众不同/身壮如同蟒古思！"成吉思汗手下的众勇士："威慑武士猛将而/缴其弓箭刀枪者/震慑勇士劲敌而/夺其战马铁甲者/生性好斗的兀鲁兀惕和/喜战善杀的忙忽惕们/知此战事将要起/欣喜若狂雀跃来！"

---

❶ 叶朗等，《中国历代美学文库·先秦卷》，高等教育出版社，2003年，第247页。

义勇之士：曹沫是《左氏春秋》中的义勇典型。曹沫的智慧我们在长勺之战中已经领教，他同时还是一位侠肝义胆的英雄。在齐鲁会盟时，他以匹夫之勇劫持了齐桓公，迫使其归还了三次战争侵占来的鲁国土地，成为后世推崇的侠客之祖；而《蒙古秘史》中的孛斡尔出也是一位不图回报的义勇之士。他在帖木真"影外无友、尾外无缨"的艰难时期，毫无所图地帮其夺回了马群，又送吃喝，使其安然回家，后帖木真一发出邀请，他连自己的父亲都来不及告禀，立刻来到帖木真身边，多次为其立下汗马功劳，成为帖木真的"四杰"之一。

孝勇之士：《左氏春秋》中的勇士专诸，孝勇双全、知恩图报。吴公子光看准了专诸的勇猛和孝顺，就从孝敬他的母亲开始亲近他。当母亲在公子光的照料下安然离世后，专诸毫不犹豫地承担了让他谋杀吴王僚的使命。他以厨师身份给吴王僚上菜，匕首就藏在煮好的鱼腹之中，他用自己的生命报答了吴王阖闾；《蒙古秘史》中的孛罗忽勒，是成吉思汗之母诃额仑收养的战地孤儿。成人之后为了报答诃额仑母的养育之恩，不仅尽心尽力侍奉成吉思汗，而且一次在歹人手中救下了成吉思汗的幼子拖雷，一次在战场上挽救了成吉思汗的三子窝阔台的性命。成为受成吉思汗称赞的孝勇双全的英雄。

智勇之士：《左氏春秋》中的晋大夫解扬，奉命出使宋国传递救援急信，不料被楚军俘获，楚庄王让解扬劝宋人投降，他假意屈服顺从，但在登上楼车与宋人对话时，却告诉宋人晋国大军将前来援助，从而机智地完成了任务。楚庄王说他言而无信要杀他，这时他早已将自身的生死置之度外，大义凛然地说"我已完成了我的国君交给我的任务，这才是真正的守信"❶，最后连楚庄王也被他的精神所感动；《蒙古秘史》的阔亦田一战中，成吉思汗在与泰亦赤兀惕人激战时颈脉受伤流血不止，当夜留在了战场上。是者勒蔑用嘴将其淤血吸出，待其恢复知觉感到口渴之时，又脱掉衣服，赤身潜进敌人营地盗来酸奶救活了主人。成吉思汗问及缘由，他说："我想，若我赤身裸体被敌方捉住，就说本是要投靠你们的，但他们发觉后把我抓了起来，扒去我身上的衣服正要处死我时，我想办法挣脱后跑到了这里。这样，敌人会信以为真，会给我衣服和食物的。那么我就可以抓上一匹马趁机逃回来。我为消除大汗您的口渴，如此打算好才去的"❷。

这些英雄们的所作所为不仅代表着一种积极乐观、勇于进取的人生态度，

---

❶ 陈祖怀，《话说中国·春秋巨人》，上海文艺出版社，2005年，第144页。

❷ 特·官布扎布，阿斯钢，《现代汉语版蒙古秘史》，新华出版社，2006年，第86页。

更代表着与当时社会制度相匹配的道德规范，那就是对国家和君主的忠诚。"忠诚观"是阶级制度下衡量英雄们的一种新的道德尺度，是这个时代每一位英雄都应遵循的道德准则。如果不够忠诚，就会遭到人们的唾弃。"忠诚观"对规范和约束阶级制度下人们的行为、维持社会秩序起到了重要作用。

《左氏春秋》所记录的是中原汉民族在公元前 8 世纪至公元前 5 世纪的历史，《蒙古秘史》所记录的是草原蒙古族在公元 12 世纪至 13 世纪的历史。单就历史年代而言，两者相差了 1500 余年，似乎无法相提并论，但由于人类的文化历史是由多地区的多民族共同创造的，而在远古时代，由于自然条件的限制，山脉、河流的阻拦，人类之间还不能普遍交往，这些种族只能在自己所居住的地区创造和发展各有特点的文化。于是在一个人类发展进步的共同阶段——从奴隶制到封建制的过渡时期，汉民族和蒙古族的历史出现了惊人的相似。"春秋时代，是一个王纲解纽、诸侯称霸、政出多门、大夫专权的时代"❶。由原来的统一走向分裂，是春秋时期的总趋势。由于周室王权的失落以及当时农业生产力的提高，为了争夺地盘和人众，春秋五霸逐一登场，诸侯国内部卿大夫势力也乘机崛起，于是国与国之间、诸侯与诸侯之间时有大小战争和血腥事件发生；12 至 13 世纪的蒙古草原，还没有经过一次统一的王权整合，成吉思汗生逢其时，承担起了历史所赋予的重任。在此过程中，为维护各自利益的各个草原部落必定要与其发生激烈的冲突，于是，大小战争不可避免。民族的文学是人类文化的一个组成部分，它是随着人类文化的发展而发展的，作为自己民族历史忠实记录的两部著作《左氏春秋》和《蒙古秘史》，正是在此背景之下完成的。由于两个民族所经历的历史阶段极其相似，才在文学的描写方面出现了如此之多的共同性。

---

❶ 万荆木，《左传人物研究》，《人大复印资料·中国古代近代文学研究》，2003 年，第 8 期第 72 页。

第四章　古戏曲中的草原因素

北方少数民族叙事文学源远流长，除了千百年来民间口头流传的叙事诗、史诗之外，在小说戏剧等各种文体的创作中，也都有少数民族作家的参与，都有反映少数民族生活的作品。此外，在北方民族文化的培养下，许多汉族文学家的创作也显示出了与少数民族叙事文学相类似的风格特点。本章拟对一些产生过深广影响的戏曲及作家加以考论，以管窥北方草原文化与戏曲特点形成的关系及其影响。

第一节　金代草原文化与《董西厢》

毋庸讳言，浏览中国古代戏曲艺术画廊，鲜有能与王实甫《西厢记》并美驰誉、共享盛赞的。各种版本的《中国文学史》都把它与关汉卿的《窦娥冤》并列一起，视之为元代戏曲的双璧，一悲一喜，俱为经典；而对《西厢记》的关注研究，自明季而今天，学者云集，蔚为大观，遂成为堪与《红楼梦》研究一较短长的"西学"；《西厢记》不仅是中国古典极富民族特色的艺术瑰宝，而且以其巨大的艺术魅力，成为世界文艺库藏中的珍品，美国大百科全书说《西厢记》"是剧作者王实甫以无与伦比的华丽的文笔写成的，全剧表现着一种罕见的美"，"是一部充满优美诗句的爱情戏剧，是中国十三世纪最著名的元曲之一"，"是这一时期最具代表性的作品"❶。然而，古今中外同赞王实甫《西厢记》之时，不由产生《王西厢》何以能把"积极的内容与优美的形式综合在一起"❷的困惑。由此，不得不推及"西厢故事"流变历程中的强力中介——《西厢记诸宫调》；有理由说，没有董解元《西厢记诸宫调》的横空出世，就没

---

❶　贺新辉，朱捷编著，《西厢记鉴赏辞典》，中国妇女出版社，1990 年，第 14 页。
❷　贺新辉，朱捷编著，《西厢记鉴赏辞典》，中国妇女出版社，1990 年，第 14 页。

有王实甫《西厢记》的卓然独秀，是《董西厢》在体制功能、主题设置、人物塑造、情节安排、结构间架、语言形象等诸方面的倾力创新，才赋予了王实甫成就"西厢佳话"的丰厚土壤。

由《莺莺传》到《董西厢》，"西厢故事"产生了革命性的质的飞跃，《董西厢》是"西厢故事"整体流变发展过程中最为关键重要的环节。

首先"西厢故事"载体的形式功能发生了巨大变化。《莺莺传》是传奇，传奇是唐代文人士子科举行卷之风的产物。南宋赵卫彦的《云麓漫钞》卷八说："唐之举人，先籍当世显人以姓名达诸主司，然后以所业投献。逾数日又投，谓之'温卷'。如《幽怪录》、《传奇》等皆是也。盖此等文备众体，可见史才、诗笔、议论。至进士则多以诗为赞，今有唐诗数百种行于世，是也。"鲁迅于《中国小说的历史变迁》中也说："唐至开元、天宝以后，作者蔚起，和以前大不同了。从前看不起小说的，此时也来做小说了，这是和当时环境有关系的，因为唐时考试的时候，甚重所谓'行卷'：就是举子初到京，先把自己得意的诗抄成卷子，拿去拜谒当时的名人，若得称赞，则'声价百倍'，后来便有及第的希望，所以当时'行卷'看得很重要。到开元、天宝以后，渐渐对于诗有些厌弃了，于是就有人把小说也放在'行卷'里，而且竟也可以得名，所以从前不满意小说的，到此时也多做起小说来，因之传奇小说，就盛极一时了。"由此，唐传奇的创作本身就有比较明确的个人科考功利目的，是借迎合社会风尚、扬名立万而穷力演绎个人奇异浪漫人生体验，其过程就决定了它的读者面窄小而局限，不是达官名流、社会高层，就是文人士子，并非社会大众，因此其娱乐大众、教化大众的功能指向较为模糊浅易；一句话，传奇就是传文人奇行、显文人奇才、扬文人高名以入宫廷楼台的文人习作。故而，传奇《莺莺传》立意选材自然要搜奇记逸、惊世骇俗，救孤、艳遇、幽会、弃情、另娶、再探等情节，全然是文人无行、浪荡市井、狎妓冶游的形象化演述。虽然充斥着为自我"始乱终弃"而辩解剖白的"红颜祸水"的"尤物理论"：所谓"大凡天之所命尤物也，不妖其身，必妖于人。使崔氏子遇合富贵，乘娇宠，不为云为雨，则为蛟为螭，吾不知其变化矣。……予之德不足以胜妖孽，是用忍情"，悖情而遗弃，却导致"时人多许张生为善补过者"的文人评价；陈寅恪《元白诗笺证稿〈读莺莺传〉》所说的"舍弃寒门而别娶高门，当日社会所公认之正当行为也"❶ 的评说，实亦指文人高门所构成的特殊群体的

---

❶ 陈寅恪，《元白诗笺证稿》，上海古籍出版社，1978年，第97页。

反言，与大众社会、市井百姓的道德情感和审美评判倾向完全相反，更缺乏娱乐性、喜剧性的民间艺术效应。诸宫调是宋金时期出现的一种有说有唱、叙事表演结合一体的大众讲唱文学样式。王灼《碧鸡漫志》卷二说："长短句中作无赖语，起于至和。嘉佑之前，犹未盛世。熙丰、元佑间，兖州张山人以诙谐独步京师，时出一两解。泽州孔三传者，首创诸宫调古传。……（曹）祖潦倒无成，作《红窗迥》及杂曲数百解，闻者绝倒，滑稽无赖之魁也。……其后祖述者益众，嫚戏污贱，古所未有"。诸宫调最显著的特质在于把作品的娱乐功能放在突出的位置，充溢着滑稽逗乐、奇巧诙谐、风趣戏谑的世俗化、喜剧性风格。一方面，从主体创作思想看，《西厢记诸宫调》卷一开首〔仙吕调〕《醉落魄缠令》（引辞）明确说："这世为人，白甚不欢洽"，"秦楼谢馆鸳鸯幄，风流稍是有声价；教惺惺浪儿都伏咱，不曾胡来，俏倬是生涯"，在董解元意识里，放纵才情、欢乐人生、无所羁绊方是为人真谛，因此在阐说创作宗旨的《风吹荷叶》进一步申明道："打拍不知高低，谁曾惯对人唱它说它？好弱高低且按捺。长话儿不是朴刀杆棒，长枪大马。曲儿甜、腔儿雅，裁剪就雪月风花，唱一本倚翠偷期话"❶，说明欲以男欢女爱的情事描写作为文艺创作的首要目的。另一方面，《西厢记诸宫调》的创作风格契合了当时盛行的社会风尚。董解元生活在金朝章宗年间，其时文坛正流行朱权《太和正音谱》所谓"承安体"风，"承安体，华观伟丽，过于轶乐，承安，金章宗正朔"，而章宗本人也"极易声色之娱"。《西厢记诸宫调》产生于上下相靡、追逐欢娱之时，又将婉曲细腻的张生与莺莺的曲折恋爱的世俗故事作为中心，辅之以吹拉弹唱，更容易拥有广泛的社会基础和群众基础。

其次，由于故事人物的人生意识、身份地位、彼此关系、情节安排等产生了巨大的变化，导致了故事主题、倾向的鲜明不同，进而构成了更为复杂多元的文化交汇与更深层次的人生追求相互支撑、促进、对立、矛盾的人文景观，引发更多的关于文化与人生命运关系的思考。最引人注目的变化是人物的立体感、丰富度极大提升。老夫人由飘零市井、无势可依的富家寡妇变为侯门似海的相国遗孀，从自然化的张生姨母，借此为张生与崔莺莺见面提供机会，此后再不参与张崔二人的人生命运发展，完全一个可有可无的旁观者，变为"治家严肃，朝野知名"，严厉限制崔莺莺人生自由、阻碍张崔爱情婚姻追求的封建礼教婚姻、等级制度的代表人物，从而贯穿于张崔二人人生始终，体现出伦理

---

❶　贺新辉，朱捷，编著，《西厢记鉴赏辞典》，中国妇女出版社，1990年，第274页。

政治文化制度和个体人生幸福追求的巨大冲突，具有文学史鲜明的典型意义。而张生从一个表面"内秉坚孤，非礼不入"，实则贪色薄情、以功名富贵为人生第一要务的具有唐代风致的科考文人，变为出身高贵却"家业零凋"、"四海游学"，"爱寂寥、耽潇洒"，"有宋玉十分美貌，怀子建七步才能，如潘岳掷果之容，似封陟心刚独正"❶，对爱情忠贞不渝、视科举无关紧要的一位有情有义的读书人，具有鲜明的时代色彩和文人的普遍特征，他的创新是"西厢故事"性质改变的主要原因。张生在《莺莺传》中因为保护孤弱姨亲财产有功而与莺莺相见，看其"颜色艳异，光辉动人"，欲念难耐，"行忘止，食忘饱，恐不能逾旦暮"，就买通红娘，"为喻情诗以乱莺莺"，完全是男权视野下文人玩弄女性、占有女性欲望的满足，丝毫不顾及"贞慎自保"的莺莺命运，更涉及不到才子佳人之间的情感交流、精神互通；虽然二人有"朝隐而出，暮隐而入，同安于曩所谓西厢者几一月"的相处经历，但张生最终重功名轻别离，为仕途而弃莺莺娶她人，酿成悲剧。而在《董西厢》中，张生粉墙朱扉见莺莺"髻绾双鬟，钗簪金凤；眉弯远山不翠，眼横秋水无光；体若凝酥，腰如弱柳；指犹春笋纤长，脚似金莲稳小"，"心虽正，见此女子，颇动其情"❷，一见钟情；经过"月下和诗"，"花园传情"，"搬兵解围"，情义日深；又由"夫人悔婚"，产生"二人怨亲"的结果，达到情感认识的共鸣；再"琴心抒恨"，深表相思，进而"越墙遭斥"，因思成疾，"声丝气噎"，最终西厢偷情，私下结合。中间显现着情与欲、爱和恨、志与情的不断冲撞，特别是爱情与科举仕途的矛盾。张生见莺莺后，"不以进取为荣，不以干禄为用，不以廉耻为心，不以是非为戒"，"有甚心情取富贵"❸，把个体对美好情感婚姻的追求凌驾于功名之上；当老夫人在既成事实的情况下应允许配莺莺，说"然莺未服阕，未可成礼"，张生才思虑科考之事："今蒙文调，将赴选围，姑待来年，不为晚矣"❹。正是由于作者对张生全新的改造，由于张生对莺莺的一片赤诚执着，才产生了"西厢故事"的美满结局。至于说张生救美有乘人之危的嫌疑，那恰恰是张生见义勇为、果敢智慧的表现，因为在他发信之前，老夫人并没有关于解救普救寺的任何承诺，当然此举也有在心仪之人面前展现自我的因素。由此，张生不再是《莺莺传》中"始乱终弃"的薄情种，而是一个对爱情婚姻始终不渝的

❶ 贺新辉，朱捷编著，《西厢记鉴赏辞典》，中国妇女出版社，1990年，第275页。
❷ 贺新辉，朱捷编著，《西厢记鉴赏辞典》，中国妇女出版社，1990年，第277页。
❸ 贺新辉，朱捷编著，《西厢记鉴赏辞典》，中国妇女出版社，1990年，第280页。
❹ 贺新辉，朱捷编著，《西厢记鉴赏辞典》，中国妇女出版社，1990年，第319页。

"笃于情"的才子。其进京赶考临别时所唱的〔大石调〕〔玉翼蝉〕中的"空悒快，频嗟叹，不忍轻离别"，以及所言"被功名使人离缺。好缘业！"等句恰好说明了这一切。

如果说《董西厢》张生的重新塑造是"西厢故事"由悲到喜转变的前提，那么崔莺莺的变化则使"西厢故事"质的飞跃具有了实现的可能，也使《董西厢》"自是佳人合配才子"的主题更加丰满艳丽。一则莺莺的身份有了明显的提高，从普通的富家之女改变为相国千金且又与表兄郑恒订有婚约，如此，才使争取美好爱情婚姻的道路更加艰难崎岖，更富有礼教冲撞和喜剧性的色彩。二则莺莺的人生主体意识明显加强，由《莺莺传》中情爱的被动单一的承受者、牺牲品，战战兢兢、逆来顺受，变为大胆勇敢、善于反抗封建礼教、果断自主地追求美好爱情的叛逆者。与《莺莺传》相比，莺莺的最明显差异在于其对自我人生价值认识的不同，以及在此基础上形成的较为模糊又难能可贵的男女平等意识的滋生和传统女子贞洁观念的淡化，此后才是连续不断的主动自觉的追求行为。在《莺莺传》中，莺莺小家碧玉，缺乏人生思考，羞于见人，草率从事，根本没有任何准备、铺垫过程就投怀送抱，而在《董西厢》里，各种因素机缘将她推到了冲突的风口浪尖。她自知"孤孀母子"、处境凄凉、命运寥落、形单影只，因而不甘寂寞，敢于倾心示爱、大胆表白，"佳人对月，依君瑞韵，口占一绝：'兰闺久寂寞，无事度芳春，料得行吟者，应怜长叹人'"❶，初步显示了对爱情的追求。面对叛匪围寺，众人一筹莫展，莺莺意识到自我一人倾城之美而身系全寺安危，思虑道："且以相公灵柩为念，莺莺乞从乱军。一身被辱，上救夫人残年；下救寺灾，活众僧之命。愿不以女子一身之辱而误众人。"❷，展示了她优美娴雅之中阳刚坚毅的一面，大义凛然，临危果决，挺身而出，使张生再也无法隐藏自己，不得不道出早已写信求救的实情，与《莺莺传》中忍受、委就的莺莺天壤之别。对于张生的示爱，她有彷徨，但更多的是期待、留恋；本欲与张生有所交流，被红娘强行拉走，她大为不满，怨恨道："这妮子慌忙则甚那？管是妈妈使来，"表现出对母亲管教严厉的反感；当母亲明确悔婚，她虽不敢明言，心里却有怨恨，心慕"张生果有孤高节，许多心事向谁说？眼底送情来，争奈母亲严厉。"❸ 自此，她的内心已

---

❶　贺新辉，朱捷编著，《西厢记鉴赏辞典》，中国妇女出版社，1990年，第279页。

❷　贺新辉，朱捷编著，《西厢记鉴赏辞典》，中国妇女出版社，1990年，第289页。

❸　贺新辉，朱捷编著，《西厢记鉴赏辞典》，中国妇女出版社，1990年，第297页。

锁住张生；收到张生"乐事又逢春，花心应已动。幽情不可违，虚誉何须奉"的鼓励劝说之后，她大胆邀约："待月西厢下，迎风户半开。隔墙花影动，疑是玉人来"❶，丝毫没有忸怩作态之感。后虽表面幡然变卦，严厉斥责张生的孟浪，实际是维护自我尊严独立而不可轻犯的主体意识的再现，也是缠绕于心的森严礼教无处不在和权威母亲苛刻管教的自然反应，也是她贵族出身与少女羞涩使然，也是二人情感交流逐步加深的过程的一部分。在张崔二人恋爱发展的征途上，张生表面上占据了主动，极尽追求之能。莺莺多矜持犹豫，几番挣扎、几多焦虑，既爱怜又隐晦，既爽利又缓慢，既勇于示爱，又裹足不前，其间经历了许亲、退兵、悔亲等多重关口，直到张生"病恹恹担带不去，……骨消肉尽，只有那筋脉皮肤"❷ 时，才赴西厢之约，与张生私下勇敢结合，实则本质上是莺莺男女平等观念在逐步发生着作用。她改变了《莺莺传》中完全男性话语和视角的陋习，在文学史上第一次展示了女性的才情、智慧，赋诗唱和，对"女子无才便是德"的封建束缚进行冲击；她初步把男性当作自我欣赏的对象，说张生"司马才，潘安貌，不由我，难谐老"❸，"岂止风流好模样，更一段儿恁锦绣心肠，道个甚教人看不上"❹，容貌美才能取悦自己，还得人品好，最终她只有在明了张生为她可以死去活来、完全值得依托的情况下，才敢于以千金之躯和张生幽会。同时，莺莺的离经叛道也意味着凝结于心的传统女性贞节思想此时也产生了巨大的变化，这是莺莺反抗性格的最显著体现。传统婚姻观女性观要求女性遵守"三从四德"：所谓"不待父母之命、媒妁之言，钻穴隙相窥，逾墙相从，则父母国人皆贱之"❺，恩格斯在《家庭、私有制和国家的起源》中也说"在整个古代，结婚乃是一种政治行为，是借新的联姻以加强自己势力的机会；在这里起决定作用的是家族的利益，而不是个人的意愿"❻；婚姻的缔结是一种由父母包办的事情。《莺莺传》产生的唐朝，其婚姻制度《唐律疏议·户婚》就明确规定"人各有耦，色类须同。良贱既殊，何宜配合"❼，婚姻突出的是门当户对、家长意志，完全没有个体意愿的表达和实

---

❶ 贺新辉，朱捷编著，《西厢记鉴赏辞典》，中国妇女出版社，1990年，第304页。
❷ 贺新辉，朱捷编著，《西厢记鉴赏辞典》，中国妇女出版社，1990年，第308页。
❸ 贺新辉，朱捷编著，《西厢记鉴赏辞典》，中国妇女出版社，1990年，第302页。
❹ 贺新辉，朱捷编著，《西厢记鉴赏辞典》，中国妇女出版社，1990年，第315页。
❺ 刘方元，《孟子今译滕文公下》，江西人民出版社，1985年，第116页。
❻ 贺新辉，朱捷编著，《西厢记鉴赏辞典》，中国妇女出版社，1990年，第5页。
❼ （唐）长孙无忌，《唐律协议》（卷4），中华书局，1983年，第362页。

现的可能。《莺莺传》中莺莺被张生抛弃只能不断自责"儿女之心，不能自固"，有"自献之羞"，认为"始乱之，终弃之，固其宜也"❶，满怀自我羞愧之感，自己不受礼法，该当有此结局，也说明唐朝礼教等级制度对个体束缚的严酷和个体贞节观念的深重。《董西厢》里的莺莺则不然，她对自我与张生结合有符合她特殊人生体验的认真思考。看到张生为自己命悬一线、危在旦夕，莺莺想"莺之罪也！因聊以诗戏兄，不意至此。如顾小行，守小节，误兄之命，未为德也"❷，对是拯救张生的性命还是保全自己的贞节，有着激烈的内心冲突；私会时还说"粉郎啊！莺莺的祖宗你知么？家风清白，全不类其他。莺莺是闺内的女，服母训敢怎如何？"最终还是对人性的欲求战胜了"男女之大防"，传统的女性贞节观轰然坍塌。更要说明的是《董西厢》借莺莺的感受歌颂了情欲绽放的美好："欢情未绝，愿永远如今夜。银台画钩，笑遣郎吹灭"，以至红娘催促"天色署矣"❸，这在中国文学史上也是第一次。

最后，情节更加丰富多彩，矛盾冲突的性质更加进步健康。《莺莺传》的矛盾冲突是在青年男女之间展开的，是莺莺的懵懂真诚之爱与张生变心薄情之间的纠葛，是围绕着男性的情色欲望和仕途追逐展开的，是单线条的情节脉络。到了《董西厢》，除了故事情节张崔二人双线发展延伸之外，更富有创新特征和时代精神的是有机地融合进孙飞虎兵围普救寺的情节，使扑朔迷离的张崔恋爱彰显于众目之下，由暗转明，也使矛盾冲突发展为争取婚姻自由的青年男女同封建家长、礼教之间的斗争，更具有社会的普遍意义，也使整个情节发展愈加起伏跌宕、悲喜交错，也为后文的郑恒争婚、杜确主婚等一连串故事埋下了伏笔。

《文心雕龙·时势》篇说"时运文移，质文代变，歌谣文辞，与世推移，……文变染乎世情，兴废系乎时序"，《董西厢》对"西厢故事"具有划时代意义的成功创新，其最主要的原因得益于汉民族传统文化与金朝女真民族文化的充分交流汇融，得益于特定时代给予艺术创作的鲜活跃动的张力。

我们知道，中国古代进入到唐朝后叶之时，中国历史翻开了新的一页，进入到多个民族政权并存对峙、和平与战争相递，多元文化交汇互融、吸纳和保留共生的宋、辽、金、西夏、元多个王朝互相碰撞交替的特殊历史时期。于

---

❶　贺新辉，朱捷编著，《西厢记鉴赏辞典》，中国妇女出版社，1990年，第268页。

❷　贺新辉，朱捷编著，《西厢记鉴赏辞典》，中国妇女出版社，1990年，第310页。

❸　贺新辉，朱捷编著，《西厢记鉴赏辞典》，中国妇女出版社，1990年，第315页。

是，中国古代文学也揭开了新的历史篇章，具有了以往从未有过的新鲜别样的美质和内涵。其中《董西厢》对"西厢故事"的革新改造就源于金朝女真文化与汉民族传统文化的逐渐交融与互相影响。

金朝是中国历史上具有异常文化吸收力和扩张力的王朝，女真民族是金朝的统治主体，它之所以能在几百年间迅速崛起、壮大，从极为落后原始的氏族部落发展为庞大的一代王朝，由极为偏狭窄小的白山黑水扩展至吞辽抗元灭宋、与南宋抗衡，占据了中国北方的绝大部分区域，就在于女真民族在统治文化建设方面的开阔的胸怀、胆识，对本生民族文化和汉民族文化的共融中扬弃的政策、态度、方略以及由此而在生活方式、习俗等方面产生的变化，这些都为《董西厢》的应运而生提供了丰富的营养。

金朝立国前后，类似中原政治统治的礼教文化、等级制度等方面的建设几乎还是一片空白，基本依照氏族部落统治发展过程中所自然形成的民风、民俗来维护延续统治，"女真初起，阿骨打之徒为君也，粘罕（宗翰）之徒为臣也，虽有君臣之称，而无尊卑之别。乐则同享，财则同用，至于舍屋、车马、衣服、饮食之类，俱无异焉。……君臣宴然之际，携手握肩，咬头扭耳，至于同歌共舞，莫分尊卑而无间"❶，很难适应疾速发展的政治军事力量，迫切需要在文化制度建设方面全力加强。于是随着女真人占领空间的不断增大，尤其是对北宋中原的蚕食和吞没，金朝的历代君主将学习效法汉民族传统文化当作巩固和发展王朝统治的主要措施，开启了轰轰烈烈的文化礼制建设："太宗以斜也，宗干知国政，以宗翰总戎，既灭辽举宋，即议礼制度，治历明时，缵以武功，述以文事，经国归蓁，至时始定"❷；"至亮徙燕，知中国威仪之尊，护从悉具，……大率制度与中国等"❸；"世宗既兴，复收乡所迁宋故礼器以旋，乃命官参校唐、宋典故沿革，开详定所以议礼，设详校所以审乐，……至章宗明昌初书成，凡四百余卷，名曰《金纂修杂录》"❹。令人叹为观止的是，金朝统治者一方面注重对中原礼制文化的强力吸收，另一方面又突出对本生女真民族文化的保护和渐进性改造，其主要特点是强调文化间的交汇共存、彼此认同，而不是互相敌视、排斥，从而形成你中有我、我中有你，多元文化礼俗融合共生的局面。女真民族作为我国古代古老的少数民族，在长期的发展过程中，形

❶ 贺新辉、朱捷编著，《西厢记鉴赏辞典》，中国妇女出版社，1990年，第315页。
❷ （元）脱脱，《金史》，中华书局，2006年，第66页。
❸ （宋）宇文懋昭（范文印注），《大金国志校正》，中华书局，1986年，第596页。
❹ （元）脱脱，《金史》，中华书局，2006年，第725页。

就了不尚一格、不偏一隅，因时应势而为的活跃开放的民族品格，"善骑射、喜耕种、好渔猎"，多元生产、生活方式杂糅相和，多质并存，兼容相生。尤为可贵的是金朝统治者逐步形成了中华民族多元一体的文化观念，对自古以来习以为然的"华夷之辨"形成有力的颠覆：金太祖强调"女真、渤海，本为一家"❶；重臣安礼奏答君上重申"猛安人与汉户，今皆一家，彼此耕种，皆是国人"❷ 的主张；金熙宗倡导"四海之内，皆朕臣子，若分别待之，岂能致一?"❸ 海陵王完颜亮更明确"天下一家，然后为正统"❹。历朝君主臣子的进步观念为金代民族间文化、礼俗的进一步交流发挥了积极的推动作用，对《董西厢》的影响尤为显著。

就金朝多种民族间的融汇过程看，金宋之间的战争和冲突无疑发挥了巨大的催化加剧功能，但更直接具体的则是频繁广泛的移民政策实施和不断改进完善的民族间通婚措施。金朝立国之后，主要推行了采取多种方式使中原汉人北迁金源内地和女真猛安克户南迁中原的两种政策。天辅六年至七年，金人"既定山西诸州，以上京为内地，则移其民实之"，"取燕京路，二月尽徙六州氏族富强工技之民于内地"❺，把"燕京豪族工匠，由松亭关徙之内地"❻；天会元年，金太宗下诏"从迁、润、来、显四州之民于沈州"❼，天会五年，金兵从汴京北撤时，"华人男女，驱而北者，无虑十余万"❽，加上战争掳获而北迁的，居住在金源内地的汉人数量大为可观。进入女真内地的汉人，一方面以先进文化和先进生产力影响着当地的女真人，另一方面则受到所处环境的强烈濡染，久而久之也就入乡随俗而融入于女真民族之中。同时，女真人也向中原大规模地迁徙，天会十一年，"是秋，金左副元帅宗翰悉起女真土人散居汉地，惟金主及将相亲属卫兵之家得留"❾。这样，大量的移民促使女真民族与汉民族杂居相处，民族文化之间的融合得以加强。当然，不同民族文化之间的交融过程是极为艰难和痛苦的，不仅仅是统治思想、文化层面的互融，还包括生

❶　（元）脱脱，《金史》，中华书局，2006年，第 25 页。
❷　（元）脱脱，《金史》，中华书局，2006年，第 1963 页。
❸　（元）脱脱，《金史》，中华书局，2006年，第 85 页。
❹　（元）脱脱，《金史》，中华书局，2006年，第 2783 页。
❺　（元）脱脱，《金史》，中华书局，2006年，第 1032 页。
❻　（元）脱脱，《金史》，中华书局，2006年，第 33 页。
❼　（元）脱脱，《金史》，中华书局，2006年，第 49 页。
❽　（宋）李心传，《建国以来系年要录》，中华书局，1956年，卷四、卷六十八。
❾　（宋）李心传，《建国以来系年要录》，中华书局，1956年，卷四、卷六十八。

产、生活方式的改变。客观地说，金朝的统治者在学习取法汉民族文化的同时，也深感女真本生文化的充沛活力和来之不易，也加大了保护与延续女真本生文化的统治力度。进入中原，女真统治者针对普通女真百姓改汉姓、着汉服的普遍现象，多次下令禁止，"初，女直人不得改为汉姓及学南人装束，违者杖八十，编为永制"❶；"制诸女直人不得以姓氏译为汉字"❷，"敕女直人不得改为汉姓及学南人装束"❸；"禁女直人毋得译为汉姓"❹。但是，移民和杂居的实际结果却与统治者的愿望大相径庭。随着金朝在中原统治的逐步稳固和日趋长久，民族间的通婚现象愈来愈多，迫使金朝统治者渐渐明确真正意义上的民族融合一体才是王朝长治久安的必由之路，于是由早期的截然对立转变为彼此包容与接受，在政策上允许和鼓励女真人、汉族人之间的通婚："及其得志中国，自顾其宗族国人尚少，乃割土地、崇位号以假汉人，使为之效力而守之。猛安谋克杂厕汉地，听与契丹、汉人婚姻以相固结"❺；又"稗与女真人杂居，男婚女聘，渐化成俗，长久之策也"❻；"尚书省言：'齐民与屯田户往往不睦，若令递相婚姻，实国家长久安宁之计。'从之"❼；诏"屯田军户与所居民为婚姻者听"❽。于是一方面从社会统治意识形态方面接受汉民族礼乐观念，推行女真"汉化"政策，儒家治国；一方面有意支持加剧民族间的各个文化层面的交融，以至于出现南宋使金诗人洪皓《次三月望日出游》所绘制的场景："五方民杂居，濒泽非广谷。鸡犬或相闻，要知是荒服。跋涉频问津，引领主人屋。老稚俱迎门，击鲜馈豚肉"。此诗虽然写了百姓热情接待南宋使节的情景，但客观上反映了金朝不同民族彼此相容、共同生活的现实。

需要说明的是，作为我国古代少数民族建立的金朝，虽然大力实行民族融合、共为一家的政策，但实际上民族文化之间的交融并不完全对等和平行。占据统治地位的女真少数民族的文化习俗，凭借其政治措施的强制性与客观上作为统治民族的优越性，对处于被统治地位的汉族传统文化产生了强大的影响。南宋文人陆游在其诗《得韩无咎书寄使虏时宴东驿中所作小阕》中说道"上源

---

❶ （元）脱脱，《金史》，中华书局，2006 年，第 985 页。
❷ （元）脱脱，《金史》，中华书局，2006 年，第 219 页。
❸ （元）脱脱，《金史》，中华书局，2006 年，第 282 页。
❹ （元）脱脱，《金史》，中华书局，2006 年，第 159 页。
❺ （元）脱脱，《金史》，中华书局，2006 年，第 991 页。
❻ （元）脱脱，《金史》，中华书局，2006 年，第 1964 页。
❼ （元）脱脱，《金史》，中华书局，2006 年，第 218 页。
❽ （元）脱脱，《金史》，中华书局，2006 年，第 278 页。

驿中槌画鼓，汉使作客胡作主。舞女不记宣和妆，庐儿尽能女真语"；南宋使金文人周麟之在《中原民谣·归德府》中也说道"景物依然似昔时，只恨居民戴胡情"；南宋使金文人范成大所撰《揽辔录》描述了金朝境内汉族民众普遍着女真服饰的情形："民亦久习胡俗，态度嗜好，与之俱化，最甚者衣装之类，其制尽为胡矣。自过淮以北皆然，而京师尤甚"。对于百姓而言，金宋并无根本区别，能安居乐业就是最大的愿望，所以尽管南宋文人对此情此景不满，但随着金人入主中原时间的日加长久，客观上出现的"渔子不知兴废事，清晨吹笛棹船来"（范成大诗《旧滑州》）的悠闲场景也是自然而然、无法改变的事实。因此，伴随金王朝在中原统治脚步的更加稳健有力，女真民族文化习俗对汉民族传统礼教文化的渗透、浸染、影响也愈加明显普遍，不由使元代诗人刘因感慨道"万里山河有燕赵，一代风俗自辽金"，特别体现在男女婚恋婚俗方面。

　　认真研讨女真民族的婚姻习俗文化的发展过程，我们会发现其婚姻观念和制度经历了由早期的氏族外婚制、部落内婚制向部落外婚制、不同民族间通婚制转变过程，最终形成了以皇室宗亲贵族世婚制为核心，民族间自由婚配，汉族礼教婚恋婚俗与女真原始婚恋婚俗兼容共存的状态，呈现出渐相扩展、多元并存、男女自主性强等特点。与汉民族礼教婚姻相比，女真民族婚姻文化体系中最引人注目的首先就是女性地位和自主程度的极大提高。女真传统婚俗中，有"婚嫁富者，以牛马为币。贫者以女年及笄，行歌于途。其歌也，乃自叙家世、妇工、容色，以伸求侣之意。听者有述娶欲纳之，则携而归，后方具礼偕来女家以告父母"❶。说明女真族的青年女子在选择配偶时是有一定自主权的，可以自我宣传、自我选择。洪皓在其记录出使金朝经过的《松漠纪闻》里说道："契丹、女真贵游子弟及富家儿月夕被酒，则相率携樽，驰马戏饮。其地妇女闻其至，多聚观之。闲令侍坐，与之酒则饮，亦有起舞歌讴以侑觞者，邂逅相契，调谑往反，即载以归。不为所顾者，至追逐马足不远数里。其携去者父母皆不问，留数岁，有子，始具茶食、酒数车归宁，谓之拜门，因执子婿之礼"。表明女真女子大胆率真，既可以申扬自己的求偶之意，还能与男子"邂逅相契，调谑往反"，甚至公开追逐所爱男子，与之同居生儿育女。如果在传统中原礼教社会，这样的事情恐怕只能是美丽的爱情神话。在上述婚恋过程中，女性地位和主体意识得到明显的张扬。在婚配过程中，女真女子的地位与男子相仿，《松漠纪闻》里记载"（女真）其俗谓男女自媒，胜于纳币而婚者"，

---

❶　（宋）宇文懋昭（范文印注），《大金国志校正》，中华书局，1986年，第554页。

所谓"男女自媒",即男女自行择偶、自行婚配。而在婚礼进行过程中,女真女子的地位也高于男子。举行婚礼时,"妇家无大小,皆坐炕上,婿党罗拜其下,谓之男下女"❶;"既成婚,婿留于妇家,执仆隶役,虽行酒进食,皆躬亲之。三年,然后以妇归"❷。以上无疑都充分折射出女真女性在爱恋、婚约、嫁娶过程中享有主动、自主的地位、权力,与汉民族女性所遭受的礼教桎梏完全不同。其次,女真民族女性贞节意识和礼法限制也远远不像汉民族礼教所强调的那样牢固、严厉。宋代理学大师朱熹说"妇人无外事,唯以贞信为节,一失其正,则余无可观尔";又讲"盖一失其身,人所贱恶,始虽以欲而迷,后必有时而悟,是以无往而无不困耳"❸。所谓"饿死事小,失节事大",把女性婚前的自然欲望和情感展露视作洪水猛兽,用尽一切手段加以阻止防范。而在女真等北方少数民族婚姻文化中,女子的贞节问题并未被过分夸大强调。就以上所记载的自由宽松的男女交往过程中,女子与男性婚前性的禁忌是不可能存在的。《松漠纪闻》记载说"(回鹘)居秦川时,女未嫁者先与汉人通,有生数子年近三十始能配其种类。媒妁来议者,父母则曰,吾女尝与某人某人昵,以多为胜,风俗皆然"。此外,女真民族还有"放偷日"的特定习俗,《松漠纪闻》说"金国治盗甚严,每捕获论罪外,皆七倍责偿。惟正月十六日则纵偷一日以为戏。妻女、宝货、车马,为人所窃,皆不加刑。是日人皆严备,遇偷至则笑而遣之。既无所获,虽畚锸微物亦携去。妇人至显人人家,伺主者出接客,则纵其婢妾盗饮器。他日,知其主者,或偷者自言,大则具茶食以赎(原注:谓羊酒肴馈之类),次则携壶,小亦打糕取之。亦有先与室女私约,至期而窃去者,女愿留则听之"。实际上,"放偷日"是对女性贞节的一年一度的公开解禁,女子无论已婚未婚都可以在这个特定日子与男子发生婚姻以外的性关系。与此相关,女真民族还保留"收继婚"的原始习俗:"旧俗,妇女寡居,宗族接续之"❹;"父死则妻其母,兄死则妻其嫂,叔伯死则侄亦如之"❺。收继婚是我国古代北方少数民族为了维护以男性为中心的家族经济利益而普遍实行的婚姻习俗,虽然有些野蛮落后,但与宋代理学所倡导的"夫死不嫁"、"从一而终"相比,终究为守寡女子存留了一块家庭生活的天地。最后,在女真民族

❶ (宋)宇文懋昭(范文印注),《大金国志校正》,中华书局,1986年,第383页。
❷ (宋)宇文懋昭(范文印注),《大金国志校正》,中华书局,1986年,第1048页。
❸ 朱熹,《诗集传》,上海古籍出版社,1979年,第37页。
❹ (元)脱脱,《金史》,中华书局,2006年,第1518页。
❺ (宋)宇文懋昭(范文印注),《大金国志校正》,中华书局,1986年,第585页。

从氏族部落向封建帝国发展过程中，一些原始婚俗的逐渐废除也经历了一个比较漫长的时期，直到世宗年间才依照汉民族婚姻礼仪传统制定了一系列规章制度，如对"服内成亲者"的禁止条例，其中还包括之前社会还存有的"抢婚"、"盗婚"的原始习俗。《金史·欢都传》记载："初，乌萨扎部有美女名罢敌悔，青岭东混同江蜀束水人掠而去，生二女，长曰达回，幼曰滓赛。昭祖与石鲁谋取之……昭祖及石鲁以众至，攻取其赀产，虏二女了以归。昭祖纳其一，贤石鲁纳其一，皆以为妾。"表明女真民族兴起之初抢夺妇女为妻妾之风比较盛行，后来随着社会的发展，"抢婚"等习俗得到了禁止。世宗大定年间曾下诏"以渤海旧俗男女婚娶多不以礼，必先攘窃以奔，诏禁绝之，犯者以奸论"❶。对女真人及渤海人原有的窃婚旧俗加以废止，反过来也意味着这些旧俗曾经在相当长的时期内存留。由于一百多年的民族文化之间的融汇共通，更由于多元共存的女真婚姻婚俗的直接影响，巩固延续了千年的汉民族传统的婚姻观念也发生了剧烈的变化。金朝学者王若虚在《滹南遗老集·杂辨》篇说："此迂儒执方之论也。先王制礼，虽曲为之防，亦须约以中道而合乎通情，故可以万世常行，而人不为病。若程氏者，刻覈已甚矣"。对限制人性欲望的礼教观念进行批判，提倡守礼不应拘时，应突出人情物理。

综上所述，正是由于《董西厢》诞生在金代这样一个多种民族共存、多元文化交融的特殊时代，才创新出"西厢故事"流变史上"孙飞虎抢亲"的情节，才塑造出敢于与所爱的男子私自结合、大胆私奔的女子，才有与女真世婚制相关、受汉民族婚姻礼教等级制度影响的进步主题的高扬，才使"西厢故事"插上了时代、民族的翅膀，翱翔在中国古代历史的上空。

第二节　杨景贤与《西游记》

元末明初的蒙古族剧作家杨景贤对"西游取经"情有独钟，开创性地展示了猪八戒卓有文化内涵的艺术形象，其佛道魔一体的世俗宗教文化特征体现了世俗化审美与草原文化的有机融合，为吴承恩小说《西游记》猪八戒形象的塑造，奠定了坚实的艺术基础；杨景贤还以独具民族文化特征的艺术视野和包容坦荡的创作心怀，在《西游记》中塑造了众多鲜活灵动又富有个性解放色彩的女性形象，她们凝聚着不断进步的时代精神和鲜活跃动的民族文化，进一步丰

---

❶　（元）脱脱，《金史》，中华书局，2006年，第169页。

富了古代文学创作的女性世界。

一、猪八戒形象的塑造

如果与孙悟空神魔多彩形象漫长的演变形成历史比较，猪八戒在"西游故事"人物序列中可谓晚出；直至元末明初的蒙古族剧作家杨景贤《西游记》杂剧问世，猪八戒才卓然挺立，成为西游人物艺术天地中不可或缺的有机组成。那么，作为猪八戒形象的始作俑者，杨景贤于猪八戒倾注了怎样深厚的艺术情感和文化思考呢？

1. 佛道魔一体的世俗宗教文化特征

在中国漫长的历史长河中，没有任何一个王朝像元代那样对各种宗教采取兼容并包的态度。《世界征服者史》说："因为成吉思汗不信宗教，不崇拜教义，所以，他没有偏见，不舍一种而取另一种，也不尊此而抑彼；不如说，他尊敬的是各教中有学识的、虔诚的人，认识到这样做是通往真主宫廷的途径。他一面以礼相待穆斯林，一面极为敬重基督教徒。他的子孙中，好些已各按所好，选择一种宗教：有皈依伊斯兰教的，有归奉基督教的，有崇拜偶像的，……他们虽然选择一种宗教，但大多数不露任何宗教狂热，不违背成吉思汗的札撒，也就是说，对各种宗教都一视同仁，不分彼此。"❶《元史·释老传》也认为宗教的兴衰"每系乎时君之好恶"，实际是说就社会统治和大众而言，宗教与政治统治和民众世俗心理有极为密切的关联，而不纯然是对宗教教义、终极追求的虔诚参悟和执着逼近。受成吉思汗的影响，开朝君主忽必烈对所有宗教都表现出极大的兴趣，曾说"人类各阶级敬仰和崇拜四个大先知。基督教徒把耶稣作为他们的神；撒拉逊人把穆罕默德看成他们的神；犹太人把摩西当成他们的神；而佛教徒则把释迦牟尼当做他们的偶像中最为杰出的神来崇拜。我对四大先知都表示敬仰，恳求他们中间真正在天上的一个尊者给我帮助"。❷这样，不论是蒙古民族长期形就的萨满信仰，还是由西入东的基督教、伊斯兰教，亦或是中土化的佛教、土生土长的道教，均能被蒙古民族改造接受，成为他们开疆拓土、发展壮大、挥洒人生的有力工具。正是这种不拘一格、不限一尊的开放、博远的胸怀、见识，才促使杨景贤将猪八戒置于多元宗教文化，特别是佛道魔杂糅、相合一体的土壤之上，从而更迎合适应了元代多元文化并存

---

❶ （伊朗）志费尼，《世界征服者史》（上册），内蒙古人民出版社，1981年，第29页。
❷ 幺书仪著，《元人杂剧与元代社会》，北京大学出版社，1997年，第17页。

162

格局和广大民众的社会心理，使传统的"取经西游"故事更贴近生活，更为大众所接受。

就西游人物的成长史而言，基本都经历了一个由史实到传说、从凡俗变神异的演进过程，且主要集中在唐僧玄奘和猴王身上：河南巩县石窟寺、福建泉州开元寺等均存有唐代猴王的石刻；宋金元之际，有《大唐三藏取经诗话》的讲经话本，南宋刘克庄《释老六言十首》中有"取经烦猴行者"之语，董解元诸宫调《西厢记》中有："这每取经后不肯随三藏，肩担着扫帚藤杖，簇棒着个杀人和尚"之语，杜仁杰的散曲〔般涉调·耍孩儿〕《喻情》里有："唐三藏立墓铭空费了碑"的感叹，赵彦晖的散曲〔南吕一枝花〕《嘲僧》中说："被个老妖精狐媚了唐三藏；"而现存元代磁州窑的"唐僧取经枕"，已有唐僧、孙悟空、猪八戒、沙僧师徒四人取经的形象，充分说明到了元代唐三藏、孙行者故事已为世人熟知。而对于猪八戒来说，除了以泥塑石刻的形象陪侍在唐僧左右之外，在世代的说经讲史、文人民间创作中都罕见提及，更不要说有性格刻画和文化寄托。这也才使杨景贤于历史空白的基础上尽情释放自我的艺术想象力，依据血脉相续的民族传统和文化思考去塑造猪八戒的艺术形象。

从杂剧《西游记》文本而言，杨景贤对猪八戒给予了充分重视和文化寄寓。首先杨景贤用了整本六分之一、四折的篇幅，来展示这位首次登上"西游取经"舞台的猪魔形象，相对于沙和尚笔墨更多，内涵和分量也更为突出，成为整个西游故事中仅次于行者的必不可少的人物。其次由人物的出场、命运的流程，到最终的结局，杨景贤始终将佛道魔一体作为猪八戒形象的核心内容看待。猪八戒的首轮出场自报家门说"自离天门到下方，只身惟恨少糟糠。神通若使些儿个，三界神祇恼得忙。某乃摩利支天部下御车将军。生于亥地，长自乾宫。搭琅地盗了金铃，支楞地顿开金锁。潜藏在黑风洞里，隐显在白雾坡前。生得喙长项阔，蹄硬鬣刚。得天地之精华，秉山川之秀丽，在此积年矣，自号黑风大王，左右前后，无敢争者。"（第四本第十三出）从自我介绍看，猪八戒本为摩利支天部下御车将军，而摩利支天却是亦佛亦道，既是佛教尊佛，所谓"摩利支菩萨，……有自在通力之天神也，……特为武士之守护神，"其法相又有"摩利支菩萨坐金色猪身之上，身著白色顶戴宝塔，左手执无忧相华枝，复有群猪环绕"❶ 的描述；又是道教天尊，"在道书《先天斗姆奏告玄科》中，斗姆星的全称是'九天雷祖大梵先天乾巨光斗姆紫光全尊圣德天后圆明道

---

❶ 《佛学大辞典》下册，上海书店出版社，1991年，第2564页。

母天尊摩利支天大圣'"。❶ 如此，杨景贤为猪八戒安排了一个佛道一体的角色出身，与宗教产生了密不可分得关系，既为菩萨的坐骑，又是天神的一员。而这样设置实际上一方面显示了佛教作为元朝国教在人们心目中的独特地位和影响，又可以使猪八戒具有道神绝大的神通手段，为施展法力表现自己创造条件，还能使人物命运变化和结局前后相贯，为最终的圆寂脱化设下伏笔。同时，"只身惟恨少糟糠"的天性好色，"盗了金铃，顿开金锁"的贪货反性，"生得喙长项阔，蹄硬鬣刚"的猪精模样，"自号黑风大王，左右前后，无敢争者"的强盗色彩，又使猪八戒具有了魔怪的特征。名之为"八戒"是要表明其经历的浑乱不经，更需要以佛家的八条戒律来锻造磨砺自己。所谓八戒，又称八关斋戒，即佛教徒必须遵守的八条戒律："不杀，不盗，不淫，不妄语，不饮酒，不着华鬘好香涂身，不歌舞娼妓，不往观听"。❷ 此后，他弄神通、据人妻、战行者、掳唐僧，完全一种离经叛道的"魔军"嘴脸。最后在观世音、二郎神的逼压之下，不得已皈依佛门；其结局是举火成"正果"、辞世去朝元，全然是佛教徒一般修行磨练的结果呈现。由此，杨景贤从佛道魔始，又至佛而终，将杂糅的世俗宗教文化贯穿于猪八戒形象的塑造过程中，使"三教合流"的文化倾向在"西游取经"故事流变中更加浓郁丰厚。

2. 世俗化审美与草原文化的有机融合

作为历史上的第一次，杨景贤为猪八戒量身打造了一副适应大众世俗化审美特点的喜剧性外衣，表现了粗放豪纵、无所羁限的草原文化特色。就《西游记》杂剧猪八戒艺术形像而言，放纵欲望、贪受美色、不守律规是其基本特点。唯其好色，他破坏天条、下界为妖，依仗手段占据他人之妻，极尽为人享受之能，说"我今夜化作朱郎？去赴期约，就取在洞中为妻子，岂不美乎？只为巫山有云雨，故将幽梦恼襄王"；唯其纵欲，不管朱、裴两家的丢媳失女、大打官司，讲"自从摄将这女子来，他两家打官司，打不打不管我事，每夜快活受用；"唯其好色，他即使是身为修持弃欲的取经和尚，也屡犯科条，到女儿国与宫女尽情快活欢娱，"〔寄身草〕猪八戒吁吁喘，沙和尚悄悄声。上面的紧紧往前挣，下面的款款将腰肢应；"活脱妓院的嫖客作态。杨景贤居住于名扬天下的烟柳繁华地、温柔富庶乡——杭州，熟谙大众瓦舍勾栏文化的世俗特

---

❶ 马书田著，《中国道教诸神》，团结出版社，2002年，第69页。
❷ 《佛学大辞典》上册，上海书店出版社，1991年，第1103页。

征，"不以风雨寒暑，白昼通夜，骈阗如此，"❶ "夜市直至三更尽，才五更又复开张。如要闹去处，通晓不绝，"❷ 明确满足市众娱乐欢闹是戏曲杂剧创作的主要目的。而文人墨客也在瓦舍更加纵情诗酒风流，宋张端义《贵耳集》卷下说"临安中瓦直御街中，士大夫必游之地，天下士皆聚焉。"❸ 所谓"甚为士庶放荡不羁之所，亦为子弟流连破坏之地。"❹《西湖游览志余》也说"元时法禁宽假，士夫得以沉昵盘游，故其诗多脂粉绮罗之态。杨廉夫诗：天街如水夜初凉，照室铜盘璧月光。别院三千红芍药，洞房七十紫鸳鸯。绣靴蹴鞠句骊样，罗帕垂弯女直妆。愿汝康强好眠食，百年欢乐未渠央。"❺ 于是雅士的吟诗纵酒与市井的吃喝嫖赌融为一体，生理快感的满足和精神愉悦的释放集于一身。如此，猪八戒的好色贪享的本性形成也就具有了充分的社会大众基础。在世俗文化的土壤上，猪八戒又形了浓重的喜剧娱乐的特性。他本是一个猪精魔怪，"自号黑风大王"，"蹄高八尺，身长一丈，是个大猪模样"，粗笨不堪，却有十分的人情味。为了首次见裴姑娘有个好印象，不惜黑白颠倒，"往常时白白净净一个人，为烦恼娘子啊，黑干消瘦了"。自己出门办事，怕海棠孤单，让"邻家女子相陪"；又担心海棠思念父母，"置着衣服首饰，办着礼物，着你家去走一遭"。凡此种种表现，都与市井大众生活息息相关。更令人忍俊不禁的是莽撞粗俗的八戒竟然面对高山明月摆弄诗文词曲，"（猪云）姐姐，你唱一个，我吃酒。（裴女云）尊神，我唱甚么？（猪云）唱个〔念奴娇〕"。真是本是猪身，却扮斯文。而此时行者正在山顶眺望，听到此语，"（行者云）〔念奴娇〕？我着你吃个大石头"，在欢乐尽兴之时从头浇了一盆凉水，产生了意想不到的喜剧效果。

杨景贤是蒙古族剧作家，元末明初贾仲明《录鬼簿续编》说："杨景贤，名暹，后改名讷，号汝斋，故元蒙古氏，因从姐夫杨镇抚，人以杨姓称之，善琵琶，好戏谑，乐府出人头地，锦阵花营，悠悠乐志……"❻。说明他既具有蒙古游牧民族的传统血脉，又有长期与汉族文士交往和生活于文人集萃的繁华都市的经历，而其戏剧语言又有诙谐幽默、近于理俗、符合本民族语和市民喜

❶ 孟元老，《东京梦华录》，上海古典文学出版社，1956年，第16页。
❷ 孟元老，《东京梦华录》，上海古典文学出版社，1956年，第21页。
❸ 转引自吴晟著，《瓦舍文化与宋元戏剧》，中国社会科学出版社，2001年，第59页。
❹ 孟元老，《东京梦华录》，上海古典文学出版社，1956年，第95页。
❺ 田汝成，《西湖游览志余》卷十一，上海古籍出版社，1980年，第204页。
❻ 《中国古代戏曲论著集成》（二），中国戏剧出版社，1959年，第284页。

好娱乐的特点。和汉族相比,蒙古民族更少礼教等级苛规的限制,更张扬人的个性禀赋,更突出个体情绪的宣泄和欲望的满足,把歌舞纵欲、游戏娱乐当作他们日常生活的重要组成部分。在忽必烈朝,贵族元老甚至把朝贺当成游戏欢乐的好机会,《南村辍耕录》卷记载说"凡遇称贺,则臣庶皆集帐前,无有尊卑贵贱之辨。执政官厌其喧杂,挥杖击逐之,去而复来者数次。"戏狎嬉谑与庄重朝政混为一体,显示了蒙古民族对娱乐游戏的极端重视,强化了文学娱乐功能的充分实现,元朝中后期剧作家钟嗣成的《录鬼簿》曾谈到元曲家的创作态度:"称宫换羽,搜奇索怪,而以文章为戏玩,"❶ 就是最好的说明。这些都对杨景贤塑造猪八戒的形象产生了一定影响。

综上所述,杂剧《西游记》中猪八戒形象的描绘刻画,深刻体现了杨景贤作为一个蒙古族剧作家所特有的艺术追求和文化思考,特别是对该形象所蕴含的佛道魔一体的文化特征和适应世俗大众娱乐需求的喜剧化性格等方面的创造性探索,为吴承恩小说《西游记》猪八戒形象的塑造,奠定了坚实的艺术基础。

二、独特的女性形象

作为一个少数民族文人,杨景贤以其独具民族文化特征的艺术视野和包容坦荡的创作心怀塑造了一个个鲜活灵动、耐人寻味的女性形象,其具有拓荒性的文学笔触为后人创造了一个使人神思飞动、逸想万里的新的艺术天地。

根据《录鬼簿续编》的记载,杨景贤创作了约 20 多种杂剧:《西游记》、《红白蜘蛛》、《楚襄王梦会巫娥女》、《柳耆卿诗酒玩江楼》、《史教坊断生死夫妻》、《月夜西湖怨》、《魔勒盗红绡》、《陶秀英鸳鸯宴》、《月夜海棠亭》、《翠西厢》、《翠红乡儿女两团圆》、《刘行首》、《卢时长老天台梦》、《大闹东岳殿》、《玩江楼》、、《贪财汉为富不仁》、《动神衹三田分树》、《偃师救驾》、《佛印烧猪待子瞻》、《一箭保韩庄》等,虽然绝大多数作品难寻踪迹,但从戏剧标目看,其中不乏众多女性形象,且男女恋情是极为突出的题材。

就现存作品看,《西游记》杂剧当为其描写女性形象最多的一部。

首先,女性人物的比重大大增多,女性人物的层次感明显增强,女性人物的作用显著加大,构成了一个比较完整的女性世界。《西游记》杂剧出场人物有名有姓的约计 32 位之多,其中女性共 9 位,占据了作品人物四分之一强的分量。中间有统治一方的女儿国国王、与行者快活享乐的火轮金鼎国王之女,

---

❶ 《中国古代戏曲论著集成》(二),中国戏剧出版社,1959 年,第 131 页。

有手持千斤又神奇莫测铁扇的铁扇公主、神通无比而爱子甚切的鬼子母，有笑谈佛经、指引师徒的贫婆，有忍辱负重、终报冤仇的官员之妻殷氏、思念父母但耽于欢爱的裴小姐，有戏言神圣取经事业的村姑和被银额将军摄入洞府的刘姑娘。可以说上至国王、公主，下到贵族夫人、村妇、丫头，又有身世诡秘的女性神魔鬼怪，形形色色，林林总总，形就了一幅热闹无比而又不可或缺的女性图画，相较于《取经诗话》女性的零落单调更为多姿多彩。同时，女性人物的功能也与男性平分秋色、不相上下。一方面，女性神魔形成了强大的阻碍取经功业的反面力量，其神通之大、来历之深远远超越了普通的妖魔鬼怪；又以铁扇公主和鬼子母最为出众。铁扇公主原是风部下祖师，因为带酒与王母相争，反却天宫，来此铁嵯山居住；她的铁扇，"三界圣贤，不可量度"，（《西游记》第十九出）将孙悟空一扇子扇了个魂飞魄散，只能求观音搭救。与铁扇公主相比，鬼子母更为神异，她的渊源连观音也不甚明了，更别说施法收服，就是佛祖也无法讲明，只能模糊了事，"（佛云）不知此非妖怪。这妇人我收在座下，作诸天的。缘法未到，谓之鬼子母"；她的能耐"惊得阿难皱眉，唬得伽叶伤悲"，（《西游记》第十二出）无奈之下，只有借佛祖的钵盂降服。这样，女性神魔的介入，使得取经之路更为艰难曲折，也使取经故事更为神奇烂漫。另一方面，女性人物的性格鲜明突出，有的女性显示了更为强势的特点，进一步充实了作品的人物世界，表现了社会生活的丰富多彩。如果说唐僧与道士的对话展现了宗教对酒色财气的摒弃，体现了传统的宗教思想，那么在到天竺佛国后遇到的贫婆，则是从世俗生活的角度演述佛教经典义理，完全一个虔诚佛徒的形象，这就从侧面烘托了佛教的召唤力，也有力地促进了佛教圣地的氛围营造。而体现在铁扇公主身上则显示了天性自由浪漫的特征。她本是天界上仙，只因言语不合、话不投机，就反下天宫，来人间寻求自由自在的快活生活，所谓"当日宴蟠桃惹起这场灾祸，西王母道他金能欺风木催槎。当日个酒逢知己千钟少，话不投机一句多，死也待如何？"（《西游记》第十九出）反映出她不畏威权、渴求独立自主的人格追求。

其次，借助女性形象的塑造，作品有意张扬了冲破传统礼教观念的世俗化追求，突出地表现为对男女性爱的肯定，对女子封建禁律的抛弃，对宗教禁欲主义的否定，蕴含着广大市民要求个性解放的积极因素。对于封建女性的成长而言，禁锢灵魂、灭绝人性的最大力量无疑是"夫权"和"贞节"观念及其制度，而《西游记》中的女性以其绝大的勇气不断冲击着这一腐朽文化制度对她们的束缚。唐僧母亲殷氏为了保住腹中胎儿，强颜欢笑，与贼人刘洪共同生活十八年，终于配合儿子报了血海冤仇，自始至终没有丝毫的"贞节"的忧虑；报仇之后，面见丈夫，她不仅没有愧疚，而是充满了欢乐和自豪："云头上显出白衣衣，市廛间诛了绿林儿，贼巢中趁了红裙志"。(《西游记》第三出）其结局得到朝廷封赠，与丈夫欢度晚年。与后世小说中殷氏欲自缢、投水、最终从容自尽的结局相比，杂剧中的殷氏更具有女性解放的时代魅力。与灾难深重的殷氏相比，女儿国国王的人生经历描绘了自然人性的极度变形扭曲，显现了人的正常的的性爱欲求的无法遏制。剧中女王一上场的一段唱词就表现了她身为帝王之尊却无男子作伴的孤寂凄清："我怕不似嫦娥模样，将一座广寒宫移下五云乡。两般比喻，一样凄凉：嫦娥夜夜孤眠居月窟，我朝朝独自守家郑。虽无那强文壮武，宰相朝郎；列两行脂粉，无四野刀枪。千年只照井泉生，平生不识男儿样。见一幅画来的也情动，见一个泥塑的也心伤。"(《西游记》第十七出）她闻听大唐国师由此绎过，不由得春心摇荡："说他几载其间离了大唐，来到俺地方。安排香案快疾忙。今日取经直过俺金阶上，抵多少醉鞭误入平康巷。我是一个聪明女，他是一个少年郎。谁着他不明白抢入我花罗网，准备着金殿锁鸳鸯。""稳情取和气春风满画堂。宰下肥羊，安排的五味香，与俺那菜馒头的老兄腾了肚肠。陪妆奁留他做丈夫，舍身躯与他做正房。可知道男儿当自强。"(《西游记》第十七出）面对唐僧以佛教中人的神圣感、使命感违心相拒和苦苦挣扎，她大胆抱住唐僧，强行欢娱，显露出人性欲望的不可阻挡和宗教禁欲主义的虚伪乏力，"扯唐僧"唱到："(么）你虽奉唐王，不看文章。舜娶娥皇，不告爷娘。后代度量，孟子参详。他父母非良，兄弟参商，告废了人伦大纲，因此上自上张。你非比俗辈儿郎，没来由独锁空房。不从咱除是飞在天上，箭射下来也待成双。你若不肯呵，锁你在冷房子里，枉熬煎得你镜中白发三千丈。成就了一宵恩爱，索强似百世流芳。"(《西游记》第十七出）果断、有力，柔中有刚，如果不是韦陀从天而降，唐僧早已经沉醉于温柔富贵乡了。如果说上述女性是一种主动自觉意义上的性爱欲求，那对于裴小姐、刘大姐、金鼎国公主来说，虽然都是被神魔掳摄而来，显得被动受制，人魔相守共处，苦难性鲜明，但从她们的生活切身感受来说，她们并没有把妖魔看得多可怕，并没有刻意夫婿的名分地位，并没有强调纲常名教对人的影响；她们所追奉的更多的是现实生活的享乐，特别是情感上夫婿的在意和性爱的满足。裴小姐不满父亲的嫌贫悔婚，主动派丫环传书递简，暗邀朱公子月夜相会，未曾见面就春心泛滥，想"俺那多俊才，怕不道思量俺"；(《西游记》第十三出）黑猪精化作人形，冒名而来，裴小姐不问内情，不理身份，软语撩拨、以心相许："秀才呵，不要你前唐后汉言通鉴，俺家尊方睡梦初甜，你不将经卷览，惟把色情贪"，（《西游记》第十三出）猪八戒带她私奔，她不假思索，欣然相从："填满起闷怀坑，担干起相思担，我按不住风流俏胆。连理枝头谁下砍，对菱花接上瑶替。过得南山，则少个包髻团衫。俺爹便知道呵，也不妨。原定下的夫妻怎断？咱茶浓酒甜，趁着风清云淡，省得着我倚门终日望停骚。"（《西游记》第十三出）这里，传统婚姻所规定的"门当户对"、"媒妁之言"荡然无存。被摄入黑风洞，与猪精为伴，她并没有过分的痛苦怨怼，而是与猪八戒情意绵绵、分外融洽："俊儿夫似海内寻针，姻缘事在天数临"，"他每点下绛蜡，铺着绣衾。等到咱来，斟将酒至，盼得君临"。猪精酒醉回洞，她满脸生嗔、撒娇怄气："你可也和谁宴饮，着我独怀跌窖。醉眼横秋，笑脸生春，酒渗衣襟。满捧香醪，轻焚宝篆，闲空鸳枕。我叫你个吃敲才怎般福荫。"（《西游记》第十四出）就如同老夫老妻情深意长，没有任何生分别扭之感。同样，身为公主的金鼎国王之女被猴精摄入花果山紫云洞中，不是面愁不展、哭哭啼啼，而是整日品尝着"仙桃"、"御酒"，使唤着"木客"、"山魁"，感到十分"受用"，"忍不住一场好笑"。（《西游记》第十三出）猴王从天宫盗得仙衣、仙帽，公主不问来历，却乐不可支："王母仙衣无分着。金灿烂光闪烁，多管是天孙巧织紫霞绢。你去玉皇宫偷得银丝帽，抵多少琼林宴颁赐金花浩"，（《西游记》第十三出）看重的只是眼前的富贵享受，根本不理会为人的道德准则。而象铁扇公主和鬼子母，她们的行为过程更多的体现出女性独立力量的耀眼光芒，在她们身上丝毫也捕捉不到一点男性、"夫权"束缚的影子，做事磊落果断，性格强悍有力，抗拒权威，蔑视礼法，让人慨叹不已。

杨景贤倾情刻画的新型女性形象凝聚了不断进步的时代精神和鲜活跃动的民族文化。与元末明初的其他文人相同，杨景贤经历了元末战争和明初政治斗争的残酷无比，对政治产生了极大的忧惧，又长时期生活在烟花富庶的都市杭州，于是把寄情山水、隐逸市井、依红偎翠、诗酒风流作为人生的最大要务，因而将世俗化追求作为艺术创作的努力方向，好色、贪婪、纵欲自然就成为杂剧演述的有机组成。同时，他又有蒙古民族的血统和文化基因，在展示女性形象风采时，不由得融合进蒙元女性文化的进步元素。比如，传统汉民族婚姻中女性成为政治联姻的牺牲品，而元代法律明确限制："诸以亲女献当路权贵求进用，已得者追夺所受命，仍没入其家。"❶ 又明文禁止指腹为婚的陋习："诸

---

❶　《元史》，中华书局，1976年，第2611页。

男女议婚，有以指腹割衿为定者，禁之"。❶ 这些在一定程度上为女性的自主自由创造了有利条件；相对汉族女性的守礼恭谨，蒙古民族的女性大胆泼辣、直言率真、奔放无忌，有时甚至骑马作战，不逊男子。应当说，《西游记》中女性的独树一帜，更多地受到了游牧民族文化的影响。

总之，《西游记》杂剧中女性形象的夺目展演，为中国古代文学女性人物画廊增添了一道奇异亮丽的风景。

第三节　草原文化对戏剧形成的影响

如果探寻中国古代文学艺术门类的渊源、形成、繁盛的缘由，恐怕没有任何一种艺术类型像中国古代戏剧这样头绪繁乱，线索杂多，难以形成一种大家心悦诚服的结论。究其原因，其根本在于从文化戏剧学的角度说，戏剧是文化的艺术显现，而在戏剧形成的漫长过程中，中国文化又始终呈现出非单一性的、以某民族或某区域文化占据统治地位的简单结构，而是长时期处于一种多元性的，特别是草原游牧文化与中原农耕文化冲撞、交流、融合的复杂的状态，极难以在科学统一的理性视野下进行把握；同时，众所周知，中国古代戏剧发展到元代，出现了元杂剧，中国古代戏剧才具有了比较定型、成熟的形式体制，才成为一种独立的、具有自我审美形态、美学品行的文学样式。如王国维所说"而论真正之戏曲，不能不从元杂剧始也"❷；又说所谓元杂剧之较前代戏剧的进步，主要有两个方面：其一在于乐曲形式，"每剧皆用四折，每折易一宫调，每调中之曲，必在十曲以上，其视大曲为自由，而较诸宫调为雄肆；"其二则"由叙事体而变为代言体；""此二者之进步，一属形式，一属材质，二者兼备，而后我中国之真戏曲出焉"。❸ 而戏剧的音乐文化当属材质又兼形式，既有结构的特点，又有叙事的因素，由此，草原音乐文化对古代戏剧的形成，产生了重要的作用。

关于中国古代戏剧创生演变的过程，古人下了极大的功夫进行讨论，而最关键的是辨清什么才是戏剧的本体，明代曲论家王骥德说："古之优人，第以谐谑滑稽供人主喜笑，未有并曲与白而歌舞登场如今之戏子也；又皆优人自造

---

❶ 《元史》，中华书局，1976年，第2642页。

❷ 王国维，《宋元戏曲史》，上海古籍出版社，1998年，第61页。

❸ 王国维，《王国维戏曲论文集·宋元戏曲考》，中国戏剧出版社，1984年，第95页。

科套，非如今日习现成本子，俟主人择拣，而日日此伎俩也。如优孟、优旃、后唐庄宗，以迨宋之靖康、绍兴，史籍所记，不过《葬马》、《漆城》、《李天下》、《公冶长》、《二圣环》等谐语而已。即金章宗时，董解元所为《西厢记》，亦第是一人依弦索而唱，而间以说白。至元而始有戏剧，如今之所搬演者是。"❶ 在王骥德看来，成熟的戏曲应具备以下两个条件：一是"并曲与白而歌舞登场"；二是"习现成本子"。因此，元杂剧出现以前的诸种表演艺术形式或载体，都不能看作是成熟的戏剧，而且戏剧表演以用于演唱的曲子为主。此后，王国维在此基础上又有所推进，先是于《戏曲考原》中提出"戏曲者，谓以歌舞演故事也"的简介论断，后又在《宋元戏曲考》予以全面阐释，指出"必合言语、动作、歌舞以演一故事，而后戏剧之意义始全，"而且这种表演应该是"代言体"的；这样王国维得出了与王骥德相似的结论："我国戏剧，汉魏以来，与百戏合，至唐而分为歌舞戏及滑稽戏二种，宋时谓滑稽戏尤盛，又渐藉歌舞以缘饰故事，于是向之歌舞戏，不以歌舞为主，而以故事为主，至元杂剧出而体制遂定。南戏出而变化更多，于是我国始有纯粹之戏曲。"❷ 以上论断都说明中国古代戏剧出现、形成至成熟是一个渐相推进的漫长过程。而不管对古代戏剧形成因素做怎样的"近源"或"远源"的探讨，都有一个不可回避的问题，那就是音乐文化与戏剧形成的密切关系。从最早定型、成熟的"真戏曲"——元杂剧的三大艺术构成要素说，有"唱"、"科"、"白"三类，而"唱"作为中国古代戏剧最主要的艺术表达手段本身就是音乐文化、音乐艺术的直接显现；从中国古代戏剧的集大成艺术——京剧构成说有"唱"、"念"、"做"、"打"四项，"唱"同样至关重要。从古代戏剧的基本艺术特征讲，有抒情写意性、综合性和虚拟化程式性等。而每种特征都与音乐艺术相关联，如王安祈所说："陈世骧先生于《中国的抒情传统》一文中曾指出：'中国所有的文学传统统统是抒情诗。'此种说法，已获得学者们普遍的认定。戏剧，当然也无法自外于此一抒情传统。戏剧本应是表演故事，推进情节的，但中国的传统戏曲，却于叙事构架之上，展现了抒情的精神。"❸ 中国戏曲是曲主白宾，其核心是曲，唱曲决定了戏曲具有浓郁的抒情性、写意性。说到戏剧的综合性，周贻白说："戏剧，向有'综合艺术'之称，或亦名之为第七项艺术。这是因

---

❶　王骥德，《曲律·杂论》，《中国古典戏曲论著集成》（四册），中国戏剧出版社，1959年，第150页。
❷　王国维，《王国维戏曲论文集·宋元戏曲考》，中国戏剧出版社，1984年，第95页。
❸　傅谨，《中国戏剧艺术论》，山西教育出版社，2000年，第115页。

为它本身所包含的艺术成分，兼具诗歌、音乐、舞蹈、绘画、雕塑、建筑等六项艺术的缘故。其所为综合，是指其能够融合众长，由是而形成一项不同于其他艺术的独立形式，"❶ 没有音乐的介入，综合性无从说起。论及戏剧的虚拟化程式性，明代王骥德《曲律·杂论第三十九上》说："戏剧之道，出之贵实，用之贵虚。……以实而用虚也易，以虚而用实也难。"所谓"出之贵实"，指真性情、真感受、真生活的艺术表现，"用之贵虚"，指戏剧的艺术构思、情节结构和艺术表现手法采用虚构、夸张、象征性动作，寓言性的道具，克服时间、空间的局限，而这一切的审美创作的实现过程无不借助于音乐或唱曲来展示。一句话，戏剧与音乐有着与生俱来且越来越密切的关系。

　　追溯戏剧的起源或源头，不能简单以某种定义式的阐释为方法，因为定义是针对认识对象的本质特征的概括而言，而此种对象的本质特征又是在其形式体制方面的定型化的基础上产生的，而就事物的复杂性，尤其是中国古代戏剧的多元多质的特点，任何定义都是"蹩脚"的，因此，莫若以戏剧构成的某一方面，某一元素的形成为起点进行考察，更能够说得清楚明白。这里音乐文化就成为思考的起点，王国维曾说："奥自贸丝抱布，开叙事之端；织素裁衣，肇代言之体；追源戏曲之作，实亦古诗之流。"❷ 依王国维所言，古代戏剧是在以《诗经》为代表的古诗的文化精神和美学意蕴的基础上发展而来。虽然此论断涉及到了古代戏剧的远源，有模糊之嫌，但毕竟说明戏剧与传统古诗的源流关系。实际上，中国古代戏剧音乐的源头本身就应与《诗经》相联系。《诗经》"弦诗三千，歌诗三千"的来源与"风"、"雅"、"颂"的分类就显示其鲜明的音乐特性。而在《诗经》的音乐文化中就包含着具有草原文化特质的游牧民族音乐内容，而其中又以秦国秦地的"秦风"为最。《汉书·赵充国辛庆忌传》说："天水、陇西、安定、地处外势迫近羌胡，民俗修习战略，高上勇力鞍马骑射，故《秦风》曰：'王于兴师，修我甲兵，与子偕行。'其风声气俗自古而然。今之歌谣慷慨，风流犹存耳。"这首《无衣》之诗除了传达出极强烈的爱国主义精神之外，还反映了西北草原游牧文明的基本特征。由于秦地与先秦西戎的游牧部落相交接，自然而然地形成了与游牧文化相似的尚力重质的文化传统。朱熹曾在《无衣》题解中说："秦人之俗，大抵尚气魄，先勇力，忘生轻死，故其见于诗如此。……雍州土厚水深，其民厚重质直，无郑、卫骄慎

---

❶　周贻白，《中国戏曲发展史纲要》，上海古籍出版社，1979年，第7页。

❷　王国维，《王国维戏曲论文集·宋元戏曲考》，中国戏剧出版社，1984年，第251页。

淫靡之习。以善导之，则易以兴起而笃于仁义；以猛驱之，则其强毅果敢之资，亦足以强兵力农而成富强之业，非山东诸国所及也"。❶

虽然《无衣》诸诗的草原文化色彩不太突出，但无论如何，其豪壮有力、慷慨雄放的艺术格调却是与草原文化精神的本质内核相一致的，是与"郑卫"之乐的温柔谐婉、深吟低徊的风调不相一致的。因此，在中国最早的诗歌典籍《诗经》当中，就蕴含了与中原农耕文明相异质的富有草原文化因子的诗乐之音，这就为后世戏剧音乐的多元性、多质性的形成奠定了一定的文化基础，也为草原音乐、舞蹈渐相进入中原，与中原音乐艺术逐步融合作了最初的准备。

客观地说，汉魏晋南北朝时期，草原音乐、草原歌舞铺天盖地涌入中原，对古代戏剧音乐艺术的形成起到了至关重要的促进作用。王国维曾说："盖魏、齐、周三朝，皆以外族入主中国，其与西域诸国，交通频繁，龟兹乐则自隋唐以来，相承用之，以迄于今。"❷ 王国维注意到了草原音乐艺术与中原音乐相融渐合的特点，而这恰与历史史实相符。事实上，自汉朝起，以草原音乐为主要构成的异族音乐就相继进入到中原腹地，开始了漫长而又时疏时密的文化交融。特别是张骞使通西域以来，西域对中原的影响更是普遍。以日常生活来说，"西瓜"、"胡琴"俱因来自西域胡人而得名，还如西域箜篌乐、琵琶乐皆传入中原，《乐府杂录》说："琵琶始自乌孙公主造，马上弹之。有直项者、曲项者，便于急关中也。"乌孙即是游牧草原部族的名称。《晋书·乐志》有言："胡角者，本以应胡笳之声。后渐用之横吹。有双角，即胡乐也。张博望入西域，传其法于西京，惟得《摩诃兜勒》一部。李延年因胡曲更造新声二十八解，乘舆以为武乐。"联系东汉蔡文姬《胡笳十八拍》中"胡笳本自出胡中、""鞞鼓喧兮以夜达明"的胡乐演奏盛况，说明汉代音乐艺术中有极丰富的草原因素。然而，总的来说，汉魏晋历代帝王对草原音乐（西域胡乐）始终保持一定距离，依旧"宪章《雅》《颂》"，雅乐垂教，虽然有《后汉书·五行志》"灵帝好胡服、胡帐、胡床、胡坐、胡饭、胡箜篌、胡笛、胡舞，京都贵戚皆竞为之"的记载，但毕竟只是少数，未能形成一种普遍的社会现象，只有历史延伸到西晋永嘉之乱后，随着匈奴、鲜卑、羯、氐、羌五胡少数草原游牧民族政权相继在中原崛起，西域胡乐才有了强大的发展势头，草原音乐才逐渐为隋唐朝廷音乐体制的建立和完备奠定了基础。

---

❶ 郭预衡主编，《中国古代文学史长编先秦卷》，北京师范学院出版社，1992年，第124页。
❷ 王国维，《王国维戏曲论文集·宋元戏曲考》，中国戏剧出版社，1984年，第99页。

胡乐大量进入中原，始自北魏。《魏书·乐志》云："元兴六年冬，诏太乐，总章、鼓吹，增修杂技，造五兵，角觝……如汉晋之旧也。太宗初又增修之，撰合大曲，更为钟鼓之节。世祖破赫连昌，获古雅乐；及平凉州，得其伶人器服，并择而存之。后通西域，又以般若国鼓舞，设于乐署。"由此看出，北朝统治者极为重视音乐建设，不断增饰修整，一方面进一步恢复汉代"百戏"演艺之规制，所谓"如汉、晋之旧也"，另一方面，随着攻城掠地之胜，大力收集西北草原部族的音乐。所以徐慕云先生由衷地说："自是之后，外国音乐日至，而古乐浸亡。古乐虽亡，然戏曲之盛，则自此始矣。"❶ 只不过，此所言"外国音乐"，当指具有草原因素在内的西北地区的少数民族音乐。此外，《魏书·乐志》又说："高祖显宗无所改作，诸帝意在经营，……虽经众议，于时卒无调晓音律者，乐部不能立。其事弥缺。然方乐之制，乃四夷歌舞稍增，列于太乐。金石羽旄之饰，为壮丽于往时矣。"诸帝费尽心血，大兴音乐之事，只能杂增四夷歌舞，列于太乐，说明外夷成分增多，固然也就有草原音乐在内。

在西域胡乐东传过程中，战争与帝王的偏爱起到了至关重要的作用。《晋书·吕光载记》，公元 384 年吕光在龟兹城击败西域联军七十多万，"王侯降者三十余国。……光于是大飨文武，博议进止。众咸诸还，光从之，以驼二万余头致外国珍宝及奇伎异戏、殊禽怪兽千有余品，骏马万余匹。"这样，草原少数民族的音乐、舞蹈源源不断涌入中原，产生影响。《隋书·音乐志》说："（北魏）天兴初，吏部郎邓彦海奏上庙乐，创制宫悬，而钟管不备，乐章既阙，杂以《簸逻回歌》。初用八佾，作《皇始》之舞。至太武帝平河西，得沮渠蒙逊之伎，宾嘉大礼，皆杂用焉。此声所兴，盖苻坚之末，吕光出平西域，得胡戎之乐，因又改变，杂以秦声，所谓《秦汉乐》也。"说明北魏时期官方雅乐当中杂有《簸逻回歌》，而此歌恰为西域草原游牧部族之声；又"杂以秦声"，将"胡戎之乐"和中原音乐结合，成为《秦汉乐》，为北魏音乐礼制所用。由西域而来的草原音乐种类很多，多缘由帝王喜爱之故。《隋书·音乐志》载齐后主周宣帝事可以为证："杂乐有西凉、鼙舞、清乐、龟兹等。然吹笛、弹琵琶、五弦及歌舞之伎，自文襄（高澄）以来，皆所爱好。至和清以后，传习尤盛。后主惟赏胡戎乐，耽爱无已。于是繁手淫声，争新哀怨，故曹妙达、安末弱、安马驹之徒，至有封王开府者，遂服簪缨而为伶人之事。后主亦能自

❶　徐慕云，《中国戏曲史》，上海古籍出版社，2001年，第18页。

度曲，亲执乐器，悦玩无倦。倚弦而歌，别采新声，为《无愁曲》。音韵窈窕，极于哀思，使胡儿阉官之辈，齐声唱和之。"由于君王对胡乐的偏爱，致使如曹妙达等被建府封王，足见当时胡乐魅力之巨。而"西凉、鼙舞、清乐、龟兹等乐，皆夷乐也。❶《隋书·音乐志》说"龟兹者，起自吕光灭龟兹，因得其声。吕氏亡，其乐分散。后魏平中原，获之。其后声多变易。至隋，有西国龟兹、齐朝龟兹、土龟兹等，凡三部，"皆为隋朝制礼作乐所采用；而"西凉者，起自苻氏之末。吕光、沮渠、蒙逊据有凉州，变龟兹者为之，号为秦汉乐。……至魏周之际，遂谓之国伎。今曲项琵琶，竖头箜篌之器，并出西域，非华夏旧器。"足见草原音乐的浸润影响之大。说到龟兹之乐，宋代沈辽的《龟兹舞》一诗讲到："龟兹舞，龟兹舞，始自汉时入乐府，"也说明其由来已久，对汉族音乐影响之深。此外，中国古代戏曲的角色出现也与草原文化有密切关联。任半塘先生的《唐戏弄》第四章《脚色》云："旦之肇始，至迟在汉。"❷汉桓宽《盐铁论·散不足》说："今民间……戏弄蒲人杂妇，百兽马戏半虎，唐锑追之，奇虫胡妲。"❸《通雅》卷三十五释："胡妲，即汉锦女伎，今之装旦也。"任半塘先生推测道："其以胡人装旦戏舞，故冠以"胡字"。❹由此，古戏曲"旦"角的出现，也与草原民族与汉族文明的融合相关。正是在汉、晋、北朝频繁热烈的草原音乐、夷乐乐舞大举进入中原渐成风气的基础上，隋唐两代的燕乐体制才确立下来。所谓《西凉乐》、《清商乐》、《高丽乐》、《天竺乐》、《安国乐》、《龟兹乐》、《文康乐》、《康国乐》、《疏勒乐》、《高昌乐》计十部，成为宋元北曲宫调系统形成的音乐库藏。由此，王国维在《宋元戏曲史·余论》中对具有草原因素在内的外蕃音乐对戏曲音乐的形成之影响作了比较系统的总结："三代之顷，庙中已列夷蛮之乐。汉张骞之使西域也，得摩诃兜之曲以归。……齐周二代并用胡乐。至隋初而太常雅乐并用胡声，而龟兹之八十四调遂由苏祇婆郑译而显。当时九部乐（唐太宗增《高昌乐》之前，隋制）除清乐、文康为江南旧乐外，余七部皆胡乐也。有唐仍之，其大曲法曲大抵胡乐。而龟兹之八十四调，其中二十八调尤为盛行。宋教坊之十八调亦唐二十八调之遗物。北曲之十二宫调与南曲之十三宫调，又宋教坊之十八调之遗物也。故南北曲之声皆来自外国，而曲亦有自外国来者。其出于大曲法曲等自唐以前

---

❶　徐慕云，《中国戏曲史》，上海古籍出版社，2001年，第20页。
❷　任半塘，《唐戏弄》下册，上海古籍出版社，1984年，第781页。
❸　《诸子集成》（第八册），上海书店出版社，1986年，第33页。
❹　任半塘，《唐戏弄》（下册），上海古籍出版社，1984年，第791页。

入中国者且勿论，即以宋以后言之，则徽宗时蕃曲复盛行于世。……今南北曲中尚有《四国朝》、《六国朝》、《蛮牌令》，此亦蕃曲而于宣和时已入中原矣。"

唐朝是中国封建社会历史最为强盛的时期，其显著特征之一是雍容大度、海纳百川、八方来朝，因此唐代的舞台表演艺术除上述提到的草原音乐之外，与戏曲表演直接相关的草原舞蹈艺术更是突出。《新唐书·武平一传》记载了唐中宗景龙年间武平一上书谏禁胡乐胡舞一事："宴两仪殿……酒酣，胡人篾子何懿等唱'合生'，歌言秽语，因倨肆，……平一上书谏曰：'乐，天之和，礼，地之序；礼配地，乐应天。故音动于心，声形于物，因心哀乐，感物应变。乐正则风化正，乐邪则政教邪，先王所以达废兴也。伏见胡乐施于声律，本备四夷之族，此来日益流宕，异曲新声，哀思淫溺。始自王公，稍及闾巷，妖伎胡人，街市童子，或言妃主情貌，或列王公名质，咏歌蹈舞，号曰'合生'。……凡胡乐，备四夷外，一皆罢遣。"武平一站在传统礼乐教制的立场，对胡乐胡舞盛行于唐朝上下的局面极为不满，认为祸坏风气，迷乱纲常，应该全部废止。可见草原少数民族音乐舞蹈风行唐朝的盛况。实际上，武平一的观点可谓陈旧，唐朝开国初，高祖李渊"享宴因隋旧制，用九部之乐，"其中西凉、龟兹、天竺、康国、疏勒、安国尽为胡乐；后太宗李世民平高昌，尽收高昌乐，改为《宴乐》；至玄宗李隆基时，"歌者杂用胡夷里巷之曲，"蔚然成风。而在这一胡风大行之时，也有杜淹、魏征等名臣贤相劝谏阻止不已。《新唐书·礼乐志十一》载："太宗谓侍臣曰：'古者圣人沿情以作乐，国亡兴衰，未必由此。'御史大夫杜淹曰：'陈将亡也，有《玉树后庭花》，齐将亡也，有《伴侣曲》，闻者悲泣，所谓亡国之音哀以思。由是观之，亦乐之所起。'帝曰：'夫声之所感，各因人之哀乐。将亡之政，其民苦，故闻以悲。今《玉树》、《伴侣》之曲尚存，为公奏之，知必不悲。'尚书右丞魏征进曰：'孔子称：'乐云乐云，钟鼓云乎哉。'乐在人和，不在音也。'十一年，张文收复请重正余乐，帝不许，曰：'朕闻人和则乐和，隋末丧乱，虽改音律而乐不和，若百姓安乐，金石自谐矣。'"唐太宗以极为敏锐和理性的眼光来理解音乐与政治的关系，从根本上否定了雅乐和谐社会、治国安邦的传统观念，认识到音乐鲜明的个性特征和环境色彩，使唐朝的音乐理念开始逐步摆脱礼乐教化的束缚，逐步恢复艺术的原始本色，朝着和谐人心、娱乐大众的方向发展，这种音乐观念使唐朝的草原音乐歌舞更加迅猛地发展起来，为唐朝表演艺术的进一步发展注入了极为新鲜的活力。唐朝出现的大量展示外来乐舞精妙舞姿和惊人效果的文人乐舞诗，为我们生动描写了琵琶、胡琴、胡笛、箜篌等胡人乐器的来历、形制、演奏技巧和《胡腾舞》、《胡旋舞》、《婆罗门舞》、《柘枝舞》等健舞的演员装扮、表演动作，极富艺术魅力。如刘言史的《王中丞宅夜观舞胡腾》、李端的《胡腾儿》、元稹的《胡旋女》等，但最有内容和意义的恐怕要数白居易笔下的《西凉伎》：

> 西凉伎，西凉伎，假面胡人假狮子。刻木为头丝作尾，金镀眼睛银帖齿。奋迅毛衣摆双耳，如从流沙来万里。紫髯深目两胡儿，鼓舞跳梁前致辞。应似凉州未陷日，安西都护进来时。须臾无得新消息，安西路绝归不得。泣向狮子涕双垂，凉州陷没知不知？狮子回头向西望，哀吼一声观者悲。贞元边将爱此曲，醉坐笑看看不足。娱宾犒士宴三军，狮子胡儿长在目。有一征夫年七十，见弄凉州低面泣。泣罢敛手白将军，主忧臣辱昔所闻。自从天宝兵戈起，犬戎日夜吞西鄙。凉州陷来四十年，河陇侵将七千里。平时安西万里疆，今日边防在凤翔。缘边空屯十万卒，饱食温衣闲过日。遗民肠断在凉州，将卒相看无意收。天子每思长痛惜，将军欲说合惭羞。奈何仍看西凉伎，取笑资欢无所愧！纵无智力未能收，忍取西凉弄为伎？

《西凉伎》具有简单的装扮，"假面胡人假狮子，刻木为头丝作尾，金镀眼睛银帖齿；"有含有深意的形体动作，"奋迅毛衣摆双耳，如从流沙来万里；"有较为丰富的社会背景，凉州沦陷，至今未收，表达了令人悲痛的生活情感，堪称具有简单情节和深刻情绪的胡舞。

唐朝的歌舞戏种类很多，有传统的"大面"、"踏摇娘"等，也有如"拔头"等出自西域胡人的歌舞戏。《旧唐书·音乐志》记载"拔头"云："拔头，出西域胡人。为猛兽所噬，其子求兽杀之，为此舞以像也。"《乐府杂录》记载说："钵头，昔有人父为虎所伤，遂上山寻其父尸。山有八折，故曲八叠。戏者被发素衣，面作啼，盖遭丧之状也。"从材料来源及内容来看，《旧唐书》所记当为"拔头"戏的来源或原始状貌，如同汉"百戏"中《东海黄公》那样，以动作舞蹈模仿一段悲伤的人生经历。而《乐府杂录》所说则丰富了原始题材的艺术表现力，侧重在以八叠乐曲、八段舞蹈的艺术形式，抒发丧父之痛，而且有符合生活本质特征的扮相、神情，可以说是具有初步代言体特征的叙事性质的歌舞戏，而"钵头"却是来自于西域，是具有草原因子在内的胡人乐舞。王国维《宋元戏曲史》考"拔头"即西域拔豆国，"此戏出于拔豆国，或由龟兹等国而入中国。"[1]针对唐朝歌舞戏受其影响，任二北先生曾作概括说："唐

---

❶　王国维，《宋元戏曲史》，上海古籍出版社，1998年，第8页。

歌舞戏所受之外国影响，……大抵首在音乐：除汉唐自有之清乐入戏外，接受外来胡乐而转入戏曲或原即为胡戏所有者，当必不少，拍弹之例尤著。次在各体：如合生、钵头、弄婆罗门皆是。次在各戏：如《苏幕遮》、《舍利佛》、《神白马》等皆是，而《西凉伎》亦有外国关系。"❶

历史延伸至宋元时期，中国古代戏剧呼之欲出，产生了被称之为"真戏剧"的元杂剧——中国古代最早从形式体制上定型、成熟的戏剧样式。对于元杂剧兴起原因的考察是多方面的，但有一点则不能忽视，那就是北曲曲乐的渐呈规模和相近趋同的风格特征，对元杂剧的形成和兴盛起到了直接的促进作用，因为元杂剧本身就是"由曲词、音乐、舞蹈、表演的美熔铸为一，用节奏统驭在一起"的戏剧。❷ 关于北曲之源，明人的议论以徐渭、王世贞、王骥德三家之说影响最大。徐渭说："今之北曲，盖辽、金北鄙杀伐之音，壮伟狠戾，武夫马上之歌，流入中原，遂为民间之日用。宋词既不可被弦管，南人亦遂尚此，上下风靡，浅俗可嗤。然其间九宫二十一调犹唐宋之遗也。"❸ 王世贞中说："曲者，词之变。自金元入主中原，所用胡乐，嘈杂凄紧，缓急之间，词不能按，乃更为新声以媚之。"❹ 王骥德讲："曲，乐之支也，……入宋而词始大振，署曰'诗余'，于今曲益近，周待制，柳屯田其最也；然单词双韵，歌止一阕，又不尽其变。而金章宗时渐为北词，如世所传董解元《西厢记》者，其声犹未纯也。入元而益曼衍其制，栉调此声，北曲遂擅盛一代。"❺ 明人的结论的共同点是北方少数民族的具有草原文化精髓的音乐占据中原，逐渐改变了传统音乐与体制的单调性，又渐与市井俚俗之曲相融合，逐渐靡遍天下。"北曲曲乐体系的形成，是以传统的词乐为主体，在此基础上，再吸收北方少数民族音乐（即包括女真，蒙古等民族的音乐）和北方汉民族的民间音乐，经过融合改造（这种改造应当是双向的），最后才形成一个既主要来源于词乐而又有别于词乐的新的曲乐体系，但从文化背景上看，它却是民族融合的历史产物，是落后民族掠夺现今民族之文化最终又被先进民族之文化逐渐征服的产物。"❻ 这里，赵义山先生强调了具有草原风格的北方少数民族音乐的重要作

---

❶ 任半塘，《唐戏弄》（上册），上海古籍出版社，1984年，第224页。

❷ 李修生，《元杂剧史》，江苏古籍出版社，2002年，第62页。

❸ 徐渭，《南词叙录》，《中国古典戏曲论著集成》（三册），中国戏剧出版社，1959年，第240页。

❹ 王骥德，《曲律·杂论》，《中国古典戏曲论著集成》（四册），中国戏剧出版社，1959年，第25页。

❺ 王骥德，《曲律·杂论》，《中国古典戏曲论著集成》（四册），中国戏剧出版社，1959年，第55页。

❻ 赵义山，《元散曲通论》，上海古籍出版社，2004年，第11页。

用。王国维于《宋元戏曲史》中也说到少数民族乐曲对元杂剧曲乐形成的影响："以宋以后言之，则徽宗时蕃曲复盛行于世。……至宣和末，京师街巷鄙人，多歌蕃名，名曰【异国朝】、【四国朝】、【六国朝】、【蛮牌序】、【莲蓬花】等，其言至俚，一时士大夫皆能歌之。今南北曲中尚有（六国朝）、（四国朝）、（蛮牌儿），此亦蕃曲，而于宣和时亦入中原矣。至金人入主中国，女真乐亦随之而入。《中原音韵》谓：'女真（风流体）等乐章，皆以女真人音声歌之，虽字有舛讹，不伤于音律者，不为害也。'则北曲双调中之（风流体）等，实女真曲也。此外如北曲黄钟宫之（者刺古），双调之（阿忽那）、（古都白）、（唐兀歹）、（阿忽令），越调之（拙鲁速）、商调之（浪来里），皆非中原之语，亦当为女真或蒙古之曲也。"❶ 这里，王国维所言"蕃曲"，当指他尚未明确的女真或蒙古族的草原音乐。由此，赵义山先生在《元散曲通论》中对北曲曲牌来源作了详细的考察，指出在今天可知的 360 个北曲曲牌中，源于唐宋大曲者有 14 调，源于唐宋词曲者 112 调，源于诸宫调者 29 调，源于宋代戏艺及金院本者 24 调，出于宋代俗曲者 4 调，六者合计 198 调，占北曲曲牌的二分之一以上，余下的 160 个左右的北曲曲牌，赵义山先生用元北曲"本生曲牌"来代称，并作了一定的推测。有一点是可以肯定，这北曲"本生曲牌"中肯定有相当数量的曲调是具有草原特质的北方少数民族的乐曲，即使有一定数量的北方汉族的民间乐曲，也一定浸润了浓烈的草原文化色彩，因为北方已为辽、金统治多年。关于金、宋、元之际，草原音乐进入中原，古人多有记载。宋人曾敏行讲："先君尝言：宣和末客京师，街巷鄙多歌番曲，名曰【异国朝】、【四国朝】、【六国朝】、【蛮牌序】、【莲蓬花】等，其言至俚，一时士大夫皆能歌之。"❷ 明人徐渭说："中原至金、元二虏猾乱之后，胡曲盛行，今惟琴谱仅存古曲，余若琵琶、筝笛、阮咸，响盏之属，其曲但有（迎仙客）、（朝天子）之类，无一器能存其旧者，至于喇叭、唢呐之流，其器物皆金、元遗物矣。"❸陶宗仪《南村辍耕录》"乐曲"部分还列述了被称为"达达"乐曲三十一种。

　　凡此种种，都充分说明具有自我草原游牧文化特色的草原音乐在与其它文化的冲撞交融间，为杂剧吸收，从而强有力地刺激了杂剧音乐体制系统的形成，促进了元杂剧的繁荣。

---

❶　王国维，《宋元戏曲史》，上海古籍出版社，1998 年，第 131 页。

❷　张庚，郭汉城，《中国戏曲通史》，中国戏剧出版社，1992 年，第 340 页。

❸　徐渭，《南词叙录》，《中国古典戏曲论著集成》（三册），中国戏剧出版社，1959 年，第 240 页。

第五章　草原文学与时代因素

第一节　众说纷纭《木兰诗》

　　《木兰诗》最早著录于陈智匠所撰《古今乐录》,《乐府诗集》把它归入《梁鼓角横吹曲》中。木兰从军的故事和诗歌可能都产生于北魏,公元407年至公元493年之间,北方的鲜卑族政权北魏与居住在蒙古高原的柔然族,曾发生过多次大的战役。诗中提到的黑山、燕山等地,正是两军交战的战场。而且当时北方女子亦多弓马娴熟。所以,《木兰诗》就是以北魏和柔然之间的战争为背景的北朝民歌。由此可见,《木兰诗》既是家喻户晓的一首古诗,又是草原文学的第一首民间叙事长诗。从中国古代文学的角度看,它是古典文学的瑰宝;从草原文学发展的角度看,它的出现又有着划时代的意义。

一、花木兰并非草原民族

　　关于历史上的民族交流与融合,马克思曾提出一条极为经典的规律性断语:"依据历史的永恒规律,野蛮的征服者自己总是被那些受他们征服的民族的较高的文明所征服。"❶ 就中华民族整体历史而言,无论是隔江对峙的南北朝,还是曾经一统天下的元朝和清朝,大体都呈现了这样极为有趣的现象,即强大的蒙古铁蹄和满清八旗虽然相继建立了极为强大的封建帝国,也都民族等级严明,但不可避免的最终还是要接受汉民族的传统文化,特别是儒家、释家、道家思想,这恐怕是中国历史民族文化交流与融合的主旋律。但同时,少数民族文化对汉族及汉族文化的作用和影响同样也不容忽视,这一点在南北朝时期的北朝尤为突出。我们知道魏晋南北朝的民族融合,主要发生在北方黄河

---

❶ 《马克思恩格斯选集》(第一卷),人民出版社,1972年,第330页。

流域。魏晋易代之际，政局动荡不安，北方游牧民族继匈奴衰败之后又相继崛起了鲜卑、突厥、羯、氐、羌、柔然等少数民族，割据中原，划片为政，逐步建立政权，成为统治民族，最混乱时称为"五胡十六国"，政权林立。而统治北方较为时间长久的和区域广阔的要算鲜卑建立的北魏政权，之后分裂成东魏政权、西魏政权、北齐政权、北周政权。而不论何族所建，历时多久，区域多大，应当说都是民族杂糅共处共生的状态，而绝不可能是一族所建，一族所居，一族所有。因此，北朝多种民族杂糅共存，多种文化交流渗透，互相影响，互相作用的局面，才是草原叙事诗的巅峰之作《木兰诗》产生的基石，才是它蕴藏丰富美学价值和艺术价值的源泉，也是分析解读《木兰诗》的钥匙。

《木兰诗》这一古代奇诗的产生年代和作者至今众说纷纭。南朝陈时人智匠所编的《古今乐录》最早记录了《木兰诗》的诗名，但无具体作品；郭茂倩编著的《乐府诗集》将其列入《梁鼓角横吹曲》类，但并没有明确其时间属性，只笼统地说其为"古辞"；《古文苑》、《文苑英华》等文集将其作为唐人的诗作；清人沈德潜编选《古诗源》收录《木兰辞》时的观点更为矛盾，一方面认为《木兰诗》"断以梁人作为允"，是"梁诗"，另一方面又认定《木兰诗》"乃北音也"，"北音铿锵，钲铙竞奏，《企喻歌》、《折杨柳歌辞》、《木兰诗》等篇，犹汉魏人遗响也。"（《古诗源·例言》）余冠英编著的《乐府诗选》将其收录为北朝乐府民歌类，他在《乐府诗选》的《前言》中解释说《乐府诗集》中的《梁鼓角横吹曲》的曲目曲辞除二、三首是沿用了汉魏旧调外，其余均为北朝民间所作，是北朝民歌。现在基本上沿用了余冠英《乐府诗选》的观点。但是沈德潜的看法也值得注意，他阐明了《木兰诗》确为一首反映了民族文化交流融合现象的、显示了多元美学价值的长诗，不能简单地以某个部族来命名对待，应将其放入到北朝这个特殊的"汉化"、"胡化"并存的文化大背景下去认识。

通常情况下诸种版本的文学史和赏析《花木兰》的作品，都将古代这首以南北朝时期北方长期的民族战争为背景，叙述了木兰女扮男装代父从军的传奇故事，塑造了一位刚毅勇敢、纯真善良的英雄女子的叙事长诗，认为是北朝北魏时期出现的鲜卑族民歌，而木兰正是一位具有明显汉化特征的鲜卑族奇女子形象。而我以为，如果将木兰归列为游牧民族的话，无疑就消减了花木兰这个受到历代人民喜爱的女子的份量和价值，特别是与北朝这个特殊的历史时期文化冲突、交融最为激烈和紧密的事实不相切合。我们知道，北朝特别是北魏民族杂糅融合的程度较高，一定程度上很难分清是汉人还是鲜卑人，就如陈寅恪先生于《唐代政治史述论稿》中说的那样："北朝汉人、胡人之分别，不论其血统，只视其所受之教化为汉抑为胡而定之。"这就充分说明此时文化渗透融合的强度、密度之大之细。当然，北朝民族融合的总趋势是汉化，完全鲜卑化的汉人毕竟只是少数，而且只是在一定程度上濡染鲜卑民族的风俗习惯。因此，即使是所谓鲜卑化汉人，也一定存留着汉民族的文化基因。《魏书·天象志四》东魏孝静帝"天平二年条"记载"天象若日：王城为墟，夏声几变……是后俩霸专权，（指鲜卑化汉人高欢和宇文泰）皆以北俗从事。"意指在政治制度、军事制度方面推行鲜卑民族的传统方式，实行鲜卑化。由此，在这样一种特殊的背景下，我们没有必要确指木兰为哪一族人，她只是浸润在文化、习俗、价值观念等多元文化形态交融时期的一个在认识上有悖规常，行为上超凡出奇的北方的奇女子而已。然而，如果不将木兰的民族属性归类的话，似乎很难细致分析她的英雄传奇人生的美学内涵，因此，我认为不如将她定性为一个生长在胡汉共居地区，身受多种民族文化影响，具有高尚爱国主义情操，渴望和平安宁幸福生活，讲求自我人生价值实现的汉家奇女子形象。这样归类的益处有：花木兰之所以成为世代相赞的英雄，并不是她有如刘兰芝那样的对爱情的忠贞不二，以死殉情，也不像秦罗敷那样容貌倾国倾城，智慧超群，而是她面临家中无人出丁、老父年迈体衰的人生窘境，为父分忧。这样子代父劳、替父解难的孝道观念就成为她决心女扮男装，替父从军的唯一也是主要的心理动机，而这也恰恰是后世百姓最为击节赞赏之处，符合了汉民族文化的核心内容——孝道的人生要求。而受匈奴文化影响甚重的北朝少数民族，此时还盛行着"贵壮贱老"的习俗，这种文化背景下恐怕很难产生出替父出征的传奇故事。同时，花木兰以富有传奇性的战争经历、功成名就，但不愿接受朝廷的封赏，宁愿回归故里，这依然是汉民族孝道观念在发生着作用，在没有明确人生归属之时，依亲父母，侍养家人，才是封建社会女子的唯一出路。倘若为鲜卑女子，理应应诏入朝，引领军队。因为在匈奴作战过程中，确实出现过阏氏作为主帅统领女作男装，"负甲以戎"的军兵作战的历史史实，史籍中也有记载。更何况《木兰诗》中有"唧唧复唧唧，木兰当户织"这样汉家女子极为传统的"女工"之习以及梳装打扮极为细腻完整的生动描写。由此，我以为既然《木兰诗》文本没有明确她究竟是何种族人氏，我们也就没有必要将其的族姓生拉硬扯归之为某种少数民族，那样只能弱化我们这位奇特女子的价值内涵。

二、《木兰诗》是草原文学的优秀篇章

《木兰诗》作为融合了多种民族文化素质的叙事诗，它所体现北方游牧民族所共同崇爱赞同的浓郁的尚武精神、豪壮品格、报国志气、健壮体魄，以及依稀展示的渴求男女平等、提高妇女社会地位的种种思想倾向，特别是其间还鲜明地显示了汉家文化的深厚影响，无疑是中国诗歌史上绝无仅有的诗苑奇葩。张萌嘉《古诗赏析》称："木兰千古奇人，此诗亦千古杰作，《焦仲卿妻》后，罕有其俦。"❶ 由于《木兰诗》熔铸了多元文化特色，有着极为浓烈的北方游牧民族生活风格，其活动的地点又是广漠塞外，而时代特征又属北魏，所以将《木兰诗》这首杰出的北朝民歌置于草原诗篇的行列，应是不争的事实。

作为草原之音的《木兰诗》是古代草原文学宝库中第一首民间叙事诗，共62句，其"事奇诗奇"，（清沈德潜语）写北朝奇女子为父出军，征战十载，行程万里，刀光剑影，拒赏还乡，重梳红妆的奇特经历，不论从内容的刚健有力、催人向上，风格的壮美豪纵，还是艺术结构上的严谨别致，语气的轻快爽利，都将草原诗歌的艺术美推向了一个新的高峰，具有草原诗歌发展里程碑的意义。

首先，《木兰诗》重新审视了战争题材对于草原文学创作的价值意义，改变了以往草原诗歌展示战争侧重于创伤、灾难、残酷、痛苦的基本格局，将诗歌主人公由战争中被动、受难的状态，提升到自觉、主动的地位，以木兰是战争的主动参与者的身份，倾情注笔于普通百姓为了家乡的和平安宁，不畏牺牲，不惧艰难，主动请战，报效国家的英雄主义行为，这就一方面与前面引述的南朝文人借历史题材抒个人壮志的诗篇形成鲜明对比，而且也将社会民众对于社会人生的严肃思考和自我价值实现的积极追求引入草原诗歌，从而真正从本质上还原了草原诗歌雄壮有力、粗豪刚健的美学本色，为后代草原英雄主义文学的蔚为大观奠定了基础。

其次，《木兰诗》精雕细刻地展示了奇女子花木兰的艺术美。她一方面具有着普通女子普遍共有的青春爱美，勤于女工，爱恋父母的惯常心理，让人顿觉亲切逼人，有着浓郁的百姓生活气息特点；另一方面她又超越寻常百姓，敢于以自己弱小柔婉之肩挑起捍卫家乡、国家安宁的重任，女扮男装，奔赴沙场，建立了不世之功业。这就将现实主义与浪漫主义紧密地结合在一起，给人

---

❶ 游国恩，等，《中国文学史》上编，人民文学出版社，1983年，第309页。

以美的想象、美的启迪。而且，如我们前面分析，木兰的形象内涵丰富而多元，她不仅流淌着汉族女子的血脉，有着汉族女子深重的孝道观念，更闪现着北方游牧民族刚健、勇武、豪壮的民族精神的神奇异彩，这就使她具备了多样的人文特质，成为中国文学史上唯一的一个花木兰，积淀着文学符号化的审美效应。

最后，《木兰诗》体现出鲜明的民间创作和文人润饰加工相结合的特点，这恐怕是草原诗歌诞生以来的第一次，也是《木兰诗》艺术生命力永恒的原因之一。第一，《木兰诗》选择性地吸收了北朝民歌的精华所在，并创造性地为己所用，如《木兰诗》开始八句"唧唧复唧唧，木兰当户织，不闻机杼声，惟闻女叹息。问女何所思，问女何所忆。女亦无所思，女亦无所忆，"就与北朝民歌《折杨柳枝歌》中的"敕敕何力力，女子临窗织，不闻机杼声，但闻女叹息。问女何所思，问女何所忆。阿婆许嫁女，今年无消息"的句子极其相似，但内涵和境界却迥然不同。前者宏壮中蕴含低吟，透视着欲从军建功所产生的焦虑和内心斗争的激烈，后者情绪哀婉，关注的是婚嫁的前途和个人命运，但都朗朗上口，自然流畅。诸如此类，《木兰诗》还有很多。第二，文人之笔的渗透。《木兰诗》流传于文风极盛的南北朝，是中国古代文学自觉时代来临之后的第一个历史时期，文人自觉地以艺术美介入到民歌的改造与创作中，那么像《木兰诗》这样的民歌佳作自然流播于文人之手，对其进行加工修饰。如高度凝练、对仗工整、结构严谨的关于十年征战的描写："万里赴戎机，关山度若飞。朔气传金柝，寒光照铁衣"，从时空两个角度着笔，极富概括地写木兰转战千里，沙场纵横，经历艰险，豪情洋溢的传奇战斗经历，显然是文人兴到称羡之笔，与其他首尾连缀、口语化、对话式的笔迹有明显的不同。由于《木兰诗》蕴含着丰富的美学和艺术价值，它才成为草原诗史上的一颗明珠，闪烁夺目的光芒。

《木兰诗》首次把战争题材引入草原文学领域。但它不是只反映战争的灾难和痛苦，而是热情讴歌劳动人民主动请战、代父从军的保卫乡土、报效国家的正义行动和英雄主义精神。这不仅和当时（南北朝时期）因地方势力割据、战祸频仍造成的文学上偏重于反映社会动乱有本质上的不同，而且为后世的草原文学开了英雄主义、尚武精神的先河。

《木兰诗》首次在草原文学中塑造了典型环境中的典型妇女形象。长诗主人公木兰生活的国度显然不是江南的汉族政权，而是北方鲜卑族建立的趋于汉化的朝廷。她的思考问题的方式和生活习惯既不同于中原农耕社会的汉族女性，却也有别于草原游牧社会的未接受过汉文化影响的牧区姑娘。她大概是一位祖辈生息在草原牧区现已迁至半农半牧城镇的"马背上的民族"的后裔。她有父母姐弟和女伴，住屋睡床，精女红善红妆；所住城镇有城郭，有贸易市场，出售各种马匹和骑具。她家无马，却养猪羊。而她自幼习武，能骑射，有丈夫气，惯于女扮男装。所有这些，构成了一种独特而典型的既接受汉文化影响却仍保持着自己游牧文化特色的人文环境。在这种文化氛围中产生木兰这样的巾帼英雄（同时又是普通的民家妇女）也就很自然了。木兰的形象对此后草原文学中主要女性人物的塑造，有着重要的启迪作用。

《木兰诗》流传至今，虽有汉族文人润色的某些痕迹，但基本上保持了北方少数民族民间文学的特色。它刚健、质朴、清新、自然，擅长于运用问答式的口语来刻画人物心理活动。《木兰诗》在艺术上的成就，有两方面是值得重视的。一方面，它吸收了同时代北朝民歌的精华部分，甚至直接加以适当的改动移入本诗，成为全诗的有机组成部分。例如前人已经指出过的：开头"唧唧复唧唧，木兰当户织'"八句，与北朝乐府《折杨柳枝歌》后八句"敕敕何力力，女子临窗织。不闻机杼声，只闻女叹息。问女何所思，问女何所忆。阿婆许嫁女，今年无消息"结构相似，但是思想意境却大不相同。而结尾"雄兔脚扑朔，雌兔眼迷离"四句，又同另一首北朝乐府《折杨柳歌辞》的后四句有密切关系。尤其值得注意的是，《折杨柳歌辞》中明确申明："我是虏家儿，不解汉儿歌。"这说明该歌出自"虏家"，即北方少数民族。《木兰诗》既然将《折杨柳歌辞》引入，也可佐证它不是"汉儿歌"，即汉族的歌谣了。另一方面；《木兰诗》学习借鉴了当时流行的许多汉族叙事民歌和文人诗作的优秀成果和创作经验，融入自己的肌体，丰富了艺术表现手段和文学语言。例如汉代乐府中以妇女为主角的民间叙事诗歌《陌上桑》、《孔雀东南飞》等，已经惯于通过人物对话语言来描写其心理活动，刻画其性格特征，未必不对《木兰诗》产生影响；而《孔雀东南飞》中"著我绣袄裙"、"移我琉璃榻"等句式，也未尝不是《木兰诗》中"开我东阁门，坐我西阁床，脱我战时袍，着我旧时裳"的原型。至于用动物作象征和比兴，《孔雀东南飞》中有孔雀和鸳鸯，它与《木兰诗》中的双兔的作用是近似的。从诗歌语言的整体上说，《木兰诗》与《陌上桑》、《孔雀东南飞》都可以称作五言叙事体乐府古诗，不过《木兰诗》已经不再拘于五言而稍有变化，夹以七言甚至九言，形式就更加活泼。而从叙事诗的结构剪裁来说，《陌上桑》比较简洁，只是截取生活中的一个片断，《孔雀东南飞》则较纷繁，容量也大，概括了刘、焦婚姻悲剧的始末；而《木兰诗》可以说是介于二者之间，主题集中，脉络清晰，首尾呼应，繁简适宜，也可以说是集中了前人叙事民歌的优点。

第二节　尹湛纳希与《青史演义》

一、《青史演义》在文学史上的地位

1840 年的鸦片战争，使得中国开始进入半封建半殖民地社会。中国北方草原上的自然游牧经济遭到破坏，相继出现了一些小型的工矿业，文化交流也日益密切。一些汉文文学形式，如格律诗词、章回体长篇小说等，开始在草原蒙古文学中扎根。其间最重要的成果，便是尹湛纳希的蒙古文长篇小说。

尹湛纳希（1837 年—1892 年）是蒙古族文学史和中国文学史上的著名作家，蒙汉文化交流史上的先驱。他一生留下了近 200 万字的文化遗产，著有《红云泪》、《一层楼》、《泣红亭》、《青史演义》等多部小说，是蒙古族长篇小说的开创者。

尹湛纳希精通蒙、汉、满、藏、梵诸族语言与文化。他博采众长，融为一家，成为融会蒙汉文学而独创新文学的开创者。他的文学创作的突出贡献之一是推动蒙古族和其他民族的文化交流，特别是与汉族文化交流的发展。他不但在自己的文学实践中积极吸收汉族文学发展中的思想营养和创作经验，而且在《一层楼》、《泣红亭》等作品中用激进的态度热情欢迎内地思想文化对清代漠南蒙古的影响，塑造出一批促进民族团结的人物形象，赞美江南的大好河山。他用文学创作的方式，加强了当时漠南蒙古与内地在思想文化方面的联系。尹湛纳希通过借鉴兄弟民族的文学创作促进本民族文学发展的成功经验，不仅对后来我国蒙古族文学的发展产生深远的影响，而且成为我国多民族文学关系史上的一个范例。

云峰教授在《蒙汉文学交流的杰出代表尹湛纳希》一文中认为，尹湛纳希以自己的卓越创作，较好地解决了历史上蒙古人学习优秀汉文化丰富提高本民族文学创作这一课题，推动了蒙汉文学交流。在他以前，从元朝开始就出现了大批学习利用汉文进行文学创作的蒙古族作家，但他们由于历史与生活的局限，往往不能溶入本民族的文学创作中，大多民族特色不浓。从尹湛纳希开始，优秀的汉文化才更好地溶入蒙古族文学创作中，同时由于他具有深厚的蒙汉文化知识，所以在当时蒙古族倍受内外敌人压迫、经济文化相当落后的情况

下，他不仅介绍了本民族的历史文化，而且介绍了中国历史和汉文化，为促进蒙汉民族人民的互相沟通起了积极的作用。他的几部长篇小说的创作，都不同程度地借鉴和吸收汉族章回体小说的创作方法和艺术技巧。其中人物塑造、情节结构、描写技法、创作风格等方面尤为明显。

出生于半农半牧地区卓索图盟土默特右旗（今辽宁省北票县下府乡）的尹湛纳希，秉承其父旺亲巴拉的遗风，热爱民族文化，好学工诗善画，在吸收学习中原农耕文化和汉族文学方面作出了不可磨灭的贡献。尹湛纳希的蒙古文长篇历史小说《青史演义》，是自《蒙古秘史》以后草原文学的又一部里程碑式的重要作品。

《青史演义》是以章回体的小说形式，描写和记叙了从成吉思汗诞生到逝世及窝阔台（斡歌歹）即位的74年的历史。全书现存69回（章），约79万余字。据尹湛纳希在《初序·大元盛世青史演义的缘起之二》记述，这部作品前八回（章）是他先父旺亲巴拉所撰，后因投笔从戎带兵成边而中途停作。尹湛纳希在1870年开始续写，前后费时20余年。他为了完成这部巨著，阅读了大量蒙古文、汉文史籍以及有关的故事、传说，并反复核对史实，"几乎到了两鬓挂霜、满额皱纹、肉掉筋弛的地步"❶。我们之所以说它是草原文学中的里程碑式的重要作品，这是因为：

第一，它是草原文学中可以确证的第一部作家文学作品。过去的草原文学，主要是以民间文学作品为重点。尽管历代有一些写过草原诗歌的诗人，但真正形成草原作家文学，却是从尹湛纳希的《青史演义》开始的。从文学的发展史来看，由民间文学到作家文学，这是一种质的飞跃，也是文学走向成熟的表现。

第二，它是草原文学中第一部长篇小说作品。过去的草原文学，主要以诗歌或以韵文与散文相结合的传说、故事为主。《蒙古秘史》虽也是长篇巨著，但它毕竟不完全是文学作品，而是属于带有文学性的编年体与传记体相结合的史书。只有《青史演义》，才是真正意义上的历史长篇小说。而长篇小说的出现，通常也被认为是文学发展到成熟的阶段的主要标志。

第三，它是草原文学中第一部蒙古文长篇书面文学作品。草原文学，归根到底主要是北方少数民族的文学，历代北方少数民族有自己的文字并有自己的书面文学作品的并不很多，蒙古族在这方面独占鳌头。但现存的蒙古文的书面

❶　黑勒，丁师浩译，《青史演义》（上册），内蒙古人民出版社，1985年，第6页。

文学作品，特别是长篇书面文学作品，则是从尹湛纳希的《青史演义》开始的。

此外，《青史演义》还是民族文化和文学交流的产物。尹湛纳希精通蒙、汉、藏、满四个民族的语言文字和文化传统，博学多才。他所创作的《青史演义》，明显地受到汉族古典文学，尤其是《三国演义》、《隋唐演义》等章回体历史小说的影响，虽然他取材于《蒙古秘史》和其他史籍及民间流传的关于成吉思汗的故事传说，但是他却采用了过去蒙古族文学中不曾有过的这种章回体的表现形式。然而他又没有简单地加以搬用，而是同自己民族的文学传统结合起来，有所改造，有所创新。例如《青史演义》引用或吸收了许多蒙古族民间流行的祝词、赞词与民谣、民谚，这样既丰富了小说的表现手段，也更具有民族风格，为广大蒙古族人民所喜闻乐见。至于《青史演义》中有关的佛教思想和神仙鬼怪，显然又和由喇嘛教传来的藏族文化有关。

《青史演义》是草原文学中一部伟大的现实主义的文学巨著。全书大体上按年代划分章回，围绕着成吉思汗的一生经历，主要是统一蒙古各部与灭辽征西夏的战争，以及后来窝阔台联宋灭金的战争等，展开各种矛盾冲突，场面壮伟，内容广阔，真实地再现了13世纪北方草原的社会生活。几乎每一章里，它都有一两个中心故事，从回目标题中就勾勒出其主要内容；而个性鲜明的正反两方面的人物性格，也就在这些故事情节中通过所作所为而显现出来了。作品擅长于通过富有草原生活特色的韵文诗词，来赞颂或贬抑成吉思汗周围的人物，或颂扬他们的英勇机智，忠心耿耿，或鞭挞他们的丑陋凶恶，奸险狠毒。因此，《青史演义》在草原文学语言的创造和丰富方面，也是很有贡献的。

德斯来扎布所著《论〈青史演义〉与十部史书的关系》中，论述了尹湛纳希历史长篇小说《青史演义》与蒙古族十部史书文献的关系，阐释和肯定其继承蒙古族十部史书文献的历史故事、宗教文化传统、民俗文化传统、蒙古人传统思维模式、审美传统，特别是蒙古族文学语言传统等方面的文学创作成就，认为尹湛纳希之所以成为蒙古族一代文学大师，与他继承和发展蒙古族历史、文学传统密不可分。

尹湛纳希成为蒙古族杰出作家，除了积极学习吸收汉族古典文学的养分之外，更在于植根于蒙古族悠久的文学传统。在他之前，蒙古族的文学已经发展到较高阶段，出现了一批优秀的史传文学作品和短篇小说。他继承和发展了蒙古族古典文学的辉煌成就，揭开了蒙古族文学史的新篇章。如《青史演义》在故事结构和叙述上有意识地学习《蒙古秘史》，把许多记录在《蒙古秘史》中的奇闻异事、民间歌谣传说，原封不动地引入。同时小说还采用大量的民间故事、民歌、好来宝、祝赞词、谜语、格言、成语等蒙古族民间文学的各种样式，使小说富有民间文学所特有的通俗易懂、活泼幽默的语言风格。

尹湛纳希善于运用蒙古族民间文学的题材反映生活，揭示现实真相，表达思想感情。他在《青史演义》里，巧妙地取材于蒙古族民间传说《孤儿传》中孤儿舌战成吉思汗九员大将的故事，表达他任人唯贤的人才思想；他的"窝格仑夫人五箭训子"故事的原型正是蒙古族的古老传说"阿阑豁阿五箭训子"。

萨日娜、敖·阿克泰认为，《蒙古秘史》和《青史演义》是蒙古族文学史上的两个巅峰，也是蒙古族小说艺术的两座丰碑。《蒙古秘史》中用"写实"的方法记录蒙古族伟大历史的真实，而在《青史演义》中则"艺术"地再现了蒙古族伟大历史真实面貌。《蒙古秘史》的"写实"与《青史演义》的"艺术"之间具有不可隔断的文学传统，即蒙古文学的继承和发展的内在联系。

二、《青史演义》体现着作者的政治理想

在《青史演义》中，作者除了利用本民族大量的历史资料书籍外，还广泛涉猎汉族传统文化并吸收借鉴到这部小说当中，因而使其从思想到艺术形式不同程度地渗透着汉族传统文化因素。其中对儒家思想的吸收与借鉴便是极好的例证。

中华民族的传统文化，以主要形成于汉族中的儒家文化为基本内核。儒家文化植根于农业社会和封建制度，以推崇政治统一和专制为特征，它强调皇权与宗法制度，对中国封建社会的稳定与发展曾起过十分重要的作用。以儒家文化为基础的汉族文化，逐渐发展为包括哲学、宗教、政治、文学、家庭与社会等方面制度的庞大而深刻的文化体系，对其他少数民族的历史发展产生了深刻影响。

尹湛纳希的《青史演义》，就是蒙汉文化艺术交流的结晶。成吉思汗是《青史演义》中最重要的人物形象，同时也是作者小说创作中渗透着儒家思想观念的主要人物。在这一形象中，寄托着作者最炽热的民族感情，寄托着他对开明政治的强烈追求和憧憬，同时也反映出他对清朝统治者的憎恶。

尹湛纳希用儒家"入则孝，出则悌"的思想来塑造人物，规范人际关系，使其人际关系极其和谐。与《蒙古秘史》对比我们就会发现，《青史演义》中的成吉思汗是以孝治天下"得万国之欢心，百姓之欢心，人之欢心"的君主。他在蒙古社会中依孝行事，成了孝的最高原则和完美表现。尹湛纳希本着儒家

"兆民赖之"的信念使成吉思汗不仅维系了亲族的情感，协调了以家庭为本位的伦理关系，而且将孝于家族长辈的家庭宗法伦理情感转化成了忠于国家朝廷的政治观念，由家到国，完成了情感转移。这种皇帝形象对于尹湛纳希时代的清朝政府，无疑是最好的参照典范。

以"礼"来规范蒙古族 13 世纪的社会生活，是这部书对儒家思想的又一成功吸收和借鉴。在汉族传统文化中，伦理道德思想是其重要组成部分。在《青史演义》中作者明显地吸收和借鉴了这一思想并以此来规范 13 世纪的蒙古社会，为曾经被诸多文人和历史学家触及的同一个题材注入了新的血液，使作品人物多而不乱，各尽其职，情节错落有致，和谐统一。成吉思汗从历史人物演变成小说中的理想皇帝，经过作家审美把握，他完全成了"父子有亲，君臣有义，夫妇有别，长幼有序，朋友有信"的"礼"的化身。作品中成吉思汗统一蒙古大业的艰难残酷的历史过程是重点叙述内容，但却不是《蒙古秘史》的翻版，而是"七实三虚"，既有历史真实，又有艺术虚构，包含着作家丰富多彩的艺术想象。"太子受命于天，诸侯受命于天子，子受命于父，臣妾受命于君，妻受命于夫"的思想贯穿于整部作品，它是作家吸收"礼"的思想渗透于其中的进而表现在成吉思汗的言行上。有一年大年初一，成吉思汗起驾升朝，回宫后拜见太后，之后举行了封臣大宴。宴会上，他说："能臣圣相，社稷之宝。贤妻良母，一家之宝。勇将猛师，三军之宝。孝子忠儿，一户之宝。业虽微小，不举不成。子虽聪颖，不教不悟。人之尊卑，在于自己。扭转乾坤，靠我双手。良马不喂，何以肥壮？挚友不言，何以知过？孝子不诲，何以守规？好妇不劝，何以不乱？"❶ 这里君臣、父子、夫妇、朋友间的行为规范、思想言行都以礼为准绳。而 12 世纪的蒙古国，并非如此井井有条，一切都还处在蛮野阶段。尹湛纳希对于自己理想中的蒙古国，采用了理想化的表现方式，让儒家思想成为人物的主导思想。对君主成吉思汗来说，"纲理伦常"既是他要求臣民尽忠的权力，也是他以此来对臣民实行教化的义务，使他们团结在自己的周围，辅佐自己治理天下。于是从天子、大臣到庶民百姓按封建等级形成了特定的关系，他们依靠军令和规定，构成了以强制服从为特征的官僚系统，各司其职，互不争夺。这正是尹湛纳希的政治理想。

尹湛纳希的作品是蒙古族文学史和蒙汉文化交流史上的光辉篇章。他的不朽地位，在于他以自己的创作突破了蒙古族古代文学在结构和思想内容方面的

---

❶ 黑勒，丁师浩译，《青史演义》上册，内蒙古人民出版社，1985 年，第 208 页。

传统发展方式，揭开了蒙古族文学发展的一个新时代。尹湛纳希的出现，标明草原文学有了自己杰出的小说家。这对此后草原文学，尤其是草原小说的发展，起了奠基的作用。他在完成《青史演义》之后，还创作了受《镜花缘》、《红楼梦》影响较大的蒙古文长篇章回小说《一层楼》及其续部《泣红亭》。这两部小说中的社会背景是在以农业为主的"贵侯府"内外，虽然写的都是蒙古族上层社会的现实生活，但与草原已无紧密的联系，也不在本书的论述之列了。

第三节　巴拉根仓与沙格德尔

蒙古族，这个崛起于北方的马背民族，向以爽直宽厚、豪壮奔放、粗犷剽悍、骁勇尚武而著称。它孕育了"一代天骄"成吉思汗，也创造了本民族悠久辉煌的历史文化。英雄史诗《江格尔》、《格斯尔可汗传》、《勇士谷诺干》、《智勇王子喜热图》等，莫不是蒙古民族文化积淀和审美心理的产物。这些史诗中的英雄们从降生起就负有不同凡响的使命，他们具有超人和超自然的能力，家中娇妻美妾，牛羊成群；身边志士云集，智勇双全；他们八方征战，上天入地，降魔除怪，荡尽天下不平。他们是人民群众心目中可望而不可及的英雄。然而将他们性格中的精髓抽取出来，我们不难发现：实际上一直统一于英雄们整个性格之中的，无非是两个字："智"和"勇"。于是蒙古族劳动人民将史诗中英雄的审美距离与自己拉近，创作出了新的英雄：他们既有史诗英雄的"智"、"勇"性格，又食人间烟火，生活于普通百姓之中，他们的故事是地道的"老百姓自己的故事"，这两位英雄就是巴拉根仓和沙格德尔。

一、讽刺文学的产生

晚清时期，内忧外患，政治黑暗，民不聊生。草原上产生的蒙古族民间文学，大抵以反映苦难生活，揭露反动统治和歌唱纯真爱情与反抗精神为主。这一时期在内蒙古草原上广泛流行着许多叙事民歌（如《瑙力格尔玛》、《达那巴拉》《陶克陶胡》等）和民间故事（如《马头琴的故事》、《巴林摔跤手》等），并由民间艺人运用"好来宝"、"乌力格尔"等曲艺形式改编演唱，深深扎根在人民群众之中，有的几乎达到家喻户晓的程度。这些民间文学，以后还逐渐由现、当代作家、诗人和剧作家改编或作为素材，创作出有关的长诗、小说、剧本和电影、电视文学，这里不一一赘述。但这时期出现的讽刺文学"巴拉根仓的故事"和"沙格德尔的故事",仍有加以介绍的必要。

《巴拉根仓的故事》本身是一个完整的故事系列,很难准确地统计出它到底包含多少个讽刺故事。但它始终都是扎根于内蒙古草原,反映的都是晚清时期的社会生活和政治制度,以及那时特有的风俗民情、思想观念。它和维吾尔族的《阿凡提的故事》有异曲同工之妙,已日益成为中国各族人民的精神财富。从草原文学来说,《巴拉根仓的故事》的作用和意义可有如下三点:第一,《巴拉根仓的故事》继承并发展了草原文学中反映草原现实生活、表现游牧民族心理特征的优良传统。它以草原风物为依托,充分展现了内蒙古草原的独特景观和蒙古族人民朴实、豪爽的性格特征,具有鲜明的地域特点和民族特色。可以认为,它是内蒙古民族地域文学中优秀民间作品的代表。第二,《巴拉根仓的故事》为草原文学开拓了一条通向幽默怪诞的浪漫主义创作方法的道路。在此之前,在草原文学中虽然也不乏一些想象夸张的艺术手法,但是从整体上说主要是采用现实主义的创作方法。《巴拉根仓的故事》则在现实生活的基础上加以变形和夸大,用荒诞的方式去揭露和讽刺丑恶的事物,产生一种妙趣横生、令人捧腹的喜剧效果。此后,这种乐观风趣、幽默诙谐的创作风格在草原文学中时有发扬,不少蒙古族作家在自己的创作中自觉或不自觉地受到它的影响。第三,《巴拉根仓的故事》不再是韵文与散文相结合的一种古典文学样式,而是一篇篇主题鲜明、构思缜密,结构严谨、故事性强的现代散文。《巴拉根仓的故事》既是一个庞大的故事系列,每篇又都是短小完整的故事作品,各自可以独立成篇。它为草原文学中短篇叙事文学的发展奠定了基础。《巴拉根仓的故事》的语言偏重于人物对话,机智幽默,活泼生动,也对此后的草原文学语言带来积极的影响。

在蒙古族历史上,巴拉根仓并非实有其人。他是创作者按照自己的愿望塑造出来的理想人物,但又不像史诗当中的英雄那样高不可攀:他有老母(《店里的故事》)、有媳妇(《说谎》),还有一头瘦牛(《斗阎王》)。他要"奉媳妇之命"上山砍柴,也会搞一些恶作剧——在给诺颜炖的野鸡肚中塞满鸡粪(《打猎立功》)。他平凡得就像是一个普通的牧民。而一当他遇到了敌人,创作者那充满浪漫主义的想象、夸张立时不可遏止地凸现出来:他战牧主、胜富户、骗喇嘛、斗阎王,奚落戏弄,灵活机智,又成了一位高于人民生活的英雄。于是也就成了恶势力眼中的"骗子"。但他这种"骗"却是在王爷、诺颜们的变本加厉之下不得已而为之的,不如此,就不能保全自己做人的尊严乃至性命。而这种"骗"的结果,也正是广大劳动群众最乐于接受的:巴拉根仓作为人民群众理想的化身和愿望的体现者，他所做的事正是广大群众想做又做不到的。他所"骗"的也是令人憎恶的统治者及其帮凶，这无疑是符合人民大众审美的取向的，使他们从精神上获得了一种胜利的愉悦和满足。

沙格德尔则实有其人。他生于 1869 年的昭乌达盟巴林右旗，1929 年去世，是一个著名的民间即兴诗人。沙格德尔所生活的时代，由于帝国主义势力伸进东北，封建军阀和民族内部的王公贵族互相勾结，民族矛盾、阶级矛盾激化。因此他的诗和故事从许多方面生动地反映了现实，表现了蒙古族人民顽强的精神和不屈的意志。他同情人民的苦难，勇于打抱不平；对统治阶级贪婪凶残的本质，敢于面对面地进行无情的揭露和讽刺；对活佛喇嘛们的腐败堕落以及宗教的虚伪性也进行了尖锐的抨击。他这些嫉恶如仇的言行，激怒了王公、总管和掌权喇嘛们，他们对他进行了种种惩罚和恶毒的人身攻击，称他为"疯子"、"狂人"。岂不知他的时"疯"时"狂"正是他斗争的一种手段和掩护！如果他不这样，他又怎能自由地游走于王府、贵族之间，自由地发表言论？因此，这个"狂人"同样受到了人民的尊敬与爱戴，成为了草原上"有名气的诗人"。人民群众根据他的口头诗歌及斗争事迹创作出了许多脍炙人口的民间故事。

二、草原上的智慧英雄

巴拉根仓和沙格德尔是蒙古族民众当中家喻户晓的两个人物，他们的故事广为传播。他们以墨面难藏的讽刺手法，淋漓尽致地暴露统治者们外在形态的丑恶；他们用镂骨不磨的锋利的语言，毫发不漏地揭破统治者们内心活动的无耻；他们将"为民请命，代民立言，替民报仇"确定为自己义不容辞的神圣职责。因此，他们象史诗中的英雄一样，也已成为老百姓心目中的英雄，但比那些英雄更具体、更可感，因而也更可敬可亲。他们是蒙古民族史诗中与恶神对立和斗争的英雄原型的变化和发展。

对于巴拉根仓和沙格德尔来说，临危不惧的英雄主义是他们的共同特征，也是蒙古民族主体精神的重要体现。蒙古民族是崇尚勇武的民族，这是由他们射生饮血、逐水草而居的生活方式和生产方式所决定的。历史上蒙古民族"以弓马之利取天下"，长于抢掠和征服，都显示了他们的勇武之力。在蒙古民族史诗中，用骏马、鹰、狼、虎、狮、牛犊等猛禽猛兽来比喻勇士，其实是在赞美蒙古民族肉体结构的力。蒙古民族喜欢摔跤、赛马、狩猎、射箭，是因为它们是力与力的角逐。马背民族以力为美，形成了独特的力之美的审美意识。在巴拉根仓和沙格德尔的故事中，凸现了这种民族性格。《斗阎王》是巴拉根仓故事组中的一篇，创作者在其中把现实和非现实的细节融汇贯通，组成了故事人物之间的冲突，突出了人物的性格：巴拉根仓叫阴司小鬼"牛头"、"马面"碾米、往"红眼鬼"眼里灌锡水、锥刺"秃头鬼"的头、把"钻缝鬼"装进猪尿泡等，无疑这些都是出于虚构的非常态的事件，而一经创作者把这些非现实细节与淘黄米、扎草人、生火化锡水等现实细节融为一体，加以提炼加工，就成了表现两种势力尖锐冲突的情节。这里，以现实和非现实细节融合成的情节又构成了人物的性格冲突，并且在巴拉根仓与阴司魔鬼之间的矛盾、以及由这对矛盾冲突所产生的一系列故事情节中，主人公巴拉根仓不畏强暴敢斗敢拼的顽强气概得到了有力体现。沙格德尔亦是如此。在《王爷和王八》、《虱子和豺狼》等篇中，其抗争精神比巴拉根仓有过之而无不及：王爷的淫威并不能使他屈服，相反更增加了他斗争的气概。当读到沙格德尔当面把王爷比成"王八"、"毒蛇"，把管家比成"阎王"、"豺狼"，而本不可一世的王爷、管家终也无可奈何，灰溜溜地溜回了王府时，不由得让我们想起一句话："两强相遇勇者胜"，他的胜利源自于他的英雄性格。沙格德尔是一个独立意识很强的人，他身为喇嘛，却不愿在寺院拜佛念经，还大骂"佛殿洁净之地"是"人间地狱"、"衙门的审问堂"；他云游天下，愤世嫉俗，嬉笑怒骂，象"疯子"一样去找鱼肉人民的王公贵族及其爪牙算帐。沙格德尔的英雄性格是蒙古族民族意识的最高表现。

文学典型是一个民族的文化积淀，是民族文化精神的本质体现。巴拉根仓和沙格德尔两个文学典型在重复地演义着蒙古民族的英雄史诗母题，即部落集体正义力量化身的巴特尔（勇士）与丑恶势力化身的蟒古思（妖怪）的对立和斗争并以巴特尔的凯旋而告终。"巴拉根仓的故事"和"沙格德尔的故事"只不过是这一神话原型的继承和发展，或者说是一种变形。英雄主义可以说是蒙古民族文化的精髓。

"巴拉根仓的故事"和"沙格德尔的故事"同属于民间讽刺文学的范畴。蒙古民族讽刺文学由来已久。草原人民长期以来就利用了这一幽默而辛辣的武器与反动势力进行斗争，在此基础上，他们以丰富的生活经验、敏锐的观察力和强烈的爱憎，经过长时间的锤炼、加工，创造了这两个具有诙谐和讽刺特色的民间文学人物。故事的讽刺作用主要是以巴拉根仓和沙格德尔嘲弄反动统治者的富有幽默感和喜剧色彩的举止和言谈来体现的。

每个民族都有自己的民族性格。民族性格是民族心理素质的表现，是民族心理素质积淀的结果。西方民族注重的是个体意识的实现，因此作为文艺作品，即使造成了悲剧的命运，也戛然而止，不去追求幸运的结局，而且将此悲剧誉为"人的伟大的痛苦，或者是伟大人物的灭亡"❶ 是以"引起怜悯和恐惧来使感情得到陶冶"❷。而蒙古族则注重喜剧意识。这种喜剧意识即是两种社会力量矛盾冲突的反映，是在真善美与假恶丑的斗争中，美以压倒的优势战胜丑，使其丧失存在的依据，"将那无价值的撕破给人看"❸。对丑的本质进行无情揭露，同时也就是对美的事物的热情肯定。它的审美特征是笑，在笑声中肯定或否定某种对象。然而在现实生活中并非事事如意，尤其是在旧时代，蒙古族劳动人民的命运是悲惨的。但他们不甘心悲惨，他们发挥整体意识的作用，寻求心理平衡，创编了两部故事，塑造了巴拉根仓和沙格德尔这两个生活强者的形象，以其真善美去战胜假恶丑，让人们在捧腹和喷饭的气氛中得到快乐、振奋和慰藉。

于是巴拉根仓和沙格德尔在故事中除了具有民族的英雄性格之外，又被赋予了超人的机智。因而人们也称他们两个为机智人物。"机智"是个潜在的普遍的概念，反映机智的幽默、诙谐却是外在形式，是他们性格当中最显著的特征。然而作为两个文学典型，他俩的幽默、诙谐却又各具特色：一个是巧言周旋、随机应变，一个是激情洋溢、大胆泼辣。在《让王爷下轿》、《摔锅》等故事中，巴拉根仓采用以退为进、以毒攻毒战术，先顺着对方的谬误去思辨、去寻找克敌制胜之根据，而后再趁其不备进行突然反击，让对手自食其果有口难言。这无疑显示出了巴拉根仓超人的智慧和强劲的思辨能力。而在《激怒贝子诺颜》、《王爷的脑袋》等篇中，沙格德尔的语言虽也不失幽默风趣，却言词犀利，字字如刀，直逼对方要害，使统治者被"窘得瞠目结舌，哑口无言"。

别林斯基说过："真正艺术的喜剧以深刻的幽默为其基础。"❹ 在故事中，主人公们对付蛮横的权贵总是那样轻松，那样风趣，那样应付自如。对手越是气焰嚣张，越发显得愚顽可笑；主人公越是精明能干，越是显得诙谐逗趣。劳动人民的这种充满自信心的乐观情绪，我们在欣赏故事时几乎随时随处都可以感觉到。诚然，上述故事在现实生活中很难发生，但人民不能容忍恶势力肆无忌惮、横行无阻，于是创编了这些故事。他们赋予主人公以超常的智慧，变本

---

❶ 辛未艾译，《车尔尼雪夫斯基论文学》（中卷），人民文学出版社，1965 年，第 85 页。
❷ 亚里士多德，《诗学·诗艺》，人民文学出版社，1982 年，第 19 页。
❸ 《鲁迅全集》（第 1 卷），人民文学出版社，1959 年，第 297 页。
❹ 梁真中译，《别林斯基论文学》，新文艺出版社，1981 年，第 183 页。

来发生在人民身上的悲剧为落到恶势力头上的厄运，并在一片喜剧气氛中得到心理平衡。正如高尔基所言："民间创作是与悲观主义完全绝缘的，虽然民间创作的作者们生活得很苦，他们的奴隶劳动由于剥削者而失去了意义，而个人的生活则是无权利和无保障的。但是尽管有这一切，这个集体却似乎出于本能而意识到了自己的不朽，并且深信他们能战胜一切敌对的力量。"❶ 因此，尽管巴拉根仓和格德尔两个人物性格不同、语言各异，却能做到殊途同归：都成了恶势力的眼中之钉、肉中之刺，一个被呼为"骗子"、一个被唤作"疯子"，而劳动人民却把他们视为自己心目中的英雄，称他们为"旧时代的起诉者"和"穷百姓的代言人"。

《苏联大百科全书》在论及民间创作时说："民间创作就其本质来说，是十分现实主义的。民间创作形象的真实性及其所特有的艺术概括力，是有其先决条件的——那便是人民群众从长久历史经验中所获得的对现实的深刻认识。"❷ 这无疑是对巴拉根仓、沙格德尔两位文学人物形象的最好诠释。

由于时代的局限，巴拉根仓也好，沙格德尔也罢，他们只不过是黑暗草原上自发的反抗者而已，因此他们的抗争仅着眼于个别人物、个别事件，目的也仅停留在鸣不平、出怨气、争温饱的水平上，取得的胜利自然也只能是局部的和暂时的，但是他们那种既勇且智、无所畏惧的斗争精神，却激励和鼓舞了一代代的马背民族，且将会继续作为民族性格中的精髓部分而光大、延续下去。

---

❶ 《高尔基论文学》，广西人民出版社，1980 年，第 137 页。

❷ 《中国民间文学论文选》（下卷），上海文艺出版社，1980 年，第 346 页。

主要参考文献

[1]中国北方民族关系史[M].北京:中国社会科学出版社,1987.

[2]马学良,等,著.中国少数民族文学史[M].北京:中央民族学院出版社,1992.

[3]萨囊彻辰.蒙古源流[M].呼和浩特:内蒙古人民出版社,1987.

[4]赵永铣.蒙古族民间故事选[M].呼和浩特:内蒙古人民出版社,1982.

[5]那木吉拉.犬戎北狄古族犬狼崇拜及神话传说考辨[J].民族文学研究,2008
(2).

[6]尹湛纳希.成吉思汗演义[M].北京:中国戏剧出版社,1984.

[7]蔡东潘,李珂.元史[M].北京:九州出版社,2008.

[8][明]宋濂.元史[M].北京:中华书局,1965.

[9]叶朗,等.中国历代美学文库[M].北京:高等教育出版社,2003.

[10]佛洛伊德.梦的解析[M].北京:中国民间文艺出版社,1986.

[11]陈祖怀.话说中国[M].上海:上海文艺出版社,2005.

[12]万荆木.左传人物研究[J].人大复印资料·中国古代近代文学研究,2003
(8).

[13]贺新辉,朱捷,编著.西厢记鉴赏辞典[M].北京:中国妇女出版社,1990.

[14]陳寅恪.元白诗笺证稿[M].上海:上海古籍出版社,1978.

[15]刘方元.孟子今译滕文公下[M].南昌:江西人民出版社,1985.

[16][唐]长孙无忌.唐律协议[M].北京:中华书局,1983.

[17][宋]徐梦莘.三朝北盟会编[M].上海:上海古籍出版社,1987.

[18][元]脱脱.金史[M].北京:中华书局,2006.

[19][宋]宇文懋昭(范文印注).大金国志校正[M].北京:中华书局,1986.

[20][宋]李心传.建国以来系年要录[M].北京:中华书局,1956.

[21]朱熹.诗集传[M].上海:上海古籍出版社,1979.

[22]仁钦道尔吉.江格尔论[M].呼和浩特:内蒙古大学出版社,1999.

[23]魏杞文,编.荷马史诗[M].北京:北京商务印书馆,1982.

[24]游国恩,等.中国文学史[M].北京:人民文学出版社,1983.

[25]钟敬文,主编.民间文学概论[M].上海:上海文艺出版社,1980.

[26]乌丙安,著.民间文学概论[M].沈阳:春风文艺出版社,1980.

[27]奎曾.草原文化与草原文学[M].呼和浩特:内蒙古大学出版社,1997.

[28]黑勒,丁师浩,译.青史演义[M].呼和浩特:内蒙古人民出版社,1985.

[29]亚里士多德.诗学·诗艺[M].北京:人民文学出版社,1982.

[30]志费尼.世界征服者史[M].呼和浩特:内蒙古人民出版社,1981.

[31]幺书仪,著.元人杂剧与元代社会[M].北京:北京大学出版社,1997.

[32]佛学大辞典[M].上海:上海书店出版社,1991.

[33]马书田,著.中国道教诸神[M].北京:团结出版社,2002.

[34]孟元老.东京梦华录[M].上海:上海古典文学出版社,1956.

[35]吴晟.瓦舍文化与宋元戏剧[M].北京:中国社会科学出版社,2001.

[36]田汝成.西湖游览志余[M].上海:上海古籍出版社,1980.

[37]中国古代戏曲论著集成[M].北京:中国戏剧出版社,1959.

[38]王国维.宋元戏曲史[M].上海:上海古籍出版社,1998.

[39]王国维.王国维戏曲论文集[M].北京:中国戏剧出版社,1984.

[40]中国古典戏曲论著集成[M].北京:中国戏剧出版社,1959.

[41]周贻白.中国戏曲发展史纲要[M].上海:上海古籍出版社,1979.

[42]郭预衡,主编.中国古代文学史长编[M].北京:北京师范学院出版社,1992.

[43]徐慕云,撰.中国戏曲史[M].上海:上海古籍出版社,2001.

[44]任半塘.唐戏弄[M].上海:上海古籍出版社,1984.

[45]诸子集成[M].上海:上海书店出版社,1986.

[46]李修生.元杂剧史[M].南京:江苏古籍出版社,2002.

[47]赵义山.元散曲通论[M].上海:上海古籍出版社,2004.

[48]张庚,郭汉城.中国戏曲通史[M].北京:中国戏剧出版社,1992.

[49]拉施特,著.史集[M].余大钧,周建奇,译.北京:商务印书馆,1986.

[50]苏和,陶克套.蒙古族哲学思想史[M].沈阳:辽宁民族出版社,2002.

[51]梁一孺.少数民族文学论集·铁马金戈的历史回声[M].北京:中国民间文艺出版社,1985.

[52]乔·贺希格陶克陶.民族文学论文选·成吉思合罕与札木合薛禅[M].北京:中央民族学院出版社,1987.

[53]仁钦道尔吉.蒙古英雄史诗源流[M].呼和浩特:内蒙古大学出版社,2001.

[54]芒·牧林,编注.巴拉根仓故事集成[M].呼和浩特:内蒙古人民出版社,
　　1984.

[55]蒙古族民间故事选[M].上海:上海文艺出版社,1984.

[56]安柯钦夫,译.英雄格斯尔可汗[M].北京:作家出版社,1959.

[57]扎奇斯钦.蒙古文化与社会[M].台湾:商务印书馆,1988.

[58]傅东华,译.伊利亚特[M].北京:人民文学出版社,1959.

[59]色道尔吉,梁一孺,赵永铣,编译.蒙古族历代文学作品选[M].呼和浩特:内
　　蒙古人民出版社,1982.

[60]陈岗龙.蒙古民间文学比较研究[M].北京:北京大学出版社,2001.

[61]晏绍祥.荷马社会研究[M].北京:三联书店,2006.

[62]王叔磐,孙玉溱,主编.历代塞外诗选[M].呼和浩特:内蒙古人民出版社,
　　1986.

[63]张碧波,等.中国古代北方民族文化史[M].哈尔滨:黑龙江人民出版社,
　　2001.

[64]历代边塞诗词选析[M].北京:军事谊文出版社,1997.

[65]朱瑞熙,等.辽宋夏金社会生活史[M].北京:中国社会科学出版社,1996.

[66]刘达科,评注.辽金元诗文选评[M].西安:三秦出版社,2004.

后　记

　　历经七年的周折，这本凝结着我们心血的小书终于要付梓印刷了，这对我们来说不啻于一件大事，内心有一种压抑不住的欢乐！

　　文章千古事，甘苦寸心知！

　　本书的第一章、第四章由温斌撰写；第二章、第三章、第五章由王素敏撰写。作为草原民族文化领域的研究者，我们还是两位新兵，但我们愿意将为之一直付出的事业成果与大家分享，哪怕只作大海中的一滴水，也会使我们的心灵得到慰藉并成为我们继续前行的动力。

　　本书的出版得到北京语言大学教授、中国屈原协会副会长方铭先生的鼎力相助，他不单细细审阅书稿，提出具体修改意见，还亲自为本书撰写了序言；包头师范学院教授、原语言文学研究所所长张福勋先生一直关注本书的进程，经常提出具有建设性和指导性的宝贵意见；本书还受到包头师范学院文学院的资助，院长张学凯教授给予了大力支持。这些都让我们深受感动，在此表示最诚挚的谢意！

　　最后，感谢所有对这本书的出版给予关注和支持的朋友，还要感谢在书中提供了毕业论文的同学们——他们以新颖而别致的观点给了我们许多非常有益的启发。

作　者

2013 年 6 月